Tron Królowej Słońca

Tron Królowej Słońca

NISHA J. TULI

przełożyła Marta Ziegler

Tytuł oryginału: *Trial of the Sun Queen*

Wydanie I
Warszawa 2024

Dla każdego, kogo napędza zarówno miłość, jak i gniew

CELESTRIA
GÓRY BELTZA
POSIADŁOŚĆ
TOR
NOST
LAS SIVA
ALLUVION
RZEKA SINEN
ZATOKA
ZELEN
AFELI
LASY SARGA
URANOS

RZA
N
W
E
S
OTCHŁAŃ
DZICZ CINTY
LAS FIOLETU
KRÓLESTWO SERCA
ARBORIA

Od autorki

Bardzo dziękuję, że czytasz *Tron królowej Słońca*. To pierwszy tom serii, która najprawdopodobniej będzie miała ich cztery. Ale nie mogę obiecać, że to się nie zmieni! Jestem bardzo podekscytowana i zachęcam cię do odkrywania rozmaitych niespodzianek, które ukryłam w tej historii. Odpowiedzi na niektóre pytania poznasz już w pierwszej części, ale na inne trzeba będzie poczekać, aż ukażą się kolejne tomy... a jest na co czekać! Mam nadzieję, że pokochasz tę historię tak bardzo jak ja!

Romans w serii rozwija się powoli, więc naprawdę pikantnie zrobi się w kolejnych częściach (obiecuję). Poniżej znajdują się ostrzeżenia o zawartości, jeśli chcesz je sprawdzić, a jeśli nie, możesz przejść prosto do rozdziału pierwszego.

Z pozdrowieniami

Nisha

Ostrzeżenie: To powieść dla dorosłych, w której opisano śmierć, rozlew krwi oraz morderstwa. Wspomina się również o napaści seksualnej – ale nie jest ona opisana w książce. Znajdują się w niej również przekleństwa i odrobina sprośności.

Rozdział pierwszy

Lor

Ta zdzira zwinęła mi mydło. Opróżniłam niewielką drewnianą szafkę, w której trzymałam swoje nieliczne dobra doczesne. Wyświechtana tunika – jest. Para skarpetek – jest. Kilka zniszczonych książek, które czytałam już tyle razy, że praktycznie obróciły się w proch – są. Ale nie ma mydła.

– Zabiję ją – mruknęłam pod nosem, wyrzucając zawartość szafki na wąską pryczę. – Potnę jej twarz, wypatroszę ją od czubka głowy po sam tyłek. I...

– To tylko kostka mydła, Lor.

Znieruchomiałam gwałtownie, a gdy po chwili się odwróciłam, moim oczom ukazał się Tristan. Opierał się o ścianę, krzyżując nogi w kostkach i ręce na piersi. Na oczy opadała mu burza czarnych włosów, a na ustach czaił się uśmieszek.

Mignęło mi przed oczami, co zrobiłam dla tego nieprawdopodobnego luksusu, jakim była kostka mydła. Przesunęłam językiem po zębach, nadal czując kwaśny odór potu zarządcy i... nie będę o tym myśleć.

– To nie jest tylko mydło – syknęłam. – Wiesz, co musiałam zrobić... – Przerwałam, gdy jego uśmiech zniknął. Mój brat zmrużył oczy, opuścił ramiona i zbliżył się do mnie o krok.

Był ode mnie wyższy o ponad głowę, umięśniony i szczupły, a pomimo cieni pod oczami również niewiarygodnie przystojny. I doskonale zdawał sobie z tego sprawę.

– Co zrobiłaś? Z Kelavą? – spytał.

Spotkałam się spojrzeniem z Willow. Siedziała na swoim łóżku, ustawionym naprzeciwko mojego, rzucając mi porozumiewawcze spojrzenie. W ogromnych ciemnych oczach mojej siostry malowało się to samo udręczenie, które widać było w moich.

– Nic – odpowiedziałam. Ostatnie, czego potrzebowałam, to Tristan usiłujący bronić resztek mojego honoru przed naczelnikiem.

Kelava nie zmusił mnie do niczego nowego. Nie pierwszy raz musiałam na coś tutaj zapracować, a jeśli dzięki temu mogłam dostać to, co pomoże mi przeżyć kolejny dzień w Nostrazie, bez wahania zrobiłabym to ponownie. Tristan miał dobre intencje, ale czasem zapominał, jaki koszt niesie ze sobą życie wewnątrz tych przytłaczających kamiennych murów.

– Lor – powiedział Tristan, a w jego głosie słychać było ostrzeżenie.

– Po prostu daj spokój, dobrze? Lepiej, żebyś nie znał za wiele szczegółów.

Mięsień w jego żuchwie się napiął, a w ciemnych oczach pojawił się błysk. Wiedziałam, że chce mnie chronić, ale czasem powinien po prostu przestać wtykać nos w nie swoje cholerne sprawy.

Willow wstała z łóżka, otrzepała swoją cienką szarą tunikę, jakby to w jakiś sposób miało sprawić, że będzie naprawdę czysta. Całe pomieszczenie zastawione było dziesiątkami podobnych pryczy umieszczonych przy każdej ze ścian. Sufit znajdował się tak nisko, że Tristan musiał się schylać, by nie uderzyć się w głowę. Prycze przykryto pościelą, która być może w jakichś bardzo odległych czasach była biała, a leżące na nich cienkie szare poduszki tak się wysłużyły, że ich obecność w zasadzie nie miała sensu. Przy odrobinie szczęścia mógł ci się trafić luksus w postaci drapiącego wełnianego koca, ale, tak jak moja kostka mydła, był to bardzo rzadki przywilej. Jeśli udało ci się dostać niepodziurawioną sztukę, równie dobrze można cię było nazwać błogosławionym przez Zerrę.

– Chodźmy na śniadanie. Załatwimy ci nowe mydło – powiedziała łagodnie Willow, biorąc mnie pod rękę. Jej zniszczone i wiotkie czarne włosy kończyły się tuż za uszami. Tyle zdążyły urosnąć od ostatniej epidemii wszawicy, kiedy to nas wszystkie ogolono na zero. Przez wiele tygodni przypominałyśmy armię ziemniaków wrzuconych do bezkształtnych szarych worków. Wykrzywiłam twarz w grymasie, przesuwając dłonią po swojej głowie. Podobnie jak włosy mojego rodzeństwa, moje również były kruczoczarne, ale rosły nieco szybciej niż włosy Willow – sięgały już prawie podbródka. Najdłuższe udało mi się zapuścić niemal do połowy pleców, lecz miało to miejsce lata temu, a nawet wtedy były tak suche i łamliwe, że gdy budziłam się rano, moją poduszkę pokrywały kosmyki przypominające kłąb wysuszonych robaków. Teraz są chyba trochę zdrowsze, ale Nostraza od tamtej pory stała się bardziej przeludniona i ogarnięta chorobami, więc wszawica mogła tu wybuchnąć w każdej chwili. To cud, że jeszcze do tego nie doszło.

Kiwnęłam głową, wysuwając ramię spod łokcia siostry. Następnie wcisnęłam swoje rzeczy z powrotem do szafki i trzasnęłam drzwiami tak mocno, że aż zatrzeszczały zawiasy. Nie było w nich zamka – i na tym polegał problem. Tutaj nic tak naprawdę do nikogo nie należało. Wszystko było wypożyczane, włączając w to nasze ciała, a już z całą pewnością nasze dusze. Jedyne, czego jeszcze mi nie zabrali, to umysł, chociaż i to z każdym rokiem coraz bardziej mi groziło.

Podążałam ciemnym, wąskim korytarzem za Tristanem i Willow, a naszą drogę oświetlały migoczące lichtarze. Kamienne ściany połyskiwały od wilgoci. W Nostrazie zawsze było mokro, a ja miałam przekonanie, że niekoniecznie tylko od wody. Dawno temu zawarłam z samą sobą umowę, by nie zastanawiać się zbytnio nad tym, co jeszcze wycieka spomiędzy tych cegieł. Tylko dzięki tym niezliczonym małym oszustwom byłam w stanie przeżyć kolejny dzień.

Przeze mnie spóźnimy się na śniadanie i pewnie niczego nie uda nam się zjeść. Nie będą narzekać ani mnie za to winić, ale i tak w jakiś sposób im to wynagrodzę.

Gdy mijaliśmy kolejną salę sypialną, zajrzałam do środka, wiedząc, że tam śpi moja arcywrogini, Jude. Zastanawiałam się, czy czegoś jej nie ukraść, by wyrównać rachunki. Może moje mydło leżało w jej szafce. Była na tyle głupia, że pewnie schowała je w łatwo dostępnym miejscu. Kiedy się przygotowywałam, by wemknąć się do środka, Tristan złapał mnie za nadgarstek.

– Nie rób tego. Nie warto. – Nasze spojrzenia się spotkały, a wściekłość szturchnęła ciasny kłębek gniewu w mojej piersi, przypominający twardy kamień. Kamień, który nie będzie diamentem.

Tristan tego nie rozumiał. Miał w tej dziurze całkiem sporo przywilejów. Był silny i zręczny jak na więźnia, nie mówiąc już o uroku osobistym, dzięki któremu większość strażników owinął sobie wokół palca. Mówili na niego Książę Nostrazy – i było to prześmiewcze przezwisko, ale Tristan zdawał sobie z tego sprawę i to zapewniało mu nad nimi przewagę.

– Załatwię ci mydło. – Wyraz jego twarzy złagodniał. – Obiecuję.

Nawet jeśli strażnicy faworyzowali Tristana, ich szczodrość nigdy nie przenosiła się na mnie ani na Willow. Nasze więzy krwi dla naszego bezpieczeństwa pozostawały tajemnicą, i chociaż to nie wina Tristana, bywały dni, w których miałam mu za złe, że żyło mu się tutaj łatwiej niż nam. Ale to było niesprawiedliwe z mojej strony. Od samego początku robił wszystko, by chronić nas obie.

– W porządku – odpowiedziałam, siłą woli próbując powstrzymać nieoczekiwane łzy. W brutalny sposób nauczyłam się, jak to robić, jak wciskać je do wewnątrz. Łzy przydają się tylko wtedy, gdy można ich użyć jako broni.

Niektóre dni były trudniejsze od pozostałych.

W brzuchu miałam nieustanną pustkę, a w ustach sucho, jakby były głęboką jaskinią bez choćby jednego źródła wody. Gojące się rany na plecach, które zawdzięczałam biczowaniu otrzymanemu dwa tygodnie temu, nadal bolały mnie przy zbyt szybkim ruchu. Dostałam tę karę, gdy „przypadkowo" wylałam miskę gorącej zupy na kolana wyjątkowo bezlitosnego strażnika. Zasłużył na to, a ja niczego nie żałowałam. Miałam nadzieję, że jaja mu zwiędły i odpadły.

Czułam duszący ciężar każdego z dwunastu lat, które spędziłam w murach tego więzienia. Dwanaście lat za przestępstwo, jakim były moje narodziny. Za to, że nosiłam skazę upadłego dziedzictwa, o które nigdy nie prosiłam, a nawet w pełni go nie rozumiałam.

W każdej sekundzie, w każdej minucie swojego życia byłam skupiona na dniu, kiedy wreszcie się uwolnię. Przeżywałam to w snach, a na jawie nieustannie widziałam przed oczami. Drżąc, czułam, jak przenika mnie to aż do szpiku kości. Wierzyłam, że pewnego dnia stąd wyjdę i odpłacę królowi Zorzy za wszystko, co zabrał. Za wszystko, co zrobił.

Ale nie mogłam po prostu uciec. A nawet gdybym mogła, nie zniknęłabym bez Tristana i Willow. Nie byłoby wolności bez nich dwojga.

Któregoś dnia znajdę sposób, by wydostać stąd nas wszystkich.

Szliśmy dalej korytarzem, a Willow wzięła mnie za rękę i rzuciła mi zmartwione spojrzenie. To ona w naszym zmordowanym trio była tą łagodną. Pomimo nieubłaganej surowości Nostrazy pozostawała motylkiem o miękkim sercu, potrzebującym mojej ochrony. Kisiliśmy się tutaj, a ja robiłam wszystko, by zapewnić jej bezpieczeństwo – jak tylko się dało w życiu, w którym mieliśmy mniej niż nic.

Ale wszyscy dbaliśmy o siebie nawzajem i czasem ja również potrzebowałam Willow.

Chwilę później poczułam, jak ktoś chwycił mnie za tyłek, więc obróciłam się z uniesioną pięścią, gotowa wykonać druzgocący cios. Gdy okazało się, że to Aero, warknęłam i zamachnęłam się ręką. Aero zrobił unik, szeroko się uśmiechając, a ja spudłowałam o szerokość włosa.

– No proszę, Lor, tak traktujesz swojego ulubionego współwięźnia?

– Ulubionego? – zakpiłam, po czym się odwróciłam. On jednak objął mnie w talii i przyciągnął do siebie, opierając brodę o zagięcie mojej szyi. Poczułam na niej uśmieszek, który rzucił Tristanowi i Willow.

– Za momencik do was wróci.

Willow zerknęła na mnie, by sprawdzić, czy się zgadzam, a ja przytaknęłam.

– Idę. Zostawcie mi trochę kamieni. – Willow parsknęła, słysząc mój żarcik na temat bułek z kantyny, a Tristan rzucił Aerowi ostrzegawcze spojrzenie.

– Idźcie już – powiedziałam. – Wszystko w porządku.

– Zrób jej krzywdę, a cię zabiję – zagroził Tristan, a ja przewróciłam oczami, uwalniając się z objęć Aera.

Uniósł ręce w górę, a jego uśmiech stał się jeszcze szerszy.

– Zrozumiano, szefie.

– No idźcie – powiedziałam, a Tristan i Willow odwrócili się, ruszając ponownie korytarzem, a po chwili znikając za zakrętem. Najpierw jednak Tristan rzucił Aerowi jeszcze jedno ostrzegawcze spojrzenie.

Gdy tylko odeszli, Aero objął mnie w talii i przycisnął do ściany, a jego usta zaatakowały moje. Był ode mnie kilkanaście centymetrów wyższy, szczupły i smukły. Zawsze o krok od bycia wychudzonym – nikt w Nostrazie nie otrzymał przywileju posiadania dodatkowego mięsa na kościach.

Jego dłonie przesunęły się po moich pośladkach i tylnej stronie ud. Chwilę później mnie podniosły, a ja zacisnęłam nogi wokół jego bioder. Całowaliśmy się; moje ramiona wiły się wokół jego szyi, a nasze języki i zęby spotkały się w wilgotnym, gorączkowym starciu. Nie byliśmy łagodni ani uroczy, ale w życiu, które spędza się zamkniętym w tych murach, nic takie nie było. Po tylu latach egzystowania w tym miejscu wspomnienie łagodności wydawało się tak odległe i nieosiągalne jak gwiazdy na niebie.

Nasze rozgorączkowane oddechy wypełniły wąski korytarz, a ja byłam wdzięczna, że wszyscy wyszli już na śniadanie. Aero otarł się swoimi biodrami o moje; poczułam na swoim brzuchu jego męskość, twardą i gotową. Moje palce zatopiły się w jego kasztanowych włosach. Aero naparł na mnie, przyprawiając mnie o jęk. Gdy się tu zjawił dwa lata temu, był zawadiackim młodym złodziejem, ale Nostraza ukradła mu tę iskrę życia, tak jak kradnie ją każdemu. Jego jasnoniebieskie oczy, kiedyś psotnie błyszczące, przygasły, gdy zdał sobie sprawę, że tak jak wszyscy, on również tutaj umrze.

W tym piekle niewiele mnie spotkało pięknego, trzymałam się więc tego kurczowo – jego też.

– Spotkajmy się w wieczorem za kuźnią – powiedział, a jego usta nadal były tuż przy moich. Jego dłonie wślizgnęły się pod moją tunikę i powędrowały w górę ciała. Jego palce delikatnie muskały moje blizny. – Potrzebuję cię.

Moją odpowiedź stłumił nacisk jego warg na moje, kiwnęłam więc głową, jęcząc z satysfakcją, gdy jego język omiatał mój. W tym ponurym życiu odrobina rozkoszy była niczym delikatne światło przedostające się przez wąskie szczeliny w ciemności.

– Szmata – rozległ się czyjś pełen jadu głos, sprawiając, że przerwaliśmy pocałunek. W korytarzu stanęła Jude, z przerzedzonymi falami brudnych blond włosów zwisających jej do brody. Skrzyżowała ręce na piersi i uniosła kącik ust w wyrazie pogardy. – Jak się czujesz jako zdzira numer jeden w całej Nostrazie, Lor? Spółkując na widoku, jak zwierzę?

Jej przenikliwe spojrzenie przeniosło się na Aera, a brwi zmarszczyły się z niezadowolenia.

– Odpieprz się, Jude – odpowiedziałam, szukając śladów mojego mydła, jakby można było je dostrzec gołym okiem. Zupełnie jak gdyby czytała mi w myślach, w tym samym momencie wykrzywiła usta w uśmieszku, po czym trochę od niechcenia przejechała palcami po gardle i ramionach, udając, że bierze prysznic. Ja jednak odwzajemniłam jej pogardliwy uśmieszek. Może i wzięła moje mydło, ale ja wiedziałam, że miała oko na Aera, od kiedy tylko zjawił się tutaj po tym, jak schwytano go pod zarzutem włamania do jednego z domów w Dzielnicy Szmaragdowej, jednej z najbogatszych w Zorzy.

Skłamałabym, mówiąc, że nie pławiłam się w samozadowoleniu, gdy zamiast nią zainteresował się mną. Żeby zaleźć jej za tę świeżo umytą skórę, objęłam go ramieniem i przeciągnęłam palcami drugiej dłoni po jego piersi, po czym przyciągnęłam go do siebie, by go pocałować. Długo i mocno.

Moje uczucia względem Aera były skomplikowane.

Kochanie kogokolwiek wewnątrz murów Nostrazy było zbyt trudne – tutaj prędzej czy później każdego ci odbiorą.

Jedynymi osobami, które kiedykolwiek do siebie dopuściłam, byli Tristan i Willow, i wiedziałam, że to błąd. Za każdym razem, gdy groziła im śmierć, kiedy jedno z nich zostało pobite lub wrzucone do izolatki, próbowałam wyciąć ich ze swojej duszy z nadzieją, że dzięki temu ich śmierć mniej mnie zaboli.

Mogłam jedynie pragnąć, że pewnego dnia, kiedyś, wyciągnę nas stąd. To był sen niemożliwy do spełnienia, ale trzymałam się go kurczowo, bo był jedynym, co miałam.

Jude warknęła, po czym nas minęła, uderzając mnie barkiem, i ruszyła jak burza w kierunku kantyny.

– My też powinniśmy pójść coś zjeść – powiedział Aero – bo inaczej nic dla nas nie zostanie. Spotkamy się po twojej zmianie? – Wziął mnie za rękę i ruszyliśmy w dół korytarza.

Kiwnęłam głową. Tego dnia miałam pracować w pralni. Czekały mnie godziny w lepkim żarze, podczas których nadwerężałam plecy i ramiona, mieszając w ogromnych kadziach namydlone i nasiąknięte wodą prześcieradła, które kurczowo trzymały się wspomnień o swoim dawnym kolorze. Po tym przydawała mi się odrobina pocieszenia, a Aero zwykle służył mi jako tymczasowe lekarstwo.

Zakręciliśmy, po czym weszliśmy do kantyny, w której rozlegał się gwar setek więźniów. Jak zwykle hałas był niemal ogłuszający, zewsząd dochodziła mnie kakofonia głosów. W taki sposób więźniowie wypełniali sobie każdą cenną sekundę tych kilku wolnych chwil, które mieli dla siebie w ciągu dnia – pół godziny na śniadanie, pół godziny na kolację. Resztę czasu spędzaliśmy na harówce – niektórzy w kopalniach kamieni szlachetnych, inni w kuchniach lub w kuźni. Jedni sprzątali, inni szyli, a cała reszta wykonywała setkę innych wysysających duszę prac, na które nie zgodziłby się żaden człowiek na wolności.

Po skończonej szychcie dało się wyszarpnąć dla siebie godzinę odpoczynku, ale tylko jeśli ze zmęczenia nie padło się od razu na łóżko. Tej nocy znajdę w sobie energię, bo w miejscu tak pełnym nieszczęścia trzeba było szukać nadziei, gdzie tylko się dało.

Jude siedziała ze swoją kliką przy stoliku stojącym w pobliżu końca kolejki po jedzenie. Każda z jej koleżanek była bardziej opryskliwa niż poprzednia. Wszystkie przypominały szczury.

– Czyż moje nowe mydło nie pachnie przepięknie? Skóra ma woń róż – powiedziała Jude, podwijając rękaw tuniki, po czym wystawiła przedramię przed nosy swoich pachołków.

Zatrzymałam się i wlepiłam w nią wzrok, próbując wypalić dziury w jej czaszce. Jude uniosła głowę, a na jej wynędzniałej twarzy powoli pojawił się uśmiech. Suka.

Podeszłam do niej, zanim zdążyłam przemyśleć, co chcę zrobić. Rzuciłam się z krzykiem w jej kierunku. Gdy na nią wpadłam, przewróciło się krzesło i obie uderzyłyśmy o twardą kamienną podłogę. Usiadłam na niej okrakiem i ścisnęłam jej szyję. Jude wrzasnęła, drapiąc skórę na moich przedramionach.

Udało jej się zamachnąć i walnąć mnie w bok głowy tak mocno, że zaczęłam widzieć podwójnie. Zdezorientowana osłabiłam chwyt na jej szyi, pozwalając, by mnie przewróciła i przygwoździła do ziemi. Kolejny cios w szczękę sprawił, że poczułam w ustach krew. Pomyślałam też, że zaraz ją, kurwa, zabiję.

Tym razem chwyciłam jej nadgarstek i z całej siły wykręciłam, dopóki nie usłyszałam przyprawiającego o mdłości, ale satysfakcjonującego trzasku. Jude wrzasnęła, a ja zrzuciłam ją z siebie kopniakiem i znów znalazłam się na górze, zasypując ciosami jej brzuch, żebra i głowę. Czułam w sobie furię demona, który uciekł z niewoli.

– Lor! – Usłyszałam swoje imię, a chwilę później poczułam dłonie na ramionach i talii. Ktoś próbował mnie odciągnąć.

– Puszczaj! – krzyknęłam, nadal okładając Jude.

– Lor! – rozpoznałam głos Tristana, który w końcu mnie z niej ściągnął. Moja pierś falowała, a w głowie czułam pulsujący ból. Okrążyli nas strażnicy, zamykając mnie niczym dzikie zwierzę w klatce. Tak się właśnie czułam. Jude jęczała, leżąc na ziemi w kałuży krwi. Z mojej brody kapała krew, plamiąc szkarłatem tunikę. Starałam się wytrzeć, ale Tristan przytrzymywał obie moje ręce za plecami.

– Puszczaj – syknęłam, wykręcając nadgarstki w imadle jego uścisku.

– Nie, dopóki się nie uspokoisz.

Chwilę później w wypełnionej paplaniną i kpinami kantynie zapadła gwałtowna cisza, a w powietrzu zaczął unosić się odgłos ciężkich kroków. Wszyscy świetnie się bawili podczas tego przedstawienia, ciesząc się, że to nie oni stracili dziś zdrowy rozsądek. Kara od naczelnika to w Nostrazie niemal rozrywka, biorąc pod uwagę brak jakichkolwiek innych opcji na spędzenie czasu.

– Co tu się dzieje? – spytał Kelava.

– Nic, proszę pana – odpowiedział Tristan swoim najbardziej lizusowskim tonem. Jakaś część mnie miała ochotę go spoliczkować, ale taki był sposób Tristana na przetrwanie w tym miejscu i nie mogłam mieć mu tego za złe. Wszyscy robiliśmy to, co musieliśmy.

Strażnicy zrobili dla Kelavy przejście w kręgu. Naczelnik wszedł do środka i zatrzymał się tuż przede mną, podczas gdy ja nadal walczyłam z uściskiem Tristana. Krew ciągle ciekła mi z ust, kropelki rozbijały się o ziemię i czubek mojego buta. Moje skronie i wargi boleśnie pulsowały, podczas gdy naczelnik świdrował mnie wzrokiem.

– Czy nie mówiłem ci, że jeśli znów będą przez ciebie kłopoty, spotkają cię konsekwencje?

Nie odpowiedziałam. Przesłałam mu jedynie gniewne spojrzenie, nadal próbując się wyswobodzić z chwytu Tristana.

– Lor, Lor. Dlaczego musisz być taka?

Bladoniebieskie oczy Kelavy wypełniły się czymś na kształt ojcowskiego niepokoju o moją zbrukaną duszę. On naprawdę sądził, że jest tu tym dobrym. Miałam ochotę na niego splunąć. Przywalić mu. Kopnąć go w jaja tak mocno, żeby czuł to nadal, gdy będzie już słabym staruchem kurczowo trzymającym się resztek godności.

Leżąca na podłodze Jude znów jęknęła, trzymając się za nadgarstek, który zwisał pod dziwnym kątem. Pieprzona atencjuszka. Naczelnik opuścił na nią wzrok, a potem spojrzał na mnie, marszcząc czoło.

– Ty zaczęłaś?

Otworzyłam usta z zamiarem, by się obronić. Nikt mnie nie wyda. Nawet kryminaliści i upadli mają swój kodeks honorowy.

Oczywiście poza Jude. Z tego, co mi wiadomo, ona nie ma żadnych skrupułów.

– Tak było – prychnęła, w końcu odzyskując głos, choć nadal był przytłumiony przez jej zakrwawione, napuchnięte usta. – Zaatakowała mnie zupełnie bez powodu!

– Ukradła mi mydło!

– To nieprawda! Nie zdołasz tego udowodnić!

Kelava uniósł dłoń, uciszając nas obie. Cała twarz Jude zaczęła puchnąć, a krew przemoczyła przód jej koszuli. Wyglądała okropnie. To nie wróżyło dla mnie nic dobrego.

– Naczelniku – powiedziałam z kokieteryjnym uśmiechem. Postanowiłam chwycić się wszystkiego, co pomoże mi uratować samą siebie. – W twoim gabinecie na pewno uda nam się to jakoś wyjaśnić. – Aluzja kryjąca się w moich słowach podeszła mi do gardła żółcią.

Nienawidzę tego, że to zrobiłam, ale to jedyna waluta, jaką mogłam zaoferować.

Okazało się jednak, że popełniłam błąd, bo spokojna i cierpliwa maska Kelavy zniknęła, a jego źrenice się rozszerzyły, tworząc czarne dziury. Strażnicy mogli nas używać do zaspokajania swoich plugawych potrzeb, ale najwyraźniej nawet gwałciciele mają honor, gdy trzeba udawać, że za murami Nostrazy nie dzieje się nic złego. Naczelnik wskazał dwóch okrutnych strażników, z których pięściami byłam już zaznajomiona.

– Zabierzcie ją do Nicości – powiedział, gdy strażnicy wyrywali mnie Tristanowi. Muszę przyznać, że mój brat łatwo się nie poddawał.

– Nie – powiedziałam, czując, jak panika ściska mi gardło niczym zaciśnięta pięść. Tylko nie to. Wszystko, tylko nie to. Ostatnio prawie tam umarłam. Tydzień w Nicości niemal mnie złamał, zniszczył mój umysł i zrujnował ciało. – Nie, proszę. Przepraszam. To się nie powtórzy.

Naczelnik przysunął twarz do mojej, podczas gdy ja nadal walczyłam z uchwytem strażników. Był tak blisko, że czułam na ustach jego wilgotny oddech, cuchnący resztkami tego, czym obżerał się podczas śniadania.

– Dwa tygodnie powinny dać ci nauczkę, skoro nic innego nie działa.

– Nie! – wrzasnęłam i zaczęłam się rzucać, usiłując wyślizgnąć z uścisku. – Nie! Błagam! – Zaniosłam się szlochem, a po twarzy spłynęły mi gorące łzy. Pomieszczenie wypełniło się moim krzykiem. Złamałam własną zasadę dotyczącą płaczu. Te łzy nie były bronią. Zostaną za to użyte przeciwko mnie.

Tristan usiłował uprosić o coś naczelnika, ale twarde spojrzenie Kelavy ani drgnęło, gdy delektował się moją rozpaczą, a na jego bladych ustach czaił się uśmiech.

Przestałam wrzeszczeć, gdy jeden ze strażników uderzył mnie w brzuch z taką siłą, że niemal zwróciłam lichą treść żołądka. Łapiąc powietrze jak ryba wyrzucona na brzeg, zostałam uniesiona za ramiona z taką siłą, że nagle w jednym ze stawów rozległo się chrupnięcie, a mój krzyk odbił się od każdego zakątka kantyny.

– Zabierzcie ją – powtórzył Kelava. – Widzimy się za dwa tygodnie, więźniarko. O ile cokolwiek z ciebie zostanie.

Po tych słowach w mojej głowie słyszałam już tylko biały szum. Strażnicy wyciągnęli mnie z kantyny.

Rozdział drugi

Strażnicy wywlekli mnie na zewnątrz, zaciągnęli przez zakurzony korytarz i przeprowadzili przez ogromną żelazną bramę prowadzącą na północną stronę więzienia, gdzie weszliśmy do nieprzeniknionego lasu otaczającego Nostrazę, znanego po prostu jako Otchłań. To miejsce, z którego nie ma powrotu. W tych nielicznych przypadkach, kiedy komuś udawało się uciec, Otchłań sprawiała, że jego wolność była bardzo krótkotrwała.

Nadal szarpałam się ze strażnikami, ramię bolało mnie tak, że chciałam wrzeszczeć, a mężczyźni praktycznie mnie nieśli. Wierzgałam nogami w powietrzu jak wściekła marionetka. Na nic się to zdało. Obaj byli dwa razy więksi ode mnie, a dwanaście lat więziennego życia sprawiło, że stałam się słaba i niedożywiona.

Zresztą o to właśnie chodziło.

Przechodząc przez bramę, strażnicy dotknęli opalizujących owali, które nosili przypięte do piersi. Mruknęli coś pod nosem, a przypinki zaświeciły się, zamykając nas w połyskującej półprzezroczystej bańce. Widziałam, co znajduje się za nią, ale niewyraźnie, jak przez szybę z matowego szkła. Strażnicy byli śmiertelnikami bez żadnych magicznych zdolności. Polegali na przedmiotach stworzonych przez królewskich lub wysokich fae, a w tym przypadku przez króla Zorzy. Zapewniały im bezpieczeństwo, oferując jedyną znaną im ochronę przed Otchłanią.

Nicość to po prostu dół wykopany głęboko w ziemi tuż za murami więzienia. Jeśli Otchłań otrzymała nazwę ze względu na umiejętność wciągania ludzi do środka, Nicość musiała zostać tak nazwana dlatego, że wysysa życie, zostawiając cię pustego w środku i pozbawionego tchu.

Znajdowała się na tyle blisko więzienia, że strażnicy nie musieli się zapuszczać głęboko w las, ale na tyle daleko, że gdy zostawało się samemu, miało się wrażenie, że porzucili cię na pastwę czyhających w lesie potworów.

Spędziłam w Nicości całkiem sporo czasu.

Dziewczyna z moim usposobieniem od czasu do czasu musiała wpaść w kłopoty. No dobrze, nie od czasu do czasu, a całkiem często. Standardowy wyrok to jedna, dwie noce. To zwykle działa na tyle odstraszająco, że większość więźniów trafia tu tylko raz. Nie jestem pewna, czy to dlatego, że średnia długość życia w Nostrazie jest tak licha, czy raczej ze względu na to, że jeden raz w Nicości zapewnia wieczne posłuszeństwo.

Pewnie po części z jednego powodu, a po części z drugiego.

Ledwie garstka więźniów przeżyła więcej niż jedną noc w Nicości, nie popadając w szaleństwo. Należałam do nich i ja. Choć być może byłam odrobinę szalona – po tylu latach w Nostrazie trudno to ocenić.

Ostatni raz miał miejsce wtedy, gdy włamałam się do spiżarni po tym, jak strażnicy obcięli nasze racje żywnościowe w odwecie za niewielkie zamieszki. Głodowaliśmy bardziej niż zwykle i musieliśmy coś zjeść, żeby się na siebie nie rzucić. To mój instynkt samozachowawczy sprawił, że wylądowałam w Nicości na siedem potwornych nocy. Nie naruszyłam prawa w znaczący sposób, a moja kara nie odpowiadała rozmiarowi przestępstwa, ale w tym miejscu tak się właśnie działo. Sprowadzano cię na samą krawędź, a gdy już miałaś się przechylić, solidnym pchnięciem zrzucano cię na czekające na dole wyszczerbione skały.

Gdy po mnie wrócili, stałam się szlochającą zjawą z zakrwawioną skórą, potarganymi włosami i połamanymi paznokciami. Namówienie mnie, żebym powiedziała choćby słowo, zajęło Willow całe tygodnie. Jeszcze dłużej czekałam, aż moje zęby przestaną szczękać, a sny oczyszczą się z niekończącej się pętli koszmarów. Później ten mrok nawiedzał mnie w nocy tylko od czasu do czasu. Na nic lepszego nie mogłam liczyć.

Strażnicy ciągnęli mnie dalej w głąb lasu, a ja przypominałam sobie, jak mnie to wtedy rozbiło. Czułam ból w każdym możliwym znaczeniu tego słowa, od opuszków popękanych palców aż po głębię pokiereszowanej duszy.

Dwa tygodnie.

Poczułam, że się załamuję i że ogarnia mnie panika.

To, co wydarzyło się w kantynie, podobnie jak kradzież jedzenia, było niewielkim występkiem, ale zawsze należałam do „ulubienic" naczelnika. Nie przeżyję tego. Umrę przez cholerną kostkę mydła, pomyślałam.

W Otchłani strażnicy byli tak samo zdenerwowani jak ja. Wyczuwałam w nich napięcie, gdy ciągnęli mnie po twardej ziemi. Zatrzymaliśmy się przed głębokim prostokątnym dołem wykopanym w podłożu. Widziałam stamtąd wysokie iglice i wieże twierdzy Zorzy, która górowała nad lasem niczym ogromna ropucha. Czarny kamień połyskiwał, jakby wstrzyknięto w niego blask gwiazd. Pulsujące fale światła zmieniały kolor okien z zieleni w fiolet i z fioletu w czerwień.

Marzyłam o tym, by pewnego dnia przypuścić szturm na to paskudztwo i pozbawić głowy króla Zorzy za to, że skazał mnie na gnicie w tym miejscu. Za to, że wtrącił mnie do tego więzienia, gdy byłam ledwie dzieckiem.

Marzyłam, że pewnego dnia uwolnię się i sprawię, że za wszystko zapłaci.

Moją uwagę ponownie przykuła Nicość, a przesiąknięte krwią fantazje przerwała fala desperacji. Wiedziałam, że prawdopodobnie nigdy nie poczuję satysfakcji, jaką dałaby mi zemsta. Jeśli przeżyję tę karę, nic ze mnie nie zostanie. Będę skorupą, niegdyś wypełnioną duchem i marzeniami.

Słuchając otaczającej mnie ciszy, przełknęłam gromadzące się w gardle napięcie. Mój umysł natychmiast nabrał mnie na swoje sztuczki – zaczęłam sobie wyobrażać potwory, które wijąc się, tworzą przypominającą stryczek pętlę z kolczastych łusek i ostrych pazurów.

Jeden ze strażników położył dłoń w połowie moich pleców i popchnął do przodu.

– Do środka, skarbie. – Nogi mi się zaplątały, potknęłam się i poślizgnęłam na krawędzi dołu. Podłoże zniknęło spod moich stóp i spadłam wraz ze strumieniem z ziemi i żwiru, niezdarnie lądując na dnie. Dół był głęboki na jakieś trzy metry – zbyt głęboki, by się z niego wydostać, i wystarczająco płytki, by nie zapewniać żadnej ochrony przed zagrożeniem z zewnątrz.

Wiedziałam już, że ściany są zrobione z miękkiej, sypkiej ziemi, i jeśli będę próbowała się na nie wspiąć, spowoduję niewielkie osuwisko, które jednak może mnie pochłonąć i udusić. Nie, jedyne, co mogłam tutaj robić, to siedzieć w kącie na zmianę z robieniem trzech kroków w każdym kierunku. I czekać na koniec wyroku.

– Nie martw się – krzyknął jeden ze strażników. – Gdy stąd wyjdziesz, dobrze się tobą zaopiekujemy. Będziesz tutaj taka samotna. Przyda ci się towarzystwo. – Obaj wybuchnęli śmiechem, gdy jeden z nich chwycił się za krocze i zaczął poruszać biodrami.

– Zachowamy to w tajemnicy przed naczelnikiem – powiedział, mrugając. Splunęłam, mając nadzieję, że mojej ślinie wyrosną skrzydła i wyląduje w jego oku. Tak się oczywiście nie stało, a strażnicy zaśmiali się jeszcze głośniej.

– Nie, dzięki – krzyknęłam w odpowiedzi. – Słyszałam, że masz kutasa wielkości małej marchewki. Żeby mnie zadowolić, potrzeba czegoś o wiele większego. – Roześmiany dotąd strażnik natychmiast zmienił się na twarzy. Zrobił się czerwony z wściekłości. Zapłacę za ten komentarz.

Drugi ze strażników kucnął i uśmiechnął się szeroko.

– Ostatnio mig'dran są bardzo niespokojne, a słyszałem, że ich ulubionym pokarmem są słodkie młode dziewczęta – powiedział i mrugnął do mnie, a ja nie byłam pewna, czy miało to zabrzmieć nieśmiało, czy uwodzicielsko. Daleko mu było do jednego i do drugiego.

– Cóż, w takim razie dobrze, że nie ma we mnie niczego słodkiego, fiucie – warknęłam, po czym obaj znów wybuchnęli śmiechem.

– Ach, mam nadzieję, skarbie, że to przeżyjesz. Nie mogę uwierzyć, że jeszcze się z tobą nie zabawiałem. Pieprzona pupilka naczelnika. – Popatrzył na mnie spode łba, jakby to była moja wina. Jakby to był mój wybór.

Rozważałam ponowne splunięcie, ale tego nie zrobiłam. Stwierdziłam, że może jeśli się zamknę, znudzą się i zostawią mnie samą. Ale gdy myślałam o ich odejściu, czułam, jak strach przykleja się do moich mięśni. Sama. Dwa tygodnie w tym miejscu. Bez niczego. Byłam tak zdesperowana, że wolałabym towarzystwo tej dwójki niż zostać tu sama.

Oni jednak najwyraźniej już się pobawili i zaczęli się zbierać do powrotu. Prawie chciałam ich zawołać, ale zdążyłam ugryźć się w język. Nawet gdyby jeszcze chwilę mnie męczyli, i tak w końcu by sobie poszli. Lepiej się do tego przyzwyczaić.

Całą drogę hałasowali i kłócili się, ale w końcu ich głosy ucichły, a ja zostałam sama, słysząc jedynie własny oddech i myśli wrzeszczące tak głośno, że miałam wrażenie, że ogłuchnę.

Przycisnęłam rękę do piersi, próbując uspokoić oddech. W Nicości nie podawało się więźniom jedzenia ani wody – to byłoby zbyt humanitarne – miałam więc nadzieję, że szybko zacznie padać. Jeśli chodzi o jedzenie – rozejrzałam się po pustej ziemi – to nie miałam szczęścia.

Dobrze się więc złożyło, że głód to przyjaciel, którego znam bardzo dobrze.

Opadłam na ziemię, opierając się o ścianę, i zaczęłam rozmasowywać obolałe ramię. Ból nadal pulsował również na mojej twarzy, w miejscu, gdzie uderzyła mnie Jude, chociaż przestałam już chyba krwawić. Dotknęłam skroni, na której zrobił się guz, i się wzdrygnęłam. Wyglądało na to, że dodałam kilka nowych blizn do kroniki przeszłych występków, które już zapisały się na mojej skórze.

Las pozostawał cichy, jakby oceniał, czy jestem bardzo niebezpieczna. Podniosłam wzrok – w Zorzy nie było błękitnego nieba. Jedyne jego odcienie to ciemność i odrobinę mniejsza ciemność. Monotonna tęcza, której kolory zmieniają się wyłącznie z zimnego popiołu w atramentową czerń. Jedynym sposobem na odróżnienie dnia od nocy była obecność zjawiska, które dzieliło swoją nazwę z królestwem – zorzy polarnej.

W nocy zorza pokrywała niebo kolorowymi wstęgami, pulsującymi jak fale na morzu. Mogły być kobaltowe, szmaragdowe, fioletowe i szkarłatne. Barwy wydawały się tak żywe, że miało się wrażenie, jakby ktoś stopił w kotle kamienie szlachetne i wylał je na niebo. Zwykle nie mogliśmy tego oglądać, bo zamykano nas w celach, ale gdy tych kilka razy udało mi się doświadczyć tego piękna, wiedziałam, że część mojej rozerwanej duszy została na powrót złączona.

To był jedyny plus pobytu w Nicości. Mogłam oglądać ten pokaz całą noc, chociaż widziałam tylko ograniczony prostokąt nieba. Niebo ciemniało, godziny mijały, a ja czekałam na pierwsze ślady zorzy, jednym uchem nasłuchując stworzeń, które nazywają Otchłań domem.

Do Nostrazy zostałam wtrącona jako dziecko. Szczegóły mojego wcześniejszego życia są niejasne, wspomnienia zostały wyżarte przez głód i upływ czasu. Tylko dzięki Tristanowi i Willow wiedziałam cokolwiek na temat tego, kim kiedyś byliśmy.

Ledwie pamiętałam, jak powinien wyglądać normalny las, chociaż początek swojego życia spędziłam właśnie w takim miejscu. Nasłuchiwałam w poszukiwaniu odgłosów ptaków i owadów, wiatru szeleszczącego liśćmi czy wody ze strumienia. Ale niczego takiego tu nie usłyszałam.

Zapadała noc, a niebo powoli ciemniało. Gdy nadstawiałam uszu, mogłam usłyszeć hałasy dochodzące z więzienia: dzwonek wzywający na kolację i nieprzerwany szum setek głosów po całym dniu pracy. Pomyślałam o Aerze i spotkaniu, które mieliśmy zaplanowane na tę noc.

– Przepraszam, Aero – szepnęłam w ciemniejącą nicość.

Głównie jednak zamartwiałam się o Willow i Tristana. Pewnie umierali z niepokoju. Z naszej trójki to ja najczęściej pakowałam się w kłopoty, a wiedziałam, że załamują się za każdym razem, gdy naczelnik wymierza mi kolejną karę. Dla nich starałam się być ustępliwa, ale bicie pokłonów władzy nie znajdowało się wysoko na liście moich umiejętności.

Wraz z nocą przyszedł ziąb, skuliłam się więc, żałując, że nie mam na sobie nic poza cienką parą getrów i tuniką, czyli standardowym ubiorem więźnia. Burczało mi w brzuchu i zaschło w ustach. Język mi spuchł, a usta popękały. Nie zjadłam nawet śniadania. Nade mną przelatywały chmury, które co prawda zasłaniały mi widok na zorzę, ale przywiały ze sobą nadzieję na deszcz.

W lesie cały czas panowała niepokojąca cisza, jednak dzięki niej słyszałam odgłosy typowego wieczoru w więzieniu. Kolacja. Prysznic. Jude pewnie użyła różanego mydła, rozkoszując się moją pokutą. Zaciskając szczękę, wyobraziłam sobie, jak nuci triumfalną melodię, szorując się do czysta.

Miałam szczerą nadzieję, że złamałam jej nadgarstek i następne tygodnie spędzi w bólu.

Gdy zamykałam oczy, nadal czułam kwiatowe nuty mydła. Miało zapach róży – tak powiedział naczelnik. Nie pamiętałam, czy kiedykolwiek wąchałam prawdziwe róże, ale wiedziałam, że muszą być piękne.

Nie chodziło o to, że w ogóle nie dostawaliśmy mydła. Ale to, które otrzymywaliśmy w przydziale, było zbyt mocne i kwasowe, jego zapach przeżerał moje nozdrza i palił w oczy. A tamta kostka nie tylko pachniała niebiańsko – była też delikatna i kremowa jak kamień wypolerowany przez czułą dłoń czasu. Moja skóra byłaby miękka jak jedwab. Trudno mi było wyobrazić sobie świat, w którym ludzie codziennie używają takiego mydła.

W końcu, gdy więźniowie pokładli się spać, więzienie ucichło. Wyobraziłam sobie Willow wpatrzoną w moją pustą pryczę, z mojego powodu zasypiającą ze łzami w oczach. Tristan też leżał pewnie w łóżku ze wzrokiem wbitym w sufit i wymyślał tysiące sposobów, jak mnie stąd wydostać, wiedząc, że nie ma na to żadnych szans.

Myślałam o Aerze i zastanawiałam się, czy był sam, czy może poszedł znaleźć kogoś innego, kto zaspokoiłby jego potrzeby. Na samą myśl o tym czułam ucisk w piersi, ale było to niesprawiedliwe. Nigdy niczego sobie nie obiecywaliśmy. Jaki miałoby to sens?

W brzuchu zaburczało mi tak głośno, że odgłos odbił się echem w milczącym lesie. To było jak dzwonek na kolację. Jasnoczerwony sygnał prowadzący każdego drapieżnika w Nicości do mojej jakże widocznej kryjówki. Ale to i tak nie miało znaczenia. Z całą pewnością i tak byłyby zdolne mnie wyczuć. Nawet jeśli siedziałabym cicho jak mysz pod miotłą, wiedziałyby już, że tu jestem.

Plotki głoszą, że to król Zorzy tworzył groteskowe hybrydy potworów, które upolował na całym naszym kontynencie zwanym Uranosem i na dalszych ziemiach. Jego magia zmieniła je w dzikie bestie, żywiące się mięsem śmiertelników, którzy wejdą do lasu. Chroniło to pozostałych mieszkańców Zorzy – przedstawicieli rasy fae i rodzinę królewską żyjącą w twierdzy.

Te potwory były mistrzami polowań. Nic innego nie przedrze się przez te lasy.

Na dźwięk łamanej gałęzi serce podeszło mi do gardła. Słysząc kolejny trzask, wcisnęłam się głębiej w kąt, przerażona tym, co może się wślizgnąć do dołu. Do tego momentu miałam nieprawdopodobne szczęście. Chociaż zagrożenie bywało blisko, jeszcze nic mnie tutaj nie zaatakowało. Inni więźniowie nie mogli powiedzieć tego samego.

Ledwie kilka dni wcześniej podsłuchałam strażników rozmawiających o jednym z więźniów, którego wrzucono tu na jedną noc. Zakończył żywot w paszczy ozzillera.

– Nie zostało z niego nic poza kośćmi i kałużą krwi – powiedział jeden z nich, wzdrygając się. Nawet oni byli tym wstrząśnięci. Myśląc o tym, wyobraziłam sobie ozzillera przemykającego ponad krawędzią, oblizującego wargi. Zakładając, że je ma. Choć nie miałam pojęcia, jak wygląda ten potwór, moja wyobraźnia podpowiedziała mi stwora z ostrymi jak brzytwa łuskami i wielkimi kłami oraz całą masę najgorszych koszmarów.

Znów trzasnęły gałęzie, powietrze zgęstniało, a ja zobaczyłam wirujące cienie. Wypełniły mnie, wchodząc ustami i nosem, zatykając płuca ciężkim, zsiadłym smakiem śmierci. Mój oddech stał się płytki, a rozpaczliwe próby zachowania spokoju spełzły na niczym.

Ciemność stała się jeszcze bardziej dręcząca, zaczął jej towarzyszyć odgłos oddechów przypominający dźwięk łańcuchów prześlizgujących się przez zardzewiałe kraty. Cień, ciemniejszy niż te, które mnie pożerały, pojawił się nagle nad otworem. Zobaczyłam mętny kształt ciała, pochylony i połamany, z nienaturalnie długimi kończynami wystającymi pod niewłaściwymi kątami. Zaskomlałam, jeszcze bardziej kuląc się w sobie, próbując stać się niewidoczna.

Jestem niczym. Nie mam niczego. Odejdź, proszę, nieustannie wrzeszczałam w głowie.

Serce obijało mi się o żebra, zacisnęłam mocniej oczy. Nie byłam w stanie na to patrzeć. *Jeśli teraz umrę, przynajmniej nie będę musiała spędzać kolejnych dwóch tygodni w cierpieniu. Mam tylko nadzieję, że będzie szybko i bezboleśnie*, pomyślałam.

Czekałam na uderzenie, a napięcie niczym kwas przeżarło moją cienką zasłonę odwagi. Nie mogąc znieść tej niepewności, zmusiłam się, by otworzyć oczy, i właśnie w tej chwili to coś rzuciło się w moją stronę z nienaturalną szybkością, tworząc rozmazany cień.

Wydałam z siebie mrożący krew w żyłach krzyk.

Rozdział trzeci

Sekundę później niebo rozerwał jaskrawy błysk światła, po którym nastąpił grzmot tak głośny, że zatrząsł ziemią. Gruz i kamienie odpadły ze ściany i zleciały mi na głowę. Kolejny jasny błysk poniósł się echem po niebie, zapowiadając jeszcze głośniejszy grzmot, który po chwili wybuchł i rozpoczął ulewę.

Stworzenie najwyraźniej zniknęło, być może przestraszyła je burza. Odetchnęłam z ulgą, choć moje serce nadal waliło tak mocno, że miałam wrażenie, jakby potykało się o własny rytm. Tym razem było naprawdę blisko. Zastanawiałam się, jak mam tu przeżyć dwa tygodnie.

Ale Zerra odpowiedziała tamtej nocy na jedną z moich modlitw, odchyliłam więc głowę do góry i otworzyłam usta, by chłodny deszcz spadł na mój spragniony język i nawodnił gardło. Przynajmniej nie umrę z pragnienia. Jeszcze nie, pomyślałam.

Temperatura gwałtownie spadła, a ja zaczęłam drżeć z powodu deszczu wygrywającego równomierny rytm na moich włosach, skórze i ubraniach.

Po jakichś kilku godzinach niekończącej się ulewy zdałam sobie sprawę, że powinnam się, kurwa, dwa razy zastanowić, zanim o coś poproszę. Dół stopniowo wypełniał się wodą – nawałnica była zbyt intensywna, by strumienie lejące się z góry zdążały wsiąknąć w ziemię – i powstała kałuża głęboka na kilkanaście centymetrów. Pomodliłam się żarliwie do Zerry, by deszcz przestał padać, zanim stanie się problemem, z którym sobie nie poradzę. Albo którego nie przeżyję.

Jednak moje modlitwy nie zostały wysłuchane – deszcz nie ustał. Padał bez przerwy z determinacją oceanu próbującego utopić wieloryba.

Musiała minąć doba – niebo zmieniło barwę z czarnej na szarą, a potem znów stało się monotonnie czarne. Chmury były tak gęste, że nie widziałam ani śladu zorzy. Ciągle lało, aż w końcu dół wypełnił się na parędziesiąt centymetrów i zostałam zmuszona, by wstać. Oparłam się o błotnistą ścianę, a wraz z deszczem padały moje łzy. Tu i tak nikt ich nie zobaczy, postanowiłam więc pozwolić sobie na to rzadkie ustępstwo.

Wody nieustannie przybywało, powódź zdawała się nie mieć końca. Najpierw sięgnęła moich ud, ale niedługo później dotarła do talii, jakbym była rzeźbą, którą stopniowo zarastają pnącza bluszczu. Czułam się tak zmęczona i słaba, że oddałabym wszystko, by móc się położyć. Albo choćby usiąść. Bolały mnie stopy i nogi, potwornie zmarzłam. Palce kompletnie mi zdrętwiały. Co chwilę spoglądałam na swoje dłonie, by się upewnić, że nadal są na miejscu. Próbowałam poruszać palcami u stóp, ale praktycznie zamarzły, tak że straciłam w nich czucie.

Próbowałam zasnąć podparta o ścianę, ale równie dobrze mogłabym starać się zdrzemnąć na drodze ucieczki stada antylop gnu. Deszcz padał nieustannie, przemakając przez moje ubrania, dostając się we włosy i bębniąc o skórę. Krople deszczu kłuły mnie w oczy. Tak bardzo się trzęsłam, że od szczękania zębami rozbolała mnie żuchwa. Otuliłam się ramionami, starając się trochę ogrzać, jednak nic to nie dało.

Położyłam się na plecach i zaczęłam dryfować, by pozbyć się napięcia w nogach. Pomogło, ale szybko musiałam wybierać pomiędzy bólem powodowanym przez stanie prosto a narażaniem większej części ciała na lodowatą wodę i powietrze.

Dzięki Zerrze, że przynajmniej było lato, więc temperaturę dało się wytrzymać. Zimy w Zorzy były co najmniej brutalne, a często śmiercionośne.

W końcu przestało padać.

Nie miałam pojęcia, ile minęło czasu, ale ból promieniował z każdej kończyny i komórki mojego ciała. Czułam odrętwienie wszystkimi porami skóry, zapuszczało korzenie wewnątrz mnie i rozlewało się w nim jak lawa. Gdy niebo się oczyściło, a chmury rozwiały, rozpłakałam się z ulgi. Przynajmniej nie byłam spragniona. Moja skóra zdrętwiała, a usta się trzęsły. Czy można umrzeć od zbyt długiego stania?

Miałam wrażenie, że minęły wieki, nim woda wsiąknęła w ziemię. Jeśli udawało mi się zasnąć, były to jedynie trwające sekundy serie niedające żadnego odpoczynku. Byłam zmęczona. Byłam głodna. Stałam się rozbitą, pustą łuską. Bardzo powoli moje plecy przejechały po ścianie dołu, która wynurzyła się z wody. Nogi mi się trzęsły, w plecach czułam skurcze, a w głowie nierówne pulsowanie.

Jakąś wieczność później mogłam w końcu usiąść. W końcu poczułam ulgę, którą dawał luksus zdjęcia ciężaru ciała ze stóp i nóg. Czułam się, jakbym dryfowała na chmurze, jednak skóra tak przesiąkła mi wodą, że wydawało mi się, jakbym opadała na dno jeziora niczym kamyk.

Podniosłam kolana, przytuliłam je do piersi i oparłam na nich głowę. Kilka godzin później, gdy poziom wody zniżył się do kilkunastu centymetrów, opadłam całym ciałem na ziemię, już bez strachu, że utonę. W tamtej chwili nie było bardziej boskiego uczucia niż to, że mogłam się położyć. Gdybym miała na to siłę, rozpłakałabym się.

Moje powieki się zamknęły, a ja zasnęłam.

Nie mam pojęcia, jak długo leżałam na dnie tego dołu.

Dni stały się jedną długą smugą, podczas której barwa nieba przechodziła od szarej do czarnej i z powrotem do szarej. I tak w kółko. Gdy pojawiały się światła zorzy, próbowałam ją podziwiać, ale ledwie byłam w stanie unieść głowę, udawało mi się więc jedynie kątem oka łapać ponure pląsy czerwieni, błękitu, zieleni i fioletu. Kiedy na chwilę wstrzymałam oddech, udało mi się usłyszeć światła. Strzelały jakby nasycone energią, niczym naładowany piorun, który nigdy nie uderza.

Próbowałam liczyć mijające dni, ale szybko straciłam rachubę, zresztą w tym stanie nie mogłam wierzyć swojemu umysłowi. Miałam wrażenie, że nic nie jest realne. Nie umiałam odróżnić jednej sekundy od kolejnej. Jak zepsuty zegar odmierzający czas w nicości.

Deszcz ponownie już nie spadł, za co byłam wdzięczna, ale nie pocieszało mnie to zbytnio. Przecież będę potrzebować wody pitnej. Głód czułam w sobie tak głęboko, jakby wżerał się w szpik moich kości. Znałam głód. Rozumiałam jego rytm i tętno, jego fakturę. Ale takiego głodu nie zaznałam jeszcze chyba nigdy.

Niekiedy wyczuwałam obecność demona, ale nigdy nie zbliżył się tak, jak za pierwszym razem. Wołałam go. Błagałam, by mnie pożarł. Żeby rozerwał mnie na kawałki i to wszystko zakończył. Nie obchodziło mnie nawet, jak bardzo będzie bolało. Po prostu chciałam, by to wszystko wreszcie się skończyło.

Ale stwór nie spełnił moich zbolałych próśb. Coś go powstrzymywało. W labiryncie mętnych myśli wyczuwałam, że nie chce się do mnie zbliżyć.

Co chwilę traciłam i odzyskiwałam przytomność, a jedne sny przeganiały inne koszmary w niekończącej się pętli, która rozmazała się, tworząc mgłę kolorów i ciemności. Niewyraźny kształt czarnych opierzonych skrzydeł i dotyk szorstkiej skóry. Niebo usiane karmazynowymi widłami piorunów i morze gwiazd. Krwawy uśmiech, który mnie przeszywał. Krzyki, które odbijały się echem w jakimś miejscu, o którym już prawie zapomniałam. Miejscu, które znałam, ale którego nigdy nie odwiedziłam.

Śniłam o Tristanie i Willow próbujących żyć dalej beze mnie. O ich pochylonych głowach i policzkach wilgotnych od łez. Widziałam Willow kołyszącą się w przód i w tył z modlitwą na ustach i ręką Tristana owiniętą wokół jej ramion.

Pod jaśniejącym zorzą niebem śniłam o Aerze. O dzikich pocałunkach i rozpalonych dłoniach. O ciepłej skórze ślizgającej się w wilgotnym upale i gorączkowych jękach. Śniłam o jego palcach, ustach i języku, które mnie smakują, gryzą, ssą. O czymś, co powinno przynosić rozkosz, ale zamiast tego jest źródłem udręki, gdy sprowadzone zostaje do ulotnej chwili ulgi pogrzebanej w życiu składającym się wyłącznie z bólu.

Śniłam o naczelniku, jego świdrującym wzroku i cuchnącym oddechu. O jego okrutnych słowach i sadystycznych zamiarach. Słyszałam rozpinany rozporek, czułam siniaki na kolanach, pamiętałam, jak próbowałam nie płakać, żeby nie oddać ostatnich skrawków godności, których tak kurczowo się trzymam.

Miałam wrażenie, że byłam w tym dole całe miesiące, a nawet lata. Ale to przecież niemożliwe. Bolało mnie całe ciało, a wilgoć czułam nawet w kościach. Nie potrafiłam sobie wyobrazić, że jeszcze kiedyś będzie mi ciepło.

Deszcz nie wrócił, więc moje gardło znów wyschło na wiór, usta popękały i zaczęły krwawić. Drżałam z zimna, a ubrania nigdy do końca nie wysychały w gęstym, wilgotnym powietrzu. Miałam wrażenie, że pomiędzy palcami u stóp i pod pachami rośnie mi pleśń.

Wkrótce stanę się jednością z runem i ściółką, pomyślałam. Zostanę pożarta i zwrócona ziemi w darze. Jeśli będę miała szczęście, odrodzę się w jakimś lepszym miejscu.

W lesie ponownie zapadła śmiercionośna cisza. Nie umiałam już odróżniać dnia od nocy, ale gdzieś w resztkach świadomości nagle coś zarejestrowałam. Nastąpiła zmiana w tonacji dźwięków. W miażdżący bezruch dostało się echo jakichś odgłosów.

Metal uderzający o metal. Ciało uderzające o kamień. Krzyki. Wszystko to dochodziło z więzienia.

Ponownie próbowałam unieść głowę, ale ta poruszyła się ledwie o centymetr. Te dźwięki sugerowały zamieszki. I to spore. Przeżyłam w Nostrazie trzy takie bunty – w ich efekcie zawsze więcej było martwych niż żywych. Tam są przecież Tristan i Willow, pomyślałam. Miałam nadzieję, że się ukryli, ale wiedziałam, że Tristan wpakuje się w sam środek zdarzeń. Liczyłam przynajmniej na to, że znalazł dla Willow jakąś bezpieczną kryjówkę, zanim podjął durną decyzję o rzuceniu się w wir walki.

Szepnęłam w ciemność ich imiona. Willow. Tristan. Gdy nas wtrącono do Nostrazy, miałam zaledwie dwanaście lat. Willow jest ode mnie trzy lata starsza, a Tristan – pięć. Miewam przebłyski wspomnień o rodzicach, a wiele z tego, co pamiętam, zawdzięczam opowieściom brata i siostry. Zawsze byliśmy nierozłączni. Zawsze staliśmy za sobą murem. Najtrudniejsze były te wczesne lata, sama nie jestem pewna, co nas wtedy podtrzymywało przy życiu, ale dziękowałam Zerrze każdego dnia, kiedy cała nasza trójka budziła się żywa.

Tristana oskarżyli o zabicie trzech ludzi króla, a Willow otrzymała wyrok za kradzież cennego dla królestwa Artefaktu. Gdy przyszła moja kolej, nawet nie wymyślili żadnego powodu. Po prostu wepchnęli mnie do celi, wyrzucając klucz.

Na to wspomnienie zaniosłam się suchym szlochem. Tak bardzo pragnęłam nas stamtąd wyciągnąć.

Odgłosy dochodzące z więzienia stawały się coraz głośniejsze. Głuche uderzenia i wrzaski rozbrzmiewały w leśnej ciszy. Słyszałam brzęk broni i okrzyki rannych. Stworzenia też zdawały się nasłuchiwać – wszystkie się zatrzymały, jakby zaciekawione. Więźniowie dwudziestokrotnie przewyższali liczbą strażników, ale byli zmęczeni i głodni, nie mieli też żadnej broni ani praktyki. Po stronie strażników stała również magia – przekroczenie barier postawionych przez króla równało się rozerwaniu na strzępy.

Moje powieki zaczęły opadać. Mimo wycieńczenia i głodu nie mogłam zasnąć. Musiałam nasłuchiwać tego, co się tam działo. Tristan i Willow. Miałam nadzieję, że nic im nie jest, i trzymałam się ich obrazu w swojej głowie, bez przerwy tracąc i odzyskując świadomość. Nie byłam pewna, ile to trwało, ale z całą pewnością przynajmniej kilka godzin. Czas przestał mieć wpływ na moje istnienie. Być może już umarłam, pomyślałam.

Nagle usłyszałam głuchy odgłos tuż przy swojej głowie. Wzdrygnęłam się, zastanawiając, jaka wstrętna bestia znalazła drogę do mojego grobu. Otworzyłam oczy, mając mglistą świadomość tego, że porusza się nade mną jakiś cień. Coś cicho zaszeleściło. Poczułam na skórze ciepły oddech.

Ktoś mnie dotknął. Jęknęłam, gdy ten sam ktoś przewrócił mnie na plecy. Wszystko mnie bolało. Miałam wrażenie, że moja skóra płonie. Włosy na głowie czułam tak, jakby każdy z nich stał się zapaloną zapałką płonącą na moim skalpie.

Choć otumaniona, zdawałam sobie sprawę, że czyjeś dłonie mnie przesuwają. Były delikatne, ale stanowcze. A potem ten ktoś mnie podniósł. Czy ja śnię? Czy zostałam właśnie zabrana w niebiosa? Lista moich grzechów jest z całą pewnością zbyt długa, bym mogła otrzymać jakiekolwiek przebaczenie. Dwanaście lat spędziłam w więzieniu. By przeżyć, zrobiłam mnóstwo rzeczy, których Zerra na pewno by nie pochwaliła. Nie czekał na mnie żaden wieczny pokój.

Walczyłam. Kradłam. Puszczałam się. Bluźniłam tak często, że moja dusza stała się tak czarna jak niebo Zorzy w środku zimy. Może zostanę zesłana, by spędzić całą wieczność wśród Upadłych, pomyślałam. Tam jest moje miejsce.

Ale nawet jeśli tak miało wyglądać moje przeznaczenie, nie przejmowałam się tym. Przeżyłam w tym potwornym miejscu tyle lat. O ile gorsze mogło okazać się piekło? Tajemnicze ramiona dźwignęły mnie, a ja uniosłam brodę do nieba, przygotowana na to, by upaść u stóp władcy podziemia, gdzie – jak myślałam – spędzę swoją marną wieczność.

A jeśli to w końcu przyszedł ozziller, rozedrze mnie na kawałki. Chciałam umrzeć, ale jakaś nikła resztka instynktu samozachowawczego z resztkami mojego ducha sprawiła, że zaczęłam wierzgać. Orałam pazurami, ale nie stanowiłam większego niebezpieczeństwa niż nowo narodzone jagnię. Moje zęby zacisnęły się na skórze, a z gardła wydarło się warknięcie. Usłyszałam pomruk, po czym moje ramię przeszył ostry ból.

A potem była już tylko ciemność.

Rozdział czwarty

Nadir

Nadir strzelił palcami i przechylił głowę na bok, robiąc co w jego mocy, by słuchać, choć tak naprawdę tłumił ziewnięcie. Zajął miejsce na południowej stronie okrągłego stołu rady umieszczonego na środku sali spotkań ojca. Przy stole siedziało jeszcze osiem innych osób. Byli to wysocy fae najróżniejszej rangi, co jeden to bardziej zakochany w dźwięku własnego głosu. Po lewej od Nadira rozsiadł się król Zorzy, od czasu do czasu rzucając pełne dezaprobaty spojrzenie, by w niezbyt subtelny sposób przypomnieć księciu, jak bardzo jest nim rozczarowany. Od kilku godzin rozprawiali o podatkach oraz o tym, co zrobić z rosnącym niezadowoleniem w kopalniach na pogórzu Savahell.

Nadir wiedział, że to poważne sprawy, ale obie te kwestie miały proste rozwiązania. Problem polegał na tym, że każdy z tych lizusów chciał rezultatu, który przyniesie korzyść wyłącznie jemu samemu. Nie wystarczyło jednak, że któryś z nich wygra – musieli się też upewnić, że każdy z rywali choć trochę na tym ucierpi.

Kręcili się więc w kółko.

Każdy z obecnych tu wysokich fae sprawował rządy nad jednym z ośmiu dystryktów Zorzy, które zostały nazwane tak jak kolory składające się na zjawisko dzielące nazwę z królestwem: Szmaragd, Karmazyn, Srebro, Fiolet, Indygo, Turkus, Bursztyn i Fuksja. Ich życie było niekończącym się pasmem przepychanek o ochłapy władzy i bogactwa, a każdy z nich wydawał się przekonany o tym, że wkład jego dystryktu jest najcenniejszy, a co za tym idzie – zasługuje na największą nagrodę. Żałosne.

Jego ojciec mógłby raz na zawsze skończyć z tymi sprzeczkami. Jego rządy były niemal absolutne. Ale Rion wolał rozpieszczać radę, kolekcjonować obiecane przysługi jak kamienie szlachetne. W końcu poparcie to najcenniejsza waluta dla władcy, który nie potrzebuje więcej złota ani innych bogactw.

Gdy Nadir obejmie tron, zakończy te bzdury. Jedyne rozwiązanie to takie, które spowoduje najmniej zamieszek wśród obywateli, i co ważniejsze, pozwoli jak najszybciej wychodzić z tego typu spotkań.

Szczerze mówiąc, Nadira cieszyła perspektywa popsucia planów wysokich fae choćby tylko po to, by zobaczyć ich miny, gdy, prawdopodobnie po raz pierwszy w ich życiu, ktoś powie im: „nie". Nie przysporzy mu to popularności, ale gówno go obchodziło, co o nim myślą ci nudziarze.

Nadir patrzył, jak król pochłaniał wszystkie szczegóły, delektując się słowami członków rady niczym najlepszym winem, które trzeba pić powoli, przełknąć, a na końcu wysikać. Gdyby Nadir chciał zmienić to, jak załatwia się tutaj sprawy, najpierw musiałby się pozbyć ojca, ale było to wyzwanie, o którym myślał od dekad i nie zbliżył się ani trochę do rozwiązania tego problemu.

Ktoś gwałtownie zapukał do drzwi, a dziesięć głów uniosło się znad stołu. Wszyscy wiedzieli, że radzie nie wolno przeszkadzać, chyba że wydarzyło się coś naprawdę strasznego.

– Wejść – powiedział Rion, a czwórka sztywnych, wyprostowanych strażników wmaszerowała rzędem do środka. Podobnie jak Nadir, Rion miał ponad metr osiemdziesiąt wzrostu i kruczoczarne włosy, a przenikliwe spojrzenie – czarne tęczówki skrzące się wyrazistymi kolorami – przypominało nocne niebo Zorzy. W przeciwieństwie do syna król nosił włosy starannie przystrzyżone wokół lekko szpiczastych uszu, podczas gdy włosy Nadira falowały aż do ramion, co od zawsze spotykało się z pogardą Riona.

– Wasza Królewska Mość – powiedział główny strażnik, kłaniając się. – Proszę wybaczyć, że przeszkadzamy, ale w więzieniu wybuchły zamieszki.

Nadir uważnie przyjrzał się ojcu w poszukiwaniu jakiejkolwiek reakcji, ale król Zorzy zrobiony był z kamienia – nic nigdy nie naruszało jego skorupy.

– Rozumiem. O co im tym razem chodzi? – Rion odchylił się w krześle, splatając dłonie na brzuchu. Ojciec Nadira miał prawie osiemset lat, ale jako wysoki fae cieszył się zahartowaną sylwetką wojownika, jakby niedawno przekroczył trzydziestkę.

– Nie jesteśmy pewni – odpowiedział strażnik łamiącym się głosem. Był wyraźnie zdenerwowany swoją odpowiedzią. – Ostatnio było dość spokojnie, więc zamieszki nas zaskoczyły.

– Gdzie jest naczelnik?

– Nadal zajmuje się sprawą, ale większość więźniów została już obezwładniona.

– Ile trupów? – zapytał chłodno Rion, jakby pytał o to, ile tego lata wydobyto szmaragdów.

– Nie mamy jeszcze dokładnej liczby, ale najświeższe szacunki mówią o prawie setce. – Strażnik wyprostował się, być może próbując stworzyć osłonę przed osławionym gniewem władcy. Jednak żadna udawana pewność siebie nie ochroni go przed karą króla. – Kelava jest już w drodze. Chciał porozmawiać bezpośrednio z Waszą Królewską Mością i kazał nam was uprzedzić.

Rion zdecydowanym ruchem kiwnął głową, po czym zwrócił się do Nadira i reszty rady:

– Będziemy musieli spotkać się innym razem.

– Ależ wasza miłość – powiedziała Jessamine, szlachcianka z Domu Fioletu – nie skończyliśmy jeszcze omawiać tych raportów. – Poruszyła stertą leżących przed nią papierów, jakby chciała zademonstrować, ile jeszcze przed nimi pracy.

– Powiedziałem: wynocha – warknął Rion. – W tej chwili.

Zgromadzeni fuknęli z dezaprobatą, a na ich twarzach odmalowała się złość. Czekając na wymówkę, by się stamtąd wymknąć, Nadir położył dłonie na stole i odepchnął się, by wstać.

– Nadirze – powiedział ojciec. – Ty tutaj zostaniesz.

Nadir kiwnął głową i opadł z powrotem na krzesło.

Pozostała ósemka członków rady wstała, wyraźnie oburzona zachowaniem króla. Żadne z nich jednak nie mogło nic z tym zrobić. Nadir nie krył uśmiechu, z radością obserwując, jak wszyscy udawali, że Rion wcale nie odprawił ich jak grupy bezwartościowych sługusów.

Gdy wychodzili, w drzwiach pojawił się naczelnik. Z czoła ciekł mu pot, który spływał też po policzkach i gardle. Przód szarego uniformu był zakrwawiony, karmazynowe plamki upstrzyły pomięty biały kołnierz. Policzek szpeciła smuga krwi, którą z roztargnieniem usiłował zetrzeć, kłaniając się wychodzącej szlachcie.

– Wejść – rozkazał król. – I zamknąć drzwi. – Mężczyzna spełnił rozkaz, a w ogromnym pokoju zostali tylko Rion, Nadir i on sam.

Przy ścianach stały regały, pełne oprawionych w skórę tomów. Ogromne okna wychodziły na północ, gdzie światła na niebie falowały w całej okazałości. Chociaż Nadir miał już prawie trzysta lat, widok tych świetlistych wstęg zawsze sprawiał, że czuł się jak w domu.

Odsunął krzesło od stołu i nachylił się, kładąc łokcie na kolanach. Dłonie rozsunął na kilka centymetrów i wyczarował pomiędzy nimi kolorowe wstęgi, co wyglądało, jakby trzymał pasma ciągutek o tęczowej barwie.

– Co się stało, Kelava? – zapytał król, a Nadir zerknął na nich, chcąc być świadkiem tej wymiany zdań.

– To nas zaskoczyło – odpowiedział Kelava, drapiąc się po brodzie. – Ostatnio było spokojnie, nie zauważyliśmy żadnych oznak niezgody.

– Twoim zadaniem jest zduszanie takich incydentów w zarodku – powiedział król, a naczelnik pokiwał głową. Wyglądał przy tym jak skarcony uczniak, którego przyłapano na wypuszczeniu żaby w trakcie lekcji.

– Przepraszam, Wasza Królewska Mość. Więźniowie zostali spacyfikowani, a straty są minimalne. Zginęło dwóch strażników, zabito stu dwudziestu siedmiu więźniów. Mogło być o wiele gorzej.

Kelava się zawahał, a Nadir wyczuł, że naczelnik coś ukrywa.

– Chcesz powiedzieć coś jeszcze? – zapytał go ojciec, najwyraźniej wyczuwając dokładnie to samo.

Naczelnik zbladł jak ściana.

– To właśnie chciałem przekazać wam osobiście, Wasza Miłość. Więzień trzy tysiące pięćset czterdzieści dwa... nie ma go.

Rion zerknął przelotnie na syna, jakby nie chciał, by książę to usłyszał. Nadir obserwował, jak na twarzy króla malują się rozmaite emocje, ale nie miał wątpliwości, że napięcie w jego ramionach zelżało, jakby zdjęto z nich ogromny ciężar. Dlaczego czuł ulgę z powodu zniknięcia jakiegoś więźnia? Nadir wyprostował się na krześle. Kim był więzień trzy tysiące pięćset czterdzieści dwa?

– Chcesz powiedzieć, że poległ w walce? Widziałeś ciało?

Naczelnik zacisnął pięść, otworzył usta, a następnie znów je zamknął.

– No już! – Rion uderzył pięścią w stół z taką siłą, że zarówno Nadir, jak i Kelava podskoczyli.

– Tak sądzę. – Naczelnik przełknął ślinę. Było widać, że przygotowuje się na odpowiedź Riona.

– Co chcesz przez to powiedzieć? – Król nachylił się, a w jego ogromnej imponującej sylwetce czaiła się groźba.

– Więzień odbywał dodatkową karę w Nicości, gdy wybuchły zamieszki.

– I?

– I gdy się tam zjawiliśmy, okazało się, że najprawdopodobniej został pożarty przez ozzillera.

– Co to znaczy „najprawdopodobniej"?

– Zastaliśmy tam jedynie kałużę krwi. Nie mamy powodu myśleć, że uciekł z Otchłani. Nawet gdyby nie zatrzymał go ozziller, zrobiłyby to osłony.

Nadir zmarszczył brwi. Naczelnik dreptał w kółko, próbując utkać z tego wiarygodną historię.

– Co więzień robił w Nicości? – zapytał król. Nadir obserwował, jak rozmowa odbija się niczym piłka z obu stron, a w jego głowie formowały się setki pytań. Dlaczego jego ojca obchodził los jakiegoś więźnia?

– Mieliście wyraźny rozkaz, by mieć trzy tysiące pięćset czterdzieści dwa pod stałą obserwacją.

Kelava pochylił głowę, na jego twarzy malował się wstyd.

– Tak jest, Wasza Królewska Mość. Więzień spowodował bójkę, a karą były dwa tygodnie w Nicości.

– Dwa tygodnie. – Mówiąc to, król wstał. Był naprawdę wysoki, ponad głowę wyższy od śmiertelnego strażnika. – Spuściliście więźnia z oczu na dwa tygodnie?

– Nie – odpowiedział naczelnik, blednąc na widok groźby w wyrazie jego twarzy. – Nie. Cały czas ktoś obserwował więźnia, by się upewnić, że nie uciekł. Przysięgam. Ale gdy rozpoczęły się zamieszki, strażnicy porzucili swoje posterunki, by pomóc w poskromieniu więźniów. Gdy sytuacja się uspokoiła, wrócili, ale Nicość była pusta.

– Nie licząc kałuży krwi.

– Tak, Wasza Królewska Mość. – Głos naczelnika ucichł niemal do szeptu. – Nikt nie przeżyłby w Otchłani, nawet gdyby udało mu się wydostać z Nicości.

Powiedział to z tak słabą nadzieją w głosie, że Nadir niemal mu współczuł. Rozcapierzył palce, a pomiędzy nimi tańczyły błyski światła, gdy obserwował, jak po twarzy jego ojca przepływają niezliczone emocje. Niepokój, strach, dezorientacja i w końcu chyba ulga.

– Kim jest więzień trzy tysiące pięćset czterdzieści dwa? – zapytał w końcu Nadir, nie mogąc dłużej znieść tej tajemnicy.

Ojciec go zignorował, nadal skupiając uwagę na naczelniku.

– Zawiodłeś, choć miałeś tylko jedno zadanie – powiedział Rion. – Jaki teraz będzie z ciebie pożytek?

Słysząc to, Kelava zbladł jeszcze bardziej, a jego gardło zaczęło pulsować.

– Wasza Miłość. To się nie powtórzy.

Rion przesunął się o krok, górując nad roztrzęsionym mężczyzną.

– Jak mogłoby się powtórzyć, skoro nie ma już więźnia, którego mieliście obserwować?

Naczelnik zaczął mieć problemy z oddychaniem. Złapał się za pierś, a pot spływał mu ze skroni i gromadził się wokół kołnierza. Dłoń króla zacisnęła się wokół jego mięsistego podgardla, a naczelnik wybałuszył oczy. Nadir milczał, starając się coś zrozumieć z tych dziwnych wydarzeń. Między jego palcami nadal tańczyła magia.

Rion ścisnął szyję naczelnika, a ten zaczął charczeć. Twarz króla wykrzywiła się w złowieszczym grymasie, gdy powoli odcinał Kelavie dostęp powietrza. Uniósł go, sprawiając, że nogi mężczyzny zwisały ponad ziemią. Naczelnik nadal dusił się i dławił, próbując drapać dłoń króla, jakby mógł mieć jakiekolwiek szanse w starciu z siłą fae.

Chwilę później król zmiażdżył tchawicę Kelavy, a szyja naczelnika przypominała teraz pączek zwiędłej róży. Z jego nosa i ust spłynęła krew, rozlewając się po ręce króla i po podłodze. Rion upuścił naczelnika u swoich stóp. Broń Kelavy zaszczękała, gdy ostatnie tchnienia życia ulatywały z jego zniszczonego ciała.

Nadir spojrzał na ojca, unosząc czarną jak atrament brew.

– Ależ to było teatralne – powiedział. – Powiesz mi, o co właściwie chodzi?

Rion uniósł wargę w geście pogardy, wpatrzony w stygnące zwłoki naczelnika.

– Masz przeszukać las i upewnić się, że nikt się tam nie szlaja – rzucił rozkaz król

– Kogo szukam? Kim jest więzień trzy tysiące pięćset czterdzieści dwa?

Rion przeniósł ponure spojrzenie na syna.

– To nie ma znaczenia. Szczególnie jeśli faktycznie nie żyje.

– Skąd mam w takim razie wiedzieć, kogo szukać? To mężczyzna? Kobieta?

Rion położył dłonie na stole i się nachylił.

– Masz odszukać każdego zagubionego więźnia chodzącego po lesie, Nadirze. To chyba nie jest zbyt trudne zadanie? Nawet jak na ciebie?

Nadir zazgrzytał zębami, słysząc protekcjonalny ton ojca, ale wiedział, że nie ma sensu się kłócić. Król Zorzy zawsze dostawał to, czego chciał. Nadir wstał i pociągnął za rąbek swojej dopasowanej czarnej marynarki.

– Nie, nie jest.

– To dobrze. Jeśli kogoś znajdziesz, natychmiast go do mnie przyprowadź. – Rion raz jeszcze zerknął z pogardą na okaleczone zwłoki. – Wychodząc, przyślij kogoś, by to posprzątał.

Rozdział piąty

Lor

Słońce przenikało przez moje powieki, zmieniając świat w pomarańczowoczerwony płomień. Bolało mnie całe ciało. Otworzyłam oczy, które natychmiast załzawiły się od nagłej jasności. Pierwszą rzeczą, którą zauważyłam, było okno i widoczne przez nie przejrzyste niebieskie niebo. Byłam tak zdumiona, że leżałam zupełnie nieruchomo, zastanawiając się, czy przypadkiem nadal nie śnię.

Niebieskie niebo to coś, co pamiętałam jedynie z mglistych wspomnień. Tak jak leśne kwiaty i radosny śmiech matki. Czasem miałam wrażenie, że wyczarowałam sobie te przebłyski znikąd, tylko po to, by coś mnie pocieszyło. By poczuć, że w moim życiu istniało kiedyś jakieś dobro, zanim zostałam sprowadzona do roli zapomnianej, torturowanej więźniarki. W Nostrazie moje wspomnienia wpiły we mnie swoje szpony i za nic nie chciały puścić. Nie zapomnę ich, nieważne, ile minie lat.

Poruszyłam się, ale moje mięśnie i stawy zaprotestowały. Powierzchnia, na której leżałam, musiała być chmurą. Jeszcze nigdy w życiu nie czułam czegoś tak miękkiego.

Nie. Leżałam na miękkim łóżku, w miękkiej pościeli i z miękką poduszką pod głową. Czy ja umarłam? To musiały być niebiosa. Nigdzie indziej nie miałabym tak cudownych doznań. Poruszyłam się raz jeszcze, wydając z siebie udręczony jęk spowodowany bólem przeszywającym moje kończyny.

Gdybym nie żyła, to chyba by mnie tak kurewsko nie bolało, prawda?

– Obudziłaś się! – krzyknął głos, którego nie rozpoznałam, i wtedy dotarło do mnie, że jestem gdzieś, gdzie być nie powinnam. Ostatnie, co pamiętam, to Nicość, w której leżałam ledwie przytomna, nasłuchując odległych odgłosów zamieszek w więzieniu. Ktoś mnie porwał. Westchnęłam z satysfakcją, gdy moje nogi ślizgały się w atłasowej pościeli.

Zostałam porwana i skazana na leżenie w luksusowym łożu?

Coś... mi tu nie pasuje, pomyślałam.

– Jak się czujesz? – odezwał się ponownie ten sam głos.

Tym razem zauważyłam jego właścicielkę. Była nią śmiertelna kobieta, starsza, o białej skórze. Miała na sobie bladożółtą sukienkę, a siwe włosy upięła na czubku głowy. Cofnęłam się gwałtownie, uderzając o wezgłowie, które okazało się tak wysokie, że musiałam unieść głowę, by zobaczyć jego koniec. Wtedy poczułam, jak odzyskuję ostrość wzroku.

– Kim jesteś? – zapytałam, rozglądając się po pomieszczeniu. Znajdowałam się w sypialni, która była jednocześnie jednym z największych pokojów, jakie kiedykolwiek widziałam, nie licząc kantyny i pralni w Nostrazie. Leżałam w ogromnym łóżku, otoczona białą drewnianą ramą, na której udrapowano złoty materiał. Dookoła mnie było mnóstwo koców i poduszek w najróżniejszych odcieniach beżu i złota, jak kłęby haftowanych chmur.

Podłogę wyłożono kremowym marmurem ze złotymi żyłkami. Pokrywały ją grube złociste dywany. Po drugiej stronie pokoju znajdował się ogromny kominek i cała ściana okien wychodząca na to samo niebieskie niebo, na którym świeciło oślepiające słońce.

– Gdzie ja jestem? – zapytałam, zaciągając koc pod samą brodę. Zdałam sobie bowiem sprawę, że mam na sobie jedynie cienką białą koszulę nocną. Materiał, z którego została uszyta, był tak miękki, że to musiał być jedwab. Zostałam porwana i zamknięta w tym pokoju, po czym zmuszono mnie do założenia najpiękniejszego ubrania, jakie widziałam w życiu, i leżenia na łóżku zasłanym poduszkami i kocami miękkimi jak chmurki? Coś mi tu nie pasuje, myślałam.

– Powiedziano mi, że sporo przeżyłaś – powiedziała kobieta, podchodząc do mnie ze srebrnym wózkiem pełnym jedzenia. – Zjedz coś, a poczujesz się lepiej.

– Kim. Jesteś. – Powtórzyłam, a wszystkie moje zmysły przestawiły się w stan ostrzegawczy.

– Jestem Magdalene – odpowiedziała kobieta. – Ale wszyscy mówią mi Mag.

– Gdzie ja jestem? – zapytałam ponownie, próbując skupić się na Mag, ale zapach tostów, masła i, na chwałę Zerry... czy to kawa? Głośno zaburczało mi w brzuchu, a Mag zmarszczyła siwe brwi.

– Na pewno umierasz z głodu, biedactwo. Zjedz coś, a potem przygotujemy cię do ceremonii trybutek.

Czego?!

Mag podniosła kawałek idealnie usmażonego bekonu, a ja rzuciłam się na niego jak zwierzę i wpakowałam go sobie do ust. Nie smakował ani trochę jak sflaczałe kawałki szarawego mięsa, do których się przyzwyczaiłam. Był chrupiący, słony i tłusty, a ja jęknęłam, przeżuwając, gdy bogactwo smaku zalało mój język.

Mag przybliżyła wózek i zdjęła srebrną pokrywę, pod którą znajdowały się puchate naleśniki i jajecznica – jedno i drugie unurzane w maśle. Przyjrzałam się Mag, zastanawiając się, czy to wszystko jakaś sztuczka, a ja zaraz obudzę się wstrząsana drgawkami na dnie Nicości, ale ona cały czas uśmiechała się do mnie, cierpliwie czekając, aż zabiorę się do jedzenia. Niezależnie od tego, czy to sen, czy nie, przynajmniej zakończę to w wielkim stylu, pomyślałam.

Jedną ręką podniosłam nóż i widelec, a drugą szklany dzbanek z syropem, po czym wylałam całą jego zawartość na talerz. Oczy Mag otworzyły się odrobinę szerzej, ale tego nie skomentowała, a ja rzuciłam się na jedzenie.

– Herbaty czy kawy? – zapytała Mag, podnosząc dwa srebrne imbryki.

– Jednego i drugiego – odpowiedziałam, nadal nie wierząc, że to wszystko dzieje się naprawdę. Kobieta zaśmiała się lekko.

– Oczywiście. Z czym?

– Z czym?

Mag zmarszczyła brew.

– No, tak. Z mlekiem? Ze śmietanką? Z cukrem?

– Tak – odpowiedziałam, po czym wpakowałam sobie do ust olbrzymi kawałek jajecznicy i naleśnika, a zaraz potem kolejny.

Mag zrobiła to, o co prosiłam: napełniła dwa kubki – jeden kawą, drugi herbatą, po czym hojnie chlusnęła śmietanką i mlekiem i dodała kopiaste łyżeczki cukru. Obserwowałam to wszystko z fascynacją. Jeśli już w więzieniu zdarzało mi się napić kawy albo herbaty, były tak czarne i gorzkie, że język zwijał się niczym ślimak w swojej muszli.

Ktoś mnie porwał, wsadził do pięknego łoża, ubrał w aksamitną koszulę nocną, a teraz karmi mnie naleśnikami?

– Oj, kochana, lepiej zwolnij – powiedziała Mag. – Bo się pochorujesz.

Wiedziałam, że ma rację. Od kiedy ostatnio coś jadłam, minął pewnie co najmniej tydzień, a raczej więcej. Ale jeśli to są niebiosa, a ja umarłam, to pewnie nie ma żadnego znaczenia, czy się pochoruję, czy nie. Jeśli śnię, to moim świętym obowiązkiem jest wchłonąć jak najwięcej jedzenia, zanim się obudzę, tłumaczyłam sobie w myślach.

Chwilę później dotarło jednak do mnie, że musiałam być żywa, bo dostałam skurczów żołądka i upuściłam sztućce. Ale Mag, niech Zerra ma ją w swojej opiece, nie była nowicjuszką w tych sprawach. Natychmiast podsunęła mi pod brodę złote wiaderko, a ja zrobiłam jej tę przyjemność i opróżniłam zawartość żołądka prosto do niego.

Gdy walczyłam z odruchem wymiotnym, Mag delikatnie masowała mi plecy i wydawała z siebie kojące odgłosy jak troskliwa pielęgniarka. Kim jest ta kobieta? Czy to jedna z błogosławionych Zerry? Nie miałam pojęcia, co się dzieje. Opróżniwszy żołądek, wytarłam usta wierzchem dłoni, zauważając czyste białe bandaże zawinięte starannie wokół moich rąk. Przez lata spędzone w Nostrazie bez przerwy pokrywały mnie rozcięcia i siniaki w najróżniejszych stadiach gojenia się.

Mag zauważyła, że zwróciłam na nie uwagę, i spojrzała na mnie ze współczuciem w oczach.

– Dlaczego nie umarłam? – zapytałam, na co Mag wzięła gwałtowny wdech, zaciskając usta. Powinnam być w śpiączce. Powinnam być tak słaba, że nie byłabym w stanie wstać. Powinna ze mnie zostać pusta skorupa. Spędziłam w Nicości tyle czasu, że powinnam być tak rozbita, że nie byłabym w stanie zebrać się do kupy.

Mag zręcznie owinęła moje biodra kocem.

– Zajęto się większością twoich ran. Reszta powinna zagoić się w ciągu kilku dni. Przykro mi, że nie udało się usunąć wszystkich twoich blizn. Niektóre rany były bardzo stare i... uparte.

W oczach kobiety błysnęło zakłopotanie, po chwili jednak spojrzała mi w oczy, zakładając dłonie na brzuchu.

Wiedziałam oczywiście, które rany miała na myśli. Te na moim brzuchu. Tę na mojej twarzy. Piętno wypalone na moim ramieniu – trzy faliste linie i koło. Pieczęć króla Zorzy. Wyciśnięto je na mojej skórze, gdy byłam zaledwie dzieckiem, by oznaczyć mnie jako dożywotnią prawowitą własność Nostrazy.

Zaczęłam się czuć jeszcze gorzej niż przed jedzeniem, więc opadłam z powrotem na łóżko, nadal nie mogąc wyjść z podziwu, jakie jest miękkie. Chciałam w nim leżeć na wieki.

– Poślę po coś lżejszego – powiedziała Mag, podając mi szklankę wody. – Wypij ją powoli.

Usiadłam, odebrałam od niej szklankę i zaczęłam sączyć wodę, marszcząc brwi.

– Jest niedobra? – zapytała Mag, załamując ręce.

– Nie. – Pokręciłam głową. – To znaczy, jest dobra. – Była więcej niż dobra. Chłodna, orzeźwiająca i słodka. Zapomniałam, że woda może tak smakować. To, co dawali nam do picia w Zorzy, było słonawe i mętne od czegoś, nad czym wolałam się nie zastanawiać. Plotki głosiły, że piliśmy nie najlepiej przefiltrowaną zawartość latryn. Najbliżej świeżej wody byłam wtedy, gdy piłam deszczówkę podczas długich nocy spędzanych w Nicości.

Upiłam duży łyk, delektując się płynem przepływającym przez moje obolałe gardło. Woda smakowała jak blask słońca i nadzieja, co z jakiegoś niewytłumaczalnego powodu sprawiło, że poczułam ucisk w piersi, a w oczach pojawiły się łzy. Zastanawiałam się, dlaczego ta kobieta jest dla mnie taka miła?

Upiłam jeszcze kilka łyków, a mój żołądek zezwolił, by w nim zostały. Odstawiwszy szklankę na szafce nocnej, obserwowałam Mag krzątającą się po pokoju.

– Proszę – powiedziałam. – Powiedz mi, gdzie jestem? Kim jesteś?

– Ależ moja droga, jesteś przecież w pałacu. Wiem, że trochę czasu zajmie, nim się do tego przyzwyczaisz, ale pomogę ci, jak tylko będę mogła.

Zamrugałam, próbując zmusić się do zrozumienia jej słów.

– W jakim pałacu?

Przecież nie mogłam być w Zorzy. Niebo jest niebieskie. Wszystko było tu jasne i złote, a Zorza składała się z czerni, szarości i udręki, myślałam. Jedyną piękną rzeczą, jakiej tam doświadczyłam, były drogocenne, ulotne chwile, gdy mogłam patrzeć na tańczące na niebie światła w kolorze kamieni szlachetnych.

– Uderzyłaś się w głowę? – zapytała Mag, a jej czoło zmarszczyło się z troski. – W pałacu Słońca, rzecz jasna. Wiem, że trudno uwierzyć, że dziewczyna z twoim... pochodzeniem mogła się tu znaleźć, ale to prawda! Zostałaś ostateczną trybutką!

Zmrużyłam oczy, wpatrzona w Mag, i zastanawiałam się, czy to nie ona uderzyła się w głowę. O czym ona gada?

– Jaką ostateczną trybutką?

Mag zacisnęła usta i rzuciła mi surowe spojrzenie. Zaczęła się irytować, ale nie byłam pewna dlaczego.

– Przestań opowiadać bzdury, dziewczyno. Jak masz na imię? Nie powiedziano mi.

– Lor – odrzekłam. – Mam na imię Lor.

– Hmm. To jakiś skrót? Brzmi trochę pospolicie.

Pokręciłam głową.

– Nie, po prostu Lor.

Mag zanurzyła głowę w garderobie, a po chwili z niej wyszła, trzymając zjawiskową złotą suknię.

– Chyba będzie musiała wystarczyć. I tak będziesz tam pasować jak pięść do nosa. Ale oczywiście zrobimy co w naszej mocy, żebyś dobrze się prezentowała.

Spuściłam wzrok na swoje ciało, bo zaczęłam czuć się odrobinę urażona tymi komentarzami. Wtedy dotarło do mnie, że zniknęła moja wyświechtana tunika z Nostrazy.

– Moje ubrania – powiedziałam. – Gdzie one są?

– Masz na myśli te paskudne szmaty, które miałaś na sobie? – Zmarszczyła nos. – Już ich nie ma.

– Potrzebuję ich. Proszę.

Mag znów wbiła we mnie zdziwione spojrzenie, ale to, co zobaczyła w mojej twarzy, musiało ją przekonać, że mówiłam poważnie.

Kiwnęła lekko głową.

– Poproszę kogoś, by je znalazł. – Jej ton sugerował, że nie była w stanie zrozumieć po co, a ja postanowiłam jej nie oświecać. – Co się stało z twoimi włosami? – zapytała, ignorując moje dziwne zachowanie. Podeszła bliżej i położyła suknię w nogach łóżka. Ściszyła głos do szeptu, dotykając postrzępionych końcówek. – Sama to zrobiłaś? W Umbrze pewnie nie ma porządnych fryzjerów i nie miałaś wyboru, co?

Zawstydzona przesunęłam dłonią po moich lokach sięgających ramion.

– Wszy – powiedziałam i natychmiast tego pożałowałam, widząc przerażenie na twarzy Mag. – Proszę się nie martwić, nie miałam ich. Przedsięwzięto środki ostrożności.

Mag się odprężyła.

– No tak, to chyba ma sens.

– Czym jest Umbra? – zapytałam, gdy odsunęła koc, odsłaniając moje ciało w cienkiej koszuli nocnej. Chwyciła mnie za nadgarstek i pociągnęła, bym wstała, wpatrując się w moją twarz. Wyrwałam nadgarstek i przytuliłam go do piersi.

– Czy ty się dobrze czujesz? Może musimy z powrotem zawołać medyka? – Odwróciła się do wózka pełnego jedzenia, zdjęła z niego tost i podała mi go.

– Powinnaś spróbować coś zjeść. Tym razem powoli. Wygląda na to, że do twoich lekcji trzeba dodać etykietę przy stole. – Zerknęła z grymasem na porzucony przeze mnie talerz z naleśnikami i jajkami. Wyglądał jak syropowa masakra.

– Jakich lekcji? Co się tutaj dzieje?

Kobieta znów mnie zignorowała. Popchnęła mnie w stronę drzwi prowadzących do okazałej łazienki. Pośrodku pomieszczenia stała gigantyczna wanna z tak ogromną ilością piany, że aż wychodziła poza jej krawędź. Nigdy wcześniej nie kąpałam się w wannie. A przynajmniej tego nie pamiętam. W Nostrazie od czasu do czasu mogliśmy wziąć lodowaty prysznic, a ciśnienie wody było tak wysokie, że miało się wrażenie, jakby cię kłuły miliony maleńkich igiełek.

Nie było też osobnych łazienek dla kobiet i mężczyzn, więc pozwalałyśmy sobie z Willow na mycie tylko wtedy, gdy Tristan mógł strzec drzwi.

Wtedy sobie przypomniałam.

– Willow. Tristan – powiedziałam. – Gdzie oni są? Co się z nimi stało?

W odpowiedzi Mag przesłała mi kolejne zdezorientowane spojrzenie.

– Nie wiem, moja droga. Zjedz tost, a potem wejdź do wanny, zobaczymy, co da się zrobić z tymi włosami.

Gdy zaczęła rozpinać mi guziki na plecach, odskoczyłam, wydając z siebie okrzyk sprzeciwu. Nie chodziło o to, że byłam wstydliwa. W Nostrazie z setkami więźniów to byłoby niemożliwe. Chodziło mi o to, że nadal nie miałam pojęcia, kim jest ta kobieta, a byłam przyzwyczajona do tego, że obcy dotykali mnie tylko po to, by wyrządzić mi krzywdę.

Nadal byłam pewna, że musiałam umrzeć, ale życie po śmierci okazało się bardzo dziwne.

Mag cmoknęła z dezaprobatą.

– Nie zobaczę niczego, czego wcześniej nie widziałam, moja droga. – Odwróciła mnie tyłem do siebie i zdjęła ze mnie koszulę nocną, po czym gestem wskazała wannę. Ja w tym czasie usiłowałam osłonić się rękami.

– Wskakuj.

Wanna wyglądała bardzo kusząco, ale zawahałam się, czekając na jakiś haczyk. Czułam ciepło wody i jej zapach – Zerro, to była czysta rozkosz. Ten gówniany skrawek mydła, o który się pobiłam, pachniał przy tym jak rozdeptany płatek.

Uśmiechnęłam się do siebie. Popatrz na mnie, Jude. Ciesz się swoim gównianym mydełkiem, pomyślałam.

Doszłam do wniosku, że i tak muszę dowiedzieć się, co się tu, na bogów, dzieje, więc równie dobrze mogę być przy tym czysta. Podeszłam do wanny, a gdy zamoczyłam pierwszy palec u stopy, fala rozkoszy przyprawiła mnie o gęsią skórkę. Woda była tak gorąca, że niemal mnie parzyła, ale wzięłam głęboki wdech i zanurzyłam się w niej. Zaledwie kilka sekund zajęło mojemu ciału przyzwyczajenie się do piekącego gorąca. Westchnęłam z ulgi.

Po tym już nigdy nie będę w stanie wrócić do zabójczo lodowatych pryszniców w Nostrazie, pomyślałam z nadzieją, że naprawdę umarłam, bo śmierć byłaby tego warta.

Mag krzątała się dookoła mnie, aż w końcu zaczęła myć mi włosy. Gdy doszła do wniosku, że są czyste, uniosła przede mną gruby biały ręcznik, bym mogła się zawinąć. Zanim się zakryłam, zerknęłam na swoje nagie ciało pokryte siniakami i bliznami. Żebra wystawały mi tak bardzo, że rzucały cień na skórę. Obojczyki i ramiona były ostre jak broń.

Mag poprowadziła mnie do toaletki i kazała przy niej usiąść, po czym przejechała palcami po moich krzywo ostrzyżonych włosach, które były teraz miękkie jak jedwab i pachniały jak kwietny ogród. Przyłożyłam mokry pukiel do nosa i powąchałam z uznaniem. Kobieta klepnęła mnie w palce, mlaskając z niezadowoleniem, po czym uczesała i wysuszyła moje włosy, a następnie spięła na czubku głowy, w jakiś sposób sprawiając, że wyglądałam, jakbym miała ich na głowie trzy razy więcej niż w rzeczywistości.

– Teraz lepiej – powiedziała, z każdej strony przyglądając się swojemu wątpliwemu dziełu. – Postaraj się trzymać je z dala od nożyczek, dobrze? Jeśli będziesz potrzebowała przystrzyżenia, jeden z pałacowych stylistów na pewno się nimi zajmie. W zasadzie to poproszę kogoś, by później przyszedł wyrównać ten bałagan.

Zmarszczyłam brwi wpatrzona w lustro. Chyba próbowała być miła.

Następnie Mag zanurzyła dłonie w rozmaitych słoiczkach i garnuszkach rozstawionych na stoliku. Gdy nakładała mi na twarz kilka różnych rzeczy, starałam się siedzieć tak nieruchomo, jak tylko potrafiłam, by nie popsuć jej starań. Makijaż. Jeszcze nigdy wcześniej go nie nosiłam. Skala otaczających mnie bogactw była oszałamiająca. Ile kosztowała ta kąpiel? Ten pokój? Te ubrania?

I co ja tu robię?

Gdy skończyła, odwróciła mnie z powrotem do lustra.

– Proszę – powiedziała. – Teraz prawie wyglądasz jak dama.

Spojrzałam na swoją twarz i nie mogłam odwrócić od niej wzroku. W Nostrazie nie było luster, więc widziałam siebie po raz pierwszy od lat. Dotknęłam policzka i dolnej wargi, zdumiona, że należą do mnie. Wyglądałam okropnie.

W porównaniu do Mag moje policzki były wklęsłe, a ciemne oczy zapadnięte. Zrobiła, co mogła, nakładając makijaż, ale kimkolwiek była, na pewno nie parała się magią. Moje czarne brwi wygięte były w górę, a brązowym oczom brakowało błysku. Odbijały się w nich wspomnienia bezlitosnych lat udręki. Usta, oczy, nos wydawały się zbyt duże na moją twarz, ale skóra sprawiała wrażenie nieco zdrowszej po tym, jak została umyta. Była jasnobrązowa, w przeciwieństwie do swojego zwykłego szarawego odcienia. Może przy odrobinie słońca przestanę wyglądać tak anemicznie, pomyślałam.

Przesunęłam palcami po bliźnie, która przebiegała przez moje lewe oko, rozpoczynając się nad brwią i biegnąc aż do połowy policzka. Wiedziałam, że tam jest, mimo że nigdy nie miałam okazji się jej przyjrzeć. Cokolwiek zrobiła Mag, udało jej się w większości ją zakryć. Nie byłam pewna, co o tym myśleć.

Nie miałam zbyt wiele czasu na rozmyślanie o swoim wyglądzie, bo Mag wróciła do łazienki – nawet nie zauważyłam, że wyszła – i odsunęła mi dłonie z twarzy.

– Przestań, bo popsujesz. – Trzymała w rękach złotą sukienkę i gestem wskazała, żebym wstała. – Ubierzmy cię w to. W każdej chwili może się zacząć twoje spotkanie z królem.

Te słowa sprawiły, że z hukiem wróciłam do rzeczywistości.

– Z królem? Jakim królem? Dlaczego spotykam się z królem?

Mag przewróciła oczami.

– Naprawdę nie wybrali cię z powodu światłego umysłu, co? Ze względu na wygląd też nie, chociaż może mogłabyś być ładniejsza, gdybyś trochę nad sobą popracowała i dołożyła nieco mięsa do tych kości.

Znów zmarszczyłam brwi, niepewna, czy ten komentarz miał mnie urazić. Mag podniosła sukienkę do góry i niecierpliwym ruchem popędziła mnie, bym ją założyła.

– No już. Nie mamy całego dnia.

Choć nadal byłam niepewna, postanowiłam zrobić, o co prosi – w końcu nie miałam innego wyboru. Mag założyła mi rękawy sukni i stanęła z tyłu, by zasznurować plecy. Gdy zerknęłam w lustro, zaparło mi dech. Jaskrawy złoty materiał opadał warstwami na podłogę. Jeden z rękawów był prześwitujący, z kolei drugi uszyto z tej samej złotej tkaniny co dół sukni. Przezroczysty fragment sięgał boku gorsetu, na którym rozpościerał się wzór ze złotych koralików przypominający słońce. Suknia leżała dość luźno na mojej wychudzonej sylwetce, ale to najpiękniejsza rzecz, jaką w życiu widziałam. Od kiedy się obudziłam, widziałam już sporo rzeczy, o których tak pomyślałam.

Zostałam porwana i zmuszona do założenia sukni godnej królowej?

– Załóż je – powiedziała Mag, wskazują parę złotych pantofelków, które położyła na podłodze.

– Nie rozumiem – powiedziałam, patrząc najpierw na nie, a potem na nią. – Proszę, powiedz mi, co się tutaj dzieje.

– Jest gotowa? – Rozległ się niski męski głos dochodzący z sypialni.

Mag odwróciła się do mnie w pośpiechu.

– Zakładaj. Czas na ciebie.

Nie byłam w stanie zaprotestować, gdy wcisnęła mi pantofelki na stopy i zaciągnęła z powrotem do sypialni.

Stał w niej niedorzecznie przystojny mężczyzna w uniformie. Był młody, mniej więcej w moim wieku, o aparycji wojownika. Jego ciemne włosy związane były na wysokości karku. Górował nade mną wzrostem i miał imponującą muskulaturę.

Wbiłam wzrok w parę śnieżnobiałych skrzydeł wyrastających z jego pleców. Gdyby to nie wystarczało, by rozpoznać go jako jednego z wysokich fae, z całą pewnością świadczyły o tym lekko szpiczaste uszy i świetlista cera. U jego pasa wisiał ogromny miecz, a mężczyzna wyglądał na kogoś, kto potrafi go użyć.

Przełknęłam z trudem ślinę, próbując opanować nerwy, ale Mag znów pociągnęła mnie w jego stronę.

Gdy się zbliżyłam, mężczyzna mi się ukłonił. Zatrzymałam się, nie wiedząc, jak zareagować. Też mam się ukłonić? Bohaterki książek, które czasem czytałam, miały w zwyczaju dygać.

Jedyne, czego byłam pewna, to że nie powinnam stać i gapić się na niego jak idiotka.

– Jestem Gabriel – powiedział, prostując się, czym uratował mnie przed koniecznością zastanawiania się, jak się zachować. Na boku szyi miał złoty tatuaż: promienie słońca rozcapierzone na jego opalonej skórze niczym palce. – Zostałem ci przydzielony jako twój wartownik podczas Prób kandydatek na królową Słońca.

– Jako kto? Podczas czego?

Gabriel spojrzał na Mag.

– Możesz wyjść.

Mag w odpowiedzi dygnęła, co postanowiłam zapamiętać na przyszłość.

– Zobaczymy się wkrótce, moja pani.

– Nie, zaczekaj – zawołałam, ale Mag już wyszła.

Chociaż była odrobinę nieuprzejma, odniosłam wrażenie, że ma dobre zamiary. A teraz zostałam tu sama z tym onieśmielającym fae, który przyglądał mi się, jakbym była robalem, którego zaraz zgniecie swoim buciorem.

Gdy drzwi za Mag się zamknęły, Gabriel odwrócił się do mnie, a jego błękitne oczy płonęły.

– Lor. Witaj w pałacu Słońca. Zapewne masz wiele pytań.

Cofnęłam się o krok. Powaga Gabriela mnie przeraziła. Byłam tu sama, nie mając pojęcia, skąd się tutaj wzięłam i co w ogóle robię w pałacu Słońca. Nie byłam nawet pewna, co to za miejsce, ale wiedziałam, że jest cholernie daleko od tego, z którego mnie zabrano. Doszłam do wniosku, że raczej nie wykąpano mnie i nie ubrano tylko po to, by mnie zabić, ale czy mogłam być tego stuprocentowo pewna? Być może padłam ofiarą jakiegoś skomplikowanego żartu. Tylko kto by się silił na coś takiego dla mnie?

– Tak. Co, na Zerrę, się tutaj dzieje? Dlaczego się tu znalazłam? Kim jesteś?

Gabriel zacisnął wargi, a dłoń powędrowała do miecza wiszącego u jego boku.

– Zapewne masz wiele pytań – powtórzył – ale będą musiały poczekać. Chodź ze mną.

Odwrócił się na pięcie i ruszył w kierunku drzwi. Gdy zauważył, że się nie poruszyłam, zwrócił się z powrotem w moją stronę, posyłając mi surowe spojrzenie.

– Nigdzie się stąd nie ruszę, dopóki mi nie powiesz, dlaczego tu jestem. Czy to sen? Czy ja umarłam?

– To nie sen, a ty jesteś jak najbardziej żywa – odpowiedział, kładąc dłoń na klamce. – Możesz pójść z własnej woli, ale mogę cię też zmusić. Twój wybór.

W jego wyrazie twarzy nie było ani krzty humoru. Nie miałam wątpliwości, że zrobi dokładnie tak, jak powiedział.

– Jeśli ze mną pójdziesz, na część ze swoich pytań znajdziesz odpowiedzi.

Zawahałam się. Ale jaki tak naprawdę miałam wybór? Ten facet był uzbrojony, a ja mogłam jedynie zakładać, że w pałacu jest mnóstwo strażników, którzy zrobią to, co on im każe. No i obiecał mi odpowiedzi. Choć nie umknęło mojej uwadze, że powiedział „część".

– Doskonale – odpowiedziałam, starając się sprawiać wrażenie, jakby taki był mój plan od samego początku.

– Mądry wybór, moja pani. – Byłam pewna, że zauważyłam cień uśmiechu na jego beznamiętnej twarzy.

– Dlaczego wszyscy tak do mnie mówią? – zapytałam, zatrzymując się tuż obok niego. – Żadna ze mnie pani.

Gabriel przyjrzał mi się uważnie, a w jego spojrzeniu coś się na moment zmieniło.

– Być może nią nie byłaś, ale to się dzisiaj zmieni.

– Co to ma znaczyć?

– Tak jak powiedziałem, jeśli ze mną pójdziesz, otrzymasz odpowiedzi na swoje pytania. – Otworzył drzwi i wskazał dłonią korytarz. – Ty pierwsza, moja pani.

Obrzuciłam go podejrzliwym spojrzeniem, zastanawiając się, czy się ze mnie nie nabija, ale na jego twarzy nadal malowała się jedynie powaga.

Kiwnęłam głową, chwyciłam rąbek sukni i ruszyłam na spotkanie z przeznaczeniem.

Rozdział szósty

Oniemiałam, gdy szliśmy przez ogromne pałacowe korytarze. Gdziekolwiek spojrzałam, wszystko było złote. Warstwy złota w najróżniejszych odcieniach, od delikatnej żółci przypominającej świeżo ubite masło po najgłębsze, najbardziej intensywne ogniste pomarańcze.

Były tu złote lustra i grube tkane dywany przeplatane połyskującą nicią. Minęliśmy wysoko sklepione pomieszczenia, z których dochodziły brzęczące tony radosnej muzyki. W powietrzu unosiły się śmiechy i rozmowy, potęgujące wrażenie lekkości, jakby mrok nigdy nie zapuścił tutaj korzeni.

Usłyszałam jakiś instrument. Pianino? A po chwili kolejny, wygrywający smutną, lecz piękną melodię. Być może skrzypce? Do tej pory mogłam je sobie tylko wyobrażać, były zakopane głęboko w moich poplątanych wspomnieniach.

– Chodź – powiedział ściszonym głosem Gabriel. Zatrzymałam się przed pokojem wypełnionym wysokimi fae, wpatrzona w bladą kobietę w złotej sukni. Jej loki w kolorze blond ułożone były na czubku głowy. Kobieta grała na ogromnej złotej harfie. Zgromadzeni fae mieli w rękach maleńkie kielichy wypełnione bulgoczącą cieczą. Szeptali do siebie, wybuchając raz po raz swobodnym śmiechem. Sprawiali wrażenie tak lekkich i szczęśliwych. Tak beztroskich i zestrojonych z otaczającym ich światem. Zastanawiałam się, jakby to było, czuć się tak jak oni.

– Później posłuchasz muzyki.

Zaczarowana ich widokiem poderwałam się i odwróciłam do Gabriela, przypominając sobie, że tam jest. Niechętnie kiwnęłam głową i ruszyłam za jego zdecydowanym krokiem. Kilkukrotnie zakręciliśmy i przeszliśmy przez kolejne szerokie korytarze ze wspaniałymi łukowymi oknami wychodzącymi nie tylko na błękitne niebo, ale również na ocean tak niebieski, że jego kolor niemal wpadał w zieleń. Znów zatrzymałam się gwałtownie, a moja dłoń powędrowała w stronę szyi. Próbowałam wchłonąć ten widok, jakbym mogła zanurkować prosto w jego głębię.

– Nigdy bym nie pomyślała, że zobaczę coś takiego – szepnęłam, czując ucisk w piersi. – Coś wspaniałego.

Fale oceanu wpływały jedna na drugą; ich białe spienione grzywy przewracały się powoli niczym swawolne chmury. Chociaż przez szybę nic nie słyszałam, wyobrażałam sobie, jakie wydają dźwięki. Przypominały lwi ryk i rozchodzący się echem grzmot.

– Moja pani – powiedział Gabriel, tym razem łagodniej. Wyraz jego twarzy również nie był tak surowy. – Spóźnimy się. Proszę. Obiecuję, że jeśli teraz ze mną pójdziesz, później cię tam zabiorę.

– W porządku. – Kiwnęłam głową, w końcu odrywając wzrok od oceanu. Miałam wrażenie, że mogłabym tam siedzieć sto lat i nigdy się tym nie znudzić.

W końcu dotarliśmy do podwójnych drzwi z pomalowanego na biało drewna, pokrytego filigranem w kształcie złotych liści i kwiatów. Jedne z drzwi były uchylone, a Gabriel otworzył je odrobinę szerzej, po czym wmaszerował do środka i przytrzymał je, wskazując, żebym weszła za nim.

Gdy to zrobiłam, rozmowy gwałtownie zamilkły, a wszystkie spojrzenia w pokoju skupiły się na mnie – głowy zgromadzonych przekręciły się prawie jak u sów. Przełknęłam ślinę i schowałam pięści w materiale sukni, prawdopodobnie niszcząc go spoconymi dłońmi.

To pomieszczenie było tak samo olśniewające jak wszystkie inne. Wysokie sufity, ogromne okna i niekończące się dowody bogactwa. Co ja tu robię? Przecież tu nie pasuję. Musiało dojść do jakiejś poważnej pomyłki.

Wśród wysokich fae naliczyłam dziewięć kobiet stojących w jednej grupie. Wszystkie zdawały się w moim wieku, a każda z nich była piękniejsza od poprzedniej. Miały różowe usta, długie rzęsy, a oczy duże i lśniące. Włosy każdej z nich błyszczały, skóra była gładka, a sylwetka – nieskazitelna. Nosiły złote suknie, przy których moja wyglądała jak stara szmata wyciągnięta z dna szafy. A jeszcze kilka minut wcześniej myślałam, że to najpiękniejsza rzecz, jaką widziałam w życiu. Czy to nie żałosne?

W pokoju znajdowało się również dziewięciu strażników fae w zbrojach takich jak ta, którą nosił Gabriel. Każdy z nich miał również parę pierzastych skrzydeł i ten sam tatuaż ze złotym słońcem na szyi. Poza kobietami i wartownikami było tam także kilka innych osób, w tym wysoka fae z surowym wyrazem twarzy, wpatrzona we mnie znad okularów na nosie.

– Ach. W samą porę. Przybyła nasza ostateczna trybutka.

Dlaczego wszyscy mnie tak nazywają? I czemu, gdy to robią, ich głosy zniżają się do złowieszczego szeptu?

Fae wyszła do przodu, z każdej strony taksując mnie wzrokiem. Jej proste blond włosy sięgały brody, a oczy miały kolor żywej zieleni. Ubrana była w złotą spódnicę i falujący kremowożółty płaszcz sięgający łydki. Choć dorównywałam jej wzrostem, wyprostowane ramiona kobiety i królewski sposób, w jaki unosiła podbródek, sprawiały, że wydawała się znacznie wyższa.

– Jesteś trochę chuda, ale będziesz musiała wystarczyć. – Skrzywiła się, przyciskając dłoń do piersi. – A co ty masz na twarzy?

Poprawiła okulary na nosie i nachyliła się tak blisko, że czułam jej oddech. Zmarszczyłam nos. Byłam niemal pewna, że fae nie potrzebują usprawnień takich jak okulary. Mieli wzrok o wiele lepszy niż wzrok śmiertelników, okulary zatem musiały być ozdobą. Może myślała, że wygląda w nich na mądrzejszą. Cóż, nie zgodziłabym się.

– Czy to jest blizna? – Powiedziała to takim tonem, jakbym uniosła suknię i nasikała na podłogę. Dotknęłam policzka, czując nagłe zakłopotanie. Jeszcze nigdy wcześniej nie wstydziłam się swoich blizn. Są żywą mapą mojego fizycznego bólu, śladem cierpień, przez które przeszłam. Noszę je jak honorowe odznaki. Przypominają mi o tym, że przetrwałam to, czego wielu nie zdołało. I że przetrwam nadal, jeśli się nie poddam.

Jak ona śmiała mnie za nie oceniać?

– Madame Odell, medycy zrobili wszystko, co w ich mocy, jednak niektóre blizny okazały się zbyt głębokie nawet dla ich darów. Obiecali, że nadal będą nad nimi pracować – powiedział Gabriel, pojawiając się u mojego boku.

Madame Odell pociągnęła nosem i odchyliła się, by ocenić mnie od stóp do głów. Z całą pewnością uważała mnie za niewystarczającą.

– Cóż. Skoro już tutaj jest, to chyba nic nie możemy zrobić. Jak masz na imię, dziewczyno?

Otworzyłam usta, by odpowiedzieć, ale byłam tak zestresowana, że wydałam z siebie jedynie żałosny pisk. Odchrząknęłam i spróbowałam raz jeszcze.

– Jestem Lor – powiedziałam cicho, zauważając, że pozostałe dziewięć kobiet zakryło usta, a w ich oczach zatańczyło rozbawienie. Kilku nie udało się stłumić chichotu. Usłyszałam też delikatne parsknięcie, po którym rozległa się cicha fala złośliwego śmiechu.

– I co dalej? – zapytała madame Odell. – Nie masz nazwiska?

Kręcę głową.

– Po prostu Lor.

Nie mam nazwiska. Moje dziedzictwo nie istnieje. Wrzucili mnie do więzienia, gdy byłam dzieckiem, zabierając mi wszystko.

– Hmm – powiedziała. – Cóż, jeśli przeżyjesz Próby, być może zarobisz też i nazwisko. Nie wiem, dlaczego jestem zaskoczona, że umbryjski szczur go nie ma. Powinniśmy się ich wszystkich pozbyć.

– Przepraszam – odpowiedziałam, czując, jak moja szyja pokrywa się rumieńcem spowodowanym wściekłością i upokorzeniem. – Co powiedziałaś? Czym jest umbryjski szczur?

Kobieta mnie zignorowała, odwracając się do pozostałych dziewięciu dziewczyn, i splotła dłonie. Rzuciłam rozgniewane spojrzenie Gabrielowi.

– Obiecałeś mi odpowiedzi – syknęłam pod nosem. – Nie przyszłam tu po to, by mnie obrażano. Nie uczą was manier w tym wykwintnym pałacu? Co tu się, kurwa, dzieje?

– Cierpliwości – odpowiedział przez zaciśnięte zęby. – I uważaj, co mówisz. Teraz jesteś damą. – Jednak spojrzenie, którym mnie obrzucił, sugerowało, że nie jest co do tego przekonany.

– Nie będę cierpliwa. – Zacisnęłam zęby. – Porwaliście mnie z...

Wokół mojego ramienia zacisnęła się dłoń. Gabriel przyciągnął mnie do swojej szerokiej piersi.

– Lepiej nie kończ tej myśli, moja pani – syknął mi do ucha. – Inaczej czekają cię konsekwencje, przy których twoje poprzednie życie będzie słodkim wspomnieniem.

Jego niebieskie oczy płonęły z taką intensywnością, że ujrzałam w nich niebezpieczeństwo. Po raz pierwszy, odkąd obudziłam się w tej dziwnej rzeczywistości, poczułam, że naprawdę się boję. Okazało się, że naprawdę zostałam porwana, zmuszona, by nosić suknię godną królowej, otulona luksusową pościelą i karmiona tostami z masłem. Ale nie stało się to z niczyjej dobroci serca. Kiwnęłam powoli głową. Nagle dotarło do mnie, że na razie najlepiej dla mnie będzie się nie odzywać – a w tym nigdy nie byłam dobra.

– Gabrielu! – zawołała madame Odell. – Przyprowadź ją tutaj. Do sali tronowej mamy wejść w tej chwili. – Ostatnie słowa zaakcentowała, jakby przebijała moje serce strzałą.

Gabriel kiwnął głową i zaciskając dłoń wokół mojego bicepsa z taką siłą, że zapewne zostawi siniaka, zaciągnął mnie do miejsca, w którym czekało dziewięć kobiet fae.

Zabiję tego dupka.

Po tym, jak zostałam bezceremonialnie wepchnięta przed grupę, fae cofnęły się o krok, jakby bały się do mnie zbliżyć. Zmarszczyły eleganckie noski i podwinęły idealnie pomalowane górne wargi. Miałam przeczucie, że gdybym krzyknęła teraz „buu!", wszystkie zemdlałyby na miejscu, przewracając się na ziemię jak pozłacane zapałki.

Madame Odell klasnęła w dłonie.

– Ustawcie się w rzędzie.

Sala wypełniła się szelestem złotego materiału, a jedwabiste loki zostały zarzucone za ramiona. Fae ustawiły się w równym rzędzie. Pachniały jak różany ogród, skąpane w perfumach o intensywnym zapachu. Miałam wrażenie, że ta mdląca woń zdołała przywrzeć do wnętrza mojego nosa i okleiła płuca. Zostałam wepchnięta na koniec rzędu. Spanikowana, wzięłam kilka głębokich wdechów, czując nerwy ściskające mój żołądek. Co się teraz wydarzy? Dręczyły mnie straszne obawy.

Stojąca przede mną kobieta była tak blada, że jej skóra błyszczała jak śnieg. Jasnorude loki idealnie pasowały do niezwykłych szmaragdowych oczu. Bez przerwy odwracała się do mnie przez smukłe odsłonięte ramię, jakby się bała, że rzucę się na nią i ugryzę jej gładką, kremową skórę. Prawdę mówiąc, kusiło mnie to.

Gdy rozmyślałam o tym, że zapewne nigdy w życiu nie dotknęło jej nic bardziej szorstkiego niż piórko, drzwi po drugiej stronie pokoju otworzyły się i rząd fae ruszył przed siebie.

Nie jestem pewna dlaczego, ale rozglądałam się w tamtej chwili za Gabrielem, poszukując potwierdzenia, że idę tam, gdzie powinnam. Nie był może zbyt przyjacielski, lecz teraz jego twarz była jedyną, którą znałam. Obserwował mnie, marszcząc brwi, a jego mina nie zdradzała żadnych uczuć.

Poczułam czyjąś dłoń na swoich plecach – to madame Odell popchnęła mnie do przodu.

– Ruchy – syknęła. – Wiedziałam, że wykopywanie cię z Umbry okaże się katastrofą. Nigdy nie zrozumiem, dlaczego król podtrzymuje tę absurdalną tradycję.

Zatoczyłam się do przodu, rozmyślając nad jej słowami. Weszłam za pochodem do sali, która zdawała się jeszcze bardziej onieśmielająca niż każde z pomieszczeń, które widziałam do tej pory. Było w niej tak jasno, że musiałam mrużyć oczy z powodu oślepiającego blasku promieni słońca odbijających się od złota. Było wszędzie. Na podłogach, ścianach, nawet na suficie, nie licząc szklanej kopuły tworzącej nad nami łuk, przez który widać było błękitne niebo. Słońce świeciło intensywnie, a ja zastanawiałam się, jak by to było poczuć je na gołej skórze.

W każdą ze ścian wstawiono ogromne okna wychodzące na piaszczyste brzegi i spienione fale krystalicznie czystego oceanu. Po bokach okien, na całą wysokość pokoju, rozpościerały się lśniące zasłony. Z wykorzystanego na nie materiału można by było uszyć namioty dla całej wioski.

Jedna za drugą przeszłyśmy przez środku sali, gdzie jasnoruda głowa stojącej przede mną fae wydawała się dryfować, jakby kobieta szybowała w powietrzu. Minęłyśmy ustawionych naprzeciwko siebie strażników – tym razem ludzkich, bez skrzydeł i tatuaży – stojących prosto i patrzących przed siebie, jakby w ogóle nas tam nie było. Setki dobrze ubranych wysokich fae oraz śmiertelników stały za strażnikami, wpatrzone we mnie i pozostałą dziewiątkę. Choć szeptem, otwarcie nas oceniali.

Kawałek dalej zauważyłam podium, na którym znajdowały się dwa trony, dla których tło stanowiły złote punkty i zakrzywione linie przypominające promienie słońca. Rozpościerały się jak palce otwartej dłoni, jakby oferowały nam zbawienie.

Po obu stronach podium stali wysocy fae, przyozdobieni cennymi kamieniami, koronkami i niezmiennym bezpieczeństwem gwarantowanym przez posiadane przywileje. Patrzenie na to bogactwo, na tę ekstrawagancję, było niemal bolesne. Przypomniałam sobie swój szorstki więzienny uniform, wąską pryczę i żałosne skrawki jedzenia, które otrzymywałam każdego dnia, podczas gdy tutaj żyło się w taki sposób.

Z bólem pomyślałam o Tristanie i Willow. Zastanawiałam się, gdzie są i co robią. Po raz milionowy pomodliłam się do Zerry, by przeżyli zamieszki i bym wkrótce mogła ich zobaczyć.

Kobiety idące przede mną dotarły na przód pokoju. Ustawiły się w szeregu, twarzą do podium tak, że ja trafiłam na sam środek. Właśnie wtedy stanęłam twarzą w twarz ze zjawiskiem, które w jakiś niewytłumaczalny sposób wydawało się zmieniać moje przeznaczenie.

Na tronie siedział wysoki fae, ubrany w złote jedwabie, w tym dopasowaną wyszywaną marynarkę z rzędem błyszczących guzików i parę bryczesów, które wydawały się brązowe, ale gdy się poruszał, połyskiwały złotą nicią. Jego jasnobrązowe buty kończyły się przed kolanami, a włosy błyszczały jak wypolerowana miedź, w świetle słońca przypominając brązowopomarańczowozłotą rzekę. Przenikliwe spojrzenie oczu w kolorze oceanu, który widziałam na zewnątrz, przesunęło się po mnie i pozostałej dziewiątce. Mężczyzna miał wysokie kości policzkowe, ostro wyciosaną szczękę i pełne, idealne usta. Te wszystkie piękne rzeczy, które dziś widziałam, były niczym w porównaniu z nim. Brakowało mi tchu od samego przebywania w jego obecności.

To mógł być tylko król Słońca.

Jego spojrzenie wylądowało na mnie i zatrzymało się na moment. Towarzyszył mu ledwie widoczny uśmiech. Musiałam sobie to chyba wyobrazić. Nie ma przecież szans, że zwróciłby na mnie uwagę, gdy stoję pośród dziewięciu doskonałych okazów kobiecego piękna, pomyślałam.

– Witajcie – powiedział król z uśmiechem odsłaniającym idealnie białe zęby. Jego spojrzenie emanowało ciepłem. – Minęło już ponad pięć wieków, od kiedy koronowaliśmy w Afelionie ostatnią królową. – Jego zamyślone spojrzenie popłynęło w stronę pustego tronu tuż obok niego, po czym znów na nas spojrzał. – Jak wiecie, być wybraną na jedną z dziesięciu trybutek biorących udział w Próbach to ogromny zaszczyt. By się tu znaleźć, pokonałyście setki innych kandydatek. Liczę, że każda z was da z siebie wszystko. Jedynie najodważniejsza, najlojalniejsza i najsprytniejsza kobieta może wznieść się ponad resztę i panować u mego boku.

Gwałtownie zamrugałam, kręcąc głową. Chyba się przesłyszałam. Jestem w Afelionie? Miałam jedynie niejasne wyobrażenie tego, jak wygląda nasz kontynent, Uranos, ale wiedziałam na pewno, że to południowe królestwo znajduje się tak daleko od Zorzy, jak to tylko możliwe.

Pominąwszy ten zagadkowy fakt, jeszcze pilniejsze do rozwikłania było co innego: czy znalazłam się tu, by walczyć o tytuł królowej Słońca?

Po raz kolejny poczułam przekonanie, że umarłam, a to po prostu jakiś rozbudowany sen. Nicość musiała do reszty zrujnować mój umysł. Nie miałam pojęcia, że moja wyobraźnia była w stanie utkać tak sugestywną opowieść.

Do przodu wyszedł mężczyzna fae w złotej opończy, z wyjątkowo jasnymi, niemal białymi włosami. Stanął, zakładając dłonie za plecami, i odchrząknął.

– Próby kandydatek na królową Słońca są tradycją sięgającą zarania historii Afelionu. – Mężczyzna uniósł wysoko głowę, a jego donośny głos poniósł się przez całą komnatę. – Od tysięcy lat Próby wyłaniają królową, która będzie rządziła królestwem. Dziesięć najpiękniejszych i najzdolniejszych kobiet z najlepszych rodzin Afelionu zostało wybranych, by rywalizować w dziedzinie etykiety, wdzięku, wytrwałości, logiki, inteligencji i uwodzenia.

Słysząc to, zmarszczyłam brwi, czując, jak zawroty głowy pozbawiają mnie gruntu pod nogami. Miałam w głowie tyle pytań, że gdybym miała je zadać, zatopiłyby całe to pomieszczenie. Gabriel zerknął na mnie i jakby wyczuwając moje myśli, uciszył je strofującym spojrzeniem. Bezgłośnie z drugiej strony pokoju wypowiedział słowo „nie", odpowiedziałam mu więc gniewnym spojrzeniem.

– Jedna z trybutek – kontynuował fae, a jego spojrzenie padło na mnie, nagle ciężkie jak kotwica opadająca na dno morza – jest śmiertelniczką i została wybrana z Umbry. Ona również będzie miała szansę, by otrzymać tę najbardziej upragnioną nagrodę. Ma to służyć jako przypomnienie dla wszystkich śmiertelników, że każdy, kto jest wystarczająco bystry i zdeterminowany, może zmienić swoją życiową drogę, jeśli tego właśnie pragnie. Przypomnienie, że to my kierujemy własnym przeznaczeniem.

Przez komnatę przeszedł szept, a ja rozmyślałam nad jego słowami, prawie wybuchając gorzkim śmiechem. Zaciągnęli mnie na te zawody, by udowodnić, że ludzie z marginesu mogą zmienić swoje życie, jeśli na to zapracują?

I znów ktoś powiedział, że jestem „z Umbry". Najpierw Mag, potem madame Odell, a teraz ten fae. Mogłam jedynie przypuszczać, odczytując reakcje zgromadzonych, że chodzi o jakąś afeliońską dzielnicę biedy albo więzienie. Ale ja nie pochodziłam z Umbry. Ani nawet z Afelionu. Nagle poczułam mrowienie w karku, a w brzuchu zawiązał się supeł.

To nie brzmiało dobrze.

Fae przemówił ponownie:

– Dziesięć trybutek podejmie cztery wyzwania w ciągu kolejnych ośmiu tygodni. Każda z Prób została przygotowana tak, by przetestować najróżniejsze umiejętności i atrybuty. Jeśli któraś z trybutek nie wypełni zadania w sposób, który uznamy za satysfakcjonujący, zostanie zdyskwalifikowana. Wyzwania te nie należą do łatwych i wiele trybutek na przestrzeni wieków poniosło w nich śmierć. Pomiędzy wyzwaniami będziecie otrzymywać lekcje oraz trening, które stworzono, by pomóc wam przetrwać.

Po tej deklaracji w tłumie rozległa się podekscytowana paplanina.

Śmierć? Już wcześniej było mi niedobrze, ale na te słowa w brzuchu zawiązały mi się kolejne supły.

– Trybutki, które pomyślnie przejdą wszystkie cztery Próby, staną przed Słonecznym Lustrem, arbitrem i sędzią, który oceni, która z was jest godna wywyższenia do miana królewskiej fae i ukoronowania na królową Słońca. Jedynie Lustro widzi prawdę i przyszłe przeznaczenie tej, która ma zostać monarchinią. – Mężczyzna zrobił teatralną pauzę, a jego spojrzenie prześliznęło się po nas, jakby na niektóre z trybutek patrzył po raz ostatni. – Życzę wam wszystkim powodzenia. Niech Zerra wam błogosławi i ma was w swojej opiece.

W komnacie rozległy się uprzejme oklaski, a na twarzach wszystkich zgromadzonych pojawiły się uśmiechy. Nie, nie wszystkich. Idealne cery pozostałych dziewięciu trybutek zzieleniały, kobiety wyglądały teraz, jakby poczuły się tak jak ja. Może i spotkał nas zaszczyt, ale wiązała się z nim ogromna cena. Rzeczywistość, która być może nas czeka, przyćmiła ich pewność siebie.

Dlaczego ja też mam być tego częścią? Co ja tu robię?

Podczas gdy tłum kontynuował rozmowy, ja podniosłam głowę i zauważyłam, że król mi się przyglądał. Jego wygląd zaparł mi dech w piersiach, ale odwzajemniłam śmiałe spojrzenie króla, w jakiś sposób rozumiejąc, że tego właśnie ode mnie oczekuje. Jego brązowe włosy błyszczały w słońcu, a niebieskozielone oczy zdawały się odnajdywać w mojej duszy głęboko zakopane miejsce, o którym zapomniałam, nie zdając sobie z tego sprawy. Zwróciłam uwagę na jego umięśnione ciało kryjące się pod ubraniem – szerokie ramiona, wąskie biodra i silne uda. Gdy oparł łokieć na oparciu tronu, zauważyłam piękno i siłę jego wielkiej dłoni.

Zostałam zaczarowana, nie mogłam się poruszyć ani przemówić. Jednak w końcu czyjaś dłoń objęła moje ramię, odwracając moją uwagę od króla. Gabriel stał nade mną jak góra lodowa. Spojrzał na władcę, wymieniając z nim spojrzenia, których nie potrafiłam zinterpretować.

– Będę rywalizować o to, by wziąć z nim ślub?! – Słowa wyślizgują się z moich ust wraz z oddechem, zlewającym się z szeptem obietnicy, którą złożyłam w wieku, gdy ledwie byłam w stanie zrozumieć, na co się zgadzam.

Kąciki ust Gabriela uniosły się.

– A przynajmniej spróbujesz.

– Najpierw muszę zwyciężyć w Próbach – powiedziałam.

Gabriel parsknął, a wtedy mój wzrok natychmiast przeniósł się na niego.

– Nie do końca o to mi chodziło – odpowiedział.

– O czym ty mówisz?

– O tym, że jesteś ostateczną trybutką. – Gabriel wziął głęboki wdech, raz jeszcze zerkając na króla, który był teraz pogrążony w rozmowie z innym fae. – A przez prawie osiem tysięcy lat trwania Prób kandydatek na królową Słońca ostateczna trybutka nie przetrwała ani razu.

Rozdział siódmy

Co? – zapytałam, a czar, który rzucił na mnie król, roztrzaskał się na kawałki.

– Chodź – powiedział Gabriel, ciągnąc mnie za łokieć.

Wbiłam stopy w ziemię i wyszarpnęłam rękę.

– Co to znaczy, że ostateczna trybutka nigdy nie przetrwała?

Gabriel wypuścił powietrze, a jego spojrzenie ponownie spotkało się ze wzrokiem króla. Znów nas obserwował, a ja zjeżyłam się, widząc, że posyłają sobie znaczące spojrzenia.

– Co to ma być? Dlaczego bez przerwy tak na siebie patrzycie? Powiedziałeś, że jeśli z tobą pójdę, dostanę część odpowiedzi, ale jestem bardziej zdezorientowana niż wcześniej. Powiedz mi, co się tutaj dzieje!

– Ciszej – syknął Gabriel przez zaciśnięte zęby.

– Nie! Nie będę ciszej! Żądam wyjaśnień. Co ja tutaj robię?!

Zrobiłam scenę, kilka ciekawskich głów zwróciło się w moją stronę. Gabriel ponownie wymienił szybkie spojrzenia z królem, po czym odwrócił się do mnie, nachylił i przełożył mnie sobie przez ramię. Wrzasnęłam i zaczęłam walić go po plecach, po czym wycelowałam stopą w jego krocze. Uderzyłam palcem w twardą jak kamień wypukłość i krzyknęłam z bólu. Cholerna zbroja.

Gabriel zaśmiał się ponuro, a ja usiłowałam odsunąć od siebie białe pióra jego skrzydeł. Mój wartownik odwrócił się, by stanąć twarzą do tłumu.

– Bardzo za to przepraszam, panie i panowie. Wiecie, jak to bywa z umbryjskimi szczurami. – Klepnął mnie w zwrócony do zgromadzonych tyłek. Wszyscy się ze mnie śmiali. Gdy tylko się dowiem, co tu się, do kurwy nędzy, dzieje, Gabriel będzie pierwszy na liście osób, które zamorduję jakimś tępym narzędziem, pomyślałam.

Znów się odwrócił, a ja zamknęłam oczy, bo zaczęło mi się robić niedobrze. Nadal kiepsko się czułam po poprzednim posiłku, a moje ciało było wykończone po dniach spędzonych w Nicości. Gabriel otworzył drzwi, po czym zatrzasnął je, gdy weszliśmy do środka.

Chwilę później zostałam zrzucona z jego ramienia na miękką kanapę. Znaleźliśmy się w czymś na kształt pozbawionego okien przedsionka, którego ściany pokryte były wzorami z gładkiego złota.

– Jak śmiesz! – Podskoczyłam, zaciskając pięści. – Domagam się natychmiastowych wyjaśnień.

– Ciszej – odpowiedział Gabriel, z ostrzegawczym błyskiem w niebieskich oczach.

Wyprostowałam się, wzięłam głęboki wdech i przygotowałam się do tego, by wydać z siebie przebijający bębenki w uszach wrzask wydobyty z głębin swojej frustracji.

– Zrób to, a odeślę cię do Nostrazy tak szybko, że nie zdążysz poczuć wiatru we włosach.

Zatrzymałam się w połowie wdechu i opuściłam ramiona. Powietrze wypłynęło ze mnie ze świstem.

– To zwróciło twoją uwagę, co, Lor?

Zmrużyłam oczy.

– Powiedz. Mi. O. Co. Tu. Chodzi.

Gabriel przeciągnął dłonią po twarzy i przeszedł na drugą stronę pokoju.

– Atlas załatwił ci wyjście z Nostrazy, żebyś mogła konkurować w Próbach.

Pokręciłam głową.

– Kto?

– Atlas. Król.

Zatkało mnie.

– Dlaczego?

Gabriel przyjrzał mi się od czubka głowy po palce u stóp, ale nie było w tym nic sugestywnego. Wyglądał jak uczony próbujący rozwiązać skomplikowaną zagadkę niemającą żadnej podpowiedzi.

– Nie mam pojęcia – odpowiedział w końcu. – Powiedziano mi, żebym zabrał cię z Zorzy i przywiózł tutaj, gdzie zostaniesz ostateczną trybutką podczas Prób kandydatek na królową Słońca.

Rozpostarłam dłonie.

– To nie ma sensu. Dlaczego ja? Dlaczego nie wzięliście kogoś z tego miejsca, którego nazywacie Umbrą?

Gabriel potarł podbródek, kręcąc głową.

– Sam tego nie wiem.

– W takim razie zapytam króla. – Uniosłam przód mojej absurdalnej sukni i ruszyłam w kierunku drzwi, ale Gabriel zablokował wyjście.

– Niczego takiego nie zrobisz, moja pani.

– Zejdź mi z drogi, w tej chwili!

Gabriel zrobił krok do przodu i położył mi swoje dłonie na ramionach.

– Zostałaś tu przyprowadzona, by wziąć udział w Próbach. Będziesz udawać, że pochodzisz z Umbry, i nikomu nie powiesz, skąd tak naprawdę jesteś. Być może zginiesz, ale być może spełnisz wszystkie swoje marzenia. Która śmiertelniczka nie marzy o poślubieniu króla Słońca? Zostaniesz wywyższona do miana królewskiej fae i otrzymasz władzę i wszelkie bogactwa, o których dotąd tylko śniłaś. Władałabyś magią, Lor.

– Jaką magią? – zapytałam, bo to faktycznie zabrzmiało całkiem nieźle.

– Nie wiem. O tym decyduje Słoneczne Lustro.

Uniosłam sceptycznie brew.

– Lor, nie masz wyboru. Będziesz rywalizować w Próbach i dasz z siebie wszystko, a jeśli nie wygrasz, prawdopodobnie umrzesz. Jeśli jakimś cudem uda ci się przeżyć, zostaniesz zesłana z powrotem do Nostrazy, gdzie będziesz gnić do końca swojego żałosnego życia. Czy wyraziłem się jasno? Nie wiem, dlaczego Atlas chciał, żebyś tu była, ale takie było jego pragnienie, a moim obowiązkiem jest zapewnienie, byś to pragnienie spełniła.

Jego słowa na moment odebrały mi mowę.

– Możesz wyciągnąć z więzienia Tristana i Willow? Bez nich tutaj nie zostanę. Jeśli udało ci się wyrwać mnie, uda ci się wyciągnąć również ich. – Pod koniec zdania mój głos stał się wyższy. Może w końcu uda mi się zapewnić im wolność, pomyślałam. – Kiedy mnie zabrałeś, w więzieniu wybuchły zamieszki. Nie wiem, czy coś im się nie stało. Potrzebuję ich.

– Nie było żadnych zamieszek – odpowiedział.

– Były. Słyszałam – nalegałam.

– Musiało ci się przesłyszeć.

Przechyliłam głowę, przyglądając się Gabrielowi. Mówi prawdę? Dlaczego miałby kłamać?

– Możesz ich wyciągnąć? Proszę?

– Nie mogę – odpowiedział Gabriel z surowym wyrazem twarzy. Jego skrzydła zadrżały delikatnie.

– Dlaczego nie? Ze mną ci się udało. Dlaczego ich nie wydostaniesz?

– To tak nie działa.

Zacisnęłam dłonie w pięści.

– Tym razem będę krzyczeć. Naprawdę.

Gabriel zbliżył się o kolejny krok i chwycił mnie ogromną dłonią za gardło. Gdy starałam się wywinąć, zacisnął ją mocniej, niemal pozbawiając mnie tchu. Chwilę później pchnął mnie na ścianę, górując nade mną niczym anioł śmierci.

– Nie utrudniaj, Lor. Jeśli nie będziesz robić tego, co ci każą, w niebezpieczeństwie znajdą się też twoi przyjaciele. – Ponownie próbowałam się uwolnić, warcząc z wściekłości. Wtedy ścisnął moje gardło na tyle mocno, że zaczęłam się bać.

– Czy ty im właśnie zagroziłeś? – Dławiłam się, bez skutku starając się odciągnąć jego silną rękę. Był niczym wykuty ze stali, a ja przy nim czułam się nic nieznaczącą pchłą.

– Owszem. Zachowuj się dalej jak rozpuszczony bachor, a poświęcisz życie swoich przyjaciół. Co więcej, ja się upewnię, że resztę życia spędzisz w dziurze, w której cię znalazłem. Pytam raz jeszcze: czy wyraziłem się jasno?

Wpatrywał się we mnie z taką zajadłością, że moje osłony zaczęły się rozpadać. Poczułam napływające do oczu gorące łzy.

– Dlaczego to się dzieje? Nie rozumiem.

Gabriel puścił moją szyję i cofnął się, gładząc dłońmi tors, jakby próbował wyprostować zagniecenie na zbroi ze złotej skóry.

– To nie jest ważne. Liczy się tylko to, żebyś zrobiła wszystko, co w twojej mocy, by to przetrwać.

– Właśnie powiedziałeś mi, że ostateczna trybutka jeszcze nigdy nie przeżyła. Jak niby miałabym to zrobić?

– Gdy znalazłem cię w tamtej dziurze, byłaś na skraju śmierci, a jakimś cudem i tak mi się stawiałaś – odpowiedział, leniwie się uśmiechając. – Pamiętasz, że mnie wtedy ugryzłaś, Lor? Wykorzystaj swoją determinację.

Byłam zbyt zdezorientowana i zaskoczona, by odpowiedzieć. To wszystko musiała być jakaś pomyłka.

Co król o mnie wie?

Gabriel bez słowa otworzył drzwi i gestem kazał mi za sobą podążyć. Sala tronowa opustoszała, a nasze kroki na marmurowej podłodze odbijały się echem. Podeszłam do dwóch wielkich złotych krzeseł, podziwiając ich przepych i czując ciężar wszystkiego, co reprezentują.

– Nie mów, że tego nie pragniesz – powiedział łagodnie Gabriel prosto do mojego ucha. Jego głos był jak śmiertelna pieszczota stworzona po to, by uśpić czujność głupich dziewcząt, by zagonić je do miejsc, z których nigdy nie wrócą. – Dziewczyna taka jak ty.

Przesłałam mu surowe spojrzenie.

– Chcesz powiedzieć: „dziewczyna taka jak ja, dziewczyna z niczym”?

– Dokładnie to chcę powiedzieć.

Parsknęłam i założyłam ręce na piersi, wyobrażając sobie siebie u boku króla. Skłamałabym, mówiąc, że to nie było kuszące. Byłam pewna, że resztę życia spędzę w Nostrazie, gdzie w końcu zabije mnie jakaś choroba lub przemoc. To, że w ogóle się stamtąd wydostałam, było cudem.

– Nawet go nie znam – powiedziałam, wskazując królewski tron. – Co, jeśli okaże się nikczemnym potworem? Albo będzie nudny jak schnący tynk? Co, jeśli cuchnie mu z ust?

Gabriel przewrócił oczami.

– Poznasz go. Wszystkie trybutki będą miały okazję spędzić z nim czas.

Przełknęłam ślinę. Ja sam na sam z królewskim fae tak pięknym, że aż bolą mnie oczy? O czym w ogóle miałabym z nim rozmawiać? Byłabym kompletnie zagubiona, bo z całą pewnością król nie był ani trochę nikczemny, nudny ani śmierdzący. To ja jestem szczurem w porównaniu do dziewięciu motyli, z którymi będę konkurować. Król wyśmieje mnie i każe się stąd wynosić, myślałam.

– Jeśli zwyciężysz, mogłabyś wydostać z więzienia swoich przyjaciół – kontynuował Gabriel, a to okazało się dla mnie wystarczającą zachętą. Jeśli stanę się królową Słońca, w końcu będę miała jakąś namiastkę władzy. Gdy przemienię się w królewską fae, będę władać magią i posiądę zasoby, myślałam. Pieniądze. Koronę. Pieprzoną armię.

Uwolniłabym Willow i Tristana, a potem odpłaciłabym za wszystko królowi Zorzy. Za każde smagnięcie batem rozrywające skórę na moich plecach. Za niekończące się noce w twierdzy, podczas których krzyczałam tak głośno, że mój głos odmawiał w końcu posłuszeństwa. Za pozwalanie naczelnikowi, by używał mnie dla swojej chorej przyjemności. Za każdą noc, w którą kładłam się spać głodna, zmarznięta i obolała. Za wrzucenie grupy dzieciaków do najgorszego więzienia w całym Uranosie i za to, że zostawił nas tam na śmierć.

Za wszystko, co zabrał.

Gabriel przyglądał mi się uważnie, ale ja postanowiłam zachować myśli o zemście dla siebie.

Kiwnęłam powoli głową, przez cały czas wpatrzona w tron króla Słońca.

Nic z tego nie miało żadnego sensu, ale byłabym głupia, gdybym odwróciła się od tej szansy. Otrzymałam okazję życia. W Nostrazie moje dni i tak zawsze były policzone. Nie miałam nic do stracenia, biorąc udział w Próbach, a mogłam dzięki nim zaznać przyszłości, o jakiej do tej pory jedynie śniłam.

Rozdział ósmy

Nadir

Nadir wpadł przez ciężkie drewniane drzwi Nostrazy i trzasnął nimi tak mocno, że odskoczyły od ściany. Miał na sobie zbroję z czarnej skóry, a do pleców przywiązał miecz. Górna połowa falujących kruczoczarnych włosów spięta była w kok.

Gdy wdarł się do kamiennego przedsionka, zwróciły się ku niemu dziesiątki nieufnych spojrzeń. Zdezorientowani strażnicy popatrzyli na siebie i wyprostowali się, a Nadir sunął przez szeroki korytarz niczym strzała. Udręczone krzyki więźniów odbijały się od ścian. Nie dało się uciec od symfonii Nostrazy.

Nadir zatrzymał się i rozejrzał.

– Wasza Wysokość. – Jeden ze strażników podbiegł do przodu i ukłonił się tak nisko, że niemal dotknął nosem kolan. –

Co cię tu sprowadza? – Mężczyzna wyprostował się, załamując dłonie, a jego spojrzenie biegało po całym pomieszczeniu, jakby w każdej chwili spodziewał się ataku.

– Jesteś nowym naczelnikiem – powiedział Nadir, dostrzegając godło na uniformie mężczyzny.

– Tak jest, Wasza Wysokość. Mam na imię Davor. – Ponownie się ukłonił. – Co mogę dla ciebie zrobić?

– Muszę rzucić okiem na akta więźniów – odpowiedział Nadir. – Gdzie je trzymacie?

Dolna warga naczelnika zadrżała, a skóra zszarzała jak popiół. Kto przydzielił tego śmiertelnego głupca, by strzegł cieszącego się najgorszą sławą więzienia w całym Uranosie? Facet pęknie przy najmniejszej presji.

– Czy mogę pomóc ci znaleźć coś konkretnego, Wasza Wysokość? Przydzielić ci kogoś do pomocy?

– Nie – odpowiedział Nadir. – Sam to zrobię.

Wyraźnie niezadowolony z tej odpowiedzi naczelnik zacisnął cienkie usta.

– W porządku. Proszę za mną. – Davor odwrócił się i ruszył korytarzem. Nadir poszedł za nim, głośno i stanowczo krocząc po kamiennej podłodze. Król coś ukrywał, a on był zdeterminowany, by dowiedzieć się co.

Davor przeprowadził Nadira przez kilka zatęchłych korytarzy, aż w końcu dotarli do wąskich drewnianych drzwi. Naczelnik wyciągnął z kieszeni pęk kluczy.

– Tutaj trzymane są akta więźniów. – Włożył jeden z kluczy do zamka i przekręcił.

– Wszystkie? – zapytał Nadir, gdy drzwi się otworzyły, odsłaniając spore pomieszczenie zastawione regałami i szafkami.

Szklane kule wypełnione wstęgami bladożółtego światła wisiały wzdłuż sufitu. Musiał stworzyć je jego ojciec albo jeden z jego przodków, by zapewnić iluminację.

– Każdy więzień, który spędził w Nostrazie choćby noc, ma tutaj swoje akta. Są ułożone według roku przybycia, a następnie numeru więźnia.

Nadir wszedł do pomieszczenia i zaczął przyglądać się etykietom. Niektóre były tak stare, że ledwie dało się je odczytać. Chociaż nie miał pojęcia, kiedy więzień 3452 pojawił się w więzieniu, zakładał, że przebywał tam co najmniej kilka lat, biorąc pod uwagę zainteresowanie nim ojca. Nadir dowiedział się, że Kelava był naczelnikiem przez dwadzieścia kilka lat, co dawało mu jakieś ramy czasowe.

– Zostaw mnie tutaj – powiedział Nadir, wyciągając rękę. – I daj mi klucze. Nikt nie może mi tu przeszkadzać.

Naczelnik przełknął ślinę, ale zrobił to, o co poprosił książę, i położył pęk kluczy w wielkiej dłoni Nadira. Fae odwrócił się, a w jego czarnych oczach błyskały fioletowe ogniki.

– I nie mów nikomu, że tutaj byłem.

– Tak jest, Wasza Wysokość – odpowiedział Davor niepewnym głosem ściszonym do szeptu.

Gdy tylko naczelnik zamknął drzwi, Nadir rzucił się do działania. Teczki były oznaczone według lat, ale na szczęście więźniowie byli numerowani rosnąco. Niewiele czasu zajęło mu odnalezienie tych, których numery zaczynały się od trzech tysięcy. Dwanaście lat temu. Ktoś żył w Nostrazie ponad dekadę. Jak udało mu się to przeżyć? Żaden śmiertelnik nie byłby w stanie przetrwać tutaj o zdrowych zmysłach.

Przewertował akta. Znalazł więźniów 3449, 3450, 3451, 3453. Zatrzymał się i sprawdził raz jeszcze. Jednych akt brakowało. Oczywiście.

Szukał dalej, przeglądając pozostałe dokumenty z tego zakresu, ale niczego nie znalazł. Ktoś włożył je w niewłaściwe miejsce? Okrążył pokój. Nie, to musiało być celowe. Król nie był głupcem, musiał mieć powód, by trzymać akta tego więźnia w tajemnicy. Na wszelki wypadek przeszukał kolejnych kilka szuflad, ale niczego w nich nie odkrył. Sfrustrowany przesunął ręką po włosach, a kilka kosmyków uwolniło się z upięcia.

Otworzył z hukiem drzwi i wezwał naczelnika.

– Tak, Wasza Wysokość – powiedział zdyszany mężczyzna kilka sekund później. – Wzywałeś.

– Wejdź do środka i zamknij za sobą drzwi.

Davor spełnił rozkaz i stanął pośrodku pomieszczenia, nadal załamując ręce. Po mięsistym policzku spływała kropla potu. Nadir uśmiechnął się pogardliwie. To było aż za łatwe. Facet zaraz rozpadnie się na kawałeczki.

– Czy wiesz, kim jest więzień trzy tysiące czterysta pięćdziesiąt dwa?

Naczelnik zamrugał.

– Przykro mi, Wasza Wysokość, ale tutaj są setki więźniów i nie znam wszystkich po numerze. Jak się nazywa?

– Nie znam nazwiska i wiem, że nie ma go już w więzieniu. On... zginął w zamieszkach. – Nadir zawahał się, nie będąc pewnym, ile powinien zdradzić. Nie chciał, by informacja o tym, że tu węszył, dotarła do jego ojca. To nie było częścią jego instrukcji.

– Bardzo mi przykro, Wasza Wysokość, w takim razie nie mam pojęcia. Być może coś znajdzie się w aktach tego więźnia. Jaki to miał być numer? Trzy tysiące czterysta pięćdziesiąt dwa?

Kurwa. Teraz naczelnik wiedział zbyt wiele.

– Podczas zamieszek był w Nicości. Coś ci to mówi? – Skoro już zaczął, postanowił powiedzieć wszystko. Ale nie miał wyjścia, później będzie się musiał zająć naczelnikiem.

Davor, marszcząc brwi, podniósł wzrok znad szuflady, którą przeglądał.

– Pamiętam, że Kelava chwilę wcześniej kogoś tam zesłał. Chyba jakąś dziewczynę, ale nie pamiętam kogo. Wszystkie wyglądają tak samo. Paskudne stworzenia.

Dziewczyna.

Dlaczego król tak się przejmował jakąś dziewczyną?

Przynajmniej czegoś się dowiedział.

– Jesteś pewien, że nie masz pojęcia, kto to mógł być? Wygląda na to, że jej akta zniknęły. Nic ci o tym nie wiadomo?

– Przykro mi, Wasza Wysokość. Zniknęły?

Nadir wierzył, że mężczyźnie było przykro. Zmartwienie na jego twarzy było szczere, widział też, że naczelnik chciał mu się przypodobać. Gdyby miał mu coś do powiedzenia, wyjawiłby to.

– To bardzo dziwne – rzekł naczelnik. – Będę musiał rozpocząć śledztwo, by to zbadać. Te dane nie powinny były zaginąć. Nostraza od zawsze prowadzi nienaganny rejestr więźniów.

Nadir podszedł do naczelnika. Górował nad nim. Davor skulił się, widząc jego nachmurzony wyraz twarzy.

– Przepraszam, Wasza Wysokość. Dopiero objąłem tę posadę, ale zapewniam, że zbadamy tę sprawę i upewnimy się, że nic takiego się nie powtórzy. – Mężczyzna drżał, źle zrozumiawszy powód gniewu Nadira. Gówno go obchodził rejestr więźniów Nostrazy.

– Gdzie jest Nicość? – zapytał Nadir.

– Nicość?

– Miejsce, w którym przetrzymywano więźniarkę. Gdzie ono jest?

– W lesie, tuż za północną bramą. Mogę tam Waszą Wysokość zaprowadzić. – Naczelnik mówił bardzo szybko, być może wyczuł, że jego sprawy kiepsko się mają.

– Przepraszam za to – powiedział Nadir, choć wcale nie brzmiał, jakby mu było przykro.

Chwilę później oczy naczelnika otworzyły się szeroko, gdy z Nadira wydobyły się wstęgi świetlistego koloru i okrążyły Davora. Karmazynowa nić szerokości palca prześlizgnęła się przez jego usta i popłynęła dalej, w głąb gardła. Davor zaskomlał, gdy Nadir poprowadził światło przez jego przełyk, po czym zawiązał mu je wokół serca i zacisnął. Naczelnik rozdziawił usta, jednak wydobywał się z nich jedynie bulgot.

– Wasza Wysokość – wykrztusił. – Błagam.

Nadir mocniej zacisnął wstęgi, a twarz naczelnika zsiniała. Po chwili jego serce rozerwało się w piersi, z ostatnim uderzeniem zmieniając się w papkę. Davor przewrócił się na ziemię, a jego skóra zdążyła już zszarzeć, gdy nici magii Nadira rozpuściły się w powietrzu. Dotknął stopy mężczyzny czubkiem buta. Szkoda. Dwóch naczelników w dwa dni. To więzienie naprawdę miało problem.

Nadir przeciągnął się, otworzył drzwi i ruszył tą samą drogą, którą przyszedł. Gdy minął parę strażników czekających na końcu korytarza, zawołał do nich:

– Wasz naczelnik miał zawał serca. Lepiej się nim zajmijcie. – Wskazał im przez ramię kierunek, nawet się nie zatrzymując. Usłyszał, że strażnicy pobiegli do naczelnika, podczas gdy on szedł dumnym krokiem przez więzienie. Był księciem koronnym i następcą tronu Zorzy. Nikt nie będzie go o nic pytał. A jeśli chodzi o jego obecność w tym miejscu – cóż, ojciec kazał mu przeszukać las. Nadir po prostu zboczył trochę z drogi, zanim tam dotarł.

– Gdzie jest północna brama? – zapytał innego strażnika surowym tonem i z jeszcze surowszym wyrazem twarzy. Roztrzęsiony mężczyzna wydukał wskazówki. Nadir ruszył dalej, maszerował przez wilgotne kamienne korytarze, przepełnione niecichnącymi jękami i wrzaskami więźniów, przedostającymi się przez grube ściany. Uniósł pogardliwie wargę. To miejsce budziło wstręt. Ktoś powinien zrównać je z ziemią. Być może gdy zostanie królem, tak właśnie zrobi. Ale gdzie wtedy podzieją się ci wszyscy degeneraci?

Dziewczyna.

Dziewczyna, która przeżyła tutaj dwanaście lat. Jeśli przybyła tutaj jako małe dziecko, była teraz co najmniej młodą kobietą, skoro Davor nazwał ją „dziewczyną". Jakim cudem tak długo tu przetrwała? Zwykle więźniowie w Nostrazie przeżywają maksymalnie kilka lat. A co ważniejsze – dlaczego jego ojciec był tak zainteresowany tą więźniarką, że kazał Kelavie mieć na nią oko?

Nadir wypadł przez północne drzwi, przeszedł przez dziedziniec. Jego buty chrzęściły na żwirze. Z murów uważnie obserwowali go strażnicy. To było zrozumiałe. Nadir i król rzadko zapuszczali się za mury Nostrazy.

Gdy odnalazł północną bramę, po raz kolejny zapytał o drogę do Nicości i kilka minut później stał już nad nią, wpatrując się w to ciasne, mroczne miejsce. Wskoczył lekko do środka. Śmiertelnik byłby tu uwięziony, szczególnie biorąc pod uwagę kruche, miękkie ściany, ale wysoki fae był w stanie bez problemu stamtąd wyskoczyć.

Nadir kucnął i zaczął szukać wskazówek. Jeśli była tu krew, to zdążyła już wsiąknąć w ziemię. Wziął głęboki wdech, czując zapach, który musiał należeć do dziewczyny. Był słodki i świeży, przywiódł na myśl jakieś wspomnienie, którego nie był w stanie nazwać. Nadir zamknął oczy, wziął kolejny głęboki wdech i zmarszczył brwi.

Bez wątpienia czuł zapach dziewczyny, ale było tam też coś innego. Jeszcze jeden zapach, który niemal rozpoznawał. Woń, którą ktoś próbował zamaskować? Mieszanka czegoś znajomego z czymś, co miało to zasłonić. Ale nie do końca się udało.

Nie wyczuł natomiast żadnego śladu ozzillera, którego obecności tak pewien był Kelava. Nie, coś innego zabrało dziewczynę. Nadir wstał i przesunął dłońmi po ścianach, jakby szukał palcami wskazówek.

Był tutaj ktoś jeszcze. Ktoś z innego dworu.

Inny wysoki fae.

Rozdział dziewiąty

Lor

Następnego ranka obudził mnie radosny szczebiot Mag, która przyniosła mi tacę pełną jedzenia. Po tym, jak poprzedniego wieczora Gabriel odprowadził mnie do mojego pokoju, przebrałam się w atłasową koszulę nocną i natychmiast mocno zasnęłam, wykończona dosłownie wszystkim.

– Sprawdźmy, czy to lepiej ci się strawi – powiedziała, kładąc tacę na stole przy długim rzędzie okien po drugiej stronie pokoju. Na ramieniu miała zawieszone znajome szare ubranie. Chwyciła je między dwa palce, jakby mogło ją otruć, gdyby miało kontakt ze zbyt dużym fragmentem skóry. – Kazałam wyprać dla ciebie te rzeczy. Chociaż nadal nie mam pojęcia, dlaczego chciałaś je odzyskać.

Zeszłam z łóżka i wyrwałam jej z ręki tunikę, po czym schowałam ją pod poduszką.

Mag spojrzała na łóżko, a następnie na mnie, wyraźnie zadziwiona wszystkim, co robiłam.

Wezwała mnie gestem do stołu i podała miskę owsianki i kilka cienkich kromek chleba. Zjadłam powoli, pozwalając mojemu żołądkowi przyzwyczaić się do jedzenia.

– Jesteś taka chuda. – Mag mlasnęła z dezaprobatą. – Będziemy cię musieli trochę podtuczyć. Kilka tygodni odpoczynku i dobrego odżywiania sprawi, że zaczniesz wyglądać zdrowiej.

Może i tak, ale pewnie nie ma sensu tego robić, skoro umrę przy pierwszym wyzwaniu, pomyślałam. Nie poprawiłam jej jednak, zamiast tego zjadając łyżkę słodkiej, kremowej owsianki. Stwierdziłam, że w oczekiwaniu na swój koniec będę cieszyć się tymi dostatkami.

– Kapitan powiedział, żebyś zjadła porządne śniadanie, zanim po ciebie przyjdzie – powiedziała Mag. – Będziesz potrzebować siły.

– Kto? – zapytałam.

– Kapitan. Twój wartownik na czas Prób.

Zmarszczyłam brwi. Nie znam się na stopniach wojskowych, ale kapitan brzmi jak ktoś ważny.

– Gabriel jest kapitanem?

– Osobistej straży króla, owszem.

Zjadłam kolejną łyżkę owsianki i odłożyłam sztućce.

– Czy królewski kapitan nie ma nic lepszego do roboty niż niańczenie mnie?

Mag uniosła brew, odwieszając suknię z wczorajszego wieczora. Zaczęła sprzątać w pokoju.

– To jego obowiązek. Wszyscy wartownicy to część pierwszej straży króla. Dziesięciu wartowników i dziesięć trybutek.

Tak jest od zawsze. Kapitan jednak zwykle jest przypisywany faworytce. Przyznaję, że byłam nieco zaskoczona, widząc, że przydzielono go tobie.

Machnęła dłonią, próbując powstrzymać się przed powiedzeniem tego, co sobie pomyślała. Że nie było szans, że to ja jestem faworytką.

– Ale król musi mieć swoje powody – kontynuowała. – Pomimo tego, jak się poznali, wiele razem przeszli.

Rozmyślałam nad tym enigmatycznym stwierdzeniem, smarując masłem kromkę chleba, po czym wrzuciłam sobie kawałek do ust, jęcząc z uznaniem. Chleb był ciepły – miękki i drożdżowy, a topiące się masło smakowało przepysznie.

Litość w spojrzeniu Mag sprawiła, że wyprostowałam się na krześle, a moje policzki pokryły mi się rumieńcem upokorzenia.

– Biedactwo – szepnęła, odwracając wzrok i kręcąc głową, ale zdążyłam dostrzec, że jej oczy się zaszkliły. Nie chciałam litości tej kobiety. Przypominałaby mi jedynie o tym, jak żałosne jest moje życie. Poczułam się winna, że cieszę się jedzeniem, pokojem i luksusowym łożem, podczas gdy Willow i Tristan wciąż gnili w Nostrazie. A przynajmniej taką miałam nadzieję. Nadal martwiłam się, że coś im się stało podczas zamieszek. Niezależnie od tego, co mówił Gabriel, wiem, co słyszałam.

– Czego chce ode mnie kapitan?

Mag złożyła koc i położyła go na oparciu stojącego przy łóżku fotela.

– Eskortuje cię na pierwszą lekcję z pozostałymi trybutkami.

Zmarszczyłam nos. Pozostałe trybutki. Będę musiała spędzić z nimi nie wiadomo ile czasu, słuchając ich zniewag, pomyślałam. Wszystkie wyglądały gładko i pięknie, żadna z nich nie była tak zmarnowana, że wystawały jej żebra. Żadna z nich nie miała na twarzy paskudnych blizn. Były krągłe w odpowiednich miejscach i szczupłe tam, gdzie należało, miały cery bez skazy i kremową skórę. Były ogrodem doskonałych róż w złotym nadmorskim pałacu, a ja rosnącym między nimi chwastem, błagającym o choć odrobinę słońca.

Nie pasowałam tam z tak wielu powodów.

Mag przesłała mi kolejne pełne współczucia spojrzenie, po czym poklepała mnie po dłoni z czymś na kształt matczynego uczucia. Oparłam się chęci odsunięcia się z powodu jej dotyku, zaciskając dłonie w pięści tuż przy koszuli nocnej. Musiałam sobie przypomnieć, że ona jest tu nie po to, by mnie skrzywdzić.

– Nie pozwól im się do siebie dobrać. Wszystkie pochodzą z najlepszych rodzin w Afelionie i przygotowywały się na te zawody całe życie. Nie możesz się spodziewać, że za nimi nadążysz, moja droga.

Zmarszczyłam brwi. Czy to miało mi dodać odwagi?

– Dasz z siebie wszystko – kontynuowała, ściskając moje ramię, i tym razem wyrwałam się spod jej dotyku. – Nikt nie będzie cię winił, jeśli odpadniesz jako pierwsza.

Przeklęłam pod nosem i wstałam, by wyjrzeć przez okno. Mój pokój nie ma widoku na morze, ale na miasto. Rozpościerał się przede mną cały Afelion. Złote kopuły, iglice i ściany połyskiwały łagodnie w porannym świetle wschodu słońca. Dezorientowało mnie patrzenie na zmianę pór dnia, byłam przyzwyczajona do niekończącej się nocy w Zorzy. Dlaczego ktokolwiek chciał tam mieszkać, skoro mógł żyć w miejscu, gdzie codziennie świeci słońce? Światła zorzy to coś pięknego, ale przypominały raczej kroplę maści użytą, by zaleczyć otwartą ranę, i – moim zdaniem – nie mogły się równać z migoczącym krajobrazem, który się pode mną rozpościerał.

Przyglądałam się ulicom i budynkom. Miasto zbudowane było wzdłuż równych linii. Zauważyłam zacieniony zakątek po drugiej stronie i doszłam do wniosku, że to musi być ta niesławna Umbra, z której niby mnie zabrano. Co to za miejsce i dlaczego, pomimo wszechobecnych bogactw tego miasta, w ogóle musiało istnieć? W końcu król mógłby sobie pozwolić na jedno pozłacane lustro mniej, by zapewnić komfort wszystkim mieszkańcom swojego królestwa, prawda?

Przypomniałam sobie wcześniejsze słowa Mag, czując, jak coś kłuje mnie w pierś. Nawet nie udawała, że we mnie wierzy. Bo dlaczego by miała? Wiedziała, co mówi. Jaką mogłam mieć szansę przeciwko grupie fae, które czekały na to całe swoje życie?

Z drugiej strony to tylko kilka rozpieszczonych księżniczek, a ja ostatnie dwanaście lat spędziłam w najbardziej bezlitosnym więzieniu na całym kontynencie. To musi mi dawać jakąś przewagę.

– No już. – Mag zawołała z drugiego końca pokoju. – Musisz być gotowa na przyjście kapitana. – Pomogła mi się ubrać w elastyczną skórzaną zbroję w kolorze kasztanów. Dopasowane getry pozwalały na duży zakres ruchów. Miałam na sobie cienką białą koszulę zakrytą wiązanym od przodu skórzanym gorsetem. Mag założyła mi na przedramiona parę zarękawi, a ja włożyłam brązowe skórzane buty za kolana. Temu strojowi daleko było do elegancji wczorajszej złotej sukni.

– Po co to wszystko?

– Na twoje pierwsze szkolenie z użycia broni – odpowiedziała Mag, zawiązując gorset, po czym obróciła mnie dookoła, by przyjrzeć się swemu dziełu. Dotknęła końcówek moich włosów, a następnie blizny na policzku, jakbym była ziarenkiem piasku, który nie zmienił się w perłę. Odtrąciłam jej dłoń.

– Przestań.

Chwilę później rozległo się pukanie do drzwi, a gdy Mag je otworzyła, po drugiej stronie stał Gabriel w zbroi tego samego koloru co moja. Była mniej formalna niż ta, którą nosił podczas ceremonii trybutek, i – o ile to w ogóle było możliwe – wyglądał w niej jeszcze lepiej. Otaksował mnie od stóp do głów wzrokiem pełnym pogardy i niewypowiedzianej sugestii, że uważa moją obecność za nieprzyjemną konieczność.

– Moja pani.

– Gabriel, proszę, mów mi Lor. Błagam.

Jego usta zacisnęły się, tworząc wąską linię.

– Jeśli tak wolisz.

– Tak wolę.

Znów mi się ukłonił.

– W takim razie chodźmy. Lor.

Kiwnęłam głową i przeszłam obok niego do przedsionka mojego pokoju i dalej, do holu. Gabriel po raz kolejny poprowadził mnie przez kręte, olśniewające korytarze pałacu Słońca.

– Jak duże jest to miejsce? – zapytałam, gdy mijaliśmy pokój za pokojem.

– Duże – przyszła odpowiedź Gabriela.

– To bardzo pomocna odpowiedź.

Mój wartownik obrzucił mnie gniewnym spojrzeniem, nie zwalniając. Jego nogi były tak długie, że musiałam praktycznie biec, by za nim nadążyć.

Minęliśmy parę śmiertelnych służących, mniej więcej w moim wieku. Obie miały na sobie tę samą złotą liberię, co

Mag. Kobiety zatrzymały się na nasz widok, dygając z szacunkiem. Obie posłały Gabrielowi rozmarzone uśmiechy, na co ten wyszczerzył się i mrugnął.

– Drogie panie – powiedział, chwytając za dłoń służącej, która stała bliżej. Była śliczna, miała złote włosy, wąską talię i spore piersi wylewające się ponad dekolt uniformu.

Gabriel pocałował ją w zewnętrzną stronę dłoni.

– Wyglądasz dziś rozkosznie, Annabelle. – Kobiecie zaparło dech w piersi. Wypuściła stertę ręczników z dłoni, która natychmiast powędrowała do klatki piersiowej. Wydałam z siebie głośne parsknięcie, które zignorowali wszyscy zgromadzeni. Po chwili Gabriel ukłonił się drugiej kobiecie, mówiąc:

– Ty również, Seraphino. – Następnie odwrócił się z powrotem do mnie, a jego uśmiech zniknął.

– Chodźmy. – Nie czekając, obrócił się na pięcie i ruszył przed siebie. Zerknęłam na służące, które przyglądały mi się podejrzliwie, z pięściami opartymi o uda.

– Nie martwcie się. – Machnęłam ręką, krzywiąc się. – Jest cały wasz.

– Lor! – krzyknął Gabriel, będąc już w połowie korytarza. Gdy go dogoniłam, przyjrzałam mu się kątem oka. – Co? – warknął.

– Nic. – Zacisnęłam wargi, by powstrzymać uśmiech.

Gabriel jest flirciarzem? Na pewno mnie nie zechce podrywać, pomyślałam.

W końcu weszliśmy do wielkiego pokoju z wysokim sufitem i stojakami pełnymi broni ustawionymi przy każdej ze ścian. Podłogę wyłożono złotym i kremowym marmurem, a ściany pomalowano na jaskrawy odcień żółtego. Całe pomieszczenie otaczały ogromne okna. Czekały w nim dziesiątki ludzi, również większość pozostałych trybutek. Jedna z nich stała na boku ze swoim wartownikiem, rozmawiając z grupą fae, która zapisywała coś w notatnikach.

– Co się tam dzieje? – zapytałam Gabriela, gdy poprowadził mnie w stronę stojaka z połyskującymi mieczami.

– To królewscy skrybowie – odpowiedział. – Dokumentują Próby dla potomności. Codziennie dostarczają też informacje społeczeństwu, by mieszkańcy wiedzieli, jak wam idzie.

– Po co?

– Ludzie są tym zainteresowani, Lor. Ta, która wygra, zostanie ich królową. Bardzo poważnie podchodzą do Prób.

Podsłuchałam, jak jeden ze skrybów zadaje trybutce pytanie. Była piękna, jej miodowe włosy splecione były w gęsty warkocz, a zbroja pasowała na nią jak ulał, opinając jej zgrabne kształty i pełne piersi.

– Trenowałam fechtunek, od kiedy nauczyłam się chodzić – powiedziała, zarzucając warkocz przez ramię, a na jej idealnych różowych ustach pojawił się uśmiech. Jej rzęsy były tak długie, że pewnie czuć było powiew, gdy mrugała.

– Czy ja też będę musiała to robić? – zapytałam Gabriela, czując, jak żołądek podchodzi mi do gardła. Chwyciłam go za przedramię, na co zareagował spojrzeniem pełnym dezaprobaty.

– Owszem. Ale będziesz mówić najmniej, jak tylko się da. Pozwolisz im myśleć, że jesteś przygłupia. To nie powinno być zbyt trudne.

Powoli kiwnęłam głową, zbyt zmartwiona perspektywą tego, że moje słowa będą oceniane i spisane na zawsze, by zareagować na obelgę Gabriela. Mogę mówić najmniej, jak to tylko możliwe. To całkiem niezły plan, pomyślałam.

– Wybierz miecz – powiedział po chwili Gabriel, odwróciłam się więc, by obadać stojak z bronią.

Wszystkie jej rodzaje były potwornie onieśmielające. Miały wypolerowane rękojeści i połyskujące ostrza, a każde zdobiła pieczęć w kształcie słońca z ośmioma wygiętymi promieniami – insygniami króla Słońca. Było nimi oznaczone wszystko, nawet królewska straż, zauważyłam, zerkając na złoty tatuaż na szyi Gabriela. Nie było żadnych wątpliwości co do tego, czyją własnością są wartownicy.

– Dacie nam miecze? – W Nostrazie nawet nie pozwalano nam przebywać w pobliżu niczego, co mogło przypominać broń. Jeść mogliśmy jedynie rękami lub łyżką, a i te wytwarzano z cieniutkiej cyny. Regularnie nas przeszukiwano, by się upewnić, że nie udało nam się zdobyć niczego, co mogło być użyte w samoobronie.

– Tak, Próby mogą polegać również na walce z przeciwnikiem. Zakładam też, że przed tobą sporo roboty.

– Ale dlaczego?

– Bo szkolisz się na królową. Ale nie martw się, te miecze zostały stępione do ćwiczeń.

Słysząc to, zmarszczyłam brwi.

– Dlaczego muszę umieć walczyć, by móc zostać królową?

– Bo obowiązkiem królowej jest prowadzenie armii i ugruntowanie swojej pozycji – odpowiedział, powoli tracąc cierpliwość. Przejechał dłonią po stojaku.

– Wybierz miecz.

– Wyobrażałam sobie, że bycie królową to bardziej picie herbaty w falbaniastej sukni i patrzenie na wszystkich z góry – zażartowałam, idąc wzdłuż stojaka. Gabriel zaśmiał się cicho, a ja odwróciłam się do niego, z radością przyjmując jego uśmiech. Może mnie jednak polubi, pomyślałam. Potrzebowałam tu przyjaciela.

– No, tego też trochę jest – odpowiedział, gdy się zatrzymałam.

– Ten – powiedziałam, wskazując na wyjątkowo błyszczący miecz z gładką srebrną rękojeścią.

Gabriel wyciągnął go ze stojaka.

– Świetny wybór. – Podał mi go rękojeścią do przodu.

Rozległ się gwizdek, a Gabriel poprowadził mnie na środek pokoju, gdzie znalazłam się w szeregu z pozostałymi trybutkami. Piękna dziewczyna, która rozmawiała ze skrybą, stanęła obok mnie.

– Cześć, jestem Lor – powiedziałam, bo w sumie co miałam do stracenia. Gdy otaksowała mnie wzrokiem, zapadła między nami niezręczna cisza.

– Mam na imię Griane – odpowiedziała w końcu, po czym odwróciła się do dziewczyny stojącej u jej drugiego boku i szepnęła jej do ucha coś, co sprawiło, że obie zachichotały. Zazgrzytałam zębami. Tak miało wyglądać kolejne osiem tygodni? Ja przeciwko nim?

Griane rozmawiała z trybutką z czarnymi gładkimi włosami, o jasnobrązowej skórze. Jej ciemne, skośne oczy podkreślały idealne ostre linie kości policzkowych.

– Ja jestem Elanor – powiedziała, patrząc na mnie z tym aroganckim wyrazem twarzy, do którego zaczynałam się przyzwyczajać. Po chwili jej oczy otworzyły się szeroko, a gdy spojrzała za mnie, w całym pomieszczeniu zaczęto gwałtownie szeptać.

Nadszedł król.

Wszedł do sali elegancko niczym lew. Lśniące brązowe włosy z miedzianymi pasemkami sięgały ramion, tworząc nieokiełznane fale. Jego niebieskozielone oczy błyszczały jak dwa klejnoty. Tak jak my miał na sobie skórzane spodnie i dopasowaną białą koszulę, która podkreślała kształt jego wyrzeźbionego ciała, każdą zaokrągloną linię i zarys mięśni. Nikt ze zgromadzonych nie był w stanie odwrócić od niego wzroku, gdy do nas podchodził. Krzyżując ręce na piersi, zatrzymał się obok mężczyzny fae, tego, który trzymał gwizdek.

– Proszę kontynuować, mistrzu Borthiusie – powiedział, a jego niski głos rezonował niczym szarpnięta struna wiolonczeli. – Jestem tu tylko po to, by je poobserwować.

Wartownicy ustawili się przed nami, a mistrz Borthius wykrzyczał szereg komend. Natychmiast stało się jasne, jak bardzo odstaję od reszty.

– Sztych!

– Parowanie!

– Unik!

Nie wiedziałam nawet, co oznaczają niektóre z tych słów. Mój trening z mieczem ograniczał się do krótkich fragmentów z książek i sporadycznej bójki w więzieniu. Choć miecze były częścią arsenału strażników, woleli używać pięści.

Gabriel zamachnął mieczem, o włos mijając mój policzek.

– Uważaj – syknęłam. – Prawie mnie trafiłeś.

Zatrzymał się i potarł twarz dłonią.

– Jest gorzej, niż myślałem.

– Co to znaczy?

– To znaczy, że masz większe zaległości, niż się spodziewałem.

Zacisnęłam usta.

– Cóż, bardzo mi przykro, że nie sięgam twoich standardów, szczególnie biorąc pod uwagę, że to ty mnie tu zaciągnąłeś i...

Gabriel wykonał kolejne cięcie mieczem. Tym razem drasnął czubek mojej brody. Poczułam narastający ból, a gdy jej dotknęłam, moje palce poplamiły się krwią. Posłałam mu gniewne spojrzenie.

– Co, do kurwy? Powiedziałeś, że ostrza są stępione!

– Powiedziałem, że twoje jest stępione. Moje jest jak najbardziej śmiercionośne. – Jego niebieskie oczy błysnęły. – I kazałem ci trzymać buzię na kłódkę. – Ściszył głos tak, bym tylko ja go słyszała. Zerknął na króla, który uważnie się nam przyglądał. – Będziemy musieli zacząć od samego początku. Przydadzą ci się dodatkowe lekcje. Masz niecałe dwa tygodnie do pierwszej Próby.

Otworzyłam usta, by coś powiedzieć. Pokłócić się? Zaprotestować? Nie byłam pewna, co chciałam zrobić, ale Gabriel zachowywał się jak ostatni dupek, czułam więc potrzebę sprzeciwu, tylko po to, by jakoś utrudnić mu życie.

Ale przypomniałam sobie o Tristanie i Willow. O królu Zorzy.

Zerknęłam przez ramię, a gdy moje spojrzenie spotkało się z parą oczu w kolorze oceanu, rozważyłam wszystko, o co gram. Król przechylił głowę, a kącik jego idealnych ust uniósł się, jakby to wszystko było jakimś żartem, który rozumiemy tylko my dwoje. W moim brzuchu pojawiła się chmara motyli, a ja oderwałam od niego wzrok i z powrotem skupiłam się na Gabrielu.

– Widzę, że czujesz się przy Atlasie coraz bardziej komfortowo – powiedział, a jego głos ociekał sarkazmem. – Szybko poszło.

– Zamknij się – odpowiedziałam, unosząc miecz. – I naucz mnie.

Odpowiedzią Gabriela był leniwy uśmiech, który z całą pewnością sprawiał, że każda służąca w zamku była gotowa unieść spódnicę i rozłożyć nogi.

– Cieszę się, że myślisz rozsądnie, moja pani.

Przez kolejne kilka godzin trenowałam obok pozostałych trybutek. Gabriel nauczył mnie podstaw, wrzeszcząc, gdy popełniłam błąd. Zmuszał mnie, bym poszczególne ruchy powtarzała bez końca, aż zaczęłam czuć się jak kaczka potykająca się o własne płetwy. Gdy skończyliśmy, spływałam potem, a moje mięśnie drgały tak gwałtownie, jakby chciały wyskoczyć z mojego ciała i znaleźć dobrą kryjówkę.

Griane, piękna kobieta, która rozmawiała ze skrybami, sprawiała wrażenie, jakby ledwie się spociła. Nadal wyglądała idealnie, a ja dyszałam jak pies na słońcu.

Mistrz Borthius klasnął w dłonie.

– Wystarczy – oświadczył. – Trybutki, teraz zmierzycie się ze sobą nawzajem.

Cholera. Spanikowana spojrzałam na Gabriela. Może lubił mnie torturować, ale nie próbował mnie zabić. Takie przynajmniej odnosiłam wrażenie.

Poczułam na sobie wzrok trybutek, które oceniały nie tylko mnie, lecz także siebie nawzajem. Czy istnieje lepszy sposób na pozbycie się rywalki niż przypadkowe pchnięcie mieczem w brzuch? Przypomniałam sobie jednak, że nasze ostrza są stępione. Ale nadal są ostrzami, które przy odrobinie chęci ze strony władającej nim osoby mogłyby dokonać trwałych uszkodzeń.

– Nic ci nie będzie – powiedział Gabriel, kładąc wielką rękę na moim bicepsie.

– Czy fae nie są o wiele silniejsi niż śmiertelnicy? I w dodatku używają magii?

– Owszem, są silniejsi, a niektórzy władają magią. – Przyjrzał mi się. – Ale pełnię sił uzyskują dopiero w okolicy dwudziestego piątego roku życia. Tutaj wszyscy są młodsi, a magia jest ograniczona na czas Prób. Nic ci nie będzie – powtórzył. Ale słyszałam niepewność w jego głosie.

– Na pewno?

Przez chwilę nie odpowiadał.

– Na pewno. Oczywiście. A jeśli się mylę, to przynajmniej przetrwałaś jeden dzień. To i tak dłużej, niż ktokolwiek zakładał, a już szczególnie ja.

– Cóż, dziękuję ci za tę niezwykłą wiarę w moje możliwości. – Słysząc to, zacisnął usta, jakby próbował powstrzymać uśmiech. – Jestem zachwycona, że tak cię to bawi – warknęłam w chwili, gdy zostałam wezwana, by stanąć naprzeciwko kobiety fae. Była ode mnie o kilkanaście centymetrów wyższa, smukła i elegancka. Miała bladą skórę, a długie czarne włosy opadały jej na plecy jak wodospad w środku nocy. Para kobaltowych oczu lśniła niczym światła zorzy.

Gdy podeszłam, przyjrzała mi się od stóp do głów, marszcząc nos, po czym parsknęła, wymachując mieczem.

– Wyciągnęli cię z miejsca gorszego niż rynsztok? – zapytała. – Nadal czuję na tobie smród nory, którą nazywałaś domem.

Och, uroczo.

– Chyba w tej twojej wykwintnej szkole ominęłaś lekcję pod tytułem „jak nie być wredną suką" – powiedziałam, uśmiechając się drwiąco. Jej pyszałkowaty uśmiech zniknął na ułamek sekundy, po czym odrzuciła włosy do tyłu i wyprostowała plecy.

– Przynajmniej nie jestem tutaj tylko jako kozioł ofiarny.

– Chwileczkę – rozległ się głęboki baryton króla, zmieniając nas wszystkich w stojące na baczność figury szachowe. – Powiedziałem, że przyszedłem tu tylko obserwować, ale zdecydowałem, że po dzisiejszej sesji jedna z was jutro wieczorem zje ze mną kolację.

Trybutki wybuchły podekscytowanym chichotem. Moja przeciwniczka znów zarzuciła włosami i zatrzepotała rzęsami w stronę króla z taką siłą, że byłam zdziwiona, że nie odpadły jej z oczu.

Król uśmiechnął się do niej z podziwem, odsłaniając rząd idealnych białych zębów, a ja poczułam, że coś się we mnie skręca.

Gdy król powrócił na swoje miejsce, rozpoczął się mój pojedynek.

– Lor, tak? – zapytała, wymawiając moje imię w taki sposób, jakby właśnie wdepnęła w końskie gówno. – Ja jestem Apricia.

– Ależ miło mi cię poznać – odpowiedziałam, atakując ją sarkazmem.

– Wytrę tobą podłogę, umbryjski szczurze.

– Tylko spróbuj.

Rzuciła się na mnie bez ostrzeżenia. W ostatniej chwili zdołałam unieść ostrze, niezdarnie odbijając jej uderzenie. Nie czekając, aż odzyskam równowagę, zaatakowała ponownie, a ja mogłam jedynie rzucić się na bok, by zejść jej z drogi. Oczywiste było, że jest o wiele sprawniejsza ode mnie, co podkreśliła, obnażając zęby ze złośliwą satysfakcją.

– Umbryjskie ścierwo – syknęła. – Nie pasujesz tutaj, a ja upewnię się, że nie zostaniesz królową Słońca, choć miałaby to być ostatnia rzecz, której dokonam w życiu.

Znów do mnie doskoczyła, a ja, skupiona na wycelowanym w moją głowę ostrzu, nie zauważyłam, że zdążyła zrobić obrót i zamachnąć się nogą za mną. Kopnęła mnie w stopy, posyłając z hukiem na ziemię. Wylądowałam z jękiem na marmurze, pozbawiona tchu. Nadal byłam zbyt zmęczona i osłabiona pobytem w Nicości. Medycy fae świetnie sobie poradzili, ale potrzebowałam więcej czasu, by dojść do siebie.

Apricia górowała nade mną, po raz kolejny zarzucając włosy do tyłu z triumfalnym uśmieszkiem.

– Zrób nam wszystkim przysługę i rzuć się do morza.

Obróciła mieczem w jakimś fantazyjnym ruchu, który pewnie zrobiłby na mnie wrażenie, gdybym nie chciała wyrwać jej wszystkich włosów z głowy. Łapiąc oddech, patrzyłam, jak mizdrzy się i wygrzewa w blasku podziwu innych trybutek. Niewiele myśląc, wystrzeliłam w górę i wskoczyłam jej na plecy. Może i nie rozumiałam, jak używać miecza, ale przez całe życie brałam udział w setkach bójek i wiedziałam, jak doprowadzić do łez mężczyznę dwa razy większego od siebie. Ta chuda zdzira nie miała ze mną szans. Nawet jeśli była fae. A przynajmniej taką miałam nadzieję.

Złamała się jak zapałka, zapadając pod moim ciężarem. Jej piskliwy wrzask był muzyką dla moich uszu, a moja satysfakcja nie miała granic. Apricia zaczęła pode mną wierzgać, a moja ręka zacisnęła się wokół jej szyi. Nie zabiję jej. Być może. Chociaż bardzo mnie to kusi, pomyślałam. Ale nie mogłam tego zrobić. Musiała po prostu zrozumieć, że ten szczur nie miał zamiaru się z nią cackać.

Od jej wrzasków dzwoniło mi w uszach, ale była to naprawdę piękna muzyka. Dziewczyna wiła się pode mną, uwalniając się z mojego uścisku, po czym zanurzyła zęby w moim ramieniu. Musiała być w połowie tygrysem, bo poczułam to nawet przez skórzane zarękawie. Wtedy to ja zaczęłam krzyczeć. Apricia przerzuciła mnie na ziemię i zaczęłyśmy wymieniać ciosy. Udało mi się ją walnąć w bok głowy i w kość policzkową, zanim trzasnęła mnie w twarz wierzchem dłoni.

W wirze walki warczałyśmy, gryzłyśmy, ciągnęłyśmy się za włosy, tworząc kłębowisko wściekłych ciał.

Po chwili ktoś ją odciągnął, a ktoś inny postawił mnie na nogi i owinął mnie w pasie ramieniem, gdy znów próbowałam się na nią rzucić.

– Dość! – rozbrzmiał w sali głos króla. To wystarczyło, byśmy obie się zamknęły. Idealne włosy Apricii całe się poplątały, a na policzku miała rozsmarowaną krew. Część mnie czuła się poniżona tym, że zachowywałam się przed królem jak zwierzę, ale byłam też zadowolona, że udało mi się zmyć ten uśmieszek z chudej twarzy Apricii.

– Na dzisiaj chyba wystarczy – kontynuował król, obdarzając nas obie spojrzeniem, którego nie byłam w stanie zinterpretować. Pozostałe trybutki również nas obserwowały, próbując ukryć uśmiechy. Wiedziały, że żadna z nas nie ma szans, by towarzyszyć królowi podczas kolacji. Mina Apricii stopiłaby całe złoto w pałacu w bezkształtną masę. I dobrze. Przynajmniej razem ze mną sięgnęła dna.

Król przeszedł kilka kroków i zatrzymał się na środku sali, a ja przewróciłam oczami, widząc, jak trybutki poprawiają włosy i ubrania. Jedna z nich nawet uszczypnęła się w policzki i oblizała wargi, a potem zerkała zalotnie przez ramię, mrugając.

Gabriel nadal trzymał mnie w swoim uścisku. Najwyraźniej martwił się, że znów zaatakuję Apricię, jeśli mnie puści. I w zasadzie miał rację. Szczególnie że ona też wdzięczyła się do króla jak puszący się paw.

– Nie mogę się doczekać, by was wszystkie poznać – powiedział król. – Już widzę, że to najbardziej niezwykła grupa trybutek, jaką mieliśmy okazję gościć podczas Prób kandydatek na królową Słońca. Chciałbym spędzić trochę czasu z trybutką, która pokazała dziś mnóstwo ducha. – Jego spojrzenie padło na mnie. Gabriel rozluźnił nieco swój uścisk, nie dowierzając, tak samo jak ja. – Mówię o naszej ostatecznej trybutce, Lor.

Rozdział dziesiąty

Gabriel odchrząknął i warknął mi do ucha:

– Będziesz się zachowywać, jeśli cię puszczę?

Byłam zbyt zdumiona, by odpowiedzieć. Król wpatrywał się we mnie z uśmiechem jaśniejszym niż samo słońce.

Gdy do mnie podchodził, miałam wrażenie, że z każdym krokiem stawał się coraz doskonalszy. Jakby z jego magnetyzmu wydestylowano eliksir, dzięki któremu każdy, bez wyjątku, padał mu do stóp. Minął rzędy pozostałych trybutek, które nadal poprawiały włosy i trzepotały rzęsami, choć jego uwaga skupiona była tylko i wyłącznie na mnie. Być może dlatego, że właśnie zrobiłam z siebie kompletną idiotkę. Pewnie chciał się przyjrzeć wariatce, którą zaciągnęli tu z rynsztoka i wcisnęli w ładną kieckę w błędnym przekonaniu, że dadzą radę zrobić z niej coś nadającego się do pokazania.

– Lor? – zapytał znów Gabriel. – Jesteś gotowa, by zachowywać się jak dama?

Przesłałam mu przez ramię chmurne spojrzenie. Oni naprawdę mają urojenia, jeśli wydaje im się, że kiedykolwiek zrobią ze mnie damę. Cokolwiek to w ogóle ma znaczyć, pomyślałam.

Król stał przede mną w całej swojej nieubłaganej wspaniałości. Wysocy fae zawsze są przepiękni, ale on był fae królewskim – członkiem monarchii – a jego piękno przyćmiewało otoczenie. Tylko jeden raz w życiu widziałam królewskiego fae, ale miało to miejsce bardzo dawno temu. A to, czy był piękny, było ostatnią rzeczą, o której myślałam.

Zastanawiałam się, jak bym wyglądała, gdybym mogła wspiąć się na tron królowej Słońca.

– Myślę, że możesz ją puścić, Gabe. – Głos króla był niczym ogrzane słońcem drewno, jak światło sączące się przez miód. Poczułam, jak szemrząc, przenika moje kości. Byłam absolutnie zaślepiona, niczym ćma lecąca do ognia.

– Jesteś tego pewny, Atlasie? – zapytał Gabriel, a król pokiwał głową.

– Jestem pewien.

Gabriel niechętnie spełnił rozkaz króla, ale pozostał w zasięgu mojej ręki i obdarował mnie spojrzeniem sugerującym, że będzie miał mnie na oku. Dobrze, powinien na to patrzeć. Na ułamek sekundy zerknęłam na Apricię – obserwowała mnie, jakby w oczach miała odłamki lodu, które wyciosała z serca jakiegoś demona.

Gdy król wziął mnie za rękę, zaparło mi dech w piersi. Zerro, jak się zachować? Był tak wysoki, że musiałam przechylać głowę, by spojrzeć mu w oczy. Widziałam żółte i fioletowe drobinki pływające w niekończącym się błękicie jego oczu. Poczułam też jego zapach – uderzający do głowy, zachwycający. Było w nim coś pikantnego i coś świeżego, przypominało wieczorną bryzę po burzy.

– Moja pani, czy uczyniłabyś mi ten zaszczyt i zjadła ze mną kolację jutro wieczorem, w mojej prywatnej komnacie?

Zapytał, jakbym miała wybór, ale gdy poczułam za sobą wiercącego się Gabriela, wiedziałam, że odpowiedź może być tylko jedna. Mogłabym udawać, że tego nie chcę, ale każda część mojego ciała pragnęła się zgodzić. Oczywiście, że chciałam zjeść z nim kolację, nawet jeśli jestem już tak zdenerwowana, że moje kolana przypominają stopione masło.

– Tak... Wasza... – Zamilkłam, rozglądając się dookoła i czując, jak czerwienieją mi uszy. Nachyliłam się, a król przekrzywił głowę tak, że nasze policzki niemal się stykały. Powstrzymałam pełne rozkoszy drżenie. – Jak mam się do ciebie zwracać?

Chciałam to powiedzieć na tyle cicho, by tylko on usłyszał, ale byliśmy otoczeni fae i w dodatku znajdowaliśmy się w centrum uwagi. Pozostałe trybutki i ich wartownicy wybuchnęli złośliwym, drwiącym śmiechem. To ja byłam obiektem wszystkich ich żartów.

Król uśmiechnął się, ale w sposób, który wydawał mi się szczery, uprzejmy, a nie okrutny. Wtedy pojawiło się we mnie ziarenko nadziei. Nawet jeśli mieszkańcy tego dworu byli potworami, może królewska dusza odzwierciedlała złote ciepło tego miejsca?

– Możesz mówić mi Atlas – powiedział spokojnie, a w pokoju rozległ się zbiorowy cichy okrzyk.

Zmarszczyłam nos, rozmyślając nad jego odpowiedzią.

– Mam nie używać żadnego tytułu? Wasza Królewska Mość? Wasza Najwznioślejsza Łaskawość?

Atlas ponownie się zaśmiał i znów nie było w tym ani odrobiny pogardy. Jego śmiech był niski, intensywny i okrył mnie jak ochronny całun. Kogo obchodziło, co myśli cała reszta, skoro król... skoro Atlas... uważał, że jestem czarująca? Chociaż może jednak było za wcześnie na takie myśli.

– Ależ nie. W końcu mam tu znaleźć partnerkę. Nie chciałbym, żeby moja ukochana towarzyszka zwracała się do mnie „Wasza Królewska Mość". Ta, która zostanie ze mną złączona, powinna zwracać się do mnie po imieniu. – Mrugnął do mnie, a wszystkie sensowne myśli wyleciały mi z głowy. Mam zjeść z nim kolację? Zrobię z siebie kompletną idiotkę. Nie mam pojęcia, jak się zachowywać przy kimś takim jak on, myślałam.

– Proszę, zgódź się – nalegał, znów dając mi złudzenie wyboru. Spojrzał na mnie, jakbym była jedyną kobietą w tym pokoju. W pałacu. W całym królestwie. Może nawet na kontynencie. Nigdy nie byłam traktowana jak ktoś ważny czy wyjątkowy. Mogłabym się do tego przyzwyczaić.

– Dobrze... – szepnęłam, a on przechylił głowę w geście oczekiwania na więcej. – Dobrze, Atlasie... – spróbowałam, przyprawiając go o promienny uśmiech. Cały czas trzymał moją dłoń, a teraz musnął ją ustami, a ja przestałam oddychać. Jego usta były ciepłe i miękkie, ale stanowcze. Sprawiły, że zaczęłam się zastanawiać, jak by to było poczuć je na swoich wargach. Odniosłam wrażenie, że czyta mi w myślach, bo spojrzał na mnie z błyskiem w oku, który sprawił, że moje serce niemal wyskoczyło z klatki piersiowej.

– Wspaniale – powiedział. – Nie mogę się doczekać.

Następnie puścił moją dłoń i ukłonił się naprędce, po czym wrócił do pozostałych trybutek.

– Drogie panie – ogłosił – z przyjemnością dowiem się więcej o was wszystkich. Zaczekajcie, proszę, na zaproszenie, które nadejdzie niebawem. – Ukłonił się ponownie, przyciskając pięść do serca i wyszedł z sali.

Gdy zamknęły się za nim drzwi, rozpoczęły się rozmowy. Gabriel chwycił mnie za ramię i zaciągnął w stronę drzwi.

– Chodźmy – powiedział, wyraźnie na mnie wściekły. Zerkając przez ramię, zauważyłam Apricię, która patrzyła na mnie, jakby się zastanawiała, jak najlepiej mnie pokroić, by zjeść na kolację: prawdopodobnie w gulaszu pełnym gorzkich przypraw.

Gabriel szarpnięciem wyciągnął mnie na korytarz, ściskając mnie tak mocno, że się skrzywiłam.

– To boli!

Wepchnął mnie na ścianę i przycisnął przedramię do gardła.

– To dla ciebie jakaś gra, Lor? – W jego oczach błysnął gniew. – Myślisz, że nie odeślę cię do Nostrazy w mgnieniu oka, jeśli zawiedziesz?

Przykleiłam dłonie do jego ramienia, próbując zmniejszyć nacisk na moją tchawicę. Otworzyłam usta, ale odpowiedź ugrzęzła mi w gardle. Gdy zauważył, co robi, Gabriel złagodził ucisk, ale tylko na tyle, żebym nie zemdlała na środku korytarza.

– O co ci chodzi?! – syknęłam. – Czy właśnie nie wygrałam kolacji z królem?

Gabriel pokręcił głową.

– Wygrałaś. I nie jestem pewien dlaczego. Co spowodowało, że Atlas tak się tobą interesuje, Lor? Kim jesteś?

Gabriel popatrzył na mnie, mrużąc oczy. Wydawał się pewien, że coś przed nim ukrywam.

– Jestem nikim. Nie mam pojęcia, dlaczego mnie wybrał. Szczerze mówiąc, nikt nie jest tym bardziej zaskoczony niż ja. Pewnie po prostu jest mu mnie żal. – Czułam, jak żałośnie to brzmiało. O to musiało chodzić. Pewnie chciał sprawić przyjemność biednej ostatecznej trybutce, zanim ta zginie na końcu jednego z tych obłąkanych wyzwań. Dzięki temu będzie mógł opowiadać zabawną anegdotkę o tym, jak jadł kolację z umbryjskim szczurem, który naprawdę wierzył, że ma szansę zostać kolejną królową Afelionu.

– Idziemy – powiedział Gabriel. – Następnym razem się pilnuj. Nikt nie chce królowej, która lepiej czuje się w tawernianej bójce niż w sali balowej.

– Ona mnie sprowokowała! – krzyknęłam oburzona. Gabriel zatrzymał się i odwrócił, górując nade mną. Zerro, on naprawdę potrafi obudzić w człowieku strach.

– W takim razie powinnaś być ponad to, Lor. Tak zachowują się królowe.

Znów się ode mnie odwrócił i odszedł, a ja musiałam przyznać, że gdy jego słowa do mnie dotarły, zrobiło mi się wstyd.

Gdy odprowadził mnie do pokoju, ruszyłam prosto do miejsca, gdzie wepchnęłam starą szarą tunikę, którą odzyskała dla mnie Mag. Wyciągnęłam ją, przeciągnęłam po niej palcami i rozerwałam w twardszym miejscu, którego szukałam.

Na moją dłoń wypadł niewielki czerwony kamień. Wpatrywałam się w cenny klejnot rodzinny, wdzięczna, że go odzyskałam. Mając go przy sobie, czułam się odrobinę bliżej Willow i Tristana. Uniosłam go do światła, a wszystkie jego ścianki zamigotały, poza jedną, gładką, wyglądającą jakby została odcięta z jabłka.

Na toaletce stało pudełko na biżuterię. Przejrzałam jego zawartość i wyjęłam złoty medalion, na tyle duży, by zmieścić kamień.

Zatrzasnęłam medalion, założyłam go sobie na szyję i zapięłam klamrę. Wpatrując się w lustro, wzięłam głęboki, uspokajający oddech i mocno ścisnęłam medalion w dłoni.

Rozdział jedenasty

Słońce zachodziło za horyzont, gdy kolejnego dnia rozległo się pukanie do moich drzwi. Mag pomogła mi już założyć długą do ziemi suknię ze złotego jedwabiu, udrapowaną tak, by ukryć pewne obszary mojej ciągle wymizerowanej sylwetki. Dzięki temu, jak ją ułożyła, wyglądałam niemal ponętnie.

Znów zakryła moją bliznę makijażem, była więc niemal niewidoczna. Nadal nie byłam pewna, co o tym myśleć. Nie sypiałam za dobrze, więc pod oczami miałam cienie, które Mag również zamalowała. W pałacu było zbyt cicho w porównaniu z więzieniem, gdzie byłam przyzwyczajona do głosów i zapachów innych więźniów. Tak bardzo tęskniłam za Tristanem i Willow, że czułam, jak ściska mi się serce. Bez nich przewracałam się z boku na bok, a moje sny były zatrute koszmarami ostatnich dwunastu lat.

Do pokoju wszedł fae, pchając wózek pełen buteleczek, nożyczek, grzebieni i spinek. Jego platynowe włosy zaczesane były wysoko w bardzo kunsztowny sposób i pozostały nieruchome, gdy ciężkim krokiem podszedł do toaletki, przy której Mag nakładała mi na policzki smugi złotego pyłu.

– Callias – powiedziała, oddychając z ulgą. – Nareszcie. Posłałam po ciebie kilka dni temu.

Mężczyzna spojrzał na nią z ukosa. Jego oczy miały kolor żywego fioletu.

– Jestem najbardziej pożądanym stylistą Afelionu. Myślisz, że przyjdę na twoje pstryknięcie? Lista moich klientów jest długa jak mój fiut. – Uniósł dłoń do ust i zwrócił się do mnie konspiracyjnym szeptem: – A wierz mi, kochana, że jest bardzo długi.

Mag wydała z siebie okrzyk oburzenia i klepnęła go dłonią w tył głowy, podczas gdy ja tłumiłam parsknięcie.

– To jest trybutka – powiedziała, wskazując na mnie – która pilnie potrzebuje twojej pomocy. Zrozumiałeś chyba, co miałam na myśli, mówiąc, że to przypadek wymagający natychmiastowej uwagi? Nie zmuszaj mnie, bym poszła do twojej matki. Znam cię, od kiedy ganiałeś w pieluchach, młody człowieku.

Callias rozmasował głowę, a jego nozdrza rozszerzyły się ze złości. Obdarzył ją ponurym spojrzeniem.

– Cóż, już jestem. – Wykonał ruch, jakby chciał zarzucić włosami, ale jego perfekcyjnie ułożona fryzura ani drgnęła. Mag swoim uderzeniem również nie przemieściła chyba ani jednego włosa. – Opowiedz mi, z kim mamy do czynienia.

Odwrócił się do mnie i natychmiast zrzedła mu wina, a po chwili uniósł wargę w obrzydzeniu. Byłam już do tego tak przyzwyczajona, że widziałam uniesione wargi, zmarszczone nosy i przydługie spojrzenia, gdy tylko zamykałam oczy. Uniosłam dłoń, zanim zdążył się odezwać.

– Wiem. Jestem okropna. Obrzydliwa. Jestem umbryjskim szczurem. Nie ma dla mnie żadnej nadziei. Już to wszystko słyszałam. Czy możemy oszczędzić sobie tych obelg i brać się do pracy?

Słysząc to, Callias zamrugał, a na jego twarzy pojawił się leniwy uśmiech.

– O, proszę. Widzę, że dzięki tobie zrobi się tutaj ciekawie. – Stanął za mną i spotkał się ze mną spojrzeniem w lustrze. – Chyba już zostałaś moją ulubioną trybutką.

Nie byłam w stanie powstrzymać uśmiechu, gdy usłyszałam te słowa. Coś mi podpowiadało, że na Calliasie, najbardziej pożądanym styliście Afelionu, posiadaczu bardzo długiego fiuta, niełatwo zrobić wrażenie.

– Ale te włosy – zajęczał, unosząc moje postrzępione końcówki i przejeżdżając po nich palcami. – Natychmiast musimy z nimi coś zrobić.

– Dasz radę to naprawić? – szepnęła Mag, jakby rozmawiali o odcięciu mi nogi.

– Oczywiście, że tak – warknął. – Ale to nie będzie łatwe. Wózek.

Ku mojemu zaskoczeniu Mag skwapliwie przetruchtała przez pokój i przysunęła wózek Calliasa, po czym zatrzymała go obok mnie. Stylista przetrząsnął jego zawartość, by wyciągnąć złoty grzebień i parę błyszczących nożyczek. Natychmiast zabrał się do pracy, plotkując o setce ludzi, o których nigdy nie słyszałam i których zapewne nigdy nie poznam. Z jego słów wynikało, że wszyscy musieli żyć w pałacu Słońca lub być częścią szlachty.

– ...a Gemma twierdzi, że kapitan wziął ją w spiżarni, ale ja słyszałem plotkę, że tak naprawdę chodziło o Gemmę i Irvinga. –

Parsknął. – Amator. Niech przyjdzie ze mną porozmawiać, jak zrobi to jednocześnie z dwoma kobietami i mężczyzną.

– Mówisz o Gabrielu? – zapytałam z niedowierzaniem, podczas gdy stylista i jego połyskujące nożyczki pracowały nad moją fryzurą.

Callias się zatrzymał.

– Mówimy kapitanowi po imieniu? – Uniósł brwi.

– Królowi też – dodałam, co sprawiło, że Callias uśmiechnął się jeszcze szerzej.

– Dobra robota, umbryjski szczurze. – Mrugnął do mnie, a ja się uśmiechnęłam. Sposób, w jaki to powiedział, absolutnie mi nie przeszkadzał.

Mag jęknęła ze zniecierpliwieniem i przewróciła oczami.

– Możecie przestać flirtować? W każdej chwili może się tu zjawić ktoś z orszaku króla. – Załamała ręce, zerkając na drzwi.

– Tak, tak, już skończyłem – powiedział Callias, zaczesując moje włosy do tyłu. Nie miałam zielonego pojęcia, jaką magią władał, ale sprawił, że stałam się teraz zupełnie inną kobietą. Końcówki były równe, a włosy przypominały blask gwiazd odbijający się od ciemnej powierzchni. Zrobił coś, dzięki czemu wyglądały na dłuższe i równiejsze. Dotknęłam ich, kręcąc głową na boki.

– Jesteś niesamowity – powiedziałam, zadziwiona.

– Wiem – odpowiedział nonszalanckim tonem Callias. – Nie bez powodu jestem najbardziej pożądanym stylistą w Afelionie. – Znalazł nieduży szklany słoiczek pełen niewielkich kapsułek i podał mi go. – Bierz jedną dziennie. Sprawią, że szybciej urosną ci włosy. Tak od razu się to nie uda, ale za kilka tygodni powinny być już całkiem długie.

– Naprawdę? – zapytałam, otwierając buteleczkę. Kapsułki były przezroczyste, a w środku zawieszone były niewielkie złote drobinki. – Niesamowite – powiedziałam i połknęłam jedną.

– To dzięki odrobinie magii piękna. – Wzruszył ramionami, ale widziałam, że moja reakcja sprawiła mu przyjemność. Gdy wstałam, chwycił mój podbródek pomiędzy kciuk a palec wskazujący i przechylił twarz do światła.

– Zobaczę, co da się z tym zrobić. Medycy nie grzeszą finezją. Założą bandaż i myślą, że jest po sprawie. Barbarzyństwo.

Pokręciłam głową, odsuwając ją od niego i zakryłam policzek dłonią. Drugą chwyciłam złoty medalion zwisający mi z szyi.

– Nie. Nie chcę, żebyś to robił.

Ta blizna przypominała mi o dwóch najważniejszych osobach w moim życiu. Jest pozostałością po tym, jak broniłam Willow przed gniewem naczelnika. Stanęłam przed siostrą, by ochronić ją przed uderzeniem, i dostałam zamiast niej. Był tak wściekły, że bił mnie do krwi, aż nie zainterweniował Tristan, i to na niego Kelava przekierował swoją wściekłość.

Potrzeba było trzech strażników, by ściągnąć go z Tristana. Oboje spędziliśmy w lecznicy kilka tygodni. Gdy wyszliśmy, pozostała mi ta blizna, kilka połamanych żeber i niezliczone siniaki. To mogło się wydawać głupie, ale ta blizna przypominała mi, po co się tu znalazłam i co stracę, jeśli nie zdobędę miejsca u boku króla Słońca.

Liczą się dla mnie tylko Tristan i Willow.

Callias musiał wyczytać coś z wyrazu mojej twarzy, bo jedynie kiwnął ponuro głową i nie próbował się spierać.

– Daj znać, jeśli zmienisz zdanie.

– Dziękuję – odpowiedziałam.

W odpowiedzi przesłał mi krzywy uśmiech.

– Powodzenia u króla. Coś mi podpowiada, że będzie miał z tobą pełne ręce roboty.

Mag wygoniła go z pokoju tuż przed tym, jak pojawili się w nim dwaj strażnicy, od stóp do głów ubrani w złotą zbroję. Zaraz po nich wszedł Gabriel, szeleszcząc skrzydłami, i omiótł mnie spojrzeniem.

– Widzę, że wyglądasz nieco lepiej – powiedział, na co zmrużyłam oczy. – Miejmy nadzieję, że potrafisz udawać damę, za którą usiłujesz się podawać.

– Straszny z ciebie dupek – powiedziałam, zakładając pantofelki.

– Słyszałem gorsze obelgi, trybutko. – Kiwnął głową w stronę drzwi. – Chodźmy, bo się spóźnisz.

– Zerro, ale ty lubisz rządzić – warknęłam, wychodząc za nim z pokoju. Przeszliśmy przez kolejne kręte korytarze. Słońce już prawie zaszło, a pałac wydawał się jeszcze bardziej ożywiony niż za dnia. Mijaliśmy niezliczone pokoje, w których ludzie pili i śmiali się, a muzyka płynęła przez korytarze.

W innym pokoju tańczyły pary, kręcąc się na stopach lekko jak w powietrzu. W kolejnym zauważyłam inne trybutki, zatrzymałam się więc, by się im przyjrzeć. Stały w kącie salonu, w którym obserwowały trójkę artystów. Jeden z nich uprawiał żonglerkę, drugi połykał ogień, a trzeci, fae, wyginał się w kształty, które nie wydawały mi się ani możliwe, ani naturalne.

Apricia zauważyła, że na nie patrzę, i przesłała mi gniewne spojrzenie, szepcząc coś do trybutki o bladej cerze, białych włosach i oczach błękitnych jak lód. Dziewczyna spojrzała na mnie nieśmiało i uśmiechnęła się. Nie był to szczególnie szczery ani ciepły uśmiech, ale przynajmniej nie był grymasem obrzydzenia. Być może uda mi się znaleźć choć jedną sojuszniczkę w tej grupie, pomyślałam. Gdy Apricia zauważyła reakcję trybutki, uderzyła ją w ramię, a dziewczyna się odwróciła.

– Co one robią? – zapytałam Gabriela. Mimo że wszystkie były dla mnie okropne, jakaś część mnie chciałaby być tam z nimi. Ten pokój i to, co się w nim działo, wyglądało o wiele mniej onieśmielająco niż miejsce, do którego właśnie się wybierałam. Poczułam w gardle narastającą gulę na myśl o królu Słońca i jego promiennym uśmiechu. Co ja mu powiem?

– Bawią się, ale z przyjemnością oddałyby lewe oko, by zamienić się z tobą miejscami – odpowiedział uszczypliwie.

Odwróciłam się do niego.

– Tak. No jasne. Chodźmy. – Gabriel kiwnął głową i poprowadził mnie przez pałac, aż dotarliśmy do najwyższych i najszerszych drzwi, jakie widziałam w życiu. Zmieściłoby się w nich kilka wózków i bez problemu przeszedłby przez nie olbrzym. Błyszczały wypolerowanym złotem i były przyozdobione królewskim godłem.

Do środka przepuściła nas para strażników. Jeśli myślałam, że pałac był okazały, to i tak praktycznie bladł w porównaniu z bogactwem królewskich apartamentów. Każdą powierzchnię pokrywało złoto, kamienie szlachetne, srebro i perły. Gdy przechodziliśmy przez komnatę, moje kroki tłumił gęsty złoty dywan. Gabriel poprowadził mnie do ogromnego pomieszczenia w kształcie półkola. Mieściło się w nim wychodzące na morze okno, zajmujące całą ścianę.

Zachodzące słońce ubrało wodę w odcienie różu i pomarańczu. Za każdym razem, gdy wydawało mi się, że doświadczyłam najpiękniejszej rzeczy w moim życiu, znajdowała się kolejna, która ją przewyższała. Zaczęłam się zastanawiać, czy kiedykolwiek minie mi to uczucie, jakbym na wszystko patrzyła po raz pierwszy. Moją egzystencję do tej pory trudno było nazwać życiem. Całe rozegrało się na krawędzi niczego.

– Lor – rozległ się gładki głos, gdy tylko weszłam. Król Słońca był olśniewający, choć ubrany nieoficjalnie – w brązowe spodnie i białą koszulę z rozpiętym kołnierzem. Wyglądał pięknie. Mógłby mieć na sobie szarobury uniform z Nostrazy i nadal wyglądać oszałamiająco. – Tak się cieszę, że jesteś.

Podszedł do mnie i ucałował moją dłoń, podczas gdy łomoczące serce próbowało mnie zabić.

– Wasza Królewska Mość – wychrypiałam, na co uniósł brew w upominającym geście. – Atlasie – poprawiłam się. – Dziękuję za zaproszenie. To dla mnie zaszczyt. – Tak mi się wydawało. Król był tak wyjątkowy, że byłam przekonana, że to powinien być zaszczyt, ale nadal miałam mnóstwo pytań na temat mojej obecności w tym miejscu.

– Cała przyjemność po mojej stronie. Usiądź, proszę. – Podszedł do stołu i wysunął krzesło, po czym odezwał się do Gabriela: – Dziękuję, że ją przyprowadziłeś. Wezwę cię, gdy skończymy.

Gabriel zawahał się, spoglądając to na mnie, to na króla, jakby zastanawiał się, które z nas zganić.

– Zachowuj się – powiedział w końcu w powietrze. Atlas zaśmiał się cicho, gdy usadowiłam się na krześle, które następnie przysunął do stołu. Gdy cichły kroki wychodzącego Gabriela, król usiadł obok mnie.

Wtedy w komnacie pojawiło się kilku służących, wnosząc ogromne wazy i tace z jedzeniem. Ułożyli wszystko przed nami, a ktoś napełnił mój kieliszek winem musującym. Ogrom jedzenia przyprawił mnie o zawrót głowy. Nie znałam większości z tych dań – jedyne, czego byłam pewna, to tego, że wszystko jest świeże, pełne koloru i niesamowicie pachnie.

Służący ułożył na moim talerzu kilka ogromnych porcji. Pieczony kurczak z ziemniakami i jakąś mieszanką liści, orzechów i suszonych owoców, zatopioną w kremowym sosie. Tuż przede mną stał kosz z puchatym białym chlebem, miękkie masło i tuzin innych rzeczy, których nie potrafiłam nazwać.

– Jedz, proszę – powiedział Atlas, a ja zawahałam się jedynie na ułamek sekundy, zanim zabrałam się do próbowania. Jęknęłam, gdy tylko kęs kurczaka dotknął mojego języka. Był tak pyszny, że miałam wrażenie, że to jakaś magia. Jak to możliwe, że coś jest w stanie tak smakować? – Czy potrawy ci pasują?

– Pasują? – zapytałam. – To lepsze niż cokolwiek, co jadłam w życiu.

Atlas rozejrzał się po rozproszonych po pokoju służących.

– Zostawcie nas – rozkazał, a chwilę później zostaliśmy sami. – Jak było w Nostrazie? – zapytał, zbijając mnie z tropu. To nie był temat, który spodziewałam się poruszyć tego wieczora. – Biorąc pod uwagę, jak rozprawiasz się z tym chlebem, zakładam, że nie karmili cię tam zbyt dobrze.

Słysząc ten komentarz, zaczerwieniłam się. Byłam jak zwierzę. Pozostałe trybutki pewnie skubią jedzenie i po kilku kęsach udają, że są najedzone.

– Przepraszam – odpowiedziałam z jedzeniem w ustach. Gdy zaczęłam dostawać porządne porcje jedzenia, miałam wrażenie, że moje ciało próbuje nadrobić stracony czas, a mój żołądek trawiło niekończące się uczucie głodu.

– Nie przepraszaj – odpowiedział Atlas, uśmiechając się łagodnie. – Proszę. Cieszę się, że mogę ci to zaoferować. I że wydostałaś się z tamtego miejsca.

– Ale jeśli przegram, odeślesz mnie do niego – odpowiedziałam. – Tak powiedział mi Gabriel.

Atlas zmarszczył brew, a jego twarz nagle spoważniała.

– Niestety, taką umowę zawarliśmy z Zorzą.

– Umowę?

Atlas westchnął i oparł się o krzesło, upijając wolno łyk wina.

– To skomplikowane.

– Cóż, wydaje mi się jednak, że mam prawo wiedzieć, skoro dotyczy ona mnie i mojego losu. – Przestałam jeść, a dłonie położyłam na kolanach, ściskając miękki aksamit sukni.

Atlas nachylił się, opierając na łokciach. Był tak blisko, że poczułam jego ciepły cynamonowy zapach. Miałam ochotę zanurzyć nos w jego szyi i pożreć całą tą woń, jak jedzenie.

– Zasługujesz, by wiedzieć, Lor, ale to tajemnica, która nie może opuścić tej komnaty. Jedyne osoby w całym Afelionie, które znają prawdę o ostatecznej trybutce, to ja, poprzedni król i – już za chwilę – ty.

Nie mogłam oprzeć się wrażeniu, że Atlas próbuje krążyć wokół sekretu, którego jednak wcale nie chciał ujawniać. Czekałam, próbując nie dać się olśnić samym jego istnieniem i skupić się na tym, co ważne. Czyli przede wszystkim na tym, co, na miłość Zerry, tutaj robiłam.

– Ile wiesz o Próbach kandydatek na królową Słońca? – zapytał Atlas, przyglądając mi się.

– Nic. Jeszcze kilka dni temu nie wiedziałam, że coś takiego istnieje. Pół życia spędziłam za murami więzienia. Moja wiedza na temat całego Uranosa jest niewielka. Wiem, że znajdujemy się na południe od Zorzy, ale to by było wszystko.

Atlas zlustrował mnie spojrzeniem, po czym zaczął mówić:

– Dawno, dawno temu Afelion i Zorza doszły do porozumienia. Nie będę cię zanudzał szczegółami tego, jak to się stało, ale w skrócie polegało to na tym, że Zorza otrzymała jedną śmiertelną trybutkę w Próbach kandydatek na królową Słońca i *vice versa*.

– Dlaczego?

– Chodziło o zrównoważenie sił – odpowiedział Atlas. – Zorza i Afelion to dwa najsilniejsze królestwa na kontynencie. Oba zgodziły się, by podczas Prób przedstawicielka jednego królestwa miała szansę zostać królową tego drugiego.

Zmarszczyłam brwi, próbując nadążać za tym, co mówi.

– To wydaje się bardzo skomplikowane – powiedziałam. – Po co mieliby to robić?

Atlas wzruszył ramionami.

– Nie mam wiedzy na temat tego, co kierowało królami i królowymi tysiące lat temu. Ale umowa jest wiążąca i ostateczna trybutka od tysiącleci pochodzi z Zorzy, a podczas tamtejszych Prób jest nią jakaś kobieta z Afelionu. Jest to jednak tajemnicą.

– Dlaczego?

Atlas uśmiechnął się, jakby moje pytania go bawiły.

– Po pierwsze dlatego, że Afeliończycy nie byliby szczęśliwi, gdyby ich królowa pochodziła z północy. Chociaż nigdy do tego nie doszło, konsekwencje byłyby nieprzyjemne.

– Mówiąc, że nigdy do tego nie doszło, chcesz powiedzieć, że ostateczna trybutka zawsze umierała.

Atlas zacisnął usta i kiwnął głową.

– Tak.

– I to wszystko oczywiście były „wypadki"? Pozbycie się ostatecznej trybutki nie byłoby dla was wygodne? Ty zapewne również nie chcesz, by królową została kobieta z Zorzy?

Atlas uważnie mi się przyjrzał.

– Teoretycznie nie chcę, ale nie mogę wpływać na przebieg Prób. Emisariusze z Zorzy mają oko na to, w jaki sposób odbywają się Próby. Zapytałaś mnie, dlaczego moi przodkowie to zrobili, i choć nie mogę być pewien, zakładam, że to mogło mieć coś wspólnego z ich ego i dumą. Jeśli ostateczna trybutka by zwyciężyła, to wystarczyłoby, żeby osoba z jednego królestwa zasiadła na tronie rywala. I nie chodziło tu o sposób na infiltrację dworu, ale raczej o symbol, że nikt w Uranosie nie ma władzy absolutnej.

– Dlaczego rywalizujecie z Zorzą?

– Afelion i Zorza to zupełne przeciwieństwa, Lor. Ciepłe światło dnia i zimne światło nocy. Nasze siły działają przeciwko sobie i od zawsze walczyliśmy o dominację. Tak już po prostu jest.

Atlas chwycił widelec i położył sobie na talerzu kawałek kurczaka oderwany od pieczonego udka. Obserwowałam, jak wkłada go do ust, zahipnotyzowana ruchem jego gardła, gdy przełknął kęs. Nie oderwał ode mnie wzroku, a jego jasnoniebieskie spojrzenie było dzikie jak sztorm.

– Ostatecznie to Słoneczne Lustro zadecyduje, kto zostanie kolejną królową – kontynuował poważnym tonem. – Będzie ona mianowana królewską fae, a ja otrzymam pełen dostęp do mojej magii. – Wrzucił sobie do ust kawałek chleba.

– Co masz na myśli?

– Taki jest cel Prób. Moja moc zależy od połączenia się w całość dwóch połówek. Władam teraz pokaźną magią jako wysoki fae, a to zjednoczenie ma na celu zakończyć dojrzewanie tej mocy, pomnożenie jej i obdarzenie nią obojga władców. Każdy z dworów jest w posiadaniu Artefaktu, który determinuje to, w jaki sposób jego władcy wstąpią na tron. – Zamilkł na moment. – W Zorzy jest nim pochodnia – wyjaśnił, zanim zdążyłam zadać pytanie, które już miałam na końcu języka.

Ciężar tej informacji spadł między nami niczym kamień. Magia. Gabriel wspominał, że jeśli wygram, będę w stanie władać magią królewskiej fae. Zostanie wysoką fae już byłoby czymś, ale magia królewska dałaby mi więcej władzy, niż mogłam sobie wyobrazić.

– Jaki rodzaj magii posiadasz?

Atlas uśmiechnął się i upił łyk wina.

– Kontroluję światło. Moją specjalnością są iluzje.

– Co to znaczy? – zapytałam, wyjątkowo zaciekawiona.

Atlas oparł się na krześle i zamachał dłonią. Nagle znaleźliśmy się na dnie oceanu, otoczeni przez błękit wody, glony i ławice kolorowych ryb. Zaparło mi dech w piersi.

– To niesamowite. Wygląda jak prawdziwe.

Atlas wzruszył ramionami.

– Bywa zadziwiająco użyteczne.

Wstałam, zauważając, że u moich stóp jest nawet piasek, który wiruje, gdy po nim chodzę. Wyciągnęłam dłoń, a ta przeszyła miraż, zostawiając świetliste punkciki w miejscach, gdzie dotknęłam iluzji. Uważnie się przyglądając, mogłam zauważyć, że jest ich wokół nas więcej. Były jedyną podpowiedzią, wskazującą, że to wszystko nie jest rzeczywiste.

Atlas zaśmiał się z mojego podziwu, po czym machnął ręką, a morze zniknęło i po raz kolejny znaleźliśmy się w jego komnacie. Przyłożyłam dłoń do piersi i spojrzałam na króla.

– Nie przeraża cię, że Zorza spróbuje dobrać się do twojej korony? – zapytałam, wracając do poprzedniego wątku naszej rozmowy. – Pomimo tego, co powiedziałeś, że to tylko symbol?

Atlas upił kolejny łyk wina i spojrzał na mnie badawczo, gdy wracałam na swoje miejsce.

– Ufam, że jeśli Słoneczne Lustro cię wybierze, stanie się tak dlatego, że twoje intencje wobec mnie i mojego dworu są czyste. Że będziesz walczyć za miejsce, które stanie się twoim nowym domem.

– Nie mam zamiaru być lojalna wobec Zorzy – powiedziałam rozgoryczona, niepewna, po co w ogóle mu to wyjawiam. Ale nie byłam Zorzy nic winna. Nie była moim domem, w dodatku wszystko mi zabrała. Gdybym tylko miała szansę, starłabym całe królestwo na proch.

Usta Atlasa rozciągnęły się w uśmiechu zadowolenia.

– W takim razie mam kolejne powody, by się nie martwić.

Przyjrzał mi się znad brzegu kieliszka, a jego jasnoniebieskie oczy świdrowały mnie na wylot. Jego spojrzenie było tak przenikliwe i szczere, że poczułam się naga.

– Mam również, może głupią, nadzieję, że zakocham się w mojej królowej, a ona we mnie. Życie fae bywa bardzo długie, a jeśli zostaną złączeni z kimś, kogo nie kochają, tym bardziej będzie się ono dłużyło.

Jeśli miałam wrażenie, że na myśl o magii zaparło mi dech w piersi, teraz poczułam się, jakby ktoś wyrzucił mnie prosto w niebo. Przełknęłam ślinę i wbiłam widelec w ziemniaka, by się na czymś skupić. Włożyłam go sobie do ust i zaczęłam powoli przeżuwać, czekając, aż moje serce się uspokoi.

Gdy odzyskałam równowagę, zapytałam:

– Dlaczego ja?

Atlas pokręcił głową, po czym położył łokieć na stole i oparł brodę o swoją pięść.

– Bo ostateczna trybutka musi pochodzić z Nostrazy, a ty najwyraźniej byłaś w odpowiednim wieku. Rion nie podzielił się ze mną swoimi powodami.

– Rion?

– Król Zorzy – odpowiedział Atlas, a jego spojrzenie złagodniało, gdy wyciągnął dłoń i założył mi za ucho kosmyk włosów. Ten delikatny dotyk, gdy jego palce musnęły mój policzek, przyprawił mnie o gęsią skórkę. – Oni naprawdę nic ci nie powiedzieli, prawda?

Łagodność w jego słowach, współczucie w jego głosie sprawiły, że poczułam nadchodzące łzy. Nawet jeśli przyprowadzono mnie tutaj na śmierć, jeszcze nikt nigdy nie zwracał się do mnie w ten sposób. To sprawiło, że coś się we mnie uwolniło, wyrywając mnie z duszącego uścisku życia, w którym miałam być uwięziona na zawsze. Byłam pewna, że nie zaznam niczego poza egzystencją w Nostrazie.

Ale dlaczego król Zorzy wypuścił mnie po tylu latach? Dlaczego właśnie teraz dał mi tę niewielką szansę na wolność? I dlaczego zamiast mnie nie posłał Willow? To byłby dla niego chyba bezpieczniejszy wybór. W każdym razie byłam wdzięczna, że to nie jej życie i godność ważą się teraz na szali.

– Proszę – szepnęłam. – Możesz wyciągnąć moich bliskich? Tristana i Willow? Mam tylko ich. Gabriel powiedział, że to tak nie działa, ale ty jesteś królem.

Zamiast odpowiedzieć, Atlas odsunął się od stołu i wstał. Wyciągnął rękę, a ja zerknęłam na nią, po czym ją chwyciłam. Pociągnął mnie, bym wstała, i poprowadził przez szereg drzwi na balkon z widokiem na ocean. Słońce już zaszło, a na niebie kwitły gwiazdy. Wszystko w tym miejscu było tak cudowne i surrealistyczne, że trudno mi było uwierzyć w to, że choć chwilę mogłam być jego częścią.

Wzięłam głęboki wdech, pozwalając, by morskie powietrze oczyściło mi płuca.

Atlas przyciągnął mnie do balustrady, puścił moją dłoń i oparł się na łokciach.

– Przepraszam – powiedział. – Ale nie mogę tego zrobić. Nasza umowa obejmuje jedynie ostateczną trybutkę. Jeśli przegrasz, będziesz musiała wrócić do Nostrazy, inaczej ryzykuję wojną.

– A tego nie możesz zrobić dla zwykłej więźniarki – powiedziałam beznamiętnym głosem.

– Lor...

Uniosłam dłoń.

– W porządku. Oczywiście nie oczekuję, że rozpętasz dla mnie wojnę. Jestem tylko śmiertelniczką, która nic dla ciebie nie znaczy. Nie chciałabym tej krwi na swoich rękach.

Atlas wyprostował się i uniósł palcem mój podbródek, by nasze spojrzenia się spotkały.

– Przepraszam. Chciałbym móc to zmienić.

– Jeśli wygram... czy wtedy będziemy mogli ich wyciągnąć?

Atlas uśmiechnął się i przesunął palcem po linii mojej żuchwy. Tym gestem roztopił emocje, które od zawsze mroziły mnie od środka.

– Wtedy z całą pewnością będziemy mogli negocjować z Rionem.

Zanim pozwoliłam zapuścić korzenie nikłej nadziei, przypomniałam sobie ogrom zadania, przed którym stoję. Odsunęłam się i stanęłam twarzą do wody, ściskając poręcz.

– Ale ostateczna trybutka nigdy nie zwyciężyła. Więc cała ta rozmowa jest tylko i wyłącznie hipotetyczna.

– Lor, wszystko musi się kiedyś zdarzyć po raz pierwszy. Zrobię wszystko, co w mojej mocy, by cię chronić.

– Dlaczego? – zapytałam. – Żebyś mógł kontynuować spór z królem Zorzy?

Zaśmiał się cicho.

– Nie o to chodzi. Powiedziałem, że to kierowało moimi przodkami. Ale nie kieruje mną. Nie interesuje mnie starożytna polityka Uranosa ani małostkowe urazy, które istnieją od tak dawna, że nikt nie jest pewien, od czego się zaczęły. Chcę znaleźć kobietę godną tej korony. Chcę zbudować z nią życie, doświadczyć miłości i namiętności we wzajemnej relacji. Będę chronić wszystkie trybutki. Znalazłaś się tutaj z mojego powodu i jeśli spotka cię krzywda, będę musiał poradzić sobie ze wstydem, który w konsekwencji się pojawi. Nie mógłbym z tym żyć.

Byłam zachwycona stojącym przede mną mężczyzną.

– Jak to możliwe, że jesteś prawdziwy? – To pytanie wymknęło mi się z ust, choć wcale nie chciałam go zadać na głos.

Atlas wybuchł niskim, melodyjnym śmiechem, ciepłym jak płynna czekolada. Promieniał za każdym razem, gdy się uśmiechał, ale gdy się śmiał, był olśniewający.

Nasze spojrzenia się spotkały – wirujące błękitne sadzawki roztapiały mnie żarem, który wił się głęboko w moim żołądku. Światło księżyca padało na jego kości policzkowe i linię żuchwy. Jego brązowe włosy lśniły, jakby utkano je z miedzi. Dotknął mojego policzka, ostrożnie przesuwając palcem po bliźnie. Spięłam się, czekając na nieunikniony komentarz na temat jej zakrycia, ale on z zamyślonym wyrazem twarzy powiedział:

– Ostateczna trybutka nigdy nie przeżyła, ale to nie oznacza, że to jedna z zasad tej gry. Może po prostu ta właściwa jeszcze się nie trafiła.

Stał tak blisko, że czułam szept jego ciała tuż przy moim. Nie mogłam nie ulec wszechogarniającej pokusie, by się o niego oprzeć – przysunęłam się do twardych mięśni jego torsu i silnych ud. Atlas pochylił głowę, a mój oddech stracił rytm, gdy złożył najdelikatniejszy pocałunek w kąciku moich ust.

Czułam się jak bezradna płotka, gdy przyciągnął mnie do siebie, obejmując ramieniem w talii i przysuwając jeszcze bliżej. Był umięśniony, wyciosany z ostrych linii, ale jego skóra była ciepła. Lśnił tak jasno, że trudno było mi uwierzyć, że Zerra nie stworzyła go z kropli blasku słońca, które miała w zapasie.

Znów przechylił moją brodę, a jego usta były tak blisko moich, że czułam na nich jego oddech. Pachniał jak jagody i cytryna, z delikatną nutą wina, które przed chwilą wypił.

– Lor...

– Wasza Królewska Mość – rozległ się głos jednego ze strażników, przerywając Atlasowi. Białe skrzydła fae wskazywały na to, że jest jednym z pozostałych dziewięciu wartowników. Atlas uniósł brew, sugerując, że nie jest szczęśliwy z powodu tego zakłócenia, ale nie zdjął ręki z mojej talii. A nawet ścisnął ją odrobinę mocniej.

– O co chodzi, Jareth? – zapytał ostro.

– Jesteś potrzebny w sali narad. Przybył posłaniec, na którego czekałeś. – Na ułamek sekundy wzrok Jaretha przeniósł się na mnie, po czym spoczął na królu. Atlas kiwnął głową, a wartownik zawrócił do pałacu.

Król spojrzał na mnie, przesuwając palcami po linii mojej żuchwy.

– Tak mi przykro, że muszę wcześniej zakończyć nasz wspólny wieczór. Lor, chciałbym cię lepiej poznać. Mam nadzieję, że to powtórzymy. To dla mnie ważne, byś czuła się przy mnie komfortowo. Wszystko, co dziś powiedziałem, mówiłem poważnie.

Sama jego przytłaczająca obecność i niezliczone rewelacje, którymi się ze mną podzielił, sprawiały, że brakowało mi tchu.

– Oczywiście – odpowiedziałam, starając się brzmieć, jakbym nad sobą panowała. – Dziękuję za kolację. Nigdy jej nie zapomnę.

Atlas uśmiechnął się, po czym uwolnił mnie z uścisku i odsunął. Poczułam tę zmianę, jakby odcięto mi coś od ciała.

– Poślę po Gabriela, by odprowadził cię do twojej komnaty.

Położyłam dłoń na ramieniu Atlasa, czując napięty pod koszulą mięsień.

– Jeśli nie masz nic przeciwko, wolałabym wrócić sama. Czy mogłabym pozwiedzać pałac? Chciałabym też pójść na plażę. Jeszcze nigdy nie widziałam oceanu.

– Domyślam się więc, że nigdy też nie kąpałaś się w morzu – powiedział, uśmiechając się cierpliwie. Pokręciłam głową.

– Musisz mieć mnie za idiotkę. Tak niewiele przeżyłam i zrobiłam w ciągu całego swojego życia. W porównaniu do innych trybutek jestem... nieokrzesaną ignorantką. Można mnie wsadzić w piękną suknię, ale to nie ukryje tego, kim jestem. – Ostatnie słowa wypowiadałam coraz ciszej. Ostatnie, czego potrzebowałam, to zwrócenie jeszcze większej uwagi na to, jak bardzo od wszystkich się różnię, ale coś w Atlasie sprawiało, że czułam się bezpieczna i mile widziana. Wiedziałam, że nie będzie mnie oceniał, cokolwiek bym mu powiedziała.

Pochylił głowę i spojrzał mi w oczy.

– Nie. Widzę w twoich oczach to, co do tej pory przeżyłaś. Nie jesteś głupią ignorantką. Może i nie nauczyłaś się tańczyć walca czy grać na pianinie, ale to tylko błahostki, którymi bogacze zajmują sobie czas. Nie są ważne, nie mają żadnego znaczenia. Ty żyłaś, Lor. W tym więzieniu musiało cię spotkać wiele okropieństw.

Wzięłam głęboki oddech, czując, że znów wzbierają we mnie łzy. Coraz trudniej było mi je powstrzymywać po tak długim czasie trzymania ich na uwięzi. Tutaj, w miejscu, gdzie twarz oświetlało mi słońce, a w uszach słyszałam szum oceanu, czułam, że mogę puścić wodze, które przez tyle lat powstrzymywały mojego ducha.

Gdy moje dni przestały być wypełnione okrutnymi słowami, głodem i uderzeniami pięści, łzy zaczęły błagać, bym w końcu je uwolniła. We wszystkich drzwiach mojego życia przekręcono klucz i już nic nigdy nie będzie takie samo. Ja już nigdy nie będę taka sama. Jeśli miałabym wrócić do Nostrazy, nie byłam pewna, czy udałoby mi się tam przetrwać. W kilka dni Afelion zadrapał powierzchnię skorupy, w której się zamknęłam niczym w trumnie.

– Jeszcze raz cię przepraszam – powiedział Atlas. – Nie chcę ci przerywać i pragnę dokończyć naszą rozmowę. Czy zjesz ze mną kolację także jutro?

Zamrugałam i wytarłam łzę, która pojawiła się w kąciku oka.

– A co z pozostałymi trybutkami? I tak już mnie nienawidzą, mimo że nie spędziłam z tobą dwóch wieczorów z rzędu.

Atlas zmarszczył brwi.

– No tak. Nie pomyślałem. W takim razie znajdę inny sposób, by poświęcić ci trochę czasu, żeby nie wyglądało, jakbym miał ulubienicę. Daj mi kilka dni, a coś wymyślę.

– W porządku – szepnęłam. – Dziękuję.

Odsunęłam od siebie pytania na temat motywacji Atlasa: dlaczego jest dla mnie tak uprzejmy i dlaczego chce ze mną spędzić więcej czasu. Założyłam, że czuje się w pewnym stopniu winny za to, że się tutaj znalazłam, i z całą pewnością kieruje nim litość. Niezależnie od tego, co powiedział, może użyć mnie do gierek ze swoimi wrogami i miałam zamiar o tym pamiętać. Ale to, jak na mnie patrzył tego wieczora i jak się do mnie zwracał, sprawiało, że w to nie wierzyłam.

– Oczywiście możesz zwiedzać pałac – dodał. – W obrębie jego murów będziesz bezpieczna.

W drzwiach znów pojawił się Jareth.

– Wasza Królewska Mość – powiedział, a w jego głosie dało się wyczuć nutę zniecierpliwienia. – Jesteś potrzebny, natychmiast.

– Już idę – odpowiedział. – Dobranoc, Lor.

– Dobranoc – odpowiedziałam, a król Słońca zniknął.

Rozdział dwunasty

Nadir

Nadir trzymał zaproszenie w dłoniach. Złoty papier zapisany połyskującym złotym atramentem stanowił ostentacyjny kontrast dla ponurych czerni i szarości jego gabinetu.

– Co to? – zapytał Mael, opadając na aksamitną czarną kanapę na środku pokoju. Stopy oparł na stojącym naprzeciwko niskim stoliku.

Nadir żachnął się, ponownie czytając list.

– Pismo od Atlasa. W Afelionie znów rozgrywają się te absurdalne Próby kandydatek na królową Słońca. Zostałem zaproszony na bal ku czci trybutek przed ostatnim wyzwaniem, by uczcić te nieszczęsne kobiety, które przeżyły to, co zaplanował Atlas, by mógł je potem torturować. Barbarzyńska tradycja.

Mael przechylił głowę, unosząc ciemną brew.

– I zaprosił ciebie?

Nadir zaśmiał się cicho.

– Pewnie zrobił to jeden z jego sługusów, który nie wiedział, co czyni. Wątpię, że Atlas oczekuje, że się tam zjawię. – Rzucił zaproszenie na biurko i kopnięciem strącił stopy Maela. – Zdejmuj te brudne buty z mojego stolika.

Nadir podszedł do baru stojącego pod długim rzędem okien i nalał sobie szklaneczkę brandy. Wypił zawartość jednym haustem; płyn zapłonął mu w gardle i rozgrzał pierś, ale nie ukoił jego wzburzenia.

Zerknął na swoją ukochaną parę lodowych ogarów – Moranę i Khione – wylegującą się przed kominkiem. Były wielkości małych wilków i na komendę wyrwałyby człowiekowi gardło. Leżały, opierając pyski na łapach, a końce ich gęstej białej sierści lśniły na tle ognia.

– Więc nie masz pojęcia, kto porwał tę dziewczynę? – zapytał Mael, wracając do poprzedniego tematu rozmowy.

– To byli fae – odpowiedział. – Tylko tyle byłem w stanie stwierdzić. Zapach był słaby.

– I nie znalazłeś żadnego śladu sugerującego, który dwór mógł zabrać tę tajemniczą więźniarkę?

– Gdybym miał taką wiedzę, myślisz, że już by mnie tam nie było?

Mael odchylił się, zakładając dłonie za głowę. Miał na sobie czarną zbroję wypolerowaną na błysk, a jego smoliste loki były obcięte na krótko. Ciemnobrązowe oczy i skóra połyskiwały kolorowymi odbiciami fioletowej i szkarłatnej zorzy falującej na niebie, jedynego źródła światła w gabinecie Nadira.

– Co powiedziałeś ojcu?

– Że nie znalazłem żadnego śladu poza tym, że ozziller faktycznie ją dopadł.

– Choć jesteś pewien, że tego nie zrobił.

Nadir nalał sobie kolejną szklaneczkę, efekty tej pierwszej zniknęły zbyt szybko.

– Poszedłem po śladach tego, który czaił się w okolicy, i znalazłem jego leże. Nie było w nim ani śladu śmiertelnika. Ta dziewczyna została porwana. Jeśli brak zapachu poza Nicością stanowi jakąś podpowiedź, to zapewne zabrał ją ktoś, kto potrafi latać.

– Czyli Tor, Arboria lub Afelion – odpowiedział Mael. – Raczej nie Alluvion. – Zamilkł, a Nadir odwrócił się, by spojrzeć na przyjaciela i kapitana swojej osobistej gwardii, którego znał całe życie.

– Kiedy ostatnio inwigilowaliśmy Serce? – zapytał Nadir, wyglądając przez okno. Niebo było czarne i bezchmurne, płynęły po nim jaskrawe wstęgi fioletu, różu i turkusu.

Mael nachylił się do przodu, opierając łokcie na kolanach i łącząc dłonie.

– Serce? Dlaczego pytasz? Myślisz, że są w to zamieszani?

Nadir wzruszył ramionami.

– Działy się już dziwniejsze rzeczy.

– Jakieś kilka miesięcy temu – odpowiedział Mael. – Ale mogę wysłać zwiadowców. Upewnić się, że panuje tam... cisza.

Nadir kiwnął głową.

– Owszem, zrób to. I niech robią to regularnie. Coś mi się w tym wszystkim nie podoba.

Spojrzał na Maela.

– Gdzie jest Amya, do kurwy nędzy? – zapytał.

Mael przewrócił oczami.

– Przyjdzie. Na błogosławionych Zerry, ale masz gówniany nastrój.

Nadir uśmiechnął się krzywo, przechylając szklaneczkę z brandy.

– Widzisz jakąś różnicę?

– W zasadzie to nie. Mnie też nalej.

Nadir odwrócił się do baru i napełnił drugą szklankę. Podszedł do Maela i podał mu ją, kiedy za oknem rozległ się trzask. Nadir odwrócił się i zobaczył czającą się na zewnątrz Amyę, ze skrzydłami ze wstęg kolorowego światła, które utrzymywały ją w powietrzu.

Wyrzuciła cienką nić kobaltowego światła, którym odsunęła zasuwę okna, sprawiając, że się otworzyło. Przeleciała przez nie i wylądowała, kucając na ziemi leciutko niczym piórko. Tak jak u Nadira, również w jej kruczoczarnych tęczówkach odbijały się kolory zorzy.

Miała na sobie czarne skórzane getry i dopasowany gorset. Jej brązowe ramiona były odsłonięte. Przez zwisające wzdłuż pleców warkocze przebiegały karmazynowe, fioletowe i szmaragdowe kosmyki. Kolejny błysk światła zamknął okno z taką siłą, że zatrzęsły się wszystkie szyby w gabinecie.

– Możesz być ostrożniejsza? – warknął Nadir. – Jeśli znów będę musiał wstawić tu nowe okna...

Amya uśmiechnęła się szeroko, a Nadir przewrócił oczami, gdy wyjęła mu z dłoni szklaneczkę i dopiła znajdującą się w niej brandy, po czym oddała mu naczynie. Położyła dłoń na biodrze, przechyliła głowę w stronę Nadira i wróciła się do Maela:

– A ten co taki wkurzony?

Nadir wydał z siebie niski pomruk.

– Jest wściekły, bo twój kochany staruszek coś przed nim ukrywa – odpowiedział teatralnym szeptem, po czym oboje wybuchnęli śmiechem.

– Skończyliście? – zapytał Nadir, krzyżując ręce na szerokiej piersi. Mael i Amya wymienili porozumiewawcze uśmiechy, po czym Amya opadła obok niego na sofę, oparła stopy na niskim stoliku i rozsiadła się wygodnie.

Morana i Khione natychmiast wstały ze swoich miejsc przy kominku i podeszły do Amyi, opierając głowy na jej kolanach i błagając o jej uwagę.

– Co tam, starszy braciszku? – zapytała Amya, drapiąc Moranę za uchem. Khione zawyła żałośnie.

Nadir popatrzył na jej stopy, ale nie odezwał się. Chciał zacząć działać. Opowiedział Amyi to, co mówił Maelowi na temat więźniarki 3542.

– I nie wiesz, kim ona jest? Ani kto ją zabrał? – zapytała Amya i pochyliła się, opierając łokcie na kolanach.

– Czy tutaj jest jakieś pieprzone echo? – zakpił Nadir, a Amya zmrużyła oczy.

– Dlaczego jesteś tak pewien, że to coś ważnego? – zapytała. – Czy ojciec kiedykolwiek mówił coś o tej więźniarce?

Nadir pokręcił głową.

– Gdy powiedziałem mu, że nie znalazłem żadnych śladów sugerujących, że przeżyła, miałem wrażenie, jakby poczuł ulgę, chociaż z drugiej strony jakby starał się bagatelizować jej istnienie. To przecież nie ma żadnego sensu, że tak przejmuje się losem jednej dziewczyny. Jakie ona ma znaczenie i dlaczego kazał Kelavie jej pilnować?

– To wszystko bardzo dobre pytania, ale odpowiedzi mogą być najróżniejsze – odpowiedziała Amya. – Skąd masz pewność, że warto się tym zająć? Ta dziewczyna może być kimkolwiek. Może jest naszą siostrą z nieprawego łoża, którą podrzucił do Nostrazy, i poczuł ulgę, że zniknęła.

Nadir się żachnął.

– Nie bądź śmieszna. Ojciec nie przejmowałby się tak żadnym ze swoich dzieci, niezależnie od tego, czy są bękartami czy nie. – Zacisnął zęby, ściskając szklankę w dłoni.

– Masz rację – zgodziła się Amya, a ich spojrzenia się spotkały, wypełniając dzielącą ich przestrzeń latami bólu.

Mael przewrócił oczami.

– Zerro, ależ wy jesteście zranieni.

Nadir i Amya zatopili w nim zirytowane spojrzenia.

– Zamknij się – powiedzieli jednocześnie, na co Mael parsknął śmiechem.

– Wiecie, terapia przyniosłaby wam o wiele więcej korzyści, byłaby też dużo mniej niebezpieczna niż te wszystkie spiski, które bez przerwy knujecie.

Amya ponownie spojrzała na Nadira, ignorując Maela.

– Co mam robić?

– Powęsz trochę na innych dworach. Zobacz, czy uda ci się dowiedzieć czegoś o tajemniczej dziewczynie, która pojawiła się w jednym z nich. Mogą ją zarówno ukrywać, jak i umieścić na widoku.

Amya kiwnęła głową.

– Mam godnych zaufania szpiegów w Torze, Alluvionie i Arborii. Mój kontakt w Celestrii właśnie został ujęty, więc będę musiała znaleźć tam kogoś nowego. Szkoda. Była dobra. – Przygryzła dolną wargę. – No i oczywiście nadal nie udało mi się przemycić nikogo do Afelionu.

Nadir pokiwał głową.

– Zacznij od pozostałych. Jeśli nam się poszczęści, okaże się, że Afelion nie ma z tym nic wspólnego. Jestem pewien, że Atlas jest zbyt zajęty chędożeniem stada chętnych młodych kobiet pod płaszczykiem poszukiwań partnerki. Będzie miał pełne ręce roboty.

Amya zmarszczyła nos.

– Znów Próby? Można by pomyśleć, że z nimi skończą, biorąc pod uwagę to, co wydarzyło się podczas ostatnich.

– Musimy znaleźć te akta – odpowiedział Nadir, ignorując komentarz Amyi. Nie obchodzili go Afelion, Atlas ani przyszła królowa Słońca. – Nie zaginęły bez powodu. Mam tylko nadzieję, że nie zostały zniszczone.

– Gdzie masz zamiar ich szukać? – zapytał Mael.

– Zacznę od gabinetu ojca.

Mael i Amya wymienili czujne spojrzenia.

– To dość ryzykowne – stwierdziła Amya.

Nadir wydał z siebie trudny do zinterpretowania odgłos i odwrócił się do okna.

– Z ryzykiem przyjdzie nagroda. Taką mam nadzieję.

– Nadirze? – zapytała Amya, a fae spojrzał na nią przez ramię. – Naprawdę sądzisz, że dzięki temu pozbędziesz się ojca? O to chodzi?

Nadir wzruszył ramionami, przesuwając dłonią po ciemnych włosach, i westchnął ciężko, przytłoczony wiekami żalu.

– Nie wiem, Am, ale tylko w jeden sposób mogę się o tym przekonać. Każdą szansę warto wykorzystać.

Rozdział trzynasty

Lor

Przez cały następny tydzień poranki spędzałam na wielogodzinnych treningach z Gabrielem, które miały zbudować moją siłę, wydolność i zręczność. Kilkukrotnie zjawiali się też medycy, odwracając szkody wyrządzone podczas mojego pobytu w Nicości. Wiedziałam, że nie zostanę mistrzynią we władaniu mieczem, ale przynajmniej nauczyłam się radzić sobie z nim tak, by nie zrobić sobie krzywdy. Gabriel trochę się rozluźnił i tylko od czasu do czasu rzucał mi gniewne spojrzenia, więc uważałam to za poprawę. Atlas się nie odezwał, choć twierdził, że wkrótce znowu będzie chciał się ze mną spotkać.

Starałam się nie pozwolić, by mnie to dotknęło. Był królem – rządził całym królestwem, w dodatku miał dziewięć innych trybutek, z którymi powinien spędzać czas. Musiałam sobie przypominać, by nie dać się zaślepić jego urokowi i pięknu, jakkolwiek by mnie do niego ciągnęło. Byłam ostateczną trybutką. Czymś niewiele większym niż ofiarą. I pomimo swoich zapewnień Atlas raczej nie chciał, by jego królową została rzekoma przestępczyni. Tamtej nocy pozwolił mi wierzyć, że jestem wyjątkowa, ale przypomniałam sobie, że jestem nikim – i tak już zostanie.

Popołudnia spędzałam z madame Odell i resztą trybutek, z którymi pobierałam lekcje etykiety i dobrych manier. Miałyśmy też naukę muzyki, tańca i sztuki. Tylko że w moim przypadku to wszystko okazywało się stratą czasu. Inne trybutki uczyły się już grać na pianinie czy skrzypcach i robiły to jak anioły. Znały wszystkie kroki melodyjnych afeliońskich walców. Ich pociągnięcia pędzlem były idealne, a malowane przez nie złote róże wyglądały tak prawdziwie, że miało się ochotę zerwać je i powąchać. Ja niezdarnie przeszłam przez te wszystkie zajęcia, podczas gdy cała reszta mi się przyglądała. Niektóre z nich były ostrożne, inne okrutne, z kolei część udawała, że zupełnie mnie ignoruje.

Po prawie dwóch tygodniach spędzonych w Afelionie Gabriel przyszedł po mnie, by zabrać mnie do jadalni na obiad. Miałam na sobie kolejną złotą suknię z ich niekończącego się arsenału. Na szyi zawiesiłam złoty medalion, który uznałam za swój na początku pobytu w pałacu. Nikomu nie będzie brakowało jednego świecidełka w tym oceanie przepychu, pomyślałam. Ścisnęłam go w dłoni, by sprowadzić się na ziemię, szykując się na kolejny posiłek w niezręcznej atmosferze. Gabriel wpatrywał się we mnie, gdy szliśmy przez pałac. Było widać, że chce coś powiedzieć.

– Co?

– Wyglądasz lepiej. Zdrowiej.

Wzruszyłam ramionami.

– Dzięki. Na pewno przyda mi się to podczas pierwszego wyzwania.

– Nienawidzisz tego miejsca. – To nie zabrzmiało jak pytanie. – Wolałabyś być w Nostrazie? Głodować, być bita i odcięta od świata?

Spojrzałam na niego, nadal ściskając w dłoni medalion.

– Trudno to wyjaśnić. – Oczywiście, że nie tęskniłam za wilgocią, zimnem i okrucieństwem Nostrazy, ale tak potwornie brakowało mi Willow i Tristana, że przyprawiało mnie to o zawroty głowy. Może i więzienie było okropne, ale byłam tam z dwoma osobami, które kochałam. Które przejmowały się tym, czy w ogóle żyję. – One wszystkie mnie nienawidzą – powiedziałam, mając na myśli trybutki.

Gabriel przechylił głowę i uniósł brew.

– I co z tego?

– To – zmarszczyłam brwi – że nie chcę, by tak było.

Gabriel pokręcił głową.

– Jeśli masz zostać królową, Lor, musisz przestać się martwić tym, co ludzie o tobie myślą. Władcy muszą podejmować trudne decyzje, które nie zawsze przysparzają im popularności.

Zaśmiałam się.

– Czyli mam się zachowywać jak drań. Tak jak ty?

Gabriel zatrzymał się, położył dłoń na klamce i mrugnął do mnie.

– Coś w tym stylu. – Otworzył drzwi i gestem zaprosił do wejścia.

Gdy weszłam do przytulnej jadalni, odbywające się w niej rozmowy gwałtownie ustały. Powstrzymałam westchnienie, próbując wziąć sobie do serca słowa Gabriela. W Nostrazie byłam znana jako ktoś, kto sprawia kłopoty. Chociaż nie wszyscy więźniowie mnie lubili, większość z nich mnie szanowała. Rozumiałam panującą w Nostrazie hierarchię. Wiedziałam, jak manipulować systemem na własną korzyść. Po latach, które tam spędziłam, dobrze się czułam w swojej, można by powiedzieć, doniosłej roli więźniarki z jednym z najdłuższych staży. Tutaj, otoczona bogactwem Afelionu, byłam tylko niezdarną amatorką, próbującą poradzić sobie wśród nowych zasad, których nie rozumiałam.

Pozostałe dziewięć trybutek siedziało już po obu stronach stołu postawionego na środku pomieszczenia. U jego szczytu zasiadła madame Odell, przypominając przemądrzałego gargulca. Na przeciwległym końcu stołu czekało puste miejsce, prawdopodobnie przeznaczone dla mnie. Wszystkie dziewczyny gapiły się na mnie, gdy usiadłam. Robiłam co w mojej mocy, by sprawiać eleganckie wrażenie. Obok mnie siedziała Halo, kobieta z fryzurą pełną czarnych loków i ciemnobrązową skórą. Uśmiechnęła się do mnie niepewnie.

– Cześć – powiedziała, szturchając mnie ramieniem. Starałam się nie wzdrygnąć, choć nadal nie czułam się komfortowo, gdy ktoś przypadkowe mnie dotknął, co gorączkowo próbowałam ukryć. Wcześniej żadna z trybutek nie odezwała się do mnie pierwsza.

– Cześć – odpowiedziałam, odwzajemniając się ostrożnym uśmiechem. Naprzeciwko mnie siedziała Marici, kobieta o białych włosach, którą zauważyłam w salonie tamtego wieczora, gdy jadłam kolację z Atlasem.

Ona również się uśmiechnęła, a jej bladoniebieskie oczy przypominały zamarznięte jeziora.

– Dobrze cię widzieć. – Opuściła brodę i nachyliła się lekko. – Jak było na kolacji z królem? Nie mogłam się doczekać, by cię o to spytać.

Halo zachichotała, zakrywając usta dłonią.

– Marici, nie bądź wścibska – powiedziała, a jej uśmiech odsłonił śnieżnobiałe zęby. Pomimo wszystkiego, co się do tej pory działo, ja też uśmiechnęłam się szeroko.

– On jest bardzo... – Zamachałam dłonią, jakbym chciała pokazać, że zrobiło mi się gorąco, na co obie kobiety wybuchnęły serdecznym śmiechem. Apricia siedziała po drugiej stronie stołu, patrząc na nas spode łba, jakby chciała powstrzymać wszelkie oznaki dobrej zabawy, która mogłaby rozgrywać się pod jej nosem.

– Ekhm – mruknęła madame Odell, uciszając wszelkie pogaduszki.

Halo jeszcze raz się do mnie uśmiechnęła, a ciasna opaska, stale zaciśnięta wokół mojego serca, odrobinę się rozluźniła. Być może, jeśli się postaram, będzie mi tutaj lepiej, pomyślałam.

– Wiem, że byłyście zajęte treningiem i lekcjami, ale pomyślałam, że roztropnie będzie, byśmy się lepiej poznały. Choć większość z nas już się zna, z uwagi na wasze miejsce w społeczeństwie, nie wszyscy tutaj obracają się w tych samych... kręgach.

Uśmiechnęła się do mnie przez zaciśnięte wargi, a dziewięć par oczu zaczęło mi się przyglądać. Zacisnęłam dłoń wokół widelca leżącego przy talerzu. To nie moja wina, że nigdy nie byłam na żadnym z ich durnych przyjęć, pomyślałam.

– Może wszyscy się sobie należycie przedstawimy? – zaproponowała Apricia, zarzucając długie czarne włosy za ramię. – Ja zacznę.

Madame Odell obrzuciła ją spojrzeniem, niezbyt zadowolona, że jej przerwano, ale odpowiedziała jej powolnym skinieniem.

– W porządku. Proszę bardzo.

Apricia poruszyła się na krześle, a na jej twarzy pojawił się uśmiech, sugerujący, że jest z siebie bardzo zadowolona.

– Nazywam się Apricia Heulfryn, jestem pierwszą córką Corneliusa Heulfryna, wartownika dwudziestej czwartej dzielnicy, przywódcy Gwiazd Słońca, weterana i bohatera pierwszej i drugiej wojny serceńskiej. Moje talenty obejmują sztuki piękne i taniec interpretacyjny, a trzy lata z rzędu wygrywałam Złoty Dzwon podczas Festiwalu Aureliusa.

Gdy skończyła mówić, w jadalni zapadła taka cisza, że słyszałam, jak skulona w kącie mysz przewraca oczami. Wszystkie siedzące przy stole trybutki przyglądały jej się nieufnie, niepewne, jak mają przyjąć ten monolog. Madame Odell odchrząknęła, posyłając Apricii zdezorientowane spojrzenie.

– To... robi wrażenie, Apricio – powiedziała, po czym wskazała kobietę siedzącą obok. To blada rudowłosa trybutka, za którą szłam podczas pierwszego spotkania z królem. Przedstawiła się jako Hesperia i choć jej prezentacja była nieco mniej imponująca niż ta dokonana przez Apricię, nadal była pełna samozadowolenia. Cieszyłam się, że nie urodziłam się w ich społeczeństwie – nie chciałabym zostać taką nieznośną snobką.

Głos zabrały po kolei wszystkie trybutki. Każda z nich wymieniała swoje osiągnięcia i więzy rodzinne, które musiały być ważne, a podejrzewam, że miały też zrobić wrażenie, ale ich słowa brzmiały przede wszystkim niczym jakaś poza. Może Gabriel miał rację i wcale nie potrzebuję ich aprobaty.

Nie zmieniło to jednak faktu, że poczułam na karku zimny pot, gdy zbliżała się moja kolej. Madame Odell chyba chciała mnie zostawić na sam koniec. Owinęłam dłoń wokół medalionu, czując, jak zawias wbija mi się w rękę.

Nie jestem nieśmiała. W kantynie Nostrazy mówiłam do setek ludzi, zwykle chwilę później powodowałam jakieś kłopoty. Ale więźniowie byli najgorszymi szumowinami. Mordercami, gwałcicielami i złodziejami. Wielu z nich nie zasługiwało nawet na pobyt w Nostrazie. A tutaj, w tym pięknym pokoju, w olśniewającym pałacu czułam się jak robak wijący się przy czubkach ich delikatnych aksamitnych pantofelków.

Madame Odell przeniosła na mnie przenikliwe spojrzenie.

– A ty, moja droga? – Ton, jakim to powiedziała, sugerował, że absolutnie nie jestem dla niej „droga".

Próbowałam się odezwać, ale kompletnie zaschło mi w gardle. Odchrząknęłam i odezwałam się ponownie.

– Jestem Lor. Pochodzę z... Umbry – powiedziałam, przypominając sobie, że nikt nie może poznać prawdy o Nostrazie.

Pomyślałam o Atlasie i o tym, że jestem wykorzystywana jak para pionków na planszy. Moje życie dla tych ludzi nie jest nic warte. Przypomniałam też sobie króla Zorzy, nadal zastanawiając się, dlaczego mnie do tego wybrał. Jeśli jakimś cudem uda mi się wygrać, stanie twarzą w twarz ze mną – królową jego rywala. Dlaczego, po tym wszystkim, co zrobił, ryzykował? Co może na tym zyskać?

Wbiłam paznokcie we wnętrze dłoni. Nie obchodzi mnie, jaka umowa sprawiła, że się tutaj znalazłam. Zwyciężę w Próbach, wpadnę do Nostrazy i rozpieprzę ją cegła po cegle gołymi rękami. Wyciągnę Tristana i Willow, a potem pójdę po Riona.

Pewnie nadal myśli, że jestem bezbronna, rozbita i pokonana, ale ja udowodnię mu, że jest inaczej.

– Lor? – Halo delikatnie dotknęła mojego ramienia, a ja zdałam sobie sprawę, że wszyscy się na mnie gapią. Znowu. – Wszystko w porządku?

Zamrugałam, wyłaniając się ze studni własnych myśli, i powróciłam do złotego pokoju w złotym pałacu, pełnym smakowitego jedzenia, którego w większości nie potrafiłam nawet nazwać. Przede mną stała miska z gęstą, żółtą zupą, udekorowaną łyżką śmietany i szczyptą zieleniny.

– W porządku – odpowiedziałam, odsuwając z czoła kosmyk włosów. Bez przerwy uciekał ze spinek, których Mag używała, bym lepiej się prezentowała. Dzięki kapsułkom od Calliasa włosy trochę mi urosły – sięgały już za ramiona.

Madame Odell zerknęła na mnie z surową miną, sprawiając, że zaczęłam się zastanawiać, czy kiedykolwiek szczerze się do kogoś uśmiechnęła.

– Tak jak próbowałam wam powiedzieć – rzekła, splatając palce na stole i rzucając mi kolejne zirytowane spojrzenie – zaprosiłam was tutaj, by przygotować was na wasze pierwsze zadanie. Rozpocznie się ono za dwa dni i musicie być na nie gotowe. – Trybutki zaczęły między sobą szeptać, wszystkie wymieniłyśmy przestraszone spojrzenia. Madame Odell uniosła rękę, znów nas uciszając. – Drogie panie, proszę. Nie jestem w stanie ujawnić wam szczegółów wyzwania, ale mogę wam powiedzieć, że powinnyście odświeżyć swoją wiedzę z zakresu historii.

Wtedy w końcu na jej twarzy pojawił się powolny, szeroki uśmiech, a jej złowieszcze spojrzenie padło na mnie. Choć kąciki jej ust uniosły się w imitacji uśmiechu, nie było w tym nic ciepłego ani zapraszającego. – Wszystkie miałyście najlepszych nauczycieli, jakich można było wynająć za afeliońskie złoto, mam więc nadzieję, że uważnie ich słuchałyście.

Nawet gdybym faktycznie pochodziła z Umbry, nie miałabym żadnych nauczycieli ani lekcji. Połowa jej mieszkańców pewnie nie potrafiła nawet czytać. Poza tym całe życie spędziłam przecież za grubymi kamiennymi murami, nie mając pojęcia o tym, co dzieje się na kontynencie.

Wiem, że Uranos składa się z sześciu królestw, w skład których wchodzi Afelion, na wschodzie graniczący z Arborią, a od zachodu z Alluvionem. Na północy leży Zorza, która graniczy z Torem i Celestrią. Dawniej pośrodku kontynentu leżało siódme królestwo, ale od bardzo dawna już nie istniało. Na te proste pytania odpowiedziałoby nawet dziecko przy mapie.

Podniosłam kieliszek wina i upiłam spory łyk, ufając, że uspokoi mój rozszalały puls. Pocieszało mnie jedynie to, że test wiedzy nie brzmiał szczególnie niebezpiecznie, więc trzymałam się tego ziarenka nadziei. Jeśli przegram, co nastąpi z całą pewnością, w najgorszym wypadku zostanę odesłana do Nostrazy, pomyślałam. Nie będzie mi gorzej, niż było, i przynajmniej zobaczę się z Willow i Tristanem.

Ale wtedy wszyscy bylibyśmy tam uwięzieni i nasza jedyna szansa na wolność zostałaby utracona na zawsze. Taka okazja już nigdy się nie zdarzy. W jakiś sposób muszę to wygrać. Dla nich.

Podano kolejne danie, a trybutki pogrążyły się w rozmowie. Ja z kolei rozważałam różne opcje. Być może Gabriel mógłby mi pomóc, chociaż jasno powiedział, że wartownicy mogą jedynie brać udział w treningu z bronią.

Byłam pewna, że nikt w tym pokoju nie będzie chętny, by zaoferować mi jakąś radę. W końcu stanowiłam dla nich konkurencję – chociaż kiepską. Gdzieś tu musi być biblioteka, pomyślałam. W Nostrazie nauczyłam się przynajmniej zaradności. Muszę wykorzystać to na swoją korzyść.

Służący położył przede mną talerz z porcelany kostnej obramowanej błyszczącym złotem. Na talerzu leżało coś, co przypominało małego kurczaka. Dźgnęłam go widelcem, przyglądając mu się z każdej strony.

– To dziki bażant – szepnęła Halo, nachylając się do mnie. – Jest bardzo smaczny.

Pewna, że się ze mnie nabija, spojrzałam na nią ze zmarszczonymi brwiami, ale w jej wyrazie twarzy zobaczyłam jedynie życzliwość. – A to są pędy paproci – dodała, wskazując dziwne zwinięte warzywa ułożone obok ptaka. – Są trujące, jeśli niewłaściwie się je ugotuje, ale z solą i masłem smakują przepysznie.

– Trujące? – zapytałam, szturchając śmiercionośną zieleninę widelcem. Halo zakryła dłonią usta, tłumiąc śmiech.

– Mogą jedynie spowodować ból brzucha. Nie martw się. Królewscy kucharze wiedzą, co robią.

– Ach – odpowiedziałam. – W porządku. Dziękuję.

Halo kiwnęła głową i jakby chcąc mnie uspokoić, nabiła pęd na widelec i włożyła go do ust, teatralnie przeżuwając. Uśmiechnęłam się i również postanowiłam spróbować. Warzywo przyjemnie chrupało, a jego smak był świeży i ziemisty.

Przyzwyczajona do nieustającej nijakości zapomniałam już, że jedzenie może tak smakować. Po raz kolejny poczułam, że łzy, które przez całe życie wstrzymywałam, chciały się uwolnić. Nigdy nie litowałam się nad sobą, zamiast tego akceptując swój los. To była cena, którą musiałam zapłacić przed odnalezieniem drogi do wolności. Ale teraz po raz pierwszy w życiu rozpaczałam, że karty w moim życiu były rozdawane znaczoną talią.

Podczas gdy ja marniałam, bita, zapracowywana na śmierć i torturowana, te delikatne i piękne fae żyły otoczone jedwabiami i winem, spały na poduszkach wypełnionych piórami. Trudno mi było nie czuć z tego powodu choć odrobiny żalu.

Madame Odell uniosła dłoń, po raz kolejny prosząc o ciszę.

– Przyprowadziłam was tutaj również po to, aby przedyskutować dość delikatną kwestię. – Przyłożyła serwetkę do kącików ust, a służący zjawili się w jadalni, by odebrać nasze talerze.

Pomimo zdenerwowania spowodowanego wyzwaniem i rzekomo trującego jedzenia udało mi się zjeść połowę bażanta i większość warzyw. Dzięki królewskiej diecie zaczęłam nabierać kształtów, a moje sukienki przestały zwisać ze mnie jak prześcieradło udrapowane na szkielecie. Nigdy w życiu nie czułam się lepiej pod względem fizycznym. Może i od treningów Gabriela bolały mnie mięśnie, ale to była tylko drobna niedogodność.

– To bardzo ważne, by podczas Prób kandydatek na królową Słońca każda z was zachowywała się, jak przystało na damę – kontynuowała kobieta. – Nie tylko reprezentujecie dwór, ale również dążycie do tego, by zdobyć rękę króla. Nie muszę wam chyba mówić, że jeśli zaprezentujecie się jako nie najcnotliwsza przyszła królowa, raczej nie wyjdzie wam to na dobre.

Część dziewcząt oblała się rumieńcem i skrępowana zakryła usta.

– Mówię o tym dlatego, że podczas każdej z Prób przynajmniej jedną trybutkę znajdujemy w kompromitującej sytuacji. Czasem z jej wartownikiem... – rozległ się chór zduszonych okrzyków, a ja musiałam się powstrzymywać, by nie przewrócić oczami – ...czasem z członkiem orszaku króla, a nawet z samym królem.

Słysząc to, wszystkie zamilkłyśmy.

– Z królem? – zapytała Ostara. Miała orzechowe włosy zaplecione w warkocz, który okalał jej głowę, i ciemnoszare oczy idealnie pasujące do oliwkowej cery. – Czy to możliwe? – Ton jej głosu sugerował, że wcale jej to nie oburza, wręcz przeciwnie: ma ogromną nadzieję, że to prawda. Pomyślałam o Atlasie, o jego palcach na moim policzku i jego zapachu, o tym, jak jego umięśnione ciało dotykało mojego, i doszłam do wniosku, że nie mogę jej za to winić.

– Tak, to się zdarzało – powiedziała madame Odell, sznurując usta. – I nigdy nie kończyło się dobrze dla trybutki. Więc lepiej wam zrobi, gdy zapamiętacie, że jeśli chcecie ogrzewać królewskie łoże na dłuższą metę, powstrzymajcie się przed robieniem tego podczas Prób, niezależnie od tego, jak uroczy i czarujący jest król. To tylko mężczyzna, który nie może ponosić odpowiedzialności za swoje czyny. To do was należy obowiązek upewnienia się, że relacja, która was łączy, pozostanie stosowna.

Jej wzrok znów przeniósł się na mnie, jakbym była ciemną plamą psującą czystą śnieżną pokrywę. Jeśli spodziewali się, że zostanę królową dziewicą, to powinni wiedzieć, że te nadzieje spoczywają już na dnie oceanu.

– Cóż, o mnie nie musi się pani martwić – powiedziała Apricia, ponownie zarzucając czarne włosy za ramię. Ktoś naprawdę powinien dać jej jakieś spinki, skoro tak jej przeszkadzają. – Nadal jestem dziewicą i planuję nią pozostać do momentu, gdy zostanę złączona z ukochanym.

Sposób, w jaki to powiedziała, sugerował, że była bardzo pewna, że tym ukochanym będzie król Słońca. Nie zdołałam powstrzymać parsknięcia i próbowałam je ukryć za krawędzią kieliszka. Nikogo nie udało mi się jednak oszukać i dziesięć par oczu utkwiło we mnie spojrzenia.

– A ty? – zapytała Apricia, unosząc jedną z ciemnych brwi. – Podejrzewam, że takiego szczura z umbryjskiego rynsztoku używa się częściej niż ścierki do naczyń. Może rozkładałaś nogi za pieniądze? – Uśmiechnęła się szyderczo, a Griane, blondynka siedząca obok niej, odwzajemniła jej uśmiech. Wyglądało na to, że Apricia znalazła sojuszniczkę i rywalkę do tytułu największej suki.

– Apricio – skarciła ją Marici. – To było wyjątkowo niegrzeczne. Wydaje mi się, że twoi guwernerzy nauczyli cię lepszych manier. – Słysząc jej słowa, poczułam rodzące się w piersi ciepło. Broniła mnie, chociaż pewnie jej opinia na temat mojego pobytu tutaj była bardzo podobna do opinii Apricii.

Jeśli myślałam, że Apricię da się zawstydzić, to się myliłam. Dziewczyna pociągnęła nosem i jeszcze wyżej uniosła głowę.

– Wszyscy wiemy, że ona jest tutaj jako ofiara. Jako „przesłanie". Nie udawaj, że jesteś jedną z nas. – Mówiąc to, spojrzała na mnie i zmarszczyła nos, znów nim pociągając.

– Wystarczy – wtrąciła się w końcu madame Odell, ale widziałam, że cieszy ją moje upokorzenie. Gdy znów na mnie zerknęła, skurczyłam się w krześle, żałując, że nie mogę stopić się z podłogą. Nienawidzę tego miejsca. Zastanawiałam się, jakim cudem tęsknię za murami Nostrazy. Może i Gabriel tego nie rozumiał, ale w jakiś dziwny sposób tam był mój dom.

– Chcę usłyszeć odpowiedź – powiedziała madame Odell, na co zamrugałam.

– Na jakie pytanie?

– Czy byłaś używana – wykonała kolisty ruch dłonią – jak ścierka do naczyń, jak elokwentnie nazwała to panna Heulfryn. Raportowanie królowi tego, co dzieje się pod jego nieobecność i informowanie go o mniej atrakcyjnych cechach trybutek to mój obowiązek.

W jadalni zapadła kompletna cisza. Mogłabym przysiąc, że słyszałam trzepot długich rzęs Halo, gdy mrugała, wpatrzona we mnie z otwartymi ustami. Zauważam w jej spojrzeniu współczucie. To, co musiała zobaczyć w moich oczach, sprawiło, że odzyskała panowanie nad sobą.

– Madame Odell, wypytywanie w tej sprawie Lor nie wydaje się sprawiedliwe.

– Nie interesuje mnie, co myślisz na ten temat – odpowiedziała Odell. – Muszę ci przypominać, że z rywalizacji można zostać wyeliminowaną nie tylko przez niezaliczenie Próby? Pilnuj się.

Halo natychmiast zamknęła usta, a ja popatrzyłam na nią z nadzieją, że udało mi się przekazać wdzięczność za to, że się za mną wstawiła. Pozostałe dziewczyny wbiły we mnie oczekujące spojrzenia. Mogłabym skłamać. Powinnam skłamać. Nikogo nie powinno to interesować, w dodatku nikt mi niczego nie udowodni.

– Czekam – powiedziała madame Odell i nachyliła się do przodu, opierając łokcie na stole i kładąc podbródek na dłoniach. Otworzyłam usta, ale nie udało mi się wydobyć z nich żadnego dźwięku.

Nie jestem czysta. Byłam używana. Ale jak miałam im powiedzieć, że w większości przypadków to wcale nie był mój wybór? Że byłam zdana na łaskę zdeprawowanych strażników więziennych, dla których stanowiłam jedynie narzędzie, którego używali dla własnej przyjemności? Że nie miałam jak uciekać ani jak się bronić? Że każdego dnia próbowałam o tym zapomnieć? Że szukałam pocieszenia u mężczyzn takich jak Aero, by stłumić wstyd zrodzony z tego, że nigdy nic nie zależało ode mnie? Z Aerem to była moja decyzja. Ja decydowałam, kiedy i w jaki sposób tego chciałam.

W Nostrazie nie miałam się czego chwycić. W tych wilgotnych kamiennych murach nie mogłam znaleźć wiele pocieszenia.

Kilka trybutek zaśmiało się szyderczo na widok serwetki, którą wykręcałam w dłoniach. Czułam, jak palą mnie policzki, a oczy napełniają się łzami. Nie byłam w stanie ich dłużej wstrzymywać. Halo próbowała mnie pocieszyć, nakrywając mój nadgarstek dłonią. To wszystko nie jej wina i doceniłam ten gest.

Z przerażeniem poczułam ciepłą łzę uderzającą o zewnętrzną stronę dłoni. Nie mogłam pozwolić, by zobaczyły moje łzy, tak samo jak nie pozwalałam sobie na to w Nostrazie. Te fae niczym nie różniły się od strażników. One również szukały mojej słabości. Sposobu, by przedziurawić moją cienką jak papier zbroję.

Jakim prawem tak mnie traktują? Przyprowadzili mnie tutaj wbrew mojej woli, jak jakiś pieprzony żart. Jako przykład. Wydaje im się, że są ode mnie lepsi, myślałam. Wzięłam głęboki oddech, rozedrgany od intensywności mojego gniewu. Łzy wyschły, wcisnęłam je z powrotem daleko w głąb siebie. Tam, gdzie od zawsze było ich miejsce i gdzie zostaną na zawsze.

Podniosłam wzrok na madame Odell, miażdżąc ją spojrzeniem. Uniosła brew, a kącik jej ust uniósł się w szyderczym uśmiechu. Zamiast jej odpowiedzieć, wstałam, odsuwając krzesło z taką siłą, że zaskrzypiało głośno, sprawiając, że wszyscy zgromadzeni się skrzywili. Bez słowa rzuciłam serwetką o stół, odwróciłam się i wypadłam z jadalni.

Rozdział czternasty

Szłam najszybciej, jak mogłam, by uciec możliwie najdalej od madame Odell i pozostałych trybutek. Czułam się, jakbym miała parę centymetrów wzrostu. Wytarłam dłońmi policzki, by pozbyć się tej jednej wilgotnej linii, znaczącej moment, w którym prawie się złamałam.

Ale to nie był czas, by się łamać. Czekały mnie Próby, które zamierzałam przetrwać...

Nie płacz. Nie płacz, powtarzałam sobie w kółko. Nawet jeśli tego nie widzą, będą wiedziały. Kobiety takie jak Apricia są w stanie to wyczuć. Przypominała mi Jude z Nostrazy, która rozdrapywała każde płytkie, niewinne zadrapanie, doprowadzając do tego, że zaczynało się jątrzyć i zmieniało się w poważną otwartą ranę.

Nie zwracałam uwagi na to, gdzie idę, przez co znalazłam się w nieznanej mi części pałacu. Był on tak ogromny, że praktycznie cały mogłam uznać za nieznany. Korytarze świeciły pustkami, pozbawione służących, którzy zwykle się po nich krzątali, wypełniając swoje obowiązki.

Miałam przed sobą dużo pracy i musiałam znaleźć bibliotekę. Madame Odell powiedziała, że powinnam znać historię Afelionu, musiałam więc wykuć na pamięć to, czego inne trybutki uczyły się przez całe życie. Próba rozpoczynała się za niecałe czterdzieści osiem godzin. Nie miałam czasu do stracenia.

Otwierałam przypadkowe drzwi, które były albo zamknięte, albo prowadziły do pustych sypialni, bawialni i salonów. Z jednego z korytarzy dobiegała muzyka, ruszyłam więc w jego kierunku, z nadzieją, że znajdę tam kogoś, kogo będę mogła poprosić o pomoc.

Gdy skręciłam, znalazłam się w zaludnionej części pałacu. Wszędzie połyskiwał złoty marmur i ozdoby. Na końcu korytarza znajdowały się otwarte podwójne drzwi, a służący wchodzili i wychodzili z pokoju pełnego fae oraz ludzi.

Widząc to, uniosłam brew. Wyglądało na to, że pałac Słońca to miejsce niekończących się przyjęć trwających niezależnie od pory dnia. Nie znałam się na urządzaniu imprez, ale zawsze miałam wrażenie, że tego rodzaju zgromadzenia odbywają się wieczorami.

Zbliżyłam się, próbując zatrzymać zabieganego służącego, by zapytać go, gdzie znajdę bibliotekę, ale on minął mnie w pośpiechu, ignorując pytanie. Ale nie starał się też powstrzymać mnie przed wejściem do pokoju. To z całą pewnością było przyjęcie i wszyscy doskonale się na nim bawili.

W kącie pomieszczenia ktoś grał na pianinie, podczas gdy pozostali wylegiwali się na sofach, bez przerwy się śmiejąc, jakby opowiadali niekończący się żart. Pośrodku stał stół pełen kolorowych smakołyków, którymi fae i śmiertelnicy karmili siebie nawzajem, chwytając jedzenie palcami.

Wchodząc do środka, przy najbliższej ścianie zauważyłam mężczyznę fae i kobietę, na którą ten napierał. Jej noga była zawinięta wokół jego pasa, odsłaniając gładkie udo. Nie byłam w stanie odwrócić wzroku, widząc, jak pożerał jej usta, wsuwając jednocześnie dłoń pod jej sukienkę i sprawiając, że kobieta wyprężyła się i wydała z siebie zduszony okrzyk.

Nie tylko oni dobrze się bawili. Było tam więcej par, trójkątów i jeden kwartet, wszyscy mniej lub bardziej rozebrani, pogrążeni w objęciach namiętności. Myśl o incydencie z panią Odell tylko rozniecila mój gniew. Jakim prawem wymagała ode mnie czystości, gdy sam królewski pałac pławił się w rozpuście?

Nagle zauważyłam, że obserwowany przeze mnie fae wygląda znajomo.

– Gabriel? – zapytałam, a on odwrócił głowę, skonsternowany, jednak po chwili na jego twarzy wykwitł arogancki uśmiech.

– Lor, co ty tutaj robisz? – zapytał, a kobieta, którą przyciskał do ściany, zerknęła na mnie z pogardą i jej nozdrza odrobinę się rozszerzyły.

– Spokojnie – powiedziałam jej. – To tylko mój irytujący opiekun.

Gabriel wybuchnął złośliwym śmiechem i odsunął się od kobiety, uwalniając z uścisku jej uda i poprawiając jej spódnicę.

– Przepraszam – powiedział. – Wygląda na to, że wzywają mnie obowiązki. Znajdę cię później.

Dziewczyna wydęła wargi i nachyliła się, by szepnąć mu do ucha coś, co sprawiło, że w jego oczach pojawił się błysk oczekiwania, a na usta wypłynął szeroki uśmiech. Po chwili znów rzuciła mi gniewne spojrzenie i odeszła, hojnie kołysząc biodrami. Gabriel stał wpatrzony w jej tyłek, a uśmiech nie schodził z jego twarzy, dopóki nie zniknęła w tłumie.

– Tym się zajmujesz, gdy nie jesteś ze mną? – zapytałam, krzyżując ręce na piersi.

– To nie twoja sprawa, ostateczna trybutko.

Opuściłam ręce i zwalczyłam dziecinną potrzebę tupnięcia nogą.

– Nie nazywaj mnie tak.

– Czego chcesz, Lor? Dlaczego razem z innymi nie zajmujesz się rzeczami godnymi dam? – Przyjrzał mi się uważnie. – Czy ty płakałaś?

– Nie – warknęłam, ale moje kłamstwo było oczywiste.

– Co się stało? Kto do tego doprowadził? – zapytał, a jego ton nagle stał się zacięty. Gdybym nie znała go tak dobrze, pomyślałabym, że był opiekuńczy. Ta myśl niemal spowodowała u mnie świeżą falę łez, ale udało mi się zakręcić kurek, by je zatrzymać.

– Nie chcę o tym rozmawiać – odpowiedziałam, chwytając go za ramię i wyciągając z pokoju. – Potrzebuję twojej pomocy. Madame Odell powiedziała, że pierwszy test rozpocznie się za czterdzieści osiem godzin, a żeby mieć szansę, muszę znać historię Afelionu.

Gabriel parsknął.

– A ty nie masz pojęcia o jego historii.

Przewróciłam oczami.

– Czy to jakiś twój talent? Ogłaszanie oczywistego, jakby było jakimś wielkim odkryciem?

Zaśmiał się, jakbym właśnie wcale go nie obraziła. To musi być miłe, nie przejmować się, co inni o tobie myślą.

– Więc jaki masz plan, trybutko?

– Potrzebna mi biblioteka. Z książkami.

– W przeciwieństwie do biblioteki pełnej wiewiórek?

Wzięłam głęboki wdech, próbując z całych sił przywołać resztki cierpliwości.

– Pomożesz mi?

Gabriel zastanowił się przez moment, drapiąc się po szorstkim zaroście. Jego sięgające za brodę blond włosy nie były upięte, a pod koszulą prześwitywała szeroka opalona klatka piersiowa. Nie był tak olśniewający jak Atlas, ale miał w sobie pewien urok. Nie dziwiłam się tamtej fae, że nie chciała go wypuścić.

– Nie powinienem ci pomagać – powiedział, mrużąc oczy. – To byłoby oszustwo.

– Nie będziesz mi pomagać. Po prostu oprowadzisz mnie po pałacu. – Spojrzał na mnie sceptycznie. – Całe te zawody nie są sprawiedliwe. Reszta trybutek przygotowywała się do nich przez całe życie. To, że pokażesz mi bibliotekę, nie da mi żadnej realnej przewagi. – Zamilkłam i wypuściłam powietrze. – Ale muszę spróbować.

Przyjrzał mi się w zamyśleniu.

– Dobrze, trybutko. Chodźmy.

Odetchnęłam z ulgą, gdy minął mnie, nie odwracając wzroku, po czym pobiegłam, by za nim nadążyć. Poprowadził mnie przez kilka korytarzy, aż w końcu dotarliśmy do kolejnych szerokich drzwi, tym razem wyrzeźbionych z bladożółtego drewna. Były uchylone, więc wśliznęliśmy się do środka.

To, co zobaczyłam, sprawiło, że moje serce się zatrzymało. To samo bladożółte drewno, z którego zrobione były drzwi, wykorzystano do zbudowania setek półek sięgających wysokiego sufitu. Biblioteka. Prawdziwa biblioteka.

W Nostrazie miejsce o tej nazwie było w rzeczywistości pojedynczą rozklekotaną półką na tyłach kantyny, gdzie od czasu do czasu mogła pojawić się jakaś nowa książka, jeśli któryś ze strażników przyniósł coś z domu. Większość więźniów nie potrafiła czytać, więc ja je zabierałam. Musiało mi wystarczyć czytanie w kółko tych samych książek tak często, że prawie się rozpadały. Potrafiłam recytować je linijka po linijce.

Tristan i Willow też umieli czytać, jednak Willow nie interesowała się książkami. Tristan je lubił, ale czytał jedynie wtedy, gdy nie miał nic innego do roboty. Książki były moją obsesją, lecz nigdy nie miałam dostępu do wystarczającej ich liczby.

Tutejsza biblioteka przekroczyła moje najśmielsze oczekiwania. Przejechałam dłonią po półce znajdującej się najbliżej mnie, patrząc, jak tytuły rozmywają się przed moimi oczami. Romanse i powieści przygodowe. Książki o tematyce medycznej i atlasy. Tytuły dotyczące religii i wypełnione ilustracjami książki dla dzieci. Mogłabym spędzić resztę życia tylko na czytaniu, a i tak nie udałoby mi się poznać ich wszystkich.

Gabriel obserwował mnie z zaciekawieniem.

– Przepraszam – powiedział, a ja zmarszczyłam brwi, słysząc nietypową łagodność w jego głosie. – Gdybym wiedział, że tak ci się tutaj spodoba, zabrałbym cię tu wcześniej. Możesz stąd wypożyczać wszystko, co tylko chcesz.

Gdy przyglądałam się półkom wypełniającym całe ściany, poczułam ścisk w sercu. Nigdy nie będę miała szansy ich wszystkich przeczytać, pomyślałam. Zanim choćby zbliżę się do większości z nich, odeślą mnie do Nostrazy albo do zaświatów.

– Potrzebne mi są książki o historii. – Najpierw muszę przetrwać wyzwanie dotyczące wiedzy o Afelionie, potem będę sobie mogła marzyć o książkach, pomyślałam. – Od nich zacznę.

Gabriel przechylił głowę.

– Poprośmy o pomoc bibliotekarkę. – Kilka minut później znaleźliśmy się w niewielkiej wnęce wyścielonej książkami obitymi w złotą skórę. Wyglądało na to, że nawet historia Afelionu była tak wystawna jak sam pałac i panujący w nim król.

Gabriel pomógł mi przenieść stertę opasłych tomów na niewielki stolik, a po chwili położyłam obok nich drugą wieżyczkę z książek.

Opadłam na krzesło i zdmuchnęłam z oczu pukiel włosów. Te książki były ogromne. Nawet gdybym czytała cały dzień, przejście przez nie zajęłoby mi kilka miesięcy.

Rozpacz musiała malować się na mojej twarzy, bo Gabriel zapytał:

– Czy mogę ci jakoś pomóc?

Pokręciłam głową.

– Nie powinieneś mi pomagać. – Podniosłam na niego wzrok. – Muszę wygrać uczciwie. Na pewno będą szukać sposobów, by się mnie pozbyć. – W odpowiedzi kiwnął ponuro głową.

– Jesteś spostrzegawcza, Lor. Być może nie dorastałaś na dworze, ale zdążyłaś już zrozumieć kierujące nim zasady.

Zaskoczył mnie ten komplement, a kącik moich ust uniósł się w niechętnym uśmiechu.

Nie wiem, dlaczego tak przejmowałam się tym, co o mnie myślał, chociaż może chodziło o to, że coś w nim przypominało mi Tristana. Jego zuchwałość. To, że mówił i chodził tak, jakby w ogóle nie obchodziło go, co inni sobie myślą. W Nostrazie byłam przerażona, że to podejście w końcu zabije mojego brata, ale jego urok sprawiał, że zamiast tego wszyscy go uwielbiali.

Wyciągnęłam książkę ze sterty i przesunęłam dłońmi po okładce, na której wytłoczono złote zwoje i winorośle.

– *Kompletna i pełna historia Afelionu* – przeczytałam, po czym spojrzałam na Gabriela. – To chyba niezły tytuł na początek.

Twarz Gabriela pogrążyła się w zamyśleniu.

– Powodzenia. Później przyjdę sprawdzić, co u ciebie.

– Gabrielu – zawołałam, zanim zdążył wyjść. – Dziękuję.

W odpowiedzi posłał mi krzywy uśmiech.

– Nie dziękuj mi, trybutko. Jeśli wygrasz, sprawisz, że będę dobrze wyglądał. Pomyśl, jak się poczułem, gdy wyciągnąłem najkrótszą słomkę. Pozostali wartownicy nadal się ze mnie nabijają.

Mrugnął i wyszedł, śmiejąc się, a ja posłałam gniewne spojrzenie w kierunku jego szerokich pleców, mrucząc pod nosem „dupek".

Wiele godzin później oczy bolały mnie tak, jakby ktoś je wyszarpał, wtarł w nie piasek i wcisnął mi z powrotem do czaszki. Straciłam poczucie czasu spędzonego na przerzucaniu tysięcy stron.

Całe szczęście informacje często się powtarzały, ale historia Afelionu ciągnęła się tysiącleciami, a na teście mogło znaleźć się dosłownie milion różnych rzeczy. Zastanawiałam się, czy będą ode mnie oczekiwać wyrecytowania niekończącego się dziedzictwa królów i królowych Afelionu. Być może pytania będą dotyczyć głównych źródeł handlu w tym rejonie. Może zapytają o same Próby, w których bierzemy udział. Ich historia jest długa i plugawa. Gdy dotarłam do tej sekcji, uważnie przeszukałam tekst, by odnaleźć choćby wzmiankę o pakcie z Zorzą, o którym wspominał Atlas, ale nic takiego tam nie było. Nie przesadzał, mówiąc, że to ściśle strzeżony sekret.

Gabriel odwiedzał mnie co kilka godzin, przynosząc jedzenie, wodę i herbatę, które przyjmowałam z wdzięcznością. W końcu Halo i Marici znalazły mnie ślęczącą nad górą książek.

– Możemy ci jakoś pomóc? – zapytała Halo, siadając naprzeciwko mnie i przysuwając do siebie otwartą książkę.

Rzuciłam jej podejrzliwe spojrzenie. Nie ufałam niczyim intencjom. W jadalni były dla mnie miłe, ale wcześniej obie udawały, że nie istniałam.

– Dlaczego?

Halo wypuściła powietrze i odchyliła się w krześle.

– Przykro mi z powodu tego, co się dzisiaj stało. To było wyjątkowo niesprawiedliwe.

Nie odpowiedziałam, czekając, co powie dalej.

– Przepraszam również za to, że cię ignorowałyśmy. Apricia... – Zerknęła na Marici, która usiadła obok mnie, z dłońmi złączonymi na kolanach. – Apricia zakazała nam wszystkim rozmawiać z tobą. Pochodzi z wpływowej rodziny i gdyby chciała, mogłaby nam utrudnić życie.

Przeniosłam wzrok z jednej na drugą.

– I?

– I Apricia jest suką, a my przepraszamy, że jej słuchałyśmy – powiedziała Marici. – Naprawdę nam przykro. Mamy nadzieję, że zaakceptujesz naszą przyjaźń. Nikt nie powinien samotnie stawiać czoła Próbom.

Opuściłam ramiona. Poczułam nieśmiały optymizm, słysząc jej słowa, byłam też jeszcze bardziej wściekła na Apricię. Mogłabym nadal gniewać się na Halo i Marici, ale potrafiłam rozpoznać gałązkę oliwną. W tamtej chwili sojuszniczki były mi potrzebne bardziej niż jakieś błahe urazy.

– W porządku – powiedziałam. – Bardzo chętnie.

Marici uśmiechnęła się szeroko, a jej oczy w kolorze lodu rozbłysły.

– Pozwól nam sobie pomóc – powiedziała Halo, przeglądając leżącą przed nią książkę. – Pokażę ci kilka technik, których moi guwernerzy nauczyli mnie, by zapamiętać te wszystkie nudne fakty.

Marici zachichotała, zakrywając usta.

– Ja też. Jestem ekspertką w temacie rodziny królewskiej.

W końcu znalazłam wsparcie, chociaż trochę to zajęło. Nie mogłam nie przyjąć ich pomocy. Potrzebna mi była każda przewaga, jaką mogę otrzymać.

– Dziękuję – odpowiedziałam, przypominając sobie, by zachować czujność. To wszystko mógł być jakiś podstęp.

Jednak Halo i Marici wymieniły się pełnym szczerości spojrzeniem, po czym odwróciły z powrotem do mnie, z determinacją zakasując rękawy.

– Dobrze, powiedz nam, gdzie skończyłaś – powiedziała Marici głosem nieznoszącym sprzeciwu. Wskazałam stronę, którą akurat czytałam, postanawiając na razie odsunąć od siebie wszelkie zastrzeżenia. Przez kilka kolejnych godzin dziewczyny dzieliły się ze mną wskazówkami, pomagały mi zapamiętać przewodniczących wszystkich dwudziestu czterech dzielnic Afelionu i nazwiska najpotężniejszych rodzin fae.

W miarę jak wbijałam sobie do głowy coraz większą liczbę faktów, liczb i dat, czułam, jak mieszają się ze sobą, jakby ktoś wrzucił je do beczki i stoczył z góry. Nie przestawałam jednak czytać i robić notatek. Halo i Marici przepytywały mnie, dopóki nie zaczęłam z pamięci recytować faktów i liczb. Gdy miały już dość i chwiały się z wycieńczenia w swoich siedzeniach, odesłałam je. Ale sama zostałam w bibliotece, nie pozwalając sobie przestać.

W końcu jedna strona mogła zadecydować o moim życiu albo śmierci.

Była późna noc, pierwsze wyzwanie miało zacząć się za kilka godzin, kiedy gwałtownie się wybudziłam. Twarz miałam wciśniętą w książkę, a lampion na stole migotał mętnym światłem. Wiedziałam, że powinnam na chwilę położyć się w łóżku.

Ale nagle zdałam sobie sprawę, że nie byłam sama w bibliotece. Naprzeciwko mnie siedział król, sprawiając, że szybko się wyprostowałam. Dłoń zacisnął na moim przedramieniu. Musiał mnie szturchnąć, bym się obudziła.

– Wszystko w porządku? – zapytał, a w jego błękitnych oczach malowało się zmartwienie. – Już późno. Powinnaś się przespać.

– Nie mogę – powiedziałam, kręcąc głową i wskazałam na rozrzucone po stoliku książki. – Muszę się uczyć.

Król ścisnął moje ramię, powodując, że poczułam ucisk w sercu.

– Gabriel powiedział mi, że czytasz bez przerwy od dwóch dni. – Kiwnęłam głową, zastanawiając się, czy nie złamałam jakiejś zasady, przez co zostanę zganiona. – Jestem pod wrażeniem, Lor. Każda kobieta, która z takim zaangażowaniem poświęca się Próbom, jest godna miana królowej.

Jego pochwała sprawiła, że poczułam, jakby łzy, których nie mogłam wylać, znów zagroziły wydostaniem się na wolność. Dlaczego w tym ogromnym pałacu, pełnym okrutnych śmiertelników i jeszcze okrutniejszych fae, jedyna osoba, która nie musi być miła, tak się dla mnie stara? Atlas musiał być wspaniałym władcą, królem, na którego zasługuje każdy z obywateli Afelionu.

– Mam coś dla ciebie – powiedział, sięgając za plecy, a jego noga opierała się o moją pod wąskim stolikiem. Dotyk ten przyprawił mnie o szybsze bicie serca, a po chwili Atlas zerknął na mnie i oblizał swoje idealne, zmysłowe usta. Wyobraziłam sobie, jak by to było zatopić zęby w dolnej wardze. Nadal czułam cień delikatnego pocałunku, który złożył w kąciku moich ust kilka nocy temu.

Podświadomie dotknęłam twarzy w tym samym miejscu, a jego spojrzenie podążyło za moimi palcami. Jego wzrok spoważniał, jakby dokładnie rozumiał, o czym myślałam. Minęła krótka chwila, zanim położył na stoliku cienką książkę i przysunął ją w moim kierunku.

– To może ci pomóc – powiedział Atlas. – Mam pewne podejrzenia co do pierwszego wyzwania.

Przejrzałam książkę i zdałam sobie sprawę, że cała jest o nim.

– To twoja książka? – spytałam, przewracając strony. Pragnęłam, by istniał sposób, by wchłonąć tę wiedzę samą siłą woli.

Wzruszył szerokimi ramionami.

– Po Afelionie krąży wiele moich biografii, ale tylko kilka mówi całą prawdę.

Podniosłam na niego wzrok.

– Dlaczego?

Uśmiechnął się szerzej, a w kącikach ust pojawiły się zmarszczki, które z niewiadomych względów pozbawiły mnie tchu. W ciemnym świetle biblioteki był jak latarnia morska na mglistym brzegu, przywołująca statki do domu.

– To niebezpieczne, by ktokolwiek wiedział o mnie zbyt wiele, więc opowiadam różne wersje prawdy w zależności od tego, co chcę osiągnąć. Nie ma sensu odkrywać faktów, których można użyć przeciwko mnie. – Jego dłoń nadal spoczywała na moim przedramieniu, gdy przesunął palcami po nagiej skórze, uważnie przyglądając się swojej dłoni sunącej po moim łokciu i ramieniu. Moje ciało ogarnęły nagłe dreszcze, a ja siedziałam kompletnie nieruchomo, jak zaklęta. Nie chciałam, by to się skończyło.

Jego palce powoli wróciły w dół mojego ramienia.

– Tę konkretną biografię napisał ktoś, kogo znałem bardzo długo i obdarzałem zaufaniem. – Gdy sięgnął mojego nadgarstka, palcami nakreślił na nim koło, po czym przewrócił moją dłoń wierzchem do góry i zaczął rysować na niej kręgi. Próbowałam się skupić na jego słowach, ale moje myśli rozproszyły się jak piana z mydła. – Znajdują się więc w niej prawdziwe informacje na mój temat.

Podniósł wzrok, by na mnie spojrzeć, a błękitne oczy były pełne czegoś, czego nie potrafiłam do końca zrozumieć. Jego spojrzenie było tak intensywne, że moje wnętrzności zaczęły wić się i trzepotać jak wstęgi na silnym wietrze. Ale nie nazwałabym tego nieprzyjemnym uczuciem. Było raczej przepełnione oczekiwaniem i obietnicą czegoś smakującego jak wolność. Wyobrażałam sobie, że tak czuje się ptak szybujący ponad chmurami.

Musiałam jednak przestać. Zachowywałam się absurdalnie, jak naiwne dziecko. Ledwie się znaliśmy, a ja nie byłam nikim wyjątkowym. Musiałam przetrwać Próby, by wyciągnąć Willow i Tristana z Nostrazy. Nic innego nie miało znaczenia.

– Raczej nie jest zbyt długa – zażartowałam, próbując zmniejszyć napięcie. – Wejście w twoją głowę nie powinno być trudne.

Skrzywiłam się, zdając sobie sprawę, co właśnie powiedziałam, ale on odpowiedział niskim, dudniącym śmiechem i pokręcił głową, a jego promienne miedziane włosy połyskiwały w świetle lampionu.

– Lor, jeszcze nikt taki jak ty nie brał udziału w Próbach kandydatek na królową Słońca. – Zamilkł, po czym nachylił się blisko, ściszając głos do konspiracyjnego szeptu. – Sugeruję, byś założyła coś... praktycznego.

Zanim zdołałam zareagować na to, co powiedział, mrugnął i wstał. Posłał mi jeszcze jedno przeciągłe spojrzenie, które poczułam aż w czubkach palców u stóp, po czym odwrócił się i wyszedł.

Rozdział piętnasty

Stałyśmy na skraju rozległej zatoki nad oceanem. Woda była tak błękitna, że gdyby nie oddzielająca je cienka linia falujących wzgórz, trudno było znaleźć granicę pomiędzy nią a niebem. Znad oceanu wiał chłodny poranny wietrzyk, przyprawiając mnie o gęsią skórkę.

Otrzymawszy od Atlasa podpowiedź, postanowiłam założyć cienką skórzaną zbroję, nie zważając na zastrzeżenia Mag. Ona sądziła, że na pierwszą Próbę bardziej nadawałaby się sukienka, i nie rozumiała, dlaczego tak nalegam na spodnie, skoro mamy tylko stać i odpowiadać na pytania. Ale ja nie mogłam jej zdradzić, skąd wiedziałam, że muszę założyć coś, co zapewni mi ochronę. Byłam pewna, że Atlas nie powinien dawać mi żadnych wskazówek. Poza tym po dekadzie spędzonej w tunice i getrach tak było mi po prostu wygodniej. Chociaż uwielbiałam te piękne suknie, nie czułam się godna, by je nosić. Zostały stworzone dla innego rodzaju trybutki, która zupełnie mnie nie przypomina.

Gdy tamtego ranka dotarłyśmy na brzeg, wiedziałam, że wybrałam słusznie, słuchając rady króla. To, co zastałyśmy, raczej nie sugerowało prostej serii pytań i odpowiedzi.

Nasz główny instruktor, mistrz Borthius, stanął twarzą do nas, z dłońmi splecionymi za plecami, a jego ciemnobrązowe włosy rozwiewał wiatr. Również miał na sobie skórzaną zbroję, przez co nabrałam jeszcze większej pewności, że podjęłam właściwą decyzję. Obok mnie stała Griane, drżąc w swojej przepięknej kreacji. Chociaż jej blada skóra poczerwieniała od zimna, złote włosy odbijały blask wschodzącego słońca, przez co nadal wyglądała jak perfekcyjna afeliońska królowa.

Zatoka znajdowała się tuż za miastem. Przywieziono nas tutaj powozem, a tuż za nami przyjechało kilka innych karet, dzięki czemu miałyśmy niewielką widownię. Gabriel powiedział mi, że przynajmniej jedna z Prób odbędzie się w sercu Afelionu, by mogli nas oglądać mieszkańcy, ale większość konkurencji będzie rozgrywana we względnej prywatności.

Opanowałam rozdygotane nerwy, postanawiając, że tym będę martwić się później. I tak nie było zbyt wielkiej szansy, że dotrwam do tego momentu.

Obecni byli wszyscy wartownicy, madame Odell oraz kilka innych osób, których nie rozpoznałam. Oczywiście na przedzie, niczym świetlista latarnia, stał Atlas. Wszyscy zgromadzili się na pobliskim wzgórzu kilka metrów wyżej.

– Witajcie na pierwszej Próbie – powiedział mistrz Borthius. Chodził w kółko, a jego dłonie nadal były splecione za plecami. Z każdym krokiem rozkopywał piasek. – Dzisiejszy test dotyczy Afelionu i jego historii. Mam nadzieję, że się przygotowałyście.

Poczułam mrowienie w karku i zauważyłam skierowany w moją stronę wredny uśmieszek Apricii. Ona również zamiast sukienki włożyła dziś praktyczniejszą tunikę i grube getry. Zastanawiałam się, czy dostała od Atlasa tę samą podpowiedź. Pozostałe osiem trybutek miało na sobie połyskujące złote tkaniny, które nosi się na królewskim dworze. Gdy zostały wprowadzone na plażę, z bólem zdały sobie sprawę ze swojego błędu.

Borthius machnął ręką, wyczarowując ogromny przyrząd.

Były to drewniane podpory w kształcie litery A, połączone długą belką zawieszoną ponad spokojną wodą. Z belki zwisało dziesięć grubych lin utkanych z szorstkich konopi. Liny ciągnęły się nad wodą aż do naszych stóp, zakończone były wielkimi węzłami. Na każdej z lin w równej odległości zawiązano kolejne supły. Zauważyłam zmartwione spojrzenie ciemnych oczu Halo. To, że miałyśmy kłopoty, było tak jasne, jakby ktoś napisał to ogromnymi literami na niebie.

– Niech każda z was chwyci swoją linę – powiedział mistrz Borthius. – Na mój znak zostaniecie przetransportowane nad wodę, a lina będzie jedyną rzeczą powstrzymującą was przed wpadnięciem do niej. – Na jego twarzy pojawił się złośliwy uśmiech. – Następnie zadamy wam serię pytań na temat Afelionu. Jeśli odpowiecie poprawnie, nic się nie stanie. Ale jeśli się pomylicie, lina się obniży. Pięć błędnych odpowiedzi spowoduje, że lina wpadnie do wody. – Zatrzymał się i przesunął po nas spojrzeniem. – A zapewniam was, że żadna nie chce wiedzieć, co czai się w wodzie. Pięć poprawnych odpowiedzi oznacza sukces i przejście do kolejnej rundy.

Na usta cisnęły mi się miliony pytań, ale Borthius nie dał mi szansy, by je zadać. Pstryknął palcami i nagle każda z nas znalazła się nad oceanem, kurczowo trzymając się liny.

Z szarpnięciem zatrzymałyśmy się w miejscu, a szorstka lina drapała mi dłonie. Zacisnęłam je wokół niej, włókna wbijały się w moją skórę.

Wdzięczna za moją skórzaną zbroję, owinęłam nogi wokół liny i oparłam buty o węzeł, ciesząc się, że nie założyłam tych bezużytecznych złotych pantofelków, które każe mi nosić Mag.

Lina się zachwiała, a ja chwyciłam się jeszcze mocniej, słysząc krzyk i plusk. Jeden ze złotych ptaków już wypadł ze swojego gniazdka. Rozejrzałam się, chcąc sprawdzić, która z trybutek znalazła się w wodzie, gdy wyłoniła się z niej pełna ciemnych włosów głowa jednej z dziewczyn, gorączkowo machającej rękami nad powierzchnią.

– Pomocy! – wrzeszczała Elanor. – Pomóżcie mi! – Chwilę później gwałtownie spadła pod powierzchnię, a krzyk ucichł.

Zarówno trybutki, jak i widzowie wydali z siebie przerażony pisk, który poniósł się ponad wodą. Gdy spojrzałam w dół, zauważyłam kilka kształtów widocznych pod powierzchnią. Ciemne i gibkie, wiły się niczym zrodzone w morzu żmije.

W miejscu, w którym zatonęła Elanor, pojawiły się bąbelki, sprawiając, że wszyscy wstrzymaliśmy oddech. Nie wydarzyło się nic, a cisza trwała tak długo, że miałam wrażenie, że zaraz coś wybuchnie. Przerażona, z całej siły chwyciłam linę, czując, jak trzęsą mi się ręce i nogi. Dlaczego jej nie pomagają?

– Idźcie po nią – powiedział w końcu Borthius, leniwym gestem wskazując wodę. Wtedy dwóch wysokich fae, których wcześniej nie zauważyłam, przeszło przez plażę i zanurkowało w oceanie, znikając pod falami.

Wstrzymałam oddech, licząc sekundy, a później minuty, podczas których nie wyłaniali się na powierzchnię. Co tam było? Coś ją zaatakowało? Kątem oka zauważyłam inny ciemny kształt mknący przez wodę, głęboko pod powierzchnią. Jeszcze mocniej przytrzymałam linę, czując, jak parzą mnie dłonie. Cokolwiek by się jednak działo, wiedziałam, że jej nie puszczę.

W końcu powierzchnia wody się przełamała, a ratownicy fae wyłonili się z niej, niosąc bezwładne ciało Elanor. Jej oczy były zamknięte, a blada skóra przybrała niebieski odcień. Nie widziałam, czy oddycha. Wzdłuż jej czoła przebiegała szeroka rana, a krew pokrywała cały bok jej twarzy.

Ratownicy zaciągnęli ją na plażę, gdzie czekał na nich kolejny fae w białym płaszczu ze złotym krzyżem na piersi. Medyk pałacu Słońca. Nachylił się nad nią, delikatnie ją dotykając.

– Jak miał na imię trzydziesty siódmy król Afelionu – warknął Borthius, odwracając moją uwagę od rannej trybutki.

– Król Diell – odpowiedział energiczny głos. Zamrugałam, nie dowierzając, że kontynuujemy Próbę, mimo że Elanor być może leży martwa na plaży.

– Poprawna odpowiedź! – odpowiedział Borthius, kiwając głową w kierunku Tesni, trybutki o ciemnobrązowej skórze i błyszczących srebrnych włosach prawie sięgających jej talii. Teraz wskazał Ostarę, która była następna w kolejce. – A jak nazywała się jego królowa?

Ostara zawahała się, a w jej oczach coś zamigotało. Dziewczyna opuściła wzrok na wodę, w której również musiała zauważyć czyhające ciemne kształty.

– Czy wspominałem już, że to zadanie na czas? – zapytał niedbałym tonem Borthius. – Gdy zabrzmi dzwon, twoja tura dobiegnie końca i lina zostanie opuszczona.

Ostara podniosła wzrok, a jej oczy były szeroko otwarte ze strachu.

– Królowa Akino – wydusiła i wstrzymując oddech, wbiła wzrok w Borthiusa.

– Poprawna odpowiedź! – ogłosił, po czym wskazał kolejną trybutkę w szeregu, którą niestety byłam ja.

– Jak nazywały się ich dzieci? – zapytał. – Podpowiem, że była ich dwójka.

Próbując uspokoić roztrzęsione kończyny, wzięłam głęboki oddech i zaczęłam przeszukiwać setki informacji, które wcisnęłam sobie do głowy przez ostatnie dwa dni. Pojawiła się w niej litania możliwości, mieszająca się w poklejone zbitki alfabetu, ale żadne z imion, które sobie przypomniałam, nie wydawało się poprawną odpowiedzią. Odrzuciłam wszystko, co sobie przypomniałam, i wwierciłam się w tkankę mózgową w poszukiwaniu kolejnych imion. Colena. Sevannah. Relius. Litsa. Greta. Nie. Nie. Nie.

– Masz jeszcze pięć sekund – powiedział Borthius. – Ścisnęłam linę, a szorstki splot obcierał mi ręce tak, jakby zostały zanurzone w płynnym ogniu. Pomimo chłodu z mojego czoła spłynęła kropla potu.

– Hathor i Osbert – wypaliłam, desperacko chwytając się dwóch kolejnych imion, które wpadły mi do głowy, już wiedząc, że to nie jest poprawna odpowiedź.

– Źle! – zawołał Borthius i zanim zdążyłam pomyśleć, lina opadła o ponad metr, wywracając mi wnętrzności do góry nogami. Z gardła wydarł mi się krzyk i na ułamek sekundy stałam się nieważka. Zatrzymałam się to z takim impetem, że stopy spadły z węzła, którego używałam jako podpory, a dłonie zsunęły się kilkanaście centymetrów po linie, rozdzierającej dotkliwie skórę. Znów wrzasnęłam, czując, jak po palcami spływa mi krew, a ból piął się po moich ramionach w ognistych smagnięciach.

Zmusiłam się, by wziąć oddech, zwinęłam się i odnalazłam węzeł, który dotykał teraz powierzchni wody. Przemyślanymi ruchami ostrożnie sięgnęłam wyższego węzła i podciągnęłam się w górę. Moje dłonie zdawały się wrzeszczeć z bólu, ale ja trzymałam się mocno, próbując się odciąć od cierpienia.

Gdy udało mi się wrócić na poprzednią pozycję, poczułam, jak wszyscy stojący w zatoce wypuszczają wstrzymywany oddech. Przynajmniej wiedziałam, czego się spodziewać następnym razem.

Borthius milczał. Uśmiechnął się tylko pogardliwie i wskazał na Hesperię, kolejną dziewczynę w szeregu. Zadał jej kolejne pytanie, którego nie słyszałam, bo byłam zajęta uspokajaniem bicia własnego serca i obserwowaniem otoczenia. Cokolwiek powiedziała Hesperia, musiała udzielić poprawnej odpowiedzi, bo Borthius przeszedł do kolejnej trybutki. Pytania szybowały ponad wodą, a ja próbowałam się na nich skupić, z nadzieją, że czyjaś odpowiedź może mi później pomóc. Ale prawie nie spałam, a w głowie miałam mętlik.

Następna była Solana, której oliwkowobrązowa skóra połyskiwała od warstwy potu.

– Jak się nazywają główne gildie rzemieślnicze? – zapytał Borthius. Moja lina okręciła się dookoła, a ja patrzyłam, jak dziewczyna udziela szybkiej odpowiedzi:

– Stolarze, kowale, złotnicy, krawcy i pożyczkodawcy – odpowiada w pośpiechu. Ale jej oczy natychmiast otwarły się szeroko, gdy zauważyła swoją pomyłkę. W tej samej chwili Borthius krzyknął:

– Źle! Zapomniałaś o stoczniowcach!

Lina Solany gwałtownie opadła, a ja ze współczuciem wstrzymałam oddech, wiedząc już, jakie to nieprzyjemne. Dziewczyna miała na sobie pantofelki, więc jej stopy ześlizgnęły się z węzła, a głowa odskoczyła do tyłu. Solana wypuściła linę z rąk i wpadła do wody. Jedynymi dźwiękami, jakie słyszałam, były plusk i echo jej krzyku. Potem zapadła cisza.

Borthius po raz kolejny czekał, wpatrzony w wodę. Czekał i czekał. Zbyt długo. Chciałam na niego wrzasnąć, by wezwał dla niej pomoc. Mężczyzna zerknął na złoty zegarek w dłoni, po czym w końcu odwrócił się do ratowników i skinął głową w kierunku wody.

– Zobaczcie, czy uda się wam ją wyłowić. – Po raz kolejny ratownicy ruszyli w stronę wody, chociaż nie sprawiali wrażenia, jakby się im spieszyło.

Zanurzyli się, a my czekaliśmy. Minęło kilka sekund. Wszyscy stojący na klifie nachylali się do przodu jak kłosy pszenicy podczas wichury i patrzyli za krawędź. Atlas przesunął dłonią po twarzy i karku. Wyglądał na zmartwionego.

Potem spojrzał na nas wszystkie, jakby chciał się upewnić, że tam jesteśmy. Kilka sekund później ponad wodę uniosła się głowa pierwszego z ratowników, a ja odetchnęłam z ulgą. Ale gdy nad powierzchnię wyłonił się drugi, zdałam sobie sprawę, że byli sami. Nie odnaleźli Solany.

Otworzyłam usta w niemym krzyku, gdy dwójka fae zerknęła na Borthiusa, wzruszając ramionami. Czułam wzbierającą w gardle żółć, która piekła mnie w język. Tak po prostu Solana zniknęła. Znów spotkałam się spojrzeniem z Halo. Obie kręciłyśmy się powoli w kółko, jakby dla własnej przyjemności obracała nas zimna dłoń śmierci.

Borthius natychmiast wrócił do wyzwania, zadając pytanie za pytaniem. Nie mam pojęcia, jak długo zwisałam z liny. Nie byłam zaskoczona, gdy to Apricia jako pierwsza odpowiedziała poprawnie na swoje pięć pytań, pomyślnie kończąc test, ale zanim to się stało, poczęstowała nas uśmiechem pełnym samozadowolenia i kolejnym machnięciem tymi cholernymi włosami. Zaraz po niej test zdała jej przyjaciółka Griane. Przytuliły się do siebie, po czym zwróciły swoje wyrachowane spojrzenia na resztę dziewczyn.

Następna zdała Halo, a ja modliłam się do Zerry, by bezpiecznie dotarła z powrotem na brzeg. Choć traciłam już resztki sił nad wodą, udało mi się poprawnie odpowiedzieć na kilka pytań – ale i tak większość moich odpowiedzi była błędna. Nie miałam wystarczająco dużo czasu, by się przygotować. Jak mogłam wkuć lata wiedzy w dwa dni?

Za każdym razem, gdy opadałam, rozdzierała się skóra na moich dłoniach, a spływająca z nich krew sprawiała, że lina stawała się coraz bardziej śliska. Trzymałam się jej resztkami siły. Moje ramiona były zmęczone i słabe, a nogi miałam jak z gumy. Z wycieńczenia rozmazywał mi się wzrok. Nie byłam pewna, co jest gorsze – czy te męki, czy tamte piekielne dni spędzone w Nicości, gdy prawie utonęłam w deszczu i niemal zostałam rozszarpana na tysiące kawałków przez potwora.

Nie potrafiłam powstrzymać płynących po moich policzkach łez bólu. Pocieszało mnie to, że nie były oznaką mojej porażki, a jedynie fizyczną reakcją.

Lina mnie obróciła, a ja zauważyłam, że Gabriel się we mnie wpatruje. Stał na samej krawędzi klifu, bardzo intensywnie mnie obserwując. Kiwnął lekko głową, jakby chciał powiedzieć „dasz radę". Zebrałam ten niewielki strzępek wiary i zaszyłam go w swoim sercu. Naprawdę dam radę, pomyślałam.

W końcu zostałyśmy tylko ja i Marici. Brzeg jej złotej sukni był poszarpany, a ja skrzywiłam się na widok czerwonych szram po wewnętrznej stronie ud dziewczyny. Stanowiły ogromny, krwawy kontrast dla jej śnieżnobiałej skóry. To musiała być prawdziwa męka. Jej białe włosy wymknęły się z warkocza, rozwiane przez wiatr.

Znów nadeszła moja kolej. Borthius chrząknął.

– Jaki jest ulubiony kolor króla Słońca?

Zamrugałam. To wydawało się tak proste, że aż głupie. Złoty. Oczywiście, że król Słońca uwielbia złoto. Prawda? Ale w której książce to przeczytałam? Po raz kolejny przeszukałam inwentarz wiedzy zebranej przez ostatnie dwa dni. Znam odpowiedź, pomyślałam. Była tak blisko, że czułam, jakbym mogła sięgnąć i uwolnić ją z miejsca w moim umyśle, w którym została zamknięta.

Potem przyszła mi do głowy sekretna cienka książka, którą mi dał. Ta, która miała mówić o nim prawdę. Zamknęłam oczy, próbując sobie przypomnieć. Był w niej cały rozdział na temat tego, co król lubi, a czego nie. Od śliwek wolał truskawki, od harfy skrzypce, a od kawy herbatę. Ale jaki był, kurwa, jego ulubiony kolor?

Podniosłam wzrok w miejsce, z którego obserwowali mnie Gabriel i Atlas. Gabriel zrobił niewielki krok do przodu i przykucnął, jakby chciał się jeszcze do mnie zbliżyć. „Dasz radę, Lor". Znów wyczytałam te słowa z jego twarzy.

Moje dłonie poślizgnęły się na linie, wyrywając ze mnie krzyk bólu rozdzierającego każdą część mojego ciała, wszystkie jego pory. Lina zabarwiła się na czerwono od krwi i stała się bardzo śliska. W wodzie krążyły dwa ciemne kształty – potwory czekające na zdobycz. Czy przeżyję kolejny spadek? Czy dam radę? Kurwa, czy to moje ostatnie pytanie? Straciłam rachubę, a w kręgosłupie czułam ostre szpony paniki.

– Czerwony – szepnęłam, jakby wyciągając to słowo z dna czeluści. – Ulubionym kolorem Atlasa jest czerwony. – Ale miałam zdarte gardło i ledwie wydałam z siebie jakikolwiek dźwięk. Borthius patrzył na mnie, a ja wiedziałam, że kończył mi się czas. Spróbowałam znowu, chcąc wydobyć to słowo z głębi płuc, gromadziłam litery jedna po drugiej, by wykrzyczeć je przez wodę.

Wtedy jednocześnie wydarzyło się kilka rzeczy.

Zabrzmiał dzwon.

– Czerwony! – wrzasnęłam, a publiczności zgromadzonej na brzegu zaparło dech w piersi.

Borthius świdrował mnie wzrokiem.

– Dobra odpowiedź – powiedział, lecz zanim zdołałam odetchnąć z ulgą, dodał: – Ale zbyt późno.

Uniósł dłoń w geście oznaczającym, że nie było dyskusji, a ja napięłam mięśnie w oczekiwaniu na nieuchronne szarpnięcie. Ale ono nie nadeszło, bo źle odliczyłam. Zerknęłam w górę, widząc, jak końcówka liny zawiązana na belce uwalnia się z niej.

Wtedy zaczęłam spadać. Poczułam, jak przewraca mi się w żołądku, po czym z przeraźliwym krzykiem wpadłam do lodowatej wody.

Rozdział szesnasty

Woda była jeszcze bardziej lodowata, niż się spodziewałam. Zimno wstrząsnęło mną aż do samych kości, a ja zanurzałam się coraz bardziej w mroźną toń. Gdy tylko dotknęłam słonej powierzchni, otwarte rany na dłoniach i szramy na wewnętrznych stronach ud zaczęły parzyć, jakby ktoś zanurzył mnie w kwasie. Chciałam krzyczeć. Zamiast tego wykrzywiłam twarz w grymasie, zmuszając się, by nie zemdleć z bólu.

Lina zaplątała się wokół moich rąk i nóg; gorączkowo próbowałam się z niej uwolnić, wiedząc, że mam jedynie kilka chwil, zanim przypłyną po mnie te wirujące ciemne kształty.

Zmusiłam się, by otworzyć oczy, czując, jak pieką od słonej wody. Zbliżały się do mnie dwa mętne kształty, faliste i gibkie. Płynęły okrężną drogą, nie spieszyły się. Wkrótce podpłynęły na tyle blisko, bym mogła zobaczyć, czym są. Pół fae, pół ryby. Syreny? Ale to nie były długowłose baśniowe piękności.

Co prawda miały długie włosy, ale szorstkie i poplątane pływały dookoła ich głów, przypominając czarno-niebiesko-zielone gniazda. Nagie torsy i ramiona pokryte były niebieską, cętkowaną skórą, która łagodnie połyskiwała w wodzie. Ich oczy całe były błękitne, bez białek, a zęby miały tak ostre, że z pewnością potrafiłyby rozgnieść mnie na papkę.

Poczułam rosnący w gardle krzyk, gdy jedna z istot rzuciła się gwałtownie w moim kierunku, po czym się cofnęła, w ogóle mnie nie dotykając. Jej cienkie czarne usta rozszerzyły się w złowieszczym uśmiechu. Po chwili powtórzyły ten ruch, tym razem obie. Podpłynęły, zbliżając się na tyle, bym poczuła ich puls na swojej skórze, gdy mnie mijały.

Drwiły ze mnie. Bawiły się ze swoją kolacją, zanim zanurzą w niej zęby, by oderwać smakowity kąsek. Próbowałam je odpędzić, nadal zaciskając dłonie na linie, ale szybko kończyło mi się powietrze. Gdy jedno ze stworzeń znów się na mnie rzuciło, zanurkowałam w jego stronę, zbijając je z tropu. Jego syknięcie wprawiło wodę w drganie.

Potwory znów rzuciły się do udawanego ataku, ale coś nagle rozproszyło uwagę tego, który znajdował się po mojej lewej stronie, sprawiając, że nagle odpłynął, znikając w głębi oceanu. Nie miałam czasu się zastanawiać, co się stało. Byłam po prostu wdzięczna, że przez jakiś czas będę walczyć tylko z jednym przeciwnikiem.

Powietrze. Potrzebowałam powietrza. Kopiąc wodę, wypłynęłam na powierzchnię i wzięłam chrapliwy oddech. Jednak gdy tylko mi się to udało, zostałam wciągnięta z powrotem pod wodę i stanęłam twarzą w twarz ze stworzeniem, które obnażyło ostre zęby w imitacji uśmiechu. Sięgnęłam głęboko w pokłady swojej wytrzymałości, zadarłam pięść i uderzyłam potwora w nos, na tyle mocno, że jego głowa przechyliła się gwałtownie do tyłu.

Usłyszałam jego wycie niosące się falami przez wodę, podczas gdy stwór złapał się za twarz i zaczął wić, a wokół jego głowy rozpraszał się karmazynowy obłok. Wykorzystując tę chwilę nieuwagi, napadłam na niego i zawiązałam linę wokół jego szyi, po czym mocno ją zacisnęłam. Zmieniłam pozycję tak, by dryfować za plecami stworzenia, które teraz zaczęło młócić wodę patykowatymi rękami, by mnie zadrapać, jednocześnie usiłując przeciąć stryczek odcinający dopływ powietrza. Zaciskałam linę coraz mocniej. Czy można w ogóle udusić coś, co potrafi oddychać pod wodą?

Pierś stwora uniosła się i opadła, co wzięłam za znak, że w jakiś sposób tu oddycha. Ośmielona, pociągnęłam za linę, używając do tego całej swojej siły. W końcu jego ruchy zaczęły zwalniać, a po chwili ciało znieruchomiało i zaczęło opadać na dno. Puściłam linę, z nadzieją, że zdążę znaleźć schronienie, zanim się ocknie.

Wypadłam na powierzchnię, biorąc pierwszy łyk oczyszczającego powietrza. Przez kilka sekund dyszałam, czułam ucisk w piersi, a moje kończyny drżały. Odwróciłam głowę w kierunku brzegu i zauważyłam, że Marici nie wisi już na linie. Szybko rozejrzałam się po plaży i zdałam sobie sprawę, że nigdzie nie widzę jej białych włosów. Kurwa. To ona odwróciła uwagę drugiego stwora.

Straciła chwyt na linie, a może przeszli do kolejnego pytania, nie zadając sobie nawet trudu, by sprawdzić, czy przeżyłam. Coś podpowiadało mi, że stało się to drugie. Zanurkowałam, gorączkowo próbując ją odnaleźć, ale nic nie widziałam.

Przeklęłam pod nosem i znów się zanurzyłam, z nadzieją, że potwór, którego udusiłam, nie wróci. Płynęłam coraz dalej, lecz byłam bardzo słaba i zmęczona.

Co ja wyprawiam? Powinnam ratować tylko siebie. I tak przegrałam już to wyzwanie, a jeśli wydostanę się z wody, będę przynajmniej mogła wrócić do Tristana i Willow. Nie jestem winna swojego życia nikomu, kto pochodzi z Afelionu. Ale Marici była jedną z nielicznych osób, które okazały mi tu jakąkolwiek życzliwość. Nie mogłam jej tak zostawić. Pomimo początkowego braku zaufania wiedziałam, że jej pomoc poprzedniej nocy była szczera.

W końcu zauważyłam w oddali ciemną plamę, wzięłam więc kolejny haust powietrza i ruszyłam w jej kierunku tak, jakby paliły mi się stopy. Tym razem nie miałam przy sobie liny. Zastanawiałam się, co ja w ogóle mam zamiar zrobić. Pędziłam przez wodę, z nadzieją, że wpadnie mi do głowy jakiś genialny plan.

Stwór zaciskał dłonie na szyi Marici, nachylając się do niej, jakby chciał ją pocałować. Marici kopała słabo, próbując się bronić, ale było oczywiste, że kończą jej się siły. Miałam wrażenie, jakby od jej upadku do wody minęła godzina, wiedziałam jednak, że to musiało się stać zaledwie kilka minut temu. Jej ruchy zwalniały, a kończyny stawały się coraz bardziej bezwładne. Poczułam panikę świdrującą mój żołądek i popędziłam przed siebie.

Całe szczęście stwór tego nie zauważył. Uderzyłam w niego z całą siłą, jaka mi została, trafiając łokciem w jego kark, i pociągnęłam za włosy na tyle mocno, by wyrwać pukiel szerokości mojej pięści.

Potwór wydał z siebie wysoki skrzek, który okrążył mnie wibrującą falą i, całe szczęście, wypuścił Marici. Dziewczyna zemdlała i zaczęła opadać na dno, wycelowałam więc pięścią w tchawicę stwora, w milczeniu dziękując Zerze, że lata spędzone w Nostrazie nauczyły mnie walki. Może i nie wiedziałam, kto był trzydziestym siódmym władcą Afelionu, ale przynajmniej umiałam komuś przypieprzyć.

Stworzenie zapadło się w sobie, zgięło w pół i chwyciło za gardło, jego usta otwierały się i zamykały. Chwyciłam Marici w talii i gorączkowo rzuciłam się w stronę powierzchni. Z wysiłku bolały mnie mięśnie, a kości skrzypiały. Palce dłoni i stóp były kompletnie bez czucia. Kątem oka dostrzegłam jakiś ruch i z przerażeniem zdałam sobie sprawę, że pierwszy ze stworów doszedł do siebie i pędzi przez wodę. Nie mamy szans. To koniec, pomyślałam. Kopałam coraz mocniej, ale wiedziałam, że tym razem nie będę od niego szybsza.

Moje serce biło nieregularnie, a ja płynęłam, wykorzystując do tego całą słabnącą siłę i modląc się od Zerry o cud.

Nagle potwór zatrzymał się, jakby jego pierś przeszył hak. Odchylił się do tyłu, a ręce i głowa szarpnęły, jakby u szmacianej lalki. Nie zastanawiałam się, co się mogło stać. Zamiast tego jeszcze mocniej kopałam wodę.

Gdy po raz kolejny wydostałyśmy się na powierzchnię, wzięłam głęboki wdech, po czym ruszyłam przez zatokę, skupiona na brzegu. Czułam, jak pali mnie w płucach, a nogi były jak z gliny.

Marici nadal się nie ruszała, a ja modliłam się, by nie była martwa. Uderzałam nogami o wodę, aż przed oczami pojawiły się czarne kropki i zaczęło mi się kręcić w głowie. Potrzebowałam pomocy i odpoczynku. Przegrałam, wypadłam z konkursu, ale ostatnią rzeczą, którą zrobię przed tym, jak wrzucą mnie za wilgotne mury Nostrazy, będzie doprowadzenie Marici do domu żywej, pomyślałam. Pozostawienie jej tutaj byłoby równoznaczne ze zniżeniem się do poziomu fae, którzy nas na to skazali.

W końcu poczułam piaszczyste dno oceanu i stanęłam na nim, powstrzymując łzy ulgi. Szarpnięciem wyciągnęłam Marici na piasek, po czym odwróciłam się, by chwycić ją pod pachami. Kawałek po kawałku, taszczyłam ją na brzeg tyłem do widzów, aż w końcu dotarłyśmy do bezpiecznej przystani, jaką była plaża.

Upadłam na mokry piasek, uderzając policzkiem o ziemię, i zaczęłam odkasływać wodę morską. Adrenalina nadal pędziła mi w żyłach. Marici była tak blada, jakby kolory zapomniały o swoim istnieniu.

– Niech ktoś jej pomoże – szepnęłam zachrypniętym głosem. – Niech. Ktoś. Jej. Pomoże.

Medycy otoczyli Marici, a ja zobaczyłam rój ludzi wykrzykujących do siebie rozkazy. Leżałam na plaży, kręciło mi się w głowie i modliłam się do Zerry o cud. Byłam zbyt słaba i zmęczona, by się ruszyć, a ból odbijał się echem po całym moim ciele. Powieki miałam tak ciężkie, jakby zmieniły się w żelazne zasłony. Jęknęłam, mocniej przyciskając policzek do piaszczystej ziemi. Była szorstka i drapała mnie w skórę, przypominając, że nadal żyję.

A potem moje oczy się zamknęły, a świat zniknął.

Rozdział siedemnasty

Nadir

Nadir czaił się przed oknem gabinetu ojca, a wirujące światła jego magii stworzyły parę wielokolorowych, świecących się skrzydeł. Przelatywał już tędy kilkukrotnie, by się upewnić, że jego ojca nadal nie było w twierdzy. Po kolejnym przelocie doszedł do wniosku, że gabinet jest pusty i bardziej pusty już nie będzie. Rion poleciał rano do Toru, by spotkać się ze swoją niepewną sojuszniczką, królową Gór. Ale kiedy chodziło o króla Zorzy, należało zachowywać dodatkowe środki ostrożności.

Nadir wylądował lekko na balkonie biegnącym przez całą długość gabinetu. Gdy potrząsnął ręką, otaczające go światła rozłożyły się wokół niczym kwiat witający promienie słońca, po czym zniknęły, chowając się w jego ciele. Nadir wypuścił teraz pnącze kobaltowego światła, które otworzyło drzwi, i wemknął się do środka.

Krążył niespiesznie po pokoju, a jego kroki wygłuszały gęste ciemne dywany. Strażnicy stali na zewnątrz, gdzie wystawiono ich na pokaz, ale król był na tyle arogancki, by wierzyć, że nikt nie ośmieli się tu wejść bez jego zgody. Każdy przyłapany na węszeniu w jego rzeczach miałby do czynienia z legendarnym wybuchowym charakterem Riona. Każdego innego dnia zapewne faktycznie jego gabinet byłby bezpieczny, ale Nadir był zbyt pochłonięty tajemnicą więźniarki 3452, by zważać na takie rzeczy.

Na wszelki wypadek wyczarował osłonę, która tłumiła dźwięki dochodzące z gabinetu. Spojrzał na liczne półki i uporządkowane biurko, zastanawiając się, gdzie zacząć. Być może głupotą było myślenie, że król trzymał akta więźniarki 3452 w swoim gabinecie, ale gdzieś trzeba było zacząć. Nadir był pewien, że to Rion jest w ich posiadaniu. Coś podpowiadało mu, że odkrycie tego, co ukrywa ojciec, może okazać się ważne.

Świadczyło o tym zainteresowanie Riona tamtą dziewczyną. Poza tym nikt inny nie byłby w stanie wynieść akt z Nostrazy, nie włączając alarmu. Jedynie król mógł wejść i zabrać to, czego chciał, tak by nikt się o tym nie dowiedział. I właśnie dlatego to gabinet i biurko Riona wydawały się najbardziej logicznym miejscem rozpoczęcia poszukiwań.

Usłyszawszy dochodzący zza okna hałas, Nadir odwrócił się i uniósł brew na widok wskakującej na balkon Amyi, której skrzydła zniknęły, gdy światło się rozproszyło. Otworzyła drzwi i weszła do środka, pocierając ręce. Ubrana była w krótką czarną spódnicę z poszarpanego tiulu, a nogi pokrywał cienki, przezroczysty jedwab z wzorem w kształcie diamentów. Miała czarny gorset zawiązywany z przodu, a ręce i ramiona gołe. Jak zwykle odmawiała ubierania się zgodnie z pogodą, twierdząc, że to krępuje jej ruchy.

– Nienawidzę tego pokoju – powiedziała, poprawiając dwa biegnące po plecach warkocze upstrzone jasnymi kolorami zorzy. – Dlaczego tu zawsze jest tak kurewsko zimno?

– Temperatura jest w porządku. Może jeśli założyłabyś sweter, poczułabyś się lepiej – odpowiedział Nadir, kontynuując przeszukiwanie biurka ojca.

Amya zmarszczyła nos.

– Wiesz, że nie o to mi chodziło. – Podeszła do niego, stawiając ciężkie kroki w czarnych butach, po czym usiadła na biurku, krzyżując nogi. – A więc co tu robisz?

Nadir spiorunował ją wzrokiem, po czym machnął dłonią nad górną szufladą biurka, tworząc kolorową, rozprzestrzeniającą się mgiełkę. Szukał oznak magii – może jakiejś pułapki lub spustu, który włączyłby alarm.

Zacisnął usta, czując w powietrzu przeszkodę otaczającą biurko. Ostrożnie i precyzyjnie rozplątał nici magii jedna po drugiej, używając do tego splecionych kolorów własnego światła.

– Nadir, ja... – zaczęła Amya, ale jej brat uniósł palec, by ją uciszyć.

– Zamknij się na chwilę.

To zadanie wymagało absolutnego skupienia. Wystarczył jeden mały błąd, a jego ojciec z całą pewnością dowiedziałby się o jego obecności tutaj. Amya fuknęła, ale zamilkła, zakładając ręce na piersi, i czekała w ciszy.

Nadir działał szybko, ale efektywnie – okrążał biurko i rozbrajał wiązki obronnej magii, która je otaczała. Zapamiętywał sposób, w jaki nici były ze sobą splecione, wiedział bowiem, że przed wyjściem z gabinetu będzie musiał je dokładnie zrekonstruować.

Po kilku minutach skończył i cofnął się, wzdychając. Pukiel włosów uwolnił się z upięcia, a Nadir założył go za ucho i spojrzał na Amyę.

– Mogę już mówić? – zapytała.

– Możesz – odpowiedział, a dziewczyna przewróciła oczami.

– Dlaczego masz taką obsesję na punkcie tej więźniarki? Jeśli ojciec cię tu złapie, oszaleje z gniewu.

– Jeśli nas tu złapie – odparł Nadir, otworzył górną szufladę i zaczął przeglądać papiery, uważając, by ich w żaden sposób nie naruszyć. Nigdy nie został wtajemniczony w sekrety Riona, a gdy przeglądał dokumenty, widział w nich rzeczy, które w każdej innej chwili mogłyby okazać się bardzo cenne.

– Nadirze – powiedziała Amya, a w jej głosie słychać było ostrzeżenie. – Mów do mnie.

Zatrzymał się i spojrzał na siostrę.

– Nie jestem w stanie tego wyjaśnić, ale coś mi podpowiada, że ta dziewczyna jest ważna. – Wznowił poszukiwania w kolejnej szufladzie.

– Co to ma znaczyć? W jaki sposób ważna? Jeśli ojciec naprawdę to przed tobą ukrywał, dlaczego pozwolił ci usłyszeć swoją rozmowę z naczelnikiem? Dlaczego kazał ci ją odnaleźć? Nie martwisz się, że to wszystko to jakaś pułapka?

Nadir nie odpowiedział. Cały czas przeglądał listy i dokumenty. W końcu zamknął szufladę i przeszedł do kolejnej.

– Oczywiście, że się martwię – powiedział chwilę później. – Ale mam wrażenie, że wcale nie chciał, żebym to usłyszał, a teraz udaje, że ta sprawa nie ma żadnego znaczenia, co powoduje, że jestem jeszcze bardziej podejrzliwy. – Zamilkł, a po chwili dodał szeptem: – Nie wiem. – Zacisnął zęby, wiedząc, że to, co mówi, brzmi absurdalnie. – Po prostu mam przeczucie.

Amya zeskoczyła z biurka i stanęła obok brata. Wyczuwając jej wzrok na sobie, spojrzał na nią.

– Co? – zapytał.

– Martwię się o ciebie, braciszku.

Nadir wypuścił powietrze i opuścił głowę, opierając dłonie o szufladę, którą przeszukiwał.

– Zmieniłeś się, od kiedy...

Posłał jej ponure spojrzenie.

– Nie chcę o tym rozmawiać.

Amya uniosła dłonie, sygnalizując, że się poddaje, a światła jej magii falowały nerwowo wokół niej.

– W porządku, niech ci będzie. Wielokrotnie wyrażałeś się jasno na ten temat.

– Można by więc pomyśleć, że w końcu, kurwa, do ciebie dotrze – warknął, prostując się z zamiarem przeniesienia się na drugą stronę biurka. Amya stała mu na drodze, z rękami założonymi na piersi i szeroko rozstawionymi stopami. Była o wiele niższa od niego, sięgała mu niewiele ponad pierś. Ale to, czego brakowało jej rozmiarom, nadrabiała determinacją.

– Rusz się – powiedział Nadir, a Amya stanęła szerzej, prostując plecy.

– Musisz o tym porozmawiać.

– Powiedziałem: rusz się. – Nadir spojrzał rozgniewany na siostrę, a jego świdrujące spojrzenie spotkało się z jej wzrokiem. Niebo było zachmurzone, światła zaciemnione i niemal niewidoczne, ale czuł, jak falują na niebie. Stanowiły jego część tak samo jak krew płynąca w jego żyłach i serce bijące mu w piersi.

Jej spojrzenie złagodniało.

– Po prostu chcę być przy tobie. Tak jak ty zawsze byłeś przy mnie. To nie twoja wina. To nigdy nie była twoja wina.

Nadir powoli zamknął oczy, policzył do trzech i ponownie je otworzył, próbując uspokoić wir emocji, które zawsze groziły zatopieniem go w morzu poczucia winy.

– Nic mi nie jest – powiedział. – I to ja mam się opiekować tobą, a nie odwrotnie.

Na te słowa nozdrza Amyi się rozszerzyły. Wiedział, że ta odpowiedź ją rozzłości, ale taka była prawda.

– Wiesz, że wcale tak nie jest.

– Czy mogłabyś się ruszyć? Nie powinniśmy się ociągać, będąc w tym miejscu. – Jakby na sygnał, po drugiej stronie drzwi rozległy się głosy, a Nadir odwrócił głowę w kierunku, z którego nadchodziły. Amya raz jeszcze spojrzała przeciągle na brata, po czym się cofnęła.

Nadir kiwnął głową i wrócił do poszukiwań. Amya krążyła przy oknie, podczas gdy on przetrząsał szuflady, nadal nie znajdując niczego wartego uwagi. Po sprawdzeniu ostatniej wydał z siebie jęk frustracji.

Rozejrzał się po pokoju. W gabinecie było mnóstwo półek i szafek, które mógłby przeszukać, ale szybko zauważył, że żadna z nich nie ma na sobie tak silnych osłon. Wydawało się mało prawdopodobne, że ojciec trzymał tam cokolwiek cennego. Zaplótł z powrotem osłonę na biurku i rozważył możliwości, które mu pozostawały.

Amya obserwowała go, stojąc przy kominku, ale unikał jej spojrzenia, wiedząc, że prawdopodobnie znów zacznie drążyć temat.

Za drzwiami rozległy się kolejne głosy, Nadir zmarszczył brwi. Wyglądało na to, że skończył mu się czas.

Amya ruszyła w stronę balkonu.

– Chodźmy.

Gdy Nadir usłyszał głos ojca, jego ramiona się napięły. Choć tak bardzo nie chciał tego przyznawać, na całym świecie jedna rzecz go przerażała – stojący po drugiej stronie drzwi król. Nadir zacisnął szczękę. Przychodząc tu, zbyt wiele zaryzykował, a teraz to wszystko zdało się na nic.

– Nadir! – syknęła Amya. – Idziemy.

Zawahał się, wpatrzony w drzwi. Wiedział, co się stanie, jeśli ojciec go tu złapie, ale jakaś jego część pragnęła tej konfrontacji. Może mógłby wymusić na królu powiedzenie prawdy na temat tego, co ukrywał, jednak nie było to warte konsekwencji. Spowodował już wystarczająco wiele szkód.

Chwilę później gałka w drzwiach się przekręciła, a Nadir spanikował. Prześliznął się cicho do drzwi balkonowych, które przytrzymywała Amya. Gdy wyszedł na zewnątrz, usłyszał, jak zamykają się z kliknięciem, po czym wskoczył na balustradę.

Wielokolorowe wstęgi jego światła eksplodowały ze świstem, a chwilę później zeskoczył w dół i pozwolił sobie spadać.

Rozdział osiemnasty

Lor

Na moim czole spoczęła delikatnie czyjaś dłoń. Leżałam nieruchomo z zamkniętymi oczami, a ręka gładziła mój policzek, palce sunęły po dolnej wardze, po czym musnęły brodę i zniknęły. Zmarszczyłam brwi, czując utratę tego kojącego uczucia, po czym usłyszałam niski śmiech, a dłoń ponowiła swoją podróż po mojej skórze.

Otworzyłam oczy, czując, że materac się zapada.

Obok mnie siedział Atlas, uśmiechając się łagodnie.

– Dzień dobry – powiedział, a jego ciepły, słodki głos koił mnie jak balsam. – Witaj z powrotem, Lor.

Zamknęłam oczy i wzięłam głęboki oddech przez przymknięte usta, po czym znów otworzyłam oczy.

– Czy ja żyję? – Nie byłam pewna. Poruszyłam się w łóżku w poszukiwaniu ostrego ukłucia bólu, ale ruch przychodził mi nadspodziewanie łatwo. Czułam ból, ale nie było to uczucie smagania biczem, które towarzyszyło mi, zanim zemdlałam na plaży.

– Żyjesz i tam na plaży wspaniale sobie poradziłaś – odpowiedział, a w jego głosie słychać było podziw. Przesunął zewnętrzną stroną dłoni po moim policzku. Pokręciłam głową, z frustracją zaciskając pięści.

– Nie, odpowiedziałam zbyt późno. Oblałam test. – Tłumiłam łzy, które tak bardzo pragnęły wydostać się na wolność. Byłam przekonana, że przy pierwszej okazji zostanę odesłana do Nostrazy. Dziwiło mnie wręcz, że jeszcze tam nie byłam. Mój absurdalny sen o zostaniu królową Słońca dobiegł końca. Co ja sobie myślałam? To chyba jasne, że nie tak będzie wyglądać moja przyszłość. Ona zawsze była o wiele bardziej niepewna. Ale teraz przynajmniej zobaczę się z Willow i Tristanem. Na tę myśl niemal wybuchnęłam płaczem.

– Nie oblałaś – powiedział Atlas, a ja podniosłam na niego wzrok, marszcząc brwi. – Zdałaś test, Lor.

– Ale jak to? Przecież wpadłam do wody.

– I się z niej wydostałaś – odpowiedział. – W Próbie nie chodziło jedynie o to, by odpowiadać na pytania. W końcu każdy może przeczytać książkę i to zrobić. Wyzwanie stanowiło również Próbę dla waszej determinacji w wypadku, gdy wam się nie powiedzie. To dlatego ratownicy nie wchodzili do wody od razu, gdy któraś z trybutek do niej wpadła. Dawali im szansę, by same mogły się wydostać. Jeśli żywa dotarłaś na brzeg, to znaczy, że zdałaś.

Łzy zaczęły mnie teraz parzyć w oczy, tym razem z zupełnie innego powodu.

– Zdałam. – To nie było pytanie, a stwierdzenie. Zdałam. Nie odeślą mnie do Nostrazy. Przynajmniej nie dziś.

Atlas uśmiechnął się i mrugnął.

– Owszem. I bardzo się cieszę, że mogłem ci pomóc moją malutką książeczką.

– Właśnie, dziękuję. – Z tym że tak naprawdę nie byłam pewna, na ile mi pomogła, skoro i tak musiałam sama dopłynąć na brzeg po tym, jak broniłam się przed dwoma śmiercionośnymi potworami, ale powiedzmy, że liczy się zamiar.

– A co z Elanor? – zapytałam. – Wpadła do wody, ale musiała przecież zostać uratowana.

Atlas poruszył się obok mnie na łóżku, a jego biodro napierało na moje udo.

– Obawiam się, że jej rola w Próbach dobiegła końca, ale wyeliminowane trybutki otrzymują honorowe miejsce na moim dworze. Nic jej nie będzie.

– A Solana... – Jej imię było w moim ustach jedynie oddechem. Trybutka, która nie wyłoniła się na powierzchnię.

– To było niefortunne – odpowiedział Atlas z ponurą miną. – Utrata trybutki podczas Prób to zawsze tragedia.

– Ale jej rodzina... – szepnęłam.

– Zajmiemy się nią. – Atlas ścisnął moją dłoń, uniósł i położył sobie na kolanach. Była zabandażowana. Rozciągnęłam palce, krzywiąc się, gdy poczułam tępy ból płynący w górę ramienia. Jego słowa spowodowały, że poczułam ucisk w sercu, bo wiedziałam, że złoto i bogactwa nie stanowią pociechy, gdy w grę wchodzi utrata córki. Siostry. Nie wiedziałam niczego o Solanie, ale byłam pewna, że ktoś będzie za nią tęsknił. Nawet ja, szczurzyca z Nostrazy, miałam dwie osoby, które mnie kochały.

– Medycy mogą podawać ci coś na uśmierzenie bólu – powiedział łagodnie, muskając palcami bandaże. – Ale nie mogą cię leczyć, a jedynie zapobiegać śmierci.

Wtedy sobie przypomniałam. Wyprostowałam się, a moje ciało oprotestowało ten gwałtowny ruch.

– A Marici? – zapytałam spanikowana. – Czy z nią wszystko w porządku?

Atlas popchnął mnie w dół, układając z powrotem na miękkich poduszkach.

– Nic jej nie jest. Została ocucona na plaży i wyzdrowieje. Twój czyn był bardzo odważny, Lor.

– Wypadła z Prób? – zapytałam, wiedząc, ile to musiało dla niej znaczyć. Mówiła mi o tym, jak bardzo rodzina liczyła na jej wygraną.

– Tak, ale dzięki tobie przeżyła. – Dotyk Atlasa tworzył delikatny wzór na wewnętrznej stronie mojej ręki, przyprawiając mnie o mrowienie w czubkach palców. – Dlaczego to zrobiłaś, Lor? Ryzykowałaś własnym życiem, wracając, by ją uratować.

Pokręciłam głową, a moje włosy szeleściły na poduszce.

– Nie mogłam jej tam tak zostawić – odpowiedziałam, zła, że we mnie zwątpił. – Cóż to za miejsce, gdzie ktokolwiek to kwestionuje?

Twarz Atlasa przybrała nieodgadniony wyraz, a jego spojrzenie spochmurniało.

– Masz rację. Tak się przyzwyczaiłem do fae, którzy istnieją tylko po to, by służyć samym sobie i własnej ambicji, że trudno mi zrozumieć kogoś, kto działa bezinteresownie. – Jego spojrzenie było pełne emocji. – Czy w Nostrazie było inaczej?

– Oczywiście, że nie. Ale to nie znaczy, że zupełnie się temu poddałam. – Przygryzłam kącik ust. – Powinieneś jednak wiedzieć, że aby przetrwać, zrobiłam wiele rzeczy, z których nie jestem dumna.

Kiwnął głową, jakby to rozumiał. I może tak właśnie było. Przypomniałam sobie, co mówił Gabriel o trudnych wyborach, których muszą dokonywać królowie i królowe.

– W takim razie jesteś jeszcze bardziej niezwykła, niż sądziłem – powiedział, masując wierzch mojej dłoni.

Żachnęłam się, pewna, że się ze mnie nabija, i odwróciłam wzrok. Atlas chwycił moją brodę między kciuk i palec wskazujący i odwrócił mi głowę w swoją stronę.

– Mówię poważnie, Lor. Gdy pierwszego dnia weszłaś do sali tronowej, pomyślałem, że jesteś najpiękniejszą kobietą, jaką kiedykolwiek widziałem.

– Byłam bliska śmierci – odpowiedziałam, chcąc rozwiać to dziwne uczucie, które jego słowa wywołały w mojej klatce piersiowej, ale on tylko pokręcił głową.

– Nie. Błyszczałaś jak gwiazda. Widziałem determinację wymalowaną na twojej twarzy, ogień w twoim spojrzeniu. Od razu wiedziałem, że nie będziesz pospolitą trybutką. Już wtedy kroczyłaś jak królowa.

Wypuściłam powietrze, chłonąc absurd płynący z jego słów. Ale co miałby do zyskania tymi pochlebstwami? Jestem dla niego nikim. I choć Elanor, Marici i Solana wypadły z konkursu, nadal ma sześć o wiele piękniejszych i lepiej wychowanych trybutek do wyboru.

Atlas nachylił się, jego twarz była tuż przy mojej. Poczułam jego zapach. Niewiele myśląc, wzięłam głęboki oddech, by napełnić płuca wonią cynamonu i miodu. Kącik jego ust podniósł się, a w jego błękitnych oczach tańczył figlarny błysk. Na pewno słyszał, jak waliło mi serce. Bycie tak blisko niego obezwładniało mnie.

– Co z pozostałymi? – wydukałam, próbując się skupić na czymś innym niż linia jego gardła i na tym, że jego koszula pozwala mi na podziwianie doskonałej krzywizny jego obojczyka. Jego biodro mocniej naparło na moje, a ja zaczęłam się zastanawiać nad stosownością jego poufałego zachowania w mojej sypialni, biorąc pod uwagę upokarzającą rozmowę z madame Odell.

– Raczej nic im nie jest – odpowiedział. Jego usta nadal były zaledwie centymetry od moich, a jasne oczy rozświetliły się, jakby wzeszły w nich słońca. – Zjesz ze mną kolację, gdy poczujesz się lepiej? Obiecuję, że tym razem nic nam nie przeszkodzi.

– Spędzałeś czas z innymi? – zapytałam, niepewna, dlaczego próbuję go odepchnąć. Byłam jednak boleśnie świadoma doznań, jakie we mnie budził. Nie przypominały tego, co czułam do Aera w Nostrazie ani do żadnego z chłopaków, którzy byli przed nim. To uczucie mnie pochłaniało. Jakbym tonęła w ogniu. Mogłabym zginąć w tych oczach. Zatracić się w jego zapachu. Dać się otulić tym silnym, umięśnionym ramionom i już nigdy z nich nie wyjść, gotowa umrzeć, wziąć ostatni oddech z uśmiechem na twarzy.

Jego cichy śmiech przepłynął przeze mnie jak garść iskier zrzuconych z góry. Był pobłażliwy, ale życzliwy.

– Nie martw się, Lor. Wypełniam swój obowiązek i poświęcam wystarczającą uwagę każdej z trybutek. Ale jestem tylko mężczyzną i szukam swojej królowej. Mam prawo wybrać ulubienice.

Przełknęłam nerwy gorące jak płomień. Ulubienice? Powinnam się cieszyć, będąc zaliczaną do tej grupy, czy raczej martwić, że użył liczby mnogiej? Kto jeszcze był na tej liście?

– A co jeśli Lustro wybierze kogoś, kto nie jest twoją ulubienicą? – zapytałam, pewna, że otaczany czcią Artefakt nie może sądzić, że jestem godna tytułu królowej.

Atlas się zamyślił.

– To zdarzało się w przeszłości – powiedział – ale według naszej wiedzy Lustro zna i bierze pod uwagę uczucia każdej ze stron. Nigdy nie myliło się co do tego, kto będzie idealną królową.

Z ulgą wypuściłam powietrze.

– To dobrze.

Znów się zaśmiał i zbliżył do mnie. Jego wielkie ciało nachyliło się nad moim. Nasze biodra ciągle się stykały, klatki piersiowe niemal dotykały, a ja poczułam, jak z moich płuc ucieka powietrze.

Chwycił pukiel moich włosów i delikatnie nawinął go sobie na palce. Włosy urosły mi nieco od ostatniej wizyty Calliasa i wyglądały o wiele przyzwoiciej. Założył mi kosmyk za ucho i oparł dłoń o poduszkę tuż przy mojej głowie.

– Bardzo chciałbym cię pocałować, moja pani – powiedział, a w jego oczach płonął ogień. – Pozwolisz mi na to?

Nie będąc w stanie się odezwać, wydałam z siebie jedynie zduszony okrzyk i kiwnęłam głową. Atlas uśmiechnął się szeroko, pochylił głowę i przyłożył swoje usta do moich, a ja poczułam, jak gdyby delikatnie musnęły je skrzydła.

Pocałunek rozpoczął się delikatnie i czule, a dotyk jego aksamitnych ust był łagodny. Ale po chwili język Atlasa przesunął się po moich wargach, otworzyłam więc usta, nie pragnąc niczego innego, jak tylko poczuć jego język w swoich ustach. Z jego gardła wydobył się gardłowy pomruk, po czym król pogłębił pocałunek. Smakował cedrem i wiatrem zmieszanymi z czymś bardziej dymnym, przypominającym starożytne drzewo rosnące w zaczarowanym lesie.

Nagle nastrój panujący między nami się zmienił, a nasz pocałunek stał się wygłodniały i gorączkowy. Atlas nachylił się bliżej, a jego klatka piersiowa muskała moją, aż w końcu całe jego ciało uniosło się nad łóżkiem i niewiele nas od siebie oddzielało. Nie miałam czasu się zastanawiać, dlaczego ten piękny fae mnie całuje – obniżył ciało, a ja jęknęłam, czując, jak jego ciężar mnie przygniata.

– Lor – powiedział, a moje imię wymknęło się z jego ust w zduszonym oddechu, gdy wiliśmy się na łóżku. Poczułam między nogami jego twardość, uniosłam więc uda, by przycisnąć się do jego sztywniejącej męskości. Byłam zdumiona, że potrafię spowodować taką reakcję w tym mężczyźnie. Przecież przeżył już długie życie. Z całą pewnością był z wieloma kobietami, śmiertelniczkami i fae. Ja byłam jedynie kolejnym z jego podbojów, przypomniałam sobie, ale w tej chwili w ogóle mnie to nie obchodziło, bo czułam się cudownie.

Jęknął, kręcąc biodrami. Przez cienki materiał koszuli nocnej czułam wszystko. Wewnętrzna strona moich ud zwilgotniała, gdy jego język plądrował moje usta, a dłoń władczo zaciskała się na moim biodrze. Przygryzł mi dolną wargę i przeciągnął ustami po mojej szyi, zostawiając za sobą wypaloną ścieżkę, jakby ktoś malował po mnie pędzlem wykonanym z płomieni.

– Atlasie – powiedziałam, wplatając dłonie w jego błyszczące włosy, które następnie chwyciłam i przyciągnęłam go do siebie. Cokolwiek to znaczy, kimkolwiek on jest, pragnęłam więcej. Całe życie spędziłam w ciemności, słysząc jedynie echo odbijające się od kamiennych ścian. Atlas był uosobieniem lekkości i ciepła. Ognistą siłą sprzeciwiającą się nieustającemu mrozowi.

Król Słońca. Żarzący się, złoty i wspaniały. Dotknęłam jego policzka, przesunęłam palcami po gładkiej skórze. Zostałam wyciągnięta z koszmaru i postawiona na szczycie złotej góry.

Stałam tam z szeroko rozpostartymi ramionami, wykrzykując słowa pieśni, która brzmiała niemal jak wolność.

Atlas poruszał się nade mną, sprawiając, że wygięłam plecy w łuk i uniosłam biodra. Jego dłoń prześliznęła się do wewnętrznej strony uda, unosząc ze sobą moją nocną koszulę. Gdy dotknął nagiej skóry, poczułam ogień w samym swoim wnętrzu. Jego palce tańczyły wzdłuż moich żeber, a kciuk niemal musnął mnie pod piersią. Jego usta nadal eksplorowały ciało wzdłuż szyi i linii obojczyka. Jęczałam, chłonąc każde uczucie. Każdą chwilę.

To było coś zupełnie innego niż wszystko, czego do tej pory doświadczyłam. Atlas nie był chłopcem, a dorosłym mężczyzną. Ze sposobu, w jaki mnie dotykał, mogłam stwierdzić, że spędzić noc w jego ramionach to jak być rozłożoną na części i złożoną z powrotem, w najlepszym tych słów znaczeniu.

– Lor – błagał łamiącym się głosem.

– Ekhm. – Z drzwi dobiegł czyjś uprzejmy głos. Oderwaliśmy się od siebie, a naszym oczom ukazała się Mag niosąca tacę z jedzeniem i ze srebrnym imbrykiem. – Widzę, że się obudziłaś, moja pani. Kuchnia przysłała kolację.

Trzeba jej przyznać, że zachowywała się, jakby nic nie widziała. Ze wzrokiem wbitym w ziemię przysunęła się bliżej i położyła tacę tuż obok, jakby wcale nie przyłapała króla Słońca na tym, że praktycznie mnie pożerał. Atlas odsunął się i usiadł na skraju łóżka, ściskając moją dłoń, a kąciki jego ust się uniosły, po czym wstał i wygładził przód wymiętej koszuli. Poczułam, jak zapłonęły moje policzki, gdy przesłał mi szelmowski uśmiech.

Mag jeszcze przez chwilę nie spuszczała wzroku z tacy.

– Wasza Królewska Mość – powiedziała, w końcu podnosząc wzrok. – To bardzo uprzejme, że sprawdzasz, co u panienki, gdy ona dochodzi do siebie.

Atlas ukłonił się niczym prawdziwy dżentelmen.

– Oczywiście. Przysiągłem przecież, że każdej z trybutek zapewnię bezpieczeństwo.

Mag kiwnęła głową, zaciskając wargi, jakby wstrzymywała potok słów, które chciały wyrwać się z jej ust. Atlas spojrzał na mnie; zdążyłam już usiąść na łóżku i poprawić koszulę nocną.

– Mag – powiedział, nie spuszczając ze mnie wzroku. – Poprosiłem Lor, by zjadła ze mną kolację, gdy poczuje się lepiej. Dasz mi znać?

Mag dygnęła.

– Oczywiście, Wasza Królewska Mość, ale może najpierw należy to ustalić z madame Odell? Powiedziano mi, że wszystkie aktywności trybutek muszą być uzgadniane z nią.

Wyraz jej twarzy był niepewny; z twarzy Atlasa zniknął uśmiech.

– Nie powiedziano mi, że to madame Odell jest królową Afelionu.

Mag pokręciła głową, opuszczając wzrok na ziemię, i załamała ręce.

– Oczywiście, że nie, Wasza Królewska Mość. Pomyślałam tylko...

– Jeśli będę potrzebował opinii opiekunki trybutki, z całą pewnością o nią poproszę – przerwał Atlas, nie dając jej dokończyć. Zmarszczyłam brwi, z ciekawością przyglądając się tej wymianie zdań.

– Oczywiście, Wasza Królewska Mość – odpowiedziała cichym i słabym głosem Mag.

Atlas raz jeszcze na mnie spojrzał, a uśmiech wrócił na jego twarz.

– Doskonale. Nie mogę się doczekać naszego następnego spotkania, Lor. – Przed samym wyjściem Atlas wziął mnie za rękę i złożył pocałunek na jej zewnętrznej części, po czym odwrócił się i mrugnął do mnie przez ramię.

Rozdział dziewiętnasty

Gotowa? – zapytał Gabriel, wyglądający iście królewsko w złotej zbroi, z włosami w kolorze ciemnego blondu związanymi przy karku. Tego ranka wyciągnął mnie z łóżka na trening, twierdząc, że miałam już wystarczająco dużo czasu, by dojść do siebie po pierwszej Próbie.

Minął mniej więcej tydzień, podczas którego Atlas codziennie mnie odwiedzał. Czasem zostawał na dłużej, a czasem zaledwie na kilka minut. Siedział przy moim boku i zadawał pytania na temat mojego życia w Nostrazie. Opowiadał o Afelionie, a ja pytałam go o wszystko, co zawsze chciałam wiedzieć o Uranosie.

Dzięki niemu dowiedziałam się co nieco o władcach każdego z królestw. O Cyjanie, królu znajdującego się na zachodzie Alluvionu, Cedrze, władcy Arborii, która leżała na wschodzie. Powiedział mi, że Zorza jest w sekretnym porozumieniu z Torem i ich królową Gór, Bronte, oraz z D'Arcy, królową Celestrii.

Podzielił się ze mną wiedzą na temat Artefaktów każdego z dworów: Kamienia Toru, celestriańskiego Diademu, alluviońskiego Koralu i Berła z Arborii.

Wchłaniałam tę wiedzę niczym suchy piasek wodę. Tyle lat spędziłam w mroku. Atlas opowiadał o zapomnianym królestwie Serca i jego upadłej królowej. Jego zaginionym Artefaktem była korona z kamieniem czerwonym jak krew, a splamione królestwo kładło się cieniem na historii kontynentu.

– Co się z nią stało? – zapytałam pewnego dnia, a Atlas pokręcił głową i powiedział, że nie każda magia na tym świecie powinna zostać dotknięta przez fae. Mówił, że królowa niemal zniszczyła cały kontynent swoją żądzą władzy. Potem dotknął mojego policzka i stwierdził, że powinnam odpoczywać. Nie pocałował mnie, wywołując ogromny zawód. Być może doszedł do wniosku, że jakaś inna trybutka bardziej mu się podoba.

A teraz przed moimi drzwiami stał Gabriel, czekając, by odeskortować mnie na obiad z madame Odell i resztą trybutek. Skrzywiłam się, zakładając niesforny kosmyk za ucho. Jeśli myślałam, że Gabriel trochę przystopuje z treningiem ze względu na moje leczenie, grubo się myliłam. Dziś rano tak mnie przeorał, że już czułam rodzący się w mięśniach ból.

Urosły mi włosy, sięgały już za ramiona. Mag wykorzystała szansę, by możliwie najbardziej się nad nimi poznęcać. Chociaż ja lubiłam ich naturalne fale, ona zakręciła je w grube błyszczące loki, które – musiałam to przyznać – wyglądały ślicznie.

W lustrze zauważyłam szelmowski uśmiech Gabriela.

– Co? – zapytałam, odwracając się, by spojrzeć na niego zmrużonymi oczami.

– Nic – odpowiedział. – Po prostu dobrze zobaczyć trochę mięsa na tych kościach. Nie wyglądasz już jak żywy trup ani ktoś, kto potraktował włosy nożem rzeźnika.

Przewróciłam oczami.

– Ty to umiesz prawić komplementy. – Zarzuciłam włosami, stroszą je przed lustrem. Byłam zdumiona, jakie były gładkie i lśniące. – Callias pomógł mi sprawić, by odrosły – powiedziałam. – Szybko sięgną talii. – Zerknęłam w lustro, a potem spojrzałam z powrotem na Gabriela. – Czy Atlasowi podobają się długie włosy?

Teraz to Gabriel przewrócił oczami.

– Nie mów, że zmieniłabyś coś w swoim wyglądzie, by go zadowolić. To chyba nie w twoim stylu.

– Nie zmieniłabym – odpowiedziałam. – Ale równie dobrze mogę wykorzystywać swoje atuty.

Gabriel nie odpowiedział, więc na niego spojrzałam.

– No? – pytam.

Mój wartownik pokręcił głową z nieodgadnionym wyrazem twarzy.

– Kim jesteś, Lor?

Zmarszczyłam brwi.

– Jestem więźniarką z Nostrazy. Wiesz o tym. To ty mnie stamtąd zabrałeś.

– Tak, ale kim jesteś? Jest w tobie coś, czego jeszcze nie odkryłem.

Parsknęłam i wzruszyłam ramionami, nie patrząc mu w oczy.

– Chyba ponosi cię wyobraźnia, kapitanie.

– Atlas jest tobą bardzo zainteresowany – powiedział, nadal przyglądając mi się, jakby próbował przejrzeć mnie na wylot.

Uniosłam brew.

– A dlaczego miałby nie być? Chcesz przez to powiedzieć, że nie rozumiesz, dlaczego się mną interesuje, skoro otaczają mnie o wiele piękniejsze, lepiej wykształcone i bardziej kulturalne kobiety? Dlaczego król miałby być zainteresowany taką szumowiną jak ja?

Jeśli pomyślałam, że Gabriel może poczuć się źle z tym, że mnie obraził, zupełnie nie miałam racji.

– Właśnie – odpowiedział, a jego twarz ani drgnęła. – Nie obraź się, ale naprawdę nie ma w tobie niczego szczególnego. Jesteś całkiem ładna, ale nie w porównaniu do reszty, no i masz konkretny problem z zachowaniem. Atlas zwykle woli kobiety, które... nie są takie szorstkie.

Byłam tak zdezorientowana jego szczerością, że wybuchnęłam śmiechem.

– Straszny z ciebie dupek, wiesz? – powiedziałam, wkładając buty i zaciskając pas.

Gabriel wzruszył szerokimi ramionami.

– Po prostu mówię, jak jest.

– Możemy już iść? – zapytałam, po tym jak po raz ostatni spojrzałam w lustro, by przyjrzeć się bliźnie na policzku. Pomimo moich protestów Mag nalegała, by medycy znów spróbowali coś z nią zrobić, i wezwała ich do mnie. Siedziałam nieruchomo, gdy usiłowali użyć na mnie swoich darów, ale blizna była odporna na ich magię. Nie próbowałam nawet skrywać uśmiechu, gdy zawiedli, a Mag wyglądała na tak zdruzgotaną, jakby ktoś właśnie ukradł jej szczeniaczka. Wtedy powiedziałam jej, że nie mam zamiaru więcej się na to skazywać.

Wyszliśmy z pokoju i przeszliśmy przez pałac. Westchnęłam, gdy zbliżyliśmy się do jadalni, zastanawiając się, jaki rodzaj upokorzenia zgotuje mi dziś madame Odell.

Jak zwykle dotarłam jako ostatnia. Przesłałam Gabrielowi surowe spojrzenie, by mu przypomnieć, że to jego wina. Wzruszył obojętnie ramionami, jakby w ogóle się tym nie przejmował, a ja zaczęłam się zastanawiać, czy mogę poprosić o nowego wartownika, który nie będzie takim dupkiem.

Jak zwykle obok madame Odell siedziała Apricia, która podlizywała się nauczycielce z takim zaangażowaniem, że zastanawiałam się, jakim cudem nie zrobiło się jej niedobrze. Na końcu stołu zobaczyłam Halo, która uśmiechnęła się do mnie lekko, gdy zajęłam miejsce obok.

Naprzeciwko siedziała Tesni. Jej ciemnobrązowa skóra stanowiła kontrast dla tafli srebrnych włosów rozpuszczonych po obu stronach twarzy. Kiwnęłam do niej tylko – jeszcze nigdy wcześniej z nią nie rozmawiałam.

Gdy usiadłam, pojawiło się jedzenie w wielkich złotych półmiskach przyniesionych przez służących. Tego dnia wszystkie porcje miały wielkość jednego kęsa. Na okrągłych kromkach smażonego chleba można było znaleźć kremowe pasty i malutkie czarne paciorki, które, jak się dowiedziałam, były rybimi jajami. Wszystko było przepyszne. Wzdrygnęłam się na myśl o powrocie do kantyny w Nostrazie, gdzie wszystko smakowało jak przepocone skarpety.

– Widziałaś się z Marici? – zapytałam Halo, która odpowiedziała ponurym skinieniem.

– Wysłano ją do czyśćca – odpowiedziała, wrzucając do ust maleńkiego krakersa z galaretką i kremowym serem.

– Dokąd? – zapytałam, przypominając sobie słowa Atlasa o tym, że wyeliminowane trybutki zajmą honorowe miejsce na dworze. Podniosłam okrągły kawałek tosta ze spiralą z jasnoróżowej ryby, która podobno nosiła nazwę łosoś. Na czubku kanapki był maleńki kleks śmietany i szczypta zieleniny. Gdy go spróbowałam, nie mogłam powstrzymać jęku pełnego uznania.

Tesni zachichotała, zakrywając usta. Gdy zauważyła, że na nią patrzę, natychmiast przestała się śmiać, wyprostowała ramiona, a jej policzki pociemniały.

– W porządku – powiedziałam. – Wiem, że jestem źródłem waszego rozbawienia. Nie przeszkadza mi to, że się śmiejecie, jeśli nie zachowujecie się przy tym okrutnie.

Nie byłam pewna, czy to, co zobaczyłam w jej oczach, było poczuciem winy, ale cokolwiek to było, zniknęło, gdy tylko się uśmiechnęła, odsłaniając rząd prostych białych zębów.

– Ależ skąd. To wspaniałe obserwować, jak odkrywasz tyle nowości. Cudownie móc na to patrzeć świeżym wzrokiem. – Wskazała dłonią stół. – Czasem mam wrażenie, że jesteśmy zbyt przesyceni, a już z całą pewnością zbyt uprzywilejowani, by rozumieć, jakie cuda nas otaczają. Przypominasz mi o tym, że nie wszyscy mają w życiu tak dobrze.

Zaskoczyła mnie jej przemowa, zdziwiła jej wrażliwość.

– Tak jest – odpowiedziałam, niepewna, jak powinnam zareagować. – Właśnie. – Tesni znów się uśmiechnęła i wróciła do jedzenia.

Ja z kolei odwróciłam się do Halo, przypominając sobie, co przed chwilą powiedziała.

– Czym jest czyściec?

– Nie wiesz? – zapytała, marszcząc brwi. – To durna nazwa, którą nadano okresowi, podczas którego trybutki, które odpadły, czekają na koniec Prób.

– A co będzie z nimi potem?

– Potem, gdy zostanie wybrana królowa Słońca, wszystkie zostają jej służącymi, a ich przeznaczeniem będzie już na zawsze jej służyć.

– Ach – odpowiedziałam, nie rozumiejąc ponurego wyrazu jej twarzy. – To nie brzmi aż tak źle.

Pomyślałam o moim własnym losie na wypadek porażki. O tym, że zapewne wrócę do swojego własnego piekielnego kręgu. Pewnie każą mi dokończyć wyrok w Nicości. W porównaniu do tego zostanie służącą królowej raczej nie brzmi jak kara.

– Nie, w zasadzie nie. Chodzi tylko o to, że większość służących w końcu może odejść, by wziąć ślub i założyć własną rodzinę – powiedziała Halo. – A trybutka, która odpadła z Prób, nigdy nie będzie mogła tego zrobić. Rozpoczęcie Prób jest równoznaczne z zostaniem własnością króla, niezależnie od tego, czy się wygra, czy przegra. Jedyną ucieczką od tej więzi jest śmierć.

Halo upiła długi łyk wina, jakby szukała siły na dnie kieliszka. Potem zwróciła na mnie spojrzenie swoich ciemnych, błyszczących oczu.

– Na pewno o tym wiedziałaś, prawda?

Pokręciłam głową.

– Nie. Nie powiedziano mi o tym.

Nie powiedziano mi, bo jeśli przegram, nie będzie to moim przeznaczeniem. Jeśli przegram, zostanę wtrącona do piekła, podczas gdy pozostałe trybutki nadal będą opływały w luksusy. Może i dożywotnia więź z królem jest rodzajem więzienia, ale jakoś trudno mi znaleźć w sobie współczucie.

– Słyszałam – odezwała się Tesni, która podsłuchiwała naszą rozmowę – że poprzedni królowie przebierali w tych, które odpadły. Że ich zadaniem jest ogrzewanie ich łoża.

Razem z Halo skrzywiłyśmy się, podczas gdy oczy Tesni zabłysły. Nie byłam pewna, czy spodobało jej się to, że zszokowała nas tą informacją, czy delektowała się myślą o przespaniu się z królem, nawet gdyby miała przegrać. Nie wyobrażam sobie, by przyszła królowa miała się na to godzić.

Czułam ucisk w sercu na myśl o tym, jak pocałował mnie Atlas. Gabriel miał rację. Co tak wspaniały i piękny mężczyzna jak król miałby widzieć we mnie zamiast w tych zachwycających fae, które mnie otaczały? Pewnie ze wszystkimi się tak całował.

– Całował się z tobą? – zapytałam Tesni, nachylając się i ściszając głos. Jej oczy otworzyły się szeroko.

– Nie. A z tobą? – Poczułam kilka ciekawskich spojrzeń innych fae, które usłyszały naszą rozmowę. Halo mi się przyglądała, a na jej twarzy malowała się ostrożność.

– Nie powinien całować nikogo przed końcem Prób – powiedziała Tesni oskarżycielskim tonem.

– Oczywiście, że mnie nie pocałował – skłamałam. – Po prostu się zastanawiałam, to wszystko.

Tesni oparła się na krześle, a na jej twarzy malowała się widoczna ulga. Po wyjaśnieniu tej kwestii wszyscy powrócili do swoich dyskusji. Rozejrzałam się dookoła i zauważyłam, że Apricia się we mnie wpatruje. Uniosła kącik ust, a zmiana w jej spojrzeniu sugerowała, że próbuje przesłać mi wiadomość. Pokrytą brudem i skąpaną w kwasie.

Atlas powiedział, żebym nie chwaliła się pocałunkiem, i zastanawiałam się, czy pozostałym dziewczynom rozkazał to samo. Apricia jak zwykle przerzuciła za plecy kosmyk włosów, a ja miałam nadzieję, że nie nadweręży sobie przez to szyi. Miałam wrażenie, że próbuje mi powiedzieć, że się z nim całowała, i usiłuje zaleźć mi za skórę. Te wszystkie dworskie gierki i polityka były dla mnie zbyt skomplikowane, nie wiedziałam, komu ufać i wierzyć.

Po obiedzie nie miałyśmy żadnych lekcji ani treningów, co rzadko się zdarzało.

Razem z Halo poszłyśmy w stronę pałacowych ogrodów. Okazało się, że czyściec ma o wiele mniej ograniczeń, niż sugerowałaby nazwa, bo chwilę później dołączyła do nas Marici. Choć nie byłam do końca przekonana, że bycie na zawsze przywiązaną do króla jest rzeczywiście ogromnym zaszczytem, nadal twierdziłam, że trybutki mógł spotkać o wiele gorszy los.

– Przyjaźnimy się od dzieciństwa – powiedziała Halo, gdy wylegiwałyśmy się na zielonej trawie. Leżałam na plecach z dłońmi ułożonymi na brzuchu i twarzą zwróconą ku niebu, chłonąc ciepłe promienie słońca. – Nasze rodziny chciały, żebyśmy wzięły udział w Próbach, ale nawet nam się nie śniło, że obie się dostaniemy. – Halo i Marici wymieniły się powściągliwym spojrzeniem, którego nie rozumiałam.

Marici zwróciła się w moją stronę.

– Nasze rodziny każdego roku wyjeżdżały razem na wakacje. Bardzo się do siebie zbliżyłyśmy przez te lata.

Zastanawiałam się, jak by to było dorastać w taki sposób. Mieć wspomnienia rodzinnych obiadów, przyjaciół z dzieciństwa i domków na plaży, w których spędzało się całe dnie.

– A jak jest z tobą? – zapytała Halo. – Jaka jest twoja rodzina? To znaczy... masz rodzinę w Umbrze? – Pytanie zabrzmiało ostrożnie, jakby nie była pewna, czy powinna o to pytać. Obudziła się we mnie chwilowa irytacja, gdy pomyślałam, że według nich to niepojęte, by ktoś taki jak ja miał rodzinę. Ale być może to wcale nie wina Halo. Ci fae byli rozpieszczani i żyli pod kloszem, nie mając pojęcia, jak ma się reszta świata.

– Nie mam rodziców. Zostali mi tylko brat i siostra – powiedziałam, postanawiając nie udzielać bezpośredniej odpowiedzi. Obie uśmiechnęły się do mnie smutno.

– Przykro mi – powiedziała Marici. – To musi być bardzo trudne.

Pokręciłam głową i wzruszyłam ramionami.

– Można się przyzwyczaić. To było dawno temu.

Wszystkie na moment zamilkłyśmy, a po chwili Halo posłała mi przebiegłe spojrzenie.

– Dlaczego tak naprawdę spytałaś Tesni, czy całowała się z królem?

– Co takiego? – zapytała Marici, a jej błękitne oczy otworzyły się z zainteresowaniem.

– Myślę, że ostateczna trybutka coś przed nami ukrywa – odpowiedziała z szerokim uśmiechem Halo, szturchając ramieniem Marici.

Oparłam się na łokciu, wyrwałam źdźbło trawy i zaczęłam obracać je między palcami, by uniknąć ich spojrzenia.

– Bez powodu – odpowiedziałam, ale nawet ja słyszałam, jak fałszywie to zabrzmiało.

– Spowiadaj się – powiedziała Marici, krzyżując nogi i nachylając się do mnie. Podniosłam wzrok w obawie przed ich reakcją, ale nie widziałam ani grama zazdrości czy złości, jedynie fascynację. – Pocałował cię?

Przygryzłam dolną wargę.

– Może trochę. – Obie pisnęły i klasnęły w dłonie.

– Jak było? – zapytała Halo.

– Było... – Głośno wypuściłam powietrze. – Tak, jakby wypełniło mnie słońce.

Zza niewielkiej polany dobiegło parsknięcie, po którym rozległ się złośliwy śmiech. Apricia, Hesperia i Griane wyłoniły się zza żywopłotu, za którym musiały nas podsłuchiwać.

Wyprostowałam się, zirytowana okrutnym uśmiechem, którym obdarzyła mnie Apricia.

– Już widzę, jak król zniża się do tego, by cię pocałować – powiedziała. Dłonie opierała na biodrach i patrzyła na mnie z pogardą.

– Zazdrosna? – zapytałam, starając się zachować powierzchowny spokój. – Pewnie nie ma ochoty całować zimnych, martwych ryb. – Powoli wstałam, ściskając w dłoni medalion.

– Błagam – odpowiedziała, zarzucając włosami. – Kłamiesz. Wszyscy wiedzą, że nawet gdyby cię pocałował, zrobiłby to z litości. – Zmarszczyła nos.

– A ciebie pocałował? – zapytała niewinnie Halo, szeroko otwierając swoje wielkie oczy. Ja miałam ochotę pocałować ją, gdy policzki Apricii się zarumieniły.

– Oczywiście, że tak. – Zauważyłam, że Hesperia i Griane wymieniają się spojrzeniami. – Co więcej, wielokrotnie powtarzał mi, że jestem faworytką, zarówno jego, jak i Słonecznego Lustra. To już w zasadzie pewne. – Spuściła wzrok na swoje paznokcie, a ja zaczęłam się zastanawiać, co o tym myślą jej przyjaciółki. Właśnie odprawiła je tak samo jak mnie.

– W takim razie jaki ma tatuaż na żebrach? – zapytałam, wymyślając to na poczekaniu. Nie miałam zielonego pojęcia, czy Atlas ma jakikolwiek tatuaż, ale niech Apricia sobie myśli, że widziałam tyle, by i to zobaczyć.

Apricia zamrugała, jej usta otworzyły się, a oczy przymknęły. Zaśmiałam się drwiąco i odwróciłam do Halo i Marici, które stały za mną, próbując ukryć uśmiechy.

– Tak myślałam. Żałosne. – By wbić nóż nieco głębiej, obejrzałam się przez ramię i dodałam: – Przegrać z umbryjskim szczurem. Żenujące.

Z ironicznym uśmieszkiem odwróciłam się z powrotem do Halo i Marici i otworzyłam szeroko oczy, by dać im do zrozumienia, że powinnyśmy jak najszybciej się stąd zmywać.

– Ty zdziro! – wrzasnęła Apricia, a ja poczułam nagły ból z tyłu głowy. Apricia chwyciła mnie za włosy i pociągnęła tak mocno, że niemal słyszałam wyrywane cebulki. Przekręciłam się pod jej ramieniem i wyszarpnęłam z jej uścisku, dysząc ciężko.

– Ty suko! – krzyknęłam i wpadłam na nią, popychając ją tak, że się potknęła i przewróciła na miękką trawę.

– Lor! Przestań! – zawołała Halo. – Pomocy! Niech ktoś pomoże!

Piorunując Apricię spojrzeniem, ruszyłam w jej kierunku, podczas gdy ona przewróciła się na czworaki.

– Jeśli mnie dotkniesz, poznasz gniew mojego ojca! To potężny człowiek!

– Co mi zrobi, Apricio? Zabierze mi całe złoto i wszystkie bogactwa? Każe zamieszkać w ruderze, gdzie nie będę miała co jeść? Zmusi mnie do całodziennej pracy w jakimś niewdzięcznym miejscu, prawie mi nie płacąc? – Zrobiłam kolejny krok i obnażyłam zęby. – Zapominasz, trybutko, że nie mam, kurwa, nic do stracenia.

Rzuciłam się na nią, ale coś chwyciło mnie w talii i szarpnięciem odsunęło od Apricii. Czyjaś ręka uniosła mnie w górę, a moje nogi młóciły powietrze.

– Lor! – To był Gabriel i brzmiał, jakby się wkurzył. – Uspokój się! – syknął tak zapamiętale, że znieruchomiałam w jego uścisku. Nadal trzymając mnie w talii, okręcił mnie i zaczął nieść przy boku, jakbym była niegrzeczną szmacianą lalką.

Gdy wymaszerował z ogrodu, zatrzymał się i mnie upuścił.

– Auć! – krzyknęłam, gdy moje biodro uderzyło o twardą ziemię.

– Co jest z tobą nie tak? – Nachylił się nade mną, zaciskając zęby, a jego niebieskie oczy błyskały niczym fale podczas huraganu.

– Ona zaczęła! – Wskazałam w kierunku, z którego właśnie przyszliśmy.

– To zawsze twoja wymówka. Wiesz w ogóle, jak sobie radzić, nie gryząc i nie drapiąc jak jakieś dzikie zwierzę?

Wstałam, a mój gniew był teraz skierowany ku niemu.

– Nie, nie wiem! Przeżyłam piekło i tylko piekło znam, rozumiesz? Jeśli jest lepszy sposób, to nikt nigdy mnie go nie nauczył!

Gabriel zrobił krok w moim kierunku i choć wszystkie instynkty kazały mi się cofnąć, nie ruszyłam się, gdy nade mną górował.

– Oj, biedna mała Lor. Miała takie trudne życie. Za każdym razem, gdy myślę, że może byłaby z ciebie przyzwoita królowa dla Atlasa, ty zachowujesz się jak rozpieszczone dziecko. Nie zasługujesz na to wszystko.

Czułam taki ucisk w piersi, że mój oddech zmienił się w urywane pochrapywanie. Posłałam mu gniewne spojrzenie, czując, jak jego słowa ugodziły w moją dumę.

Gabriel raz jeszcze na mnie popatrzył, a jego spojrzenie było tak ostre, że mogłoby ciąć stal. W końcu się odwrócił.

– Dupek! – krzyknęłam do jego pleców, ale on zupełnie to zignorował.

Rozdział dwudziesty

Słyszałam huk oceanu, jeszcze zanim otworzyły się szklane drzwi, przez które widać było rozciągający się przed oczami horyzont. Był prawie wieczór, słońce już zachodziło, rzucając na wodę akwarelowe odcienie pomarańczu i różu, a piasek połyskiwał w niknącym świetle niczym dywan utkany z rozdrobnionych diamentów.

Wzięłam uspokajający oddech, przypominając sobie ostatni raz, gdy zaprowadzono nas nad ocean, kiedy zwisałyśmy nad wodą jak robaki na haczykach, walcząc o życie. Pomyślałam o biednej Solanie, która już do nas nie wróci, i o palącym bólu ran, gdy ja sama wpadłam do wody.

Ale dziś nie było żadnej Próby.

Atlas, tak jak obiecał, zaprosił mnie na kolację, gdy tylko doszłam do siebie, a ja nie mogłam się doczekać, by go zobaczyć. Pomimo zmartwień i złych przeczuć ciągle wspominałam nasz pocałunek. Nieustannie rozmyślałam o tym, co powiedziała

Apricia. Próbowałam też odkryć, co sama czuję, jeśli także ją pocałował. Ale to w końcu zawody. Atlas miał prawo sprawdzić, do kogo pasuje najlepiej, a mnie niczego nie obiecywał.

Tamten wieczór mógł być jednak szansą, bym wybiła się z tłumu. Byłam w tym dobra. Potrafiłam używać swojego ciała, by zdobyć to, czego pragnęłam. Puszczałam się niezliczoną ilość razy za rzeczy o wiele mniej cenne niż korona. Zresztą teraz byłam w zupełnie innej sytuacji, nie dało się ich ze sobą porównać. Atlas był wspaniałym władcą, który przyprawiał mnie o szybsze bicie serca, a nie obleśnym naczelnikiem więzienia z kompleksem niższości.

Gdy drzwi się otworzyły, zacisnęłam dłonie w pięści i postanowiłam, że zrobię wszystko, by wygrać. Musiałam stanąć przed Słonecznym Lustrem. To mogła być jedyna szansa, by odzyskać to, co zabrano mnie, Willow i Tristanowi. Chociaż nic nie zwróci nam matki i ojca, może uda mi się znaleźć sposób, by uczcić pamięć rodziców i sprawić, że byliby ze mnie dumni, myślałam.

Przez piasek biegł szeroki drewniany chodnik. Czułam pod bosymi stopami jego ciepłe, ogrzane blaskiem słońca deski. Mag ubrała mnie w rozciągliwy dwuczęściowy kostium z miękkiego, jedwabistego materiału odsłaniającego nogi, brzuch i ramiona. Na wierzch założyłam niemal przezroczystą złotą szatę, wyszytą setkami maleńkich paciorków. Unosiła się za mną na wietrze, obnażając moje nogi.

Na kostkach zapięto mi delikatne złote łańcuszki, które przy każdym kroku dzwoniły jak miniaturowe dzwoneczki. Rozpuszczone włosy rozwiewał wiatr. Potrząsnęłam głową, delektując się uczuciem, jakie dawały mi powiewające na wietrze loki. Żyłam we śnie, ciągle udając, że kur wcale zaraz nie zapieje.

Przede mną szedł Gabriel, prowadząc mnie do białego namiotu wzniesionego bliżej morza. Nadal był na mnie wściekły po tym, co zaszło w ogrodzie między mną i Apricią, i odzywał się do mnie jedynie pojedynczymi sylabami. W porządku. Ja też byłam na niego zła. Kutas przekonany o własnej nieomylności.

Gabriel zatrzymał się, odchylił poły namiotu i pokazał gestem, bym weszła do środka. Chodnik rozszerzał się, tworząc dużą okrągłą platformę, wygładzoną tak, że deski były miękkie jak aksamit. Drugi koniec namiotu pozostał otwarty i rozpościerał się z niego olśniewający widok na wodę.

Pośrodku stał niewielki stół przykryty połyskującym złotym obrusem i zastawiony złotymi talerzami. Migoczące kielichy i zastawa zostały ułożone wokół dekoracji kwiatowej z kremowobiałych i lśniących złotych róż.

I chociaż już to wszystko trudno było opisać słowami, to stojący obok stołu fae sprawiał, że całkowicie zaparło mi dech w piersi.

Atlas czekał na mnie, swobodnie pochylony. Uśmiechnął się, a jego jasnoniebieskie oczy błyszczały jak sadzawki rozświetlone przez opadłe gwiazdy. Jego miedzianobrązowe włosy były rozpuszczone i ledwie się powstrzymywałam przed tym, by do niego nie podejść i nie chwycić ich.

On również miał na sobie skąpy strój. Jedwabny materiał, podobny do tego, z którego uszyto mój kostium, zakrywał jedynie dolną część jego ciała. Z ramion zwisała luźna szata odsłaniająca to wszystko, czego nie miał na sobie.

Mój wzrok popłynął w kierunku krzywizn jego ud, łuku jego bioder i wyraźnej wypukłości pomiędzy nimi, której trudno było nie zauważyć. Gdy Gabriel odchrząknął, podskoczyłam, zdając sobie sprawę, że przyłapał mnie na gapieniu się.

Trudno mi jednak było odwrócić wzrok. Moje policzki zarumieniły się na widok wyrzeźbionych ramion i brzucha. Pochłaniałam wzrokiem jego gładki tors. Okazało się, że wcale nie miał tatuażu na żebrach. Było jedynie opalona ciepła skóra, czekająca tylko, aż dotkną jej moje chciwe palce.

Podziwiałam opadającą linię jego obojczyka, którą wcześniej mogłam zobaczyć tylko pod rozpiętą koszulą. Zauważyłam ruch gardła, gdy przełknął ślinę tuż przed tym, gdy w końcu na siebie popatrzyliśmy. Jego spojrzenie spoważniało, a ja żałowałam, że związałam szatę. Zastanawiałam się, czy gdybym teraz rozwiązała pasek, byłoby to zbyt oczywiste zaproszenie.

Coś przemknęło przez jego twarz – ale szybko zniknęło i zostało zastąpione przez nowy wyraz oczu, który przyciągnął mnie do niego niczym magnes. Jeszcze nikt nigdy tak na mnie nie patrzył. To wszystko było jak fantazja, którą każdej nocy w więzieniu umilałam sobie czas spędzany na twardej jak skała pryczy, ledwie przykryta cienkim szarym prześcieradłem.

– Lor – powiedział, robiąc krok do przodu, i wyciągnął rękę. – Tak się cieszę, że czujesz się lepiej. – Zerknął na Gabriela i skinął głową w bok. – Możesz dać im znać, że jesteśmy gotowi do kolacji.

Gabriel w milczeniu odwrócił się i wyszedł z namiotu. Przed wyjściem strażnika obejrzałam się przez ramię, zauważając jego przenikliwe spojrzenie. Nadal się zastanawiał, dlaczego Atlas marnuje na mnie czas, a ja, szczerze mówiąc, myślałam o tym samym. Ale potem przypomniałam sobie, co powiedziała Apricia, i zaczęłam się zastanawiać, czy ją też już tutaj zaprosił. Jestem jedynie kolejną trybutką, która pozwoli mu zyskać dostęp do pełni mocy. Wszyscy służymy mu do osiągnięcia celu, a ja nie mogłam stracić z oczu mojego.

– Usiądź, proszę – powiedział Atlas, wskazując jeden z obszytych pluszem foteli przy stole. Poczułam na skórze miękkie, aksamitne siedzenie. – Wyglądasz dziś przepięknie. – Uśmiechnął się i przechylił głowę. – Cóż, zawsze wyglądasz przepięknie, Lor.

Nie byłam w stanie powstrzymać rumieńca, który jego słowa wywołały na mojej szyi. Albo szczerze się mną interesował, albo był znakomitym aktorem. Gdy usiadłam, nalał mi kieliszek wina, a potem trochę dla siebie. Namiot się otworzył i wmaszerowali do niego służący, którzy ustawiali na stole dymiące tace.

Po tygodniach spędzonych w Afelionie zaczęłam rozpoznawać poszczególne potrawy. Szafranowy ryż z groszkiem. Kurczak pływający w kremowym, doprawionym sosie. Ryba gotowana w wodzie różanej i płaskie sterty puchatego białego chleba, którego używano do zbierania sosu. Byłam pewna, że nigdy mi się to nie znudzi.

Gdy rozstawiono jedzenie, Atlas machnięciem odprawił służbę.

– Możecie nas zostawić. Damy sobie radę. – Służący ukłonili się i wyszli, pozostawiając mnie samą z Atlasem.

– Czego chcesz spróbować najpierw? – zapytał, gdy przyglądałam się łupom.

– Wszystkiego – odpowiedziałam bez tchu, na co zaśmiał się pobłażliwie, nakładając mi na talerz sterty jedzenia.

– To cudowne móc być świadkiem twojej radości – powiedział. – Zapomniałem, jakie to wyjątkowe.

Z ustami pełnymi ryżu odpowiedziałam:

– Trudno mi uwierzyć, że to wszystko dzieje się w tym samym świecie, w którym istnieje Nostraza. Jak ktokolwiek może uważać, że tego rodzaju nierówności są w porządku? Dlaczego ktoś zasługuje na takie życie bardziej niż inni?

Atlas położył łokcie na stole i zmarszczył brwi.

– Więźniowie Nostrazy to przestępcy. Mordercy i złodzieje. Zasługują na swoją karę.

Poczułam ucisk w gardle.

– Większość więźniów urodziła się, nie mając nic – odpowiedziałam, starając się ukryć gniew. – Kradną i zabijają, bo tylko tak mogą przetrwać. Nie mają przed sobą przyszłości. A nikt, a już na pewno nie król Zorzy ani żaden z innych władców Uranosa, nie robi niczego, by im pomóc.

Atlas nachylił się z zamyślonym wyrazem twarzy. Między jego brwiami pojawiła się zmarszczka. Powiedziałam za dużo? Przekroczyłam granicę, której nie powinnam była przekraczać? Czy tak się mówi do króla? Nie sądzę, pomyślałam.

– Czy z ludźmi mieszkającymi w Umbrze jest inaczej? Skoro wszyscy sądzą, że stamtąd przybyłam, zakładam, że jej mieszkańcy nie różnią się zbytnio od więźniów z Nostrazy.

Jego brwi uniosły się na czole.

– Czy tak było z tobą? Byłaś aż tak zdesperowana? – Jego głos był tak łagodny w odpowiedzi na moją obronę, że rosnący we mnie gniew zniknął. Pokręciłam głową i spuściłam wzrok na ułożone na kolanach dłonie, powstrzymując łzy.

– Nie. Nie wiem, dlaczego wtrącono mnie do Nostrazy – powiedziałam, i choć nie była to cała prawda, bałam się wyjawić mu zbyt dużo, nie znając wszystkich jego intencji. – Byłam dzieckiem i pamiętam niewiele z tego, co działo się wcześniej.

– Zamknęli dziecko – powiedział z ponurym potępieniem w głosie.

– Czy w Umbrze mieszkają dzieci? – zapytałam. Myśli o tym mrocznym miejscu prześladowały mnie, choć próbowałam je zablokować. Chciałam zapomnieć o istnieniu mroku, dopóki nie zostanę zmuszona, by znów stanąć z nim twarzą w twarz.

– Oczywiście, że tak – odpowiedział Atlas, upijając łyk wina. – Ale Umbra to nie więzienie. Każdy może ją opuścić i poszukać lepszego życia. Nie mam przecież wpływu na zachowania innych ludzi.

Powiedział to z taką pewnością, że musiałam się powstrzymywać, by go nie spoliczkować.

– To, że nie ma tam murów ani strażników, nie oznacza, że to nie jest więzienie – odpowiedziałam, teraz już pewna, że przekroczyłam granicę. Zdenerwuje się i mnie odeśle. Nie wolno kwestionować słów króla.

Ale on nic takiego nie zrobił. Zamiast tego zamarł w miejscu, upuszczając kawałek chleba na talerz.

– Co masz na myśli?

– To taka sama sytuacja. Jeśli niczego nie masz, nie jesteś w stanie niczego zbudować. Gdy dnie spędzasz na zastanawianiu się, skąd wziąć kolejny posiłek albo jak przetrwać noc i nie dać sobie poderżnąć gardła, nie masz ani czasu, ani energii, ani motywacji, by zmienić swoje życie. Jesteś zbyt zajęty przetrwaniem.

Atlas podniósł chleb i włożywszy go do ust, zaczął powoli przeżuwać.

– Nigdy w ten sposób o tym nie myślałem – powiedział, a w jego słowach pobrzmiewała nonszalancja.

– Pewnie nie, skoro siedzisz w swoim złotym pałacu i nie zbliżasz się do biedoty. – Słowa wyślizgnęły się ze mnie jak żmije smagające językami. Gdy Atlas przesłał mi surowe spojrzenie, zmartwiłam się, że tym razem posunęłam się za daleko.

Znieruchomiałam, gdy sięgnął dłonią w moją stronę, zsuwając szatę z mojego ramienia i dotknął sczerniałego piętna Nostrazy odciśniętego na mojej skórze. Zastanawiałam się, czy czeka mnie kara za nieposłuszeństwo. Ale jego twarz nagle złagodniała.

– Dziękuję, Lor. – Chwycił mnie za rękę. Jego dłoń była duża i ciepła, a dotyk przyprawił mnie o ciarki. – Podejrzewałem już wcześniej, że będzie z ciebie dobra królowa, ale słysząc twoje słowa, zrozumiałem, jakie szczęście mieliby mieszkańcy Afelionu, gdybyś stanęła na ich czele.

– Naprawdę?

– Tak. – Skinął głową. – Masz rację. Rzadko odwiedzałem Umbrę, a nawet gdy to robiłem, z nikim nie rozmawiałem i nie próbowałem zrozumieć niedoli jej mieszkańców.

Trudno było mi uwierzyć, że to powiedział.

– Więc coś z tym zrobisz?

Atlas ścisnął moją dłoń, po czym założył mi za ucho wystający kosmyk włosów. Opuszki jego palców zatrzymały się na moim policzku, a kciuk omiótł bliznę na kości policzkowej, przyprawiając mnie o kolejny dreszcz w okolicy karku.

– Jutro z samego rana zbiorę moich doradców i zobaczę, co można z tym zrobić. – Jego uśmiech był ciepły i szczery, i gdyby nie był już królem Słońca, byłby najjaśniejszą gwiazdą wschodzącą na każdym z horyzontów. – Dziękuję, Lor. Zawsze miałem nadzieję, że złączona ze mną partnerka sprawi, że stanę się lepszą wersją fae.

– Dziękuję – odpowiedziałam z nadzieją, że coś udało mi się zmienić, i zastanowiłam się, co tak naprawdę ma na myśli. Nie wydawał się rozkoszować okrucieństwem jak król Zorzy i z ulgą zdałam sobie sprawę, że nie każdy władca w Uranosie ma całkowicie zwiędłe serce, przypominające suchy kłębek kurzu. Mojej fizycznej reakcji na Atlasa nie mogłam pomylić z niczym, ale wyczuwałam, że było w nim wiele warstw, które chciałam odkryć i poznać go lepiej. Może to naprawdę był ktoś, z kim mogłabym zbudować życie.

W tamtej chwili moja determinacja, by zdobyć koronę, okrzepła we mnie jak żywica zmieniająca się w bursztyn.

Nie robiłam tego tylko dla Tristana i Willow. Nie tylko po to, by zemścić się na królu Zorzy i wziąć odwet za wszystko, co mi odebrał.

Robiłam to również dlatego, że po raz pierwszy w życiu czułam, że zasługuję na odrobinę szczęścia.

Rozdział dwudziesty pierwszy

Chciałabyś pójść popływać? – zapytał Atlas, gdy się najedliśmy, a ja dodatkowo pożarłam co najmniej cztery rodzaje słodkości, a każda z nich była delikatniejsza, bardziej kremowa i wyrafinowana niż poprzednia. Trzymałam się za brzuch, pełniejsza niż kurczak nafaszerowany indykiem. Później będę tego żałować, pomyślałam.

– Popływać? – Wyjrzałam na ocean, przypominając sobie pierwsze wyzwanie i stworzenia podobne do syren, które robiły co w ich mocy, by mnie wypatroszyć i porwać na strzępy, a potem zjeść jako kolację.

Atlas musiał wyczuć tok moich myśli, bo chwycił mnie za ręce i pociągnął, bym wstała. Jego ręce odnalazły moje biodra, po czym posadził mnie sobie na kolanach. Czułam, jak wali mi serce.

– Popływać – powtórzył, a jego wielka dłoń prześliznęła się po mojej nodze, w miejscu, gdzie rozchylała się szata. Po chwili zatrzymał ją na moim udzie, muskając je palcami. Serce niemal wyskoczyło mi z piersi, gdy jego druga dłoń przemknęła po moich plecach i delikatnie chwyciła mnie za kark.

– Obiecuję, że nic ci nie grozi.

Parsknęłam drwiąco, patrząc na wodę. Na tle zachodzącego słońca błyszczała jak kufer ze skarbami, z którego wysypywały się setki diamentów. Naprawdę można było mieć wrażenie, że coś, co wygląda tak pięknie, nie może być niebezpieczne, choć tamta zatoka, gdzie odbywałyśmy pierwszą Próbę, też była całkiem ładna. Odwróciłam się, by spojrzeć na Atlasa, który wpatrywał się we mnie z narastającą intensywnością w swoich akwamarynowych oczach. Spuścił wzrok na moje usta, a potem znów spojrzał mi oczy, przyprawiając mnie o ucisk w żołądku.

– Całowałeś się z innymi? – zapytałam i natychmiast pożałowałam pytania. To nie była moja sprawa i tak naprawdę wcale nie chciałam poznać odpowiedzi. Atlas zamyślił się, a potem spojrzał na mnie z zagadkowym wyrazem twarzy.

– Tak – odpowiedział po prostu, a ja poczułam węzeł zawiązujący się ciasno w mojej piersi. Oczywiście, że tak. Nie powinnam była się spodziewać niczego innego. Apricia nie kłamała.

– Chcę być z tobą szczery, Lor. Muszę dać szansę każdej z kandydatek. Oczywiście do niektórych trybutek ciągnie mnie bardziej niż do innych.

Przyłożyłam palec do jego ust.

– W porządku – powiedziałam. – Rozumiem. Oczywiście, że musisz „zbadać grunt". – Uniósł brew, po czym otworzył usta, przygryzając czubek mojego palca perfekcyjnie białymi zębami.

Zaskomlałam i odsunęłam palec, przykładając go ze śmiechem do piersi. Atlas również się zaśmiał, a jego oczy błyszczały. Zauważyłam podniecenie malujące się na jego twarzy. Przyciągnął mnie do siebie, obejmując ramieniem. Położyłam dłonie na jego ramionach, czując pod palcami napięte ciepłe mięśnie.

Moja twarz była tak blisko twarzy Atlasa, że jego delikatny wydech omiótł moje usta.

– Uwierzyłabyś mi, gdybym ci powiedział, że pocałunek z tobą był moim ulubionym? – zapytał.

Parsknęłam i przygryzłam dolną wargę, pragnąc, by to była prawda.

– Nie, nie uwierzyłabym. Byłabym pewna, że mówisz to po to, żebym znów zgodziła się na pocałunek.

W odpowiedzi uśmiechnął się i cicho zaśmiał.

– A zadziałałoby? – Przechylił głowę, patrząc na mnie spod ciemnych rzęs.

– Być może. W końcu to praktyka czyni mistrza. Zgodzisz się z tym?

Uśmiechnął się szerzej.

– Zdecydowanie, moja pani.

Przyłożył swoje czoło do mojego, a dłoń wśliznął wyżej pod materiał mojej szaty. Pociągnął za wiązanie, sprawiając, że poły się otwarły, a jego oczom ukazała się moja naga skóra. Przeszedł mnie rozkoszny dreszcz, słodki jak jagody z miodem. Jego spojrzenie podążało po moim ciele jak po mapie, a dłoń przemykała po moim brzuchu w górę żeber, przyprawiając mnie o gęsią skórkę.

Gdy nasze spojrzenia się spotkały, patrzył na mnie z takim płomieniem w oczach, że poczułam, jak spinają się moje uda. Jego usta delikatnie musnęły moje, pocałunek był nieśmiały, trwał tylko sekundę. Jednak już po chwili jego ogromna dłoń przyciągnęła mnie do niego, a usta zaczęły mnie pożerać.

Jęknęłam, gdy jego język wśliznął mi się do ust. Atlas przygryzł moją dolną wargę. Pomogłam mu zsunąć szatę z moich ramion, pozwoliłam jej opaść na podłogę. Nie byłam zupełnie naga, ale oboje byliśmy skąpo ubrani, a nasza skóra dotykała się w tylu miejscach, że równie dobrze moglibyśmy nie mieć na sobie nic.

Z niskim pomrukiem chwycił mnie za biodra i uniósł, układając na sobie tak, bym siadła na nim okrakiem, gdzie jednoznacznie czułam napierającą na mnie męskość pokaźnych rozmiarów.

– Lor – jęknął mi do ust, pogłębiając pocałunek. Moje dłonie przebiegły po jego ramionach i szerokich bicepsach, gładziły jego muskularne przedramiona. Jego dłonie wędrowały po moim ciele; po biodrach, w górę pleców i z powrotem w dół. Chwycił mnie za tyłek i przyciągnął mocniej do siebie.

Przejechałam paznokciami po jego piersi, dotykając zagłębień i wypukłości jego torsu. Chwilę później złapał mnie za tylną część ud i podniósł, a ja zaplątałam nogi za jego plecami. Przeniósł mnie na okrągłą sofę stojącą w rogu namiotu. Była cała pokryta poduszkami i miękka jak chmurka, obszyta złotym aksamitem.

– Powiedz mi, żebym przestał, jeśli tego nie chcesz – powiedział; jego głos był niski i zachrypnięty, gdy przeciągał ustami po zagięciu mojej szyi i obojczyku, po czym zaczął składać gorące, wilgotne pocałunki coraz niżej na moim ciele, zatrzymując się przy pępku, po czym znów ruszył w górę.

– Nie chcę, żebyś przestawał – powiedziałam, pozbawiona tchu, a moje dłonie wiły się w jego włosach, przyciągając jego twarz do mojej. Nie chciałam, by kiedykolwiek przestał.

Nie byłam niedoświadczona w seksie, ale nigdy dotąd nie miałam luksusu takiej prywatności czy czasu. Wcześniej zdarzały mi się tylko wykradzione chwile szybkiego pieprzenia się na ciemnym więziennym dziedzińcu, w cieniu budynku, który najlepiej nas osłaniał, z nadzieją, że nie zostaniemy przyłapani. Ordynarne i gorączkowe. Zdesperowane i wulgarne. Seks nigdy nie był dla mnie delikatny czy ostrożny. Nie mieliśmy na to czasu. Jeszcze nikt mnie w ten sposób nie całował ani nie dotykał. Jeszcze nigdy nie byłam przy mężczyźnie zupełnie naga.

– Jesteś pewna? – zapytał, a nasze czoła zetknęły się, gdy położyliśmy się obok siebie ze splątanymi nogami. – Nie powinienem tego robić... ale przy tobie nie mogę się powstrzymać.

– Jestem pewna – odpowiedziałam, a jego słowa rozbudziły w mojej piersi płomienny optymizm. Znów mnie pocałował, a jego palce wśliznęły się za krawędź ciasnych spodenek, które miałam na sobie.

– Pragnę jeszcze więcej. – Jego palec ślizgał się po skraju materiału, wzdłuż wrażliwej skóry na moim brzuchu. Zatrzymał się pod pępkiem. Popatrzył na mnie; jego spojrzenie było intensywne i naznaczone pytaniem. Przypomniałam sobie o kazaniu madame Odell – od króla nie można było wymagać, by się kontrolował, ale my miałyśmy „wiedzieć lepiej". Ale ja przyjrzałam się jego twarzy. Temu intensywnemu spojrzeniu i pełnym ustom. Wyrzeźbionej klatce piersiowej i napiętemu brzuchowi. Poczułam jego zapach, przypominający blask słońca i radość, oraz to, jak gorąca jest jego skóra na mojej.

Pieprzyć madame Odell.

Może to błąd. Może król chce mnie tylko wykorzystać i wyrzucić jak chusteczkę, pomyślałam. Umbryjski szczur. Albo nostrazyjski, w zależności od tego, którą historię opowiadam. Ale jego uprzejmość była uzależniająca. Jego delikatny dotyk i to, jak sprawiał, że czułam się jedyną osobą na świecie, która miała dla niego jakiekolwiek znaczenie, zarysowało noszoną przeze mnie tarczę, jakby była erodującą skorupą. Nikt mi nie powiedział, że tak może być.

Tak wiele czasu minęło, od kiedy byłam ważna dla kogoś innego niż dwójka umęczonych więźniów, których kochałam całym sercem, ale którzy nigdy by mi nie wystarczyli.

Jego dłoń prześliznęła się po moim boku, a moje żebra rozszerzały się od głębokich oddechów.

– Ja też pragnę więcej – szepnęłam, zapominając o rozwadze. Jaką tak naprawdę miałam szansę na zwycięstwo? Mówiłam prawdę, gdy powiedziałam Apricii, że nie mam nic do stracenia. Mogłam tylko piąć się w górę.

Mogę przynajmniej cieszyć się tą ulotną rozkoszą, zanim zginę lub zostanę odesłana do domu. Pragnę go. Nie tylko dlatego, że jest odurzający, ale także ponieważ to mój wybór. Tak jak Aero. Jak mężczyźni przed nim, był jedną z niewielu decyzji, którą wolno mi było podjąć na własną rękę – i na tym polegała cała różnica.

Atlas pochylił głowę, nakrywając moje usta swoimi, a pocałunek posłał dreszcz przez całe ciało aż do palców u stóp. Stawaliśmy się coraz bardziej głodni siebie, nasze klatki piersiowe i brzuchy zderzały się ze sobą, a cienki materiał strojów do pływania sprawiał, że miałam wrażenie, jakbyśmy byli nadzy. Jego dłonie ściskały moją skórę, gdy zahaczył moją nogę o swoje biodro, popchnął mnie i uniósł się nade mną, kładąc dłonie po obu stronach mojej głowy.

Znów mnie pocałował i przesunął się w dół mojego ciała, po drodze je smakując. Jego wielka dłoń chwyciła moją pierś, a ja jęknęłam, gdy wcisnął swoje biodra między moje nogi. Gdy bawił się sutkiem przez materiał, wygięłam ciało w łuk.

– Lor – szepnął w moją skórę. – Jesteś taka piękna.

Pociągnął za rozciągliwy materiał mojej koszulki, odsłaniając moją pierś, i zasłonił ustami sutek, trącając go językiem. Zanurzyłam dłonie w jego włosach, podciągając kolana i wijąc się pod nim.

Gdy naciągnął koszulkę, by zakryć pierś, kontynuował swoją podróż przez moje ciało, całując brzuch i pępek. Następnie przejechał językiem po delikatnym miejscu pod nim. Byłam tak rozpalona tam na dole, że aż zaskomlałam. Ciepło jego oddechu ślizgało się po mojej skórze, gdy cicho się zaśmiał.

– Czego pragniesz, Lor? – zapytał zachrypniętym głosem, a jego oczy wypełnione były pożądaniem.

Spojrzałam na niego, zupełnie pochłonięta pięknem jego twarzy i wyrzeźbionymi ramionami. Atlas przeniósł się na podłogę i rozchylił mi nogi. Jego usta zostawiały ścieżkę na delikatnej skórze wewnętrznej strony uda, przyprawiając moje nogi o dreszcz.

– Powiedz mi – rozkazał. – Czego pragniesz?

Nigdy nie byłam wstydliwa w takich sprawach. Nie miałam problemu z proszeniem o to, czego chciałam, ale tak trudno było teraz nie być przytłoczoną jego pięknem i obecnością. Był kimś więcej niż ktokolwiek, kogo do tej pory znałam. Czy tacy są wszyscy fae? A może tylko on? Znów pocałował wewnętrzną stronę mojego uda, podpierając się ręką pod moim kolanem, a drugą kładąc na moim biodrze. Kciukiem muskał skraj cienkiego skrawka materiału pomiędzy moimi nogami.

W końcu odnalazłam swój głos, który zniknął gdzieś w okolicy moich bioder, i wydyszałam:

– Dotykaj. Chcę, żebyś mnie dotykał.

Uśmiechnął się dziko, a w jego oczach zatańczył szelmowski błysk.

– Wiedziałam, że nie będziesz się wstydzić – powiedział, po czym zrobił to, o co prosiłam. Prześliznął palec pod materiał, gdzie byłam gorąca i niemal obolała. Mój oddech stał się ciężki, kiedy zaczął masować łechtaczkę, posyłając przeze mnie ogniste wici. Jego dotyk był delikatny jak piórko, sprawiał, że wiłam się na sofie. Ale on mnie przytrzymał, nie pozwalając się ruszyć, gdy doprowadzał mnie na skraj swoim delikatnym dotykiem.

Wydał z siebie niski, przypominający warknięcie odgłos i schował dłoń, pozostawiając mnie z niczym. Po chwili zdałam sobie sprawę, że chwycił mnie za biodra i zaczął zsuwać na krawędź sofy. Nie marnując czasu, zaczepił palce o pasek i zsunął spodenki, po czym odrzucił je na bok. Rozsunął szeroko moje nogi; to nie było coś, do czego byłam przyzwyczajona. Jakaś część mnie niemal rozpadła się ze wstydu, ale inna, ta, która chciała, by to się nigdy nie kończyło, upajała się jego spojrzeniem – patrzył na mnie jak głodny złoty tygrys przygotowujący się do połknięcia mnie w całości.

Spojrzał na mnie z uniesioną brwią, uśmiechem i tym samym dzikim błyskiem w oku, po czym bez ostrzeżenia pochylił głowę i hojnie pociągnął językiem między moimi nogami. Jęknęłam, a gdy zrobił to znowu, uniosłam biodra. Jego język wędrował po mnie, przyciskając mocniej w tym miejscu, w którym czułam się najcudowniej.

– Och, Zerro – wydyszałam, topiąc palce w jego włosach, podczas gdy on nie przestawał, coraz bardziej pozbawiając mnie tchu. Pragnęłam więcej. Chciałam czuć to w szpiku kości. Uniosłam biodra i wysunęłam je do przodu, pożądając więcej.

Atlas wydał z siebie niski, pełen satysfakcji odgłos i spełnił moją niemą prośbę. Wsunął we mnie palec, przyprawiając mnie o jęk.

Nadal na mnie ucztując, dodał drugi palec. Poruszał nimi tam i z powrotem, zginając końcówki i wywołując dreszcze w całym moim ciele. Byłam już blisko, odchyliłam głowę i wydałam z siebie nieprawdopodobny jęk. Zauważyłam, że widok przed moimi oczami zaczyna się rozmazywać, i nagle gwałtownie się rozpadłam, krzycząc, a przeze mnie falami przepływała rozkosz.

Atlas nie ruszył się ze swojego miejsca między moimi udami; składał na mnie delikatne pocałunki, czekając, aż przestanę się trząść. Gdy udało mi się uspokoić oddech, a moje mięśnie zwiotczały, odsunął się i położył na mnie, przyciskając do moich ust swoje wargi. Poczułam na nich siebie, co było dziwnie podniecające.

– Kurwa, to było niesamowite – powiedział, zatapiając usta w zakrzywieniu mojej szyi. Spuściłam wzrok na jego penisa, rozpychającego rozciągliwy materiał stroju do pływania. Chciałam go dotknąć. Posmakować tak, jak on smakował mnie. Sięgnęłam, zamykając na nim dłoń przez materiał. Atlas zamknął na chwilę oczy i odchylił głowę, podczas gdy ja poruszałam dłonią w górę i w dół.

Ale potem łagodnie chwycił mnie za nadgarstek i pokręcił głową.

– Nie. To nie będzie potrzebne.

– Ale ja...

Uciszył mnie kolejnym pocałunkiem, chwytając moją twarz w dłonie.

– Będzie na to czas po Próbach. Dziś wystarczy mi cieszenie się tobą.

Zamrugałam, nic nie rozumiejąc. Nigdy nie byłam z mężczyzną, który nie pragnął własnej rozkoszy, nawet gdy najpierw zadowolił mnie. Atlas się uśmiechnął, a w kącikach jego oczu pojawiły się zmarszczki.

– Powiedziałem ci, że pójdziemy popływać. – Schylił się, zebrał z ziemi moje spodenki, włożył moje stopy w nogawki i przeciągnął strój przez moje nogi.

– Chodź – powiedział, zdejmując szatę, którą następnie rzucił na krzesło, obnażając wspaniałe szerokie plecy, na których falowały mięśnie. Byłam tak zdezorientowana jego odmową, że w ogóle się nie poruszyłam.

– Wszystko w porządku, Lor? Podobało ci się?

Zmartwiony zmarszczył brew i podszedł do mnie. Pokręciłam głową.

– Tak, nie. To znaczy tak, wszystko w porządku i oczywiście, że mi się podobało. Było... niesamowicie.

Uśmiechnął się szeroko, wyciągnął dłoń, podciągając mnie, bym wstała, i pocałował mnie w rękę.

– Kto pierwszy do wody – powiedział, mrugając.

Nic więcej nie mówiąc, puścił moją dłoń i wypadł z namiotu, uśmiechając się przez ramię.

– Ej! – krzyknęłam, po czym puściłam się za nim biegiem.

Rozdział dwudziesty drugi

Gdy z pozostałymi sześcioma trybutkami i kroczącymi u ich boku wartownikami przechodziłam przez ogromną bramę, na stadionie rozbrzmiewały dudniące bębny. Gabriel miał na sobie swoją cienką skórzaną zbroję, blond włosy upiął z tyłu głowy i zaciskał szczękę, idąc z nami na sam środek, jakbyśmy miały tam zostać postrzelone zatrutymi strzałami.

Niebo jak zwykle było błękitne, a na ziemi porozrzucano kamyki. Stadion był ogromny, na rozciągających się wysoko nad nami trybunach cisnęły się tysiące ludzi, tworząc skandującą kurtynę ciał. Gabriel wspominał, że jedna z Prób odbędzie się w mieście, i to dziś był ten wielki dzień. Powiedziano mi, że mieszkańcy Afelionu na to czekali. Teraz stawiali zakłady, a później pójdą na trwające do późnej nocy imprezy. Ten dzień to święto i każdy dostał wolne od pracy i obowiązków.

Patrzyłam, jak piwo lało się z kufli i spływało po brodach, wszyscy już dobrze się bawili. Nastrój był jowialny i entuzjastyczny, choć jedna z nas mogła umrzeć. Ale dla nich to pewnie żadna szkoda. Dotarło to do mnie tym mocniej, gdy zauważyłam złowieszczo wyglądające urządzenie, które ustawiono na środku stadionu.

Składało się z wielkich drewnianych belek i udekorowane było rzędem noży i mieczy oraz ciężkich okrągłych worków obszytych skórą. Całe to szkaradzieństwo zawieszono ponad czymś, co przypominało głęboką czarną dziurę.

– Co to? – zapytałam Gabriela, ze wzrokiem wbitym w błyszczące ostrza, które nie mogły oznaczać nic dobrego.

– Rózgi – odpowiedział ponuro.

– Co takiego?

Gabriel głośno wypuścił powietrze i spojrzał na mnie.

– Tak się nazywa ten tor przeszkód. Gdy go włączą, te worki zaczną się kołysać, a miecze wirować. Wszystko po to, by cię strącić, gdy będziesz próbowała przejść.

– I wrzucić mnie do dziury. – Spojrzałam w czarną otchłań, a ucisk w moim brzuchu stał się o wiele mocniejszy.

– I wrzucić cię do dziury – powtórzył Gabriel.

– Rozumiem, że nikt się z niej nie wydostanie.

Gabriel otworzył usta, po czym je zamknął, a stadion nagle przeszyło dzikie warknięcie. Wszystkie głosy ucichły, a widownia wymieniła się zaniepokojonymi spojrzeniami, po czym spojrzenia wszystkich przeniosły się na dół. Przełknęłam podchodzącą mi do gardła żółć i podzieliłam się z Halo pełnym przerażenia spojrzeniem.

– Umrę – szepnęłam.

– Prawdopodobnie – odpowiedział Gabriel, a ja zerknęłam na niego z irytacją.

– Mógłbyś przynajmniej udawać, że trochę we mnie wierzysz.

Gabriel uśmiechnął się ironicznie. Zniżył się w końcu do tego, by kierować do mnie wypowiedzi dłuższe niż jedna sylaba, ale było jasne, że nie ubiegał się o miejsce w fanklubie Lor.

– Proszę cię, trybutko. Oboje wiemy, że jesteś zbyt bystra, żeby się na to nabrać. – Zmrużyłam oczy, niepewna, czy właśnie mnie obraził, czy skomplementował.

– Straszny z ciebie fiut – mruknęłam pod nosem, skupiając się ponownie na Rózgach. Gabriel się zaśmiał.

– Mówiłaś.

Znów rozległy się rozmowy, choć tym razem cichsze, jakby powaga tego wydarzenia w końcu przebiła się przez obojętność tłumu. Dźwięki zamilkły zupełnie, gdy zadęto w róg i otworzyła się brama po drugiej stronie stadionu. Tym razem na płytę wszedł Atlas ze swoim orszakiem. Powitały go wiwaty i oklaski. Ukłonił się zdawkowo z pięknym uśmiechem na twarzy, po czym przeszedł na podium znajdujące się po przeciwnej stronie stadionu.

Minęło kilka dni od naszej kolacji na plaży, a ja nie mogłam przestać myśleć, jak cudownie się czułam, będąc przez niego adorowaną. Resztę wieczoru spędziliśmy w oceanie, gdzie pływaliśmy, aż na niebie pojawiły się gwiazdy. Choć całowaliśmy się wiele razy, Atlas nie pozwolił, by sprawy zaszły dalej. Nie widziałam się z nim, od kiedy pożegnał się ze mną w namiocie, a Gabriel odprowadził mnie do pokoju, posyłając mi krytyczne spojrzenia i ogólnie zachowując się jak dupek.

Następnego ranka dostałam ogromny bukiet złotych róż z odręcznie napisanym liścikiem: „Dziękuję za wspaniały wieczór. Nie mogę się doczekać, kiedy go powtórzymy". Ten gest ogrzał moje serce tak, jakbym połknęła kłębek światła słonecznego. Jeszcze nigdy nikt tak ważny, tak władczy, tak piękny nie wysilał się dla mnie. Miałam wrażenie, że naprawdę przejmuje się moimi uczuciami i myślami.

Gdy Atlas i jego świta przechodzili przez stadion, zerknęłam na Apricię, która jak zwykle rzucała włosami i mizdrzyła się przed królem. Spojrzał na nas z uśmiechem, a jego wzrok skupił się na niej na moment dłużej niż na pozostałych. Choć mnie to zabolało, przypomniałam sobie, by nie dać się nabrać, że to mnie poświęca szczególną uwagę. To konkurs, a ja byłam tylko jedną z jego uczestniczek. I to taką, która miała najmniejsze szanse na zwycięstwo.

Apricia przesłała nam wszystkim spojrzenie pełne samozadowolenia, a ja zaczęłam się zastanawiać, co zaszło między nią a Atlasem. Czy zasmakował również miejsca między jej udami? Czy i jej odmówił dotykania siebie? Pokręciłam głową, starając się skupić. Zaraz miało się rozpocząć wyzwanie, a mój priorytet – to nie dać się zabić.

Głos zabrał mistrz Borthius, a jego wypowiedź została pogłośniona, by wszyscy go słyszeli. Cała widownia spijała z ust każde jego słowo. Miałyśmy przejść przez Rózgi, nie dając się zrzucić. Jeśli wylądujemy na płycie stadionu, zostaniemy zdyskwalifikowane. Dobra wiadomość była taka, że przynajmniej wtedy przeżyjemy.

Jeśli jednak wpadniemy do dołu, staniemy się obiadem dla thogrula, który czaił się w jego zakamarkach. Zupełnie jakby chcąc zaakcentować słowa mistrza Borthiusa, potwór zaryczał, co wprawiło w drżenie cały stadion.

Walczyłam w swoim życiu z wieloma przeciwnikami, ale te wyzwania testowały moją determinację w każdej dziedzinie.

Nic w moim przeszłym życiu mnie do tego nie przygotowało. Czując, jak się trzęsę, wzięłam głęboki wdech, by choć spróbować uspokoić walące serce.

Chwilę później wraz z pozostałymi trybutkami zostałam zaprowadzona na przeciwny koniec areny. Dziś wszystkie miały na sobie cienkie skórzane zbroje, getry, kolety i buty. Żadna z nich już więcej nie popełni błędu z pierwszego wyzwania, pomyślałam.

Przekazano jeszcze jakieś dodatkowe informacje, których nie słyszałam, przyglądając się stojącemu przede mną przyrządowi. Przypominał ogromnego pająka z drewna. Pierwszą przeszkodą była długa belka ze zwisającym nad nią rzędem ramion. Na końcu każdego z nich wisiała ogromna poduszka w kształcie łzy uszyta ze skóry. Z całą pewnością huśtały się w przeciwnych kierunkach, a ich zadaniem było strącenie nas z platformy.

Apricia wyszła na początek szeregu. Włosy spięła w wysoki koński ogon, co oznaczało, że jednak miała gumkę do włosów. Ale to nie powstrzymywało jej przed przerzuceniem ogona przez ramię i posłaniem mi pogardliwego spojrzenia.

Miałyśmy godzinę. Jeśli na czas przejdziemy przez Rózgi, awansujemy do trzeciej Próby. Jeśli nie, odpadamy.

Obracałam ramionami, próbując wydostać na powierzchnię rezerwy własnej odporności. Dam radę. Żadna z tych trybutek nie zasługuje na wygraną bardziej niż ja.

Rozległ się sygnał rozpoczynający wyzwanie. Apricia nie marnowała ani chwili i natychmiast zaczęła się wdrapywać na wysoką platformę. Startowałyśmy pojedynczo, rozumiałam więc, dlaczego siłą wcisnęła się na przód. Ja z kolei postanowiłam trzymać się z tyłu, by obserwować resztę trybutek i uczyć się na ich błędach.

Apricia stanęła na końcu wąskiej belki, stawiając jedną stopę za drugą. Wyciągnęła ręce na bok niczym akrobatka i ruszyła przed siebie. Minęła pierwsze wahadło i zatrzymała się, czekając na kolejną okazję. Po chwili ruszyła ponownie i przebiegła przez kolejne dwa wahadła. Przy czwartym, ostatnim, potknęła się, a jej stopa ześlizgnęła się z belki, przyprawiając widownię o zduszony okrzyk. Ale było oczywiste, że Apricia ciężko trenowała, bo z łatwością sobie z tym poradziła i zeskoczyła z belki na końcową platformę.

Odetchnęłam z ulgą. Nie dlatego, że martwiłam się o Apricię – po prostu fakt, że przejście w ogóle jest możliwe, dodał mi otuchy.

Następna była przyjaciółka Apricii, Hesperia. Ona również przeszła przez pierwszą przeszkodę. Potem Tesni i Halo udało się dostać na drugą stronę. W końcu przyszła kolej na mnie. Stanęłam skulona na końcu belki i wyciągnęłam ręce na boki. Minęłam pierwsze wahadło, ale się nie zatrzymałam. Obserwując pozostałe trybutki, wywnioskowałam, że jeśli znajdę odpowiedni rytm, będę mogła biec bez zatrzymywania się i ponownego ruszania, przy których łatwiej stracić równowagę. To było ryzykowne, ale do tego miałam coraz mniej czasu.

Zwolniłam lekko, by obliczyć kolejne wahnięcie, i przebiegłam, zaliczając drugi i trzeci etap. Nie byłam pewna, czy skupienia nauczył mnie trening z Gabrielem, czy lata spędzone w Nostrazie, ale udało mi się utrzymać w rytmie i szybko dotrzeć do końca.

Gdy wylądowałam na platformie, niemal zemdlałam z ulgi, a moje ręce i nogi zwiotczały jak kwiaty w zimowym ogrodzie. Dysząc, zamknęłam oczy, położyłam dłonie na kolanach i próbowałam uspokoić oddech. Powietrze przeciął krzyk, a gdy się odwróciłam, zobaczyłam Griane obejmującą jedno z wahadeł. Wrzeszczała, kurczowo trzymając się go rękami i nogami. Z każdym wahnięciem jej blond włosy unosiły się w powietrzu, jakby były nieważkie.

Przyjrzałam się kolejnej przeszkodzie, którą była wirująca kolumna z mieczami i nożami. Apricia już ją zaliczyła, a Hesperia właśnie przedostawała się na drugą stronę. Powinnam ruszać dalej. Nie ponoszę odpowiedzialności za pozostałe trybutki, a Griane to suka, pomyślałam.

Griane znów krzyknęła, a czający się w dole thogrul zaryczał jeszcze głośniej. Praktycznie słyszałam, jak oblizuje wargi w ekscytacji, czując pyszny posiłek. Klęknęłam na platformie i nachyliłam się do Griane.

– Musisz zeskoczyć, gdy wahadło będzie w najwyższym punkcie – krzyknęłam. Nie było szansy, że uda jej się zeskoczyć na platformę i nie wpaść do dołu, ale gdyby puściła się w odpowiednim momencie, zdołałaby wylądować na płycie stadionu.

Znów krzyknęłam:

– Griane, musisz skoczyć, zanim się zsuniesz! – Spojrzała na mnie przerażona, gdy dotarły do niej moje słowa. Po jej ślicznej twarzy płynęły łzy, pokręciła głową. Zobaczyłam, że bezgłośnie wymawia słowa „nie mogę".

– Musisz! Jeśli tego nie zrobisz, wpadniesz. – Popatrzyłam na wahadło, szacując jego ścieżkę. – Policzę do trzech i zeskoczysz najdalej, jak potrafisz! Rozumiesz? – Griane nie odpowiedziała, gramoląc się po skórzanym wałku, usiłując złapać dobry chwyt. Długo tak nie wytrzyma, pomyślałam. – Griane! – W końcu kiwnęła głową. Oczy miała szeroko otwarte, a jej skóra poszarzała. – Dobrze. Będę dla ciebie liczyć. Gotowa?

Raz... Dwa... – Zaczekałam, aż wahadło dotrze do najwyższego punktu i wrzasnęłam: – Trzy!

By spełnić mój rozkaz, Griane musiała sięgnąć do całego zapasu swojej odwagi. Puściła wahadło i wybiła się w powietrze. Z widowni dobiegł zbiorowy okrzyk, kiedy wyskoczyła w górę; czas się zatrzymał, gdy przelatywała nad dołem w bezpieczne miejsce. Patrząc na nią, bałam się, że nie da rady. Zacisnęłam pięści, siłą woli próbując przenieść ją przez rozpadlinę.

Wylądowała z hukiem, a jej stopy zawisły nad przepaścią. Krzyknęła, łapiąc się za ramię. Tłum wrzeszczał do niej, by wstała i odsunęła się, zanim thogrul podniesie się i ją porwie. Podciągnęła się do przodu i opadła na ziemię. Widownia wiwatowała i wykrzykiwała słowa wsparcia.

Przycisnęłam dłoń do piersi i wypuściłam oddech. Musiałam jednak ruszać dalej, zaczęłam się więc przygotowywać do przejścia kolejnej przeszkody.

Na powoli obracającym się cylindrze wisiał tuzin długich mieczy. W tej chwili przeszkodę przechodziła Tesni, a jej ciało kuliło się i nachylało ponad ostrzami. Gdy przeszła na drugą stronę, jej twarz połyskiwała od potu, a ciało było pokryte małymi przecięciami; z nóg i rąk ciekły strużki krwi.

Gdy przygotowywałam się do swojej tury, moją uwagę przykuł czyjś krzyk.

W sam środek Rózg spadło ciało. Wyglądało na to, że to jedna z pomagierek Apricii, Hesperia. Błysk jej rudych włosów zdawał się wysyłać ostrzeżenie. Upadła na niższą platformę, od której się odbiła, a jej kończyny bezwładnie machały w powietrzu.

Spadała dalej z dzikim wrzaskiem, aż w końcu znalazła się na samym dnie głębokiego dołu.

Rozdział dwudziesty trzeci

Stadion przeszyła cisza. Publiczność patrzyła, zszokowana, gdy ostatni krzyk Hesperii odbił się echem. Chwilę później powietrze wypełniło się niedającymi pomylić się z niczym odgłosami trzaskających kości, wyrywanego mięsa i drących na strzępy zębów. Nie ruszałam się, zawieszona w przerażeniu. W czasie. W pozostałościach ostatnich wrzasków Hesperii. Nie żyła kolejna trybutka.

Przesunęłam wzrokiem po warstwach Rózg i odnalazłam Halo i Tesni stojące na wyższych platformach. Nasze spojrzenia spotkały się w momencie, gdy do mojej zdeterminowanej w najwyższym stopniu świadomości dotarło, o co gramy.

Czasem luksus Afelionu sprawiał, że łatwo było zapomnieć, dlaczego tak naprawdę się tu znalazłyśmy. Przypomniałam sobie moją kolację z Atlasem, podczas której znajdowałam się tak daleko od gorzkiej rzeczywistości mojego prawdziwego celu. Byłam śniącą naiwniarą i musiałam sobie przypomnieć, że zaciągnięto mnie tutaj wbrew mojej woli i kazano wziąć udział w zawodach, na które się nie zapisałam.

Rozbrzmiał dzwon, przypominając nam, że później będziemy mieli okazję na żałobę po Hesperii. Minął kwadrans naszego czasu. Pora się ruszyć.

Wyprostowałam ramiona i stanęłam twarzą do wirujących ostrzy, obmyślając ścieżkę. W Nostrazie wielokrotnie byłam zmuszona do walki z uzbrojonymi strażnikami, podczas gdy sama nie miałam żadnej broni. Kilka lat temu czwórka tych dupków otoczyła mnie i zaczęła ze mnie drwić, wymachując mieczami i śmiejąc się ze mnie. Nacinali mi skórę, gdy robiłam uniki i podskakiwałam, a oni świetnie się bawili. Przeżyłam tamto, przeżyję i teraz, pomyślałam.

Tłum znów zaczął nam kibicować, a crescendo głosów coraz bardziej zagłuszało przerażające odgłosy potwora pożerającego ciało Hesperii. Pociągnęłam nosem, chwytając się za żołądek, i robiłam wszystko, by nie zwymiotować.

Zmówiłam pod nosem cichą modlitwę do Zerry, zacisnęłam pięści i puściłam się biegiem. Unik. Obrót. Podskok. Kolejny obrót. Podskok. Unik. Bez przerwy skupiałam się na błysku każdego z ostrzy, pędzących w moją stronę z precyzją noża zabójcy.

Ból. Poczułam go mgliście w lewym udzie. Zacisnęłam zęby i odepchnęłam go od siebie. Skup się, przypomniałam sobie, zbliżając do końca. Skok. Krok. Unik. Obrót. Potknęłam się o ostrze tuż przed ostatnim skokiem i z jękiem upadłam po drugiej stronie platformy.

Przez kilka uderzeń serca mogłam jedynie leżeć na ogrzanych przez słońce deskach, próbując złapać oddech. Po chwili jednak ból przeszył mi nogę, jakbym była smagana ogniem.

Krwawiłam. I to bardzo. Ostrze rozcięło spodnie i zrobiło głęboką ranę w moim udzie.

Kurwa. Kurwa. Kurwa.

Sztywnymi ruchami udało mi się oderwać rękaw cienkiej białej koszuli pod koletem i zawiązać go sobie na nodze. Nie wytrzyma długo, ale teraz będzie musiał wystarczyć.

Wyglądało na to, że choć potknęłam się o miecz, to nie zraniłam się w stopę. Na skórzanym bucie pojawiło się rozcięcie, ale moja skóra była nienaruszona. Przynajmniej pod tym względem miałam szczęście.

Zabrzmiał dzwon, a jego metaliczny dźwięk radośnie odmierzał minuty do mojego końca. Minęła połowa czasu. Muszę ruszać dalej.

Ostrożnie wstałam, sprawdzając, czy jestem w stanie przenieść ciężar ciała na ranną nogę. Ból wystrzelił w górę uda, promieniując do żeber i ramion, gdy tylko zrobiłam krok. Skrzywiłam się i zacisnęłam usta, na czole zaczęły mi się zbierać kropelki potu. Sylwetki innych trybutek poruszały się nade mną jak mrówki pędzące w tę i z powrotem. Zmusiłam się, by sunąć do przodu, wspięłam na chwiejną drabinę z lin i stanęłam twarzą w twarz z wąską belką, która była przyczyną śmierci Hesperii. Tym razem powolne ruchy wydawały się najlepszą strategią.

Uważnie ułożyłam stopę na belce i kilkukrotnie nacisnęłam, by sprawdzić jej wytrzymałość. Starałam się ignorować ból nogi. Belka szerokości mniej więcej mojej stopy była solidna i nie ruszała się pod ciężarem mojego ciała. Skupiłam się na niej i ruszyłam, wyciągając ręce dla równowagi. Starałam się wygłuszyć wszystkie dźwięki, nie myśleć o niczym, co mogłoby odwrócić moją uwagę.

Tłum był już bardziej pijany, a hałas pęczniał niczym naciskający na mnie ze wszystkich stron pompowany balon. Zerro, tak bardzo chciałam, żeby wszyscy się, kurwa, zamknęli. Próbowałam nie myśleć o tym, że obserwuje mnie Atlas, ani o zadowolonym uśmieszku Gabriela, który najchętniej starłabym mu z twarzy.

Przeszłam kolejny krok i jeszcze jeden, zbliżając się na środek belki. W ostatnim tygodniu Gabriel godzinami męczył mnie ćwiczeniami na zachowanie równowagi. Czyżby coś wiedział? A może to standardowy trening żołnierski? W każdym razie byłam mu winna wdzięczność, nawet jeśli był największym dupkiem na świecie.

Wysoko ponad płytą stadionu wiatr rzucił wyzwanie mojej równowadze i ochłodził moje ciepłe policzki. Noga pulsowała z każdym krokiem, a getry przesiąkły krwią.

Skup się, Lor.

Kilka kolejnych kroków i prawie dwie trzecie drogi były za mną.

– Lor! – ktoś krzyknął moje imię, ja zamrugałam, zmuszając się do zachowania spokoju. Zignoruj to. Idź dalej, myślałam. – Lor! Pomocy! – zawołał znowu głos.

Brzmiał zupełnie jak głos Willow. Przed oczami stanęło mi wspomnienie Willow bitej przez strażników, wołającej moje imię. Popełniłam ogromny błąd i zaczęłam szukać źródła dźwięku. To nie ona. Oczywiście, że nie, ale wystarczyło, by wybić mnie ze skupienia. Poślizgnęłam się: najpierw jedna stopa, potem druga. Przewróciłam się, a belka uderzyła mnie między udami, wprawiając się w drganie, które przeszyło mój kręgosłup.

Krzyknęłam w udręce, bo ból promieniował do mojego torsu i nóg, rozprzestrzeniając się błyskawicznie. Chwilę zajęło mi zorientowanie się, że świat przechyla się w złym kierunku.

Ześlizgiwałam się w dół. Rzuciłam się do przodu, obejmując belkę dokładnie w chwili, gdy zaczęłam się na niej obracać. Zwisałam z niej jak leniwiec na gałęzi, z rękami i nogami zaciśniętymi wokół drewna.

Potwór w dole zaryczał tak dziko, że jego gorący, cuchnący oddech owinął się wokół mnie niczym kokon żądzy krwi. Jego apetyt się wyostrzył – już nie mógł się doczekać następnej przekąski.

Rana na mojej nodze pulsowała, jakby miała własne serce. Traciłam krew, a moje ręce i nogi były słabe i roztrzęsione. Musiałam się jakoś obrócić. Zacisnęłam powieki i wzięłam kilka głębokich, rytmicznych oddechów. Miałam ochotę płakać i wrzeszczeć z przerażenia, ale na to będzie czas później.

A przynajmniej taką miałam nadzieję.

Napięłam roztrzęsione mięśnie i podciągnęłam bliżej belki, a moje kończyny gwałtownie zaprotestowały. Nie miałam siły, a jedyne, co mi pozostało, to determinacja. Odcięłam się więc od bólu i zaczęłam działać. Resztką sił, jaką udało mi się zebrać, użyłam rąk, by wyciągnąć górną część ciała na boczną część belki. Zaciskając zęby, to samo zrobiłam z pomocą nóg i próbowałam przekręcić się na górę. Przez chwilę, gdy poruszyłam ranną nogą, zrobiło mi się ciemno przed oczami, ale zmusiłam się, by zachować świadomość. Jeśli zemdleję, to koniec. Żegnaj, Lor, pomyślałam.

Nie miałam już tyle siły. Nie byłam nawet pewna, czy to, co planuję, jest fizycznie możliwe. Moja noga poślizgnęła się, a ja wrzasnęłam, zanim znów zawiesiłam ją na belce i wypchnęłam się w górę najmocniej, jak potrafiłam. Nie jestem pewna, jak mi się to udało, a gdyby ktoś mnie zapytał, mogłabym jedynie powiedzieć, że poczułam na plecach boską dłoń Zerry, która delikatnie mnie popchnęła.

A jednak się udało. Byłam znów na górze, niemal szlochając z ulgi.

Gdy wróciłam na dobrą pozycję, kurczowo chwyciłam belkę rękami i nogami, niczym krab. Czułam taki ucisk w piersi, że ledwo byłam w stanie oddychać, a moja noga była tak zakrwawiona, że słyszałam śliski odgłos, który wydawała, gdy sunęłam po drewnie. Niczym gąsienica przesuwałam najpierw górną, a potem dolną część ciała, prąc do przodu. Nie ośmieliłam się wstać, bojąc się, że straciłabym równowagę. Dochodzący z trybun śmiech potwierdzał, że wyglądałam śmiesznie. Posłałam gniewne spojrzenie nikomu i wszystkim jednocześnie, wściekła, że się tu znalazłam.

Pieprzyć tych ludzi. I całe to poniżające wydarzenie.

W końcu dotarłam na platformę. Krzywiąc się z bólu, odepchnęłam się i ruszyłam do następnej przeszkody. Był nią kolejny cylinder wyrastający z platformy. Zamontowano na nim niewielkie wystające uchwyty do wspinaczki.

Halo stała u jego podstawy, przyglądając się powierzchni. Popatrzyła na mnie, gdy przesuwałam się do przodu, a jej wzrok opadł na szkarłatny prowizoryczny bandaż na mojej nodze. Następnie spojrzała mi w oczy, zaciskając usta z wyrazem determinacji. Była w lepszej formie niż ja, a na policzkach i rękach miała tylko kilka zadrapań i siniaków.

– Nic ci nie jest? – zapytałam zachrypniętym głosem, krzywiąc się z powodu bólu nogi.

– Chyba mniej niż tobie – odpowiedziała łagodnie.

– Dlaczego tak tu stoisz?

W wyrazie jej twarzy na moment pojawiła się niepewność, a gdy otworzyła usta, by coś powiedzieć, po raz kolejny rozbrzmiał dzwon. Minęło trzy czwarte naszego czasu.

– Chodź – powiedziałam. – Musimy iść dalej.

Chwyciłam się najwyższego uchwytu, którego udało mi się sięgnąć, i podciągnęłam się w górę. Gdy przeszłam metr czy dwa, spojrzałam w dół na Halo, która obserwowała mnie, pełna rezerwy.

– Idziesz? – zapytałam niepewna, na co czeka. Halo załamała ręce, po czym obejrzała się przez ramię, jakby czegoś szukała, a po chwili odwróciła się z powrotem. Zmarszczyła brwi. W jej spojrzeniu coś jakby się rozjaśniło, pokręciła głową, chwyciła jedną z podpórek i podciągnęła się na ścianę.

– Jestem tuż za tobą – powiedziała, a ja kiwnęłam głową. Pięłyśmy się w górę po ścieżce z uchwytów okrążających kolumnę. Im bliżej byłyśmy szczytu, tym bardziej były one od siebie oddalone, testując limity naszych umiejętności. Halo wciąż była tuż obok mnie. Dobrze było mieć towarzyszkę. Przez cały czas trwania Prób bez przerwy byłam otoczona ludźmi, ale jeszcze nigdy nie czułam się bardziej samotna.

Niewiele rozmawiałyśmy, zbyt skupione na swoich ruchach, ale coś w cichej, pewnej obecności Halo mnie uspokajało. Gdy dotarłam na szczyt, z ulgą wgramoliłam się przez krawędź. Odwróciłam się i położyłam płasko na platformie, by pomóc Halo wejść. Moje palce były czerwone i obdarte, a ręce roztrzęsione. Rana na nodze przynajmniej krwawiła trochę mniej.

– Lor – szepnęła z dołu Halo. Patrzyła na mnie z zagadkowym wyrazem twarzy. – Musisz mi pomóc odpaść z zawodów.

– Co? – zapytałam, pewna, że źle ją zrozumiałam. – Dlaczego?

Pokręciła głową, a jej ciemne oczy wypełniły się łzami.

– Już nie chcę brać w nich udziału.

– Nie rozumiem.

– Nie mogę ci tego teraz wyjaśnić, Lor. Udam, że się poślizgnęłam. A ty spróbujesz mnie złapać, dobrze? – Spojrzała w dół na ziemię pod nami.

To szaleństwo. O czym ona mówi?

Ale zanim zdołałam ją o cokolwiek zapytać, zrobiła to, co planowała, i się poślizgnęła. Zsunęła się kilkanaście centymetrów w dół ściany i złapała jednego z niższych uchwytów. Nie wiem, czy zmieniła zdanie, czy udawała, ale zsuwając się, zaczęła krzyczeć. Nie próbowałam jej złapać, a po prostu ją złapałam, chwytając za nadgarstek w chwili, gdy miała spaść.

– Halo! – krzyknęłam, gdy zwisała z mojej ręki. Drugą ściskałam platformę. Wychyliłam się za krawędź, by poprawić uchwyt, a drugiej dłoni użyłam, by ustabilizować się na tyle, żeby jej zwisające ciało nie przechyliło mnie do przodu.

– Puść! – krzyknęła. – Udawaj, że się poślizgnęłam. Zeskoczę na ziemię. – Spadając z tej wysokości, pewnie złamałaby nogę, ale raczej by się nie zabiła. Jednak czarny dół, w którym czaił się potwór, znajdował się tuż pod nami, więc Halo raczej nie udałoby się doskoczyć do brzegu. Może udałoby jej się go minąć, gdyby skoczyła z rozbiegu. Ale jeśli ją upuszczę, wpadnie prosto do środka.

– Nie – powiedziałam przez zaciśnięte zęby, a jej skóra zaczęła ślizgać się w mojej dłoni. Obie byłyśmy spocone. – Zwariowałaś? Nie uda ci się.

– Lor – błagała. – Proszę.

Ścisnęłam ją mocniej i popatrzyłam jej prosto w oczy.

– Nie wiem, o co chodzi ani dlaczego chcesz wypaść z konkursu, ale nie możesz tego zrobić. Jeśli cię puszczę, umrzesz. Ziemia jest zbyt daleko, nie doskoczysz. Halo. Proszę. Pomóż mi cię wciągnąć z powrotem. – Ciężar jej ciała ciągnął mnie do przodu, grożąc, że obie wypadniemy z platformy. Ziemia zawirowała, a ja jęknęłam.

– Halo!

W jej ciemnych oczach pojawił się niepokój, gdy w końcu spojrzała w dół i rozejrzała się dookoła. Zauważyłam chwilę, w której dotarło do niej to, co powiedziałam. Zamknęła oczy, jakby poddawała się jakiemuś niechcianemu przeznaczeniu, którego nie rozumiałam. W milczeniu oparła się stopą o ścianę i podciągnęła w górę. Całą moją słabnącą siłą wciągnęłam ją na platformę.

Gdy obie zatrzymałyśmy się, by złapać oddech, nie spojrzała mi w oczy. Nie strofowałam jej za to durne posunięcie, które niemal zabiło nas obie. Coś mi podpowiadało, że i tak nie czuła się z tym dobrze.

– Chodźmy – powiedziałam, gdy się upewniłam, że mogę wstać.

Wiedziałam, że kończy się nam czas i jak na zawołanie zabrzmiał dzwon, sygnalizując nasze ostatnie minuty. Całe szczęście została nam tylko jedna przeszkoda, którą okazała się tyrolka. Nad stadionem rozciągała się długa lina, a na samym końcu obserwowało nas kilka osób. Do słupa przymocowano kilka lin na bloczkach.

Chwyciłam Halo za rękę i popchnęłam w kierunku jednego z nich.

– Wsiadaj. – Nie miałam zamiaru zostawiać jej tutaj samej, by mogła podjąć kolejną bezmyślną decyzję. Znów rozległ się dzwon, została nam minuta. – Szybciej! – warknęłam, nie będąc już w nastroju na jej rozterki. Stwierdziłam, że jeśli odpadnę przez nią tak blisko końca, nigdy jej nie wybaczę. Co ona sobie myślała?

Zrobiła to, o co prosiłam, rzucając mi nerwowe spojrzenie. Gdy tylko chwyciła przyrząd, zepchnęłam ją z platformy, puszczając w dół przy burczącym akompaniamencie krążka ślizgającego się po linie.

Nie marnowałam czasu i natychmiast przygotowałam się do zjazdu. Kurczowo ścisnęłam uchwyt i wzięłam głęboki wdech. Moje ręce były tak zmęczone, że nie byłam pewna, czy uda mi się utrzymać do końca. Zadzwonił dzwon. Zostało trzydzieści sekund. Odchyliłam się i rzuciłam się do przodu, wyskakując w powietrze z okrzykiem bitewnym, który wyrwał mi się z samej piersi.

Moje dłonie pulsowały i ślizgały się na drewnianych uchwytach. Trzymałam je tak mocno, że bolały mnie palce. Bloczek nabrał prędkości, tak jak bicie mojego serca, podczas gdy nogi wymachiwały bezwładnie w powietrzu. To było przerażające. Jechałam tak szybko, że serce podeszło mi do gardła. Wiatr wypełnił mi usta, przez co nie mogłam oddychać.

Tłum zaczął ostateczne odliczanie:

– Dziesięć! Dziewięć! Osiem!

Byłam blisko. Tak blisko. Ziemia pędziła w moją stronę.

– Siedem! Sześć! Pięć!

Nie uda mi się, pomyślałam. Jestem zbyt daleko. Zmusiłam się, by nie zamykać oczu. Chciałam być świadkiem własnego końca.

– Cztery! Trzy! Dwa!

Moje stopy uderzyły w ziemię na linii mety, a ja wypadłam do przodu, upadając na kolana i uderzając twarzą w błoto, podczas gdy tłum wrzasnął tak głośno, że aż zatrzęsła się pode mną ziemia:

– JEDEEEEEN!

Rozdział dwudziesty czwarty

Nadir

Nadir poprawił klapy czarnej marynarki, krocząc szerokim korytarzem swojego skrzydła twierdzy Zorzy. Przejechał dłonią po okalających ramiona długich włosach.

– Mael! – zawołał.

Gdzie on, do cholery, był? Dwadzieścia minut temu miał mu złożyć raport. Nadir był już spóźniony, ojciec będzie wściekły. Podeszła do niego służąca w ciemnym stroju, balansując trzymaną w rękach stertą ręczników.

– Widziałaś kapitana? – warknął do niej Nadir, a roztrzęsiona służąca otwarła szeroko oczy i użyła ręczników, by wskazać niewielki pokój po drugiej stronie korytarza.

– Widziałam, jak tam wchodził – powiedziała, po czym pochyliła głowę i w pośpiechu odeszła. Nozdrza Nadira rozszerzyły się. Podszedł do wskazanego przez służącą pokoju, otworzył z hukiem drzwi i wpadł do środka. Pokój wyglądał na pusty, Nadir używał go tylko wtedy, gdy potrzebował dodatkowego miejsca na przyjmowanie gości. Tak jak w większości pałacu podłoga była tu zrobiona z czarnego marmuru z żyłkami w barwach karmazynu, szmaragdu, fioletu, turkusu i fuksji. Ściany pokryto zdobionym jedwabiem, z wyjątkiem tej znajdującej się naprzeciwko drzwi. Tam znajdował się długi rząd okien wychodzących na nocne niebo.

Nadir zatrzymał się na środku pokoju i warknął nisko. Ujrzał ogromne muskularne ciało, które przyciskało Maela do ściany, a fakt, że Nadir właśnie wszedł do pokoju, najwyraźniej im umknął. Książę skrzyżował ręce na piersi i teatralnie chrząknął.

Towarzysz Maela odwrócił się, otwierając szeroko oczy i zaczął bezceremonialnie grzebać przy spodniach, chowając przyrodzenie z subtelnością orkiestry marszowej grającej w bibliotece.

– Nadir – powiedział Mael. – Co cię tu sprowadza? – Mael poprawił brzeg tuniki i przejechał dłonią po bujnych lokach, szczerząc się jak kot z pyskiem pełnym piór.

– Miałeś się ze mną spotkać dwadzieścia minut temu.

Nadir uniósł ciemną brew, a Mael zmarszczył nos.

– Przepraszam. Zupełnie straciłem poczucie czasu, gdy wpadłem na Emmetta. – Mael mrugnął lubieżnie do mężczyzny, klepnął go w tyłek i zacmokał. – Leć już, Emmett. Znajdę cię później.

Mężczyzna nie odezwał się do Maela. Spojrzał tylko na Nadira i ukłonił się, a jego opalone policzki błyszczały jak rubiny.

– Wasza Wysokość – powiedział niskim, dudniącym głosem, po czym wymaszerował z pokoju.

Nadir patrzył za nim, a gdy Emmett wyszedł, odwrócił się z powrotem do przyjaciela.

– Czy pieprzenie się z własnymi żołnierzami nie jest niewłaściwe?

Mael uśmiechnął się szeroko i wzruszył ramionami.

– Pewnie jest, ale cóż mogę począć w obliczu tej brutalnej siły i dzikiego zwierzęcego magnetyzmu?

Nadir uszczypnął się w nasadę nosa.

– Powinienem cię na tydzień wtrącić do Nostrazy.

– Pewnie tak – odpowiedział Mael, podchodząc do Nadira. – Czy do tego momentu mam zdawać ci raporty?

Nadir westchnął i odwrócił się na pięcie.

– Chodź ze mną. Jestem spóźniony na to absurdalne przyjęcie. – Obaj wyszli z pokoju i ruszyli poprzednią ścieżką Nadira.

– Źródła Amyi nie znalazły nic w Alluvionie, Torze ani Arborii – relacjonował Mael, cichym, ostrożnym tonem.

– A pozostałe regiony? – zapytał Nadir, patrząc przed siebie.

– Nadal czeka na Celestrię. Ma tam nowy kontakt, ale przepływ informacji jest powolny.

– Żadnego śladu tajemniczej dziewczyny?

– Żadnego.

Nadir warknął. Ta zagadka stawała się coraz bardziej dezorientująca. Przez ostatnie tygodnie kilkukrotnie wracał do gabinetu ojca, ale nie znalazł żadnych informacji na temat więźniarki 3452.

– A co z Sercem? – zapytał Nadir, gdy zbliżali się do korytarza, w którym słychać było odgłosy przyjęcia.

– Bez zmian – odpowiedział Mael. – Wszystko jest martwe i jałowe. Przeszliśmy nawet przez zamek, ale tak jak dawniej jest po prostu grobowcem.

Zawahał się, a zmysły Nadira się odpaliły.

– O co chodzi? Powiedz mi.

– Jestem pewien, że to nic takiego, ale znaleźliśmy to. – Mael sięgnął do kieszeni i wyciągnął główkę róży, której płatki lekko poobijały się w jego spodniach. Nadir zmarszczył brwi.

– Co to jest?

– Rosła na krzewie przed zamkiem.

– Mówiłeś przecież, że wszystko umarło – powiedział Nadir.

Stali teraz przed wejściem na przyjęcie. Minęła ich para trzymająca się pod ramię. Nadir i Mael kiwnęli głowami, gdy para wchodziła do środka, po czym Nadir odciągnął przyjaciela kawałek dalej.

– Wszystko, poza tym. – Przez chwilę wpatrywali się w kwiat.

– Co to znaczy? – zapytał Nadir.

– Nie wiem. – Mael podniósł wzrok. – Pewnie nic.

Nadir potarł dłonią brodę, przyglądając się róży, a myśli wzburzyły się w jego głowie.

– Jest coś jeszcze – dodał Mael i zamilknął.

– No? – zapytał Nadir. – Muszę to z ciebie wyciągać?

Mael zmarszczył ciemne brwi.

– Mówi się, że armia twojego ojca odwiedziła ostatnio osady.

Nadir się zachmurzył. Miasteczka i wioski, które istniały na skraju upadłego królestwa, były jednymi z najnędzniejszych w całym Uranosie. Próbowano przenieść mieszkańców z tych opustoszałych terenów, ale oni nadal wierzyli, że królowa Serca powróci i przyniesie im dawną chwałę. Byli fanatykami i głupcami. W najlepszym przypadku mieli urojenia, a w najgorszym byli niebezpieczni i niezrównoważeni.

– Po co?

Mael wzruszył ramionami.

– Podobno przeszukiwali domy. I to dość... dokładnie, jeśli można wierzyć raportom.

Spojrzenia fae się spotkały.

– A więc czegoś szuka – zauważył Nadir.

– Albo kogoś.

Z pokoju, w którym odbywało się przyjęcie, coraz głośniej zaczynały dochodzić śmiechy i muzyka. Nadir wziął głęboki oddech, czując, że do głowy przychodzi mu mnóstwo pomysłów, na które nie miał jeszcze nazwy.

– Muszę iść.

Mael ukłonił się szybko, a Nadir wcisnął różę do kieszeni.

– Baw się dobrze – powiedział z ironicznym uśmieszkiem Mael, wiedząc, jak bardzo jego przyjaciel nienawidził tych wydarzeń. Nadir się żachnął i minął go, wchodząc do pokoju. Rozejrzał się dookoła i zobaczył ojca siedzącego przy ogromnym stole.

Wiedząc, że to jego obowiązek, przygotował się na wieczór pełen płaszczenia się i rozmów o niczym, po czym podszedł, by usiąść obok króla.

– Nadirze – zaczął ojciec. – Jak miło, że w końcu do nas dołączyłeś. – Przy stole siedziała część rady wraz ze swoimi partnerami. Wszyscy byli elegancko ubrani, z szyi zwisały im klejnoty, a ich ubrania uszyte zostały z luksusowych materiałów w kolorach dystryktów, z których pochodzili.

– Przepraszam, ojcze – powiedział Nadir, gdy ktoś postawił przy nim kieliszek ciemnoczerwonego wina. – Miałem coś do załatwienia.

Rion nie odpowiedział, upił tylko łyk ze swojego kieliszka. Wszyscy dookoła kontynuowali swoje rozmowy, a Nadir rozglądał się po pokoju. Goście byli mieszanką członków jego rodziny, często bardzo odległej, innych szlachciców fae oraz kilku wysokich rangą śmiertelników, którzy pełnili ważne stanowiska w Zorzy. Choć śmiertelnicy zwykle byli podwładnymi wysokich fae, istnieli też tacy, zazwyczaj o wątpliwej moralności, którym udało się wedrzeć do świata arystokratów.

Rion uważał, że to rozważne, by od czasu do czasu gromadzić najpotężniejszych ludzi w królestwie, nafaszerować ich jedzeniem, winem i przysługami, by przypomnieć im, że zawsze miał na nich oko.

Ojciec i syn siedzieli przez kilka minut w ciszy, aż w końcu Rion zapytał cicho:

– Znalazłeś to, czego szukałeś? – Po czym wrócił do swojego kieliszka, skupiając wzrok na pokoju.

Nadir spojrzał na ojca.

– Co?

– W moim gabinecie – odpowiedział król, nie patrząc na Nadira. – Byłeś tam cztery razy? Pięć? Czego szukasz?

– Nie wiem, o czym mówisz – odpowiedział Nadir, a po plecach przeszedł go zimny dreszcz.

– Proszę cię – powiedział Rion, w końcu patrząc na syna. – Raczej nie sądzisz, że dałbyś radę przeszukać mój gabinet bez mojej wiedzy. Chyba już się tego nauczyłeś?

Nadir przełknął ślinę, próbując opanować nerwy. Jakim cudem ojciec zawsze potrafił sprawić, że czuł się jak mały chłopiec, a nie trzystuletni wysoki fae, który walczył na froncie drugiej wojny serceńskiej?

– Okłamałeś mnie – kontynuował Rion.

– W związku z czym? – zapytał Nadir, czując, jak skóra mrowi go od napięcia.

– Na temat więźniarki trzy tysiące czterysta pięćdziesiąt dwa. Nie zabił jej ozziller. – W spojrzeniu Riona było coś zimnego, coś, czego Nadir nie potrafił zinterpretować. – Nie lubię, gdy mnie okłamujesz, Nadirze.

Nadir zacisnął zęby.

– Och, tak mi przykro. To się więcej nie powtórzy – powiedział, a jego słowa były gorzkie jak zbyt drogie wino, które pił.

Twarz Riona przybrała surowy wyraz.

– Dlaczego mnie okłamałeś i dlaczego próbujesz znaleźć akta? – zapytał ojciec, a Nadir zerknął na niego. – Myślałeś, że się nie domyślę? Nagle, kilka dni po pierwszym, umiera drugi naczelnik, który zostaje znaleziony w pomieszczeniu z aktami. A potem mój syn kilkukrotnie włamuje się do mojego gabinetu, najwyraźniej czegoś szukając.

– Kim ona jest? – zapytał Nadir.

Rion uniósł ramiona, jakby ta rozmowa mu uwłaczała.

– Chcę, żebyś ją znalazł – powiedział, unikając odpowiedzi.

– Szukam jej.

– Wiem – odpowiedział król. – Nie myśl, że możesz zrobić cokolwiek bez mojej wiedzy, Nadirze. Powinieneś już wiedzieć, że to niemożliwe.

Nadir przesłał ojcu gniewne spojrzenie znad kieliszka, a niema pogarda pragnęła wydostać się z jego serca.

– Kim ona jest? – zapytał ponownie. – Dlaczego jest ważna?

Nadir zauważył coś w spojrzeniu ojca. Coś zagadkowego. Pojawiło się na moment i zniknęło.

– Jest nikim. Niedokończoną sprawą, której powinienem był się pozbyć lata temu – odpowiedział, a Nadir zdusił wybuch gniewu, który groził uduszeniem ojca. Król kłamał na temat znaczenia tej dziewczyny. Nadir był tego pewien. Chciał go zbić z tropu?

– Co to ma znaczyć? – zapytał, starając się zachować spokojny ton głosu, udając, że odpowiedź wcale go tak bardzo nie interesuje.

Wydawało się, że grają w tę samą grę. Ale jeśli Rion wiedział, ile czasu spędził na poszukiwaniach dowodu jej pochodzenia, wiedział też, jak bardzo Nadirowi zależało.

– To, że chociaż możesz się temu sprzeciwiać, to ja rządzę tym królestwem. Następnym razem, gdy mnie okłamiesz, Nadirze, odbiorę ci coś lub kogoś, kto jest dla ciebie ważny. Ten twój kapitan wydaje się ostatnio wyjątkowo problematyczny.

Twarz Riona była zimna jak smagane wiatrem szczyty Zorzy, nie malowała się na niej ani szczypta emocji. Nadir całe wieki spędził na próbach stworzenia tej samej fasady, ale w jego żyłach płynęło coś dzikiego, nieokiełznanego. Był zbyt emocjonalny. Zbyt przywiązany do uczuć, które nim władały, by stworzyć taką samą kamienną fortecę ze skóry i kości.

To właśnie ona sprawiała, że Rion był gównianym ojcem. Bycie tak obojętnym wobec wszystkiego i wszystkich wymagało ogromnych pokładów egocentryzmu.

– Co mam zrobić, jeśli ją znajdę? – zapytał Nadir, udając, że zignorował groźbę ojca, ale jeśli Rion skrzywdzi Maela, on, Nadir, rozedrze króla na strzępy, nucąc przy tym radosną melodyjkę. Nie obchodziły go konsekwencje.

– Wyeliminować ją – odpowiedział król. – Chociaż kiedyś miałem nadzieję, że będzie inaczej, nie przyda się ona ani mnie, ani nikomu innemu.

Nadir zaczekał, z nadzieją, że ojciec wyjawi coś jeszcze, ale Rion zamilkł. Sączył wino, kierując swoje zimne spojrzenie na pokój.

– Pojedziesz zamiast mnie do Afelionu na ten absurdalny bal Prób kandydatek na królową Słońca – powiedział Rion, na co Nadir parsknął z pogardą.

– Nie ma mowy.

Rion powoli odwrócił głowę i zmiażdżył syna lodowatym spojrzeniem.

– To nie było pytanie.

Nadir zamrugał. Wiedział, że nie ma wyboru. Będzie musiał tam paradować razem z władcami pozostałych dworów, utrzymując tę farsę, podczas gdy Atlas i jego Lustro skażą jakąś niczego niepodejrzewającą kobietę na bycie jego dozgonną służącą. Jedynym sposobem, by król Afelionu mógł się z kimś złączyć, było oszukanie dziewczyny, że to wielki zaszczyt. Żałosne.

Między ojcem i synem po raz kolejny zapadła cisza, a Nadir zastanawiał się, w jaki sposób najszybciej będzie mógł się stąd ewakuować.

Zaproszenie do Afelionu mogło się jednak okazać obiecujące – w końcu Amya nie miała jeszcze szpiega w pałacu Słońca. To ostatnie miejsce, w którym chciałby się rozejrzeć, ale jeśli niczego nie dowiedział się na pozostałych dworach, będzie musiał przełknąć tę gorzką pigułkę.

– W porządku – mruknął w końcu. – Zabieram ze sobą Amyę.

Rion wybuchł lodowatym śmiechem, który zdawał się trzaskać niczym szczeliny na zamarzniętym jeziorze.

– Tak, zabierz swoją młodszą siostrzyczkę, Nadirze. Wiem, że niczego bez niej nie potrafisz zrobić. Może powinieneś ją poprosić o pomoc następnym razem, gdy włamiesz się do mojego gabinetu? Narobiłeś takiego bałaganu w osłonach, że tygodniami będę to naprawiał.

Ich spojrzenia się spotkały i tym razem to Nadir uśmiechnął się ironicznie. To była jedyna rzecz, która bolała króla, mężczyznę przejętego wyłącznie samym sobą: fakt, że jego córeczka go odtrąciła i w rodzinnej walce o lojalność stanęła po stronie Nadira.

To nie było wiele, ale Nadir kurczowo trzymał się tej lojalności, tej jedynej przewagi, jaką miał nad ojcem. Często się zastanawiał, czy fakt, że Amya nienawidzi Riona, jest jedyną rzeczą, której ojciec żałuje w swoim długim, żałosnym życiu.

Rozdział dwudziesty piąty

Lor

Przewracając się na plecy, zakrztusiłam się pyłem wyścielającym wnętrze moich ust. Słońce kłuło mnie w oczy. Tłum nadal wiwatował na cześć trybutek, które przetrwały. Poczułam na sobie czyjeś dłonie, ktoś delikatnie pociągnął mnie za nogę. Jęknęłam, czując ogień strzelający w moich kończynach. Nie czułam nic poza bólem. Moja stopa była odrętwiała, a oddech płytki.

Nachyliło się nade mną dwóch medyków fae i zajęło się rozcięciem na moim udzie. Sprawnie oczyścili i zabandażowali ranę. Atlas powiedział, że ich działania ograniczają się do ratowania naszego życia, robili więc wszystko, by zmniejszyć utratę krwi. Zakręciło mi się w głowie, a wszystko wokoło się rozmazało.

Gdy się mną zajmowali, słuchałam wiwatującego tłumu, pragnąc wykrzesać z siebie taką samą energię.

Kilka minut zajęło mi sklecenie w całość tego, co się wydarzyło. Halo. Co ona sobie myślała? Byłam na nią tak wściekła, że poczułam supeł gniewu zawiązujący się w moim brzuchu. Prawie zaciągnęła nas obie do tego dołu. Nawet jeśli mogłaby ominąć dziurę, dlaczego chciała odpaść z konkursu? Chciała to wszystko zaprzepaścić. Po wyeliminowaniu z Prób dostałaby wygodną posadę dożywotniej służącej, ale trudno mi było znaleźć dla niej choć odrobinę współczucia, ponieważ miałam świadomość, że gdybym to ja wylądowała na płycie stadionu, nie byłoby dla mnie honorowego miejsca w Afelionie.

Jeden z medyków włożył mi rękę pod plecy i pomógł usiąść, po czym podał mi dwie tabletki. Połknęłam je na sucho. Zadziałały natychmiast, przytępiając rozrywający ból nogi. Otoczyło mnie kilka osób, w tym Halo, Tesni, Apricia, Gabriel i Atlas, oraz trójka skrybów, którzy gorączkowo coś pisali.

Król uklęknął przy mnie, a jego wielka dłoń objęła z boku moją twarz.

– Jak się czujesz? – zapytał, a w jego błękitnych oczach malowało się zmartwienie. – To było niezłe zakończenie. – Uśmiechnął się szeroko, a ja mimo moich ran i wycieńczenia widziałam w nim tyle dumy, że nie mogłam się powstrzymać przed odwzajemnieniem uśmiechu.

Gabriel kucnął obok Atlasa i przewrócił oczami.

– Zabierzmy cię z powrotem do pałacu. – Wyciągnął dłoń, by pomóc mi wstać, a Atlas chwycił mnie z drugiej strony.

– Wasza Królewska Mość – powiedział jeden z wartowników – ja mogę to zrobić.

Atlas odesłał go machnięciem dłoni.

– Lor. – Halo stanęła przed nami. – Ja... – zamilkła. Nie chciała wyjawić przed królem tego, co zrobiła. Celowe działanie mające ją wyeliminować z konkursu oznaczałoby zdradę Afelionu, a konsekwencje byłyby znacznie gorsze niż odpadnięcie z Prób. Nie miałam jednak zamiaru jej tak karać, więc nie odezwałam się, posyłając jej jedynie wściekłe spojrzenie, z nadzieją, że zawarłam w nim swoje niezadowolenie.

– Porozmawiamy o tym później – powiedziałam, na co kiwnęła głową, zaciskając usta.

Atlas i Gabriel odwrócili mnie, zakładając sobie wokół szyi moje ręce. Obaj byli tak wysocy, że musieli się sporo nachylić, żebym ich dosięgła. Atlas fuknął z frustracją i wziął mnie w ramiona. Zdziwiona spojrzałam na niego szeroko otwartymi oczami.

Król się uśmiechnął.

– Witaj.

– Cześć – odpowiedziałam.

– Obejmij moją szyję – rozkazał. Kiwnęłam głową i zrobiłam, o co prosił. Ruch przyprawił mnie o zawroty głowy, przycisnęłam więc czoło do krzywizny jego szyi, czekając, aż miną. Atlas ruszył, a ja powoli otworzyłam oczy, patrząc mu przez ramię. Apricia obserwowała, jak król niesie mnie w ramionach. Po jej policzkach płynęła krew, a spojrzenie było ostre jak brzytwa. Wtedy przypomniałam sobie, że gdy biegłam po wąskiej belce, ktoś krzyknął moje imię.

Przekonałam sama siebie, że to była Willow. W stresie umysł zaczął zastawiać na mnie pułapki. Gdy dotarło do mnie, co się stało, posłałam jej gniewne spojrzenie. To ona. Ona sprawiła, że się poślizgnęłam i niemal wpadłam do dołu. Uśmiechnęła się krzywo, a w jej oczach pojawił się błysk. Była tak bliska triumfu. Ją też zabiję, pomyślałam.

Gabriel ruszył za Atlasem, zasłaniając mi widok. Skrzywiłam się. Gabriel zrobił to samo, unosząc brew w rozkazującym geście.

– Ile przetrwało? – zapytałam w końcu. Moje myśli powoli się uspokajały.

Podniosłam wzrok na Atlasa. Miał ponurą minę.

– Jedną straciliśmy, wpadła do dołu – powiedział cicho, a ja poczułam ucisk w brzuchu. Przed oczami stanął mi błysk jej rudych włosów i odgłosy thogrula miażdżącego jej kości. – Griane i Ostara zostały zdyskwalifikowane. – Zamknęłam oczy.

– Więc została nas czwórka. – Mój głos brzmiał sztucznie, jakby wydarto z niego wnętrze.

Przed nami jeszcze dwa wyzwania, a zostałyśmy w czwórkę. Opłakałam śmierć Hesperii, choć nigdy nie była wobec mnie uprzejma. Trudno mi było nie myśleć, że jestem coraz bliżej celu. Co, jeśli przetrwam i stanę przed Słonecznym Lustrem? Co ze mną uczyni?

Dzięki rześkiemu tempu Atlasa szybko dotarliśmy do bram pałacu. Niósł mnie przez korytarze i choć dziesiątki osób oferowały, że mnie od niego przejmą, on zbył je wszystkie. Gdy dotarliśmy do mojej komnaty, Mag czekała już ze złączonymi dłońmi, podskakując w miejscu.

Na mój widok krzyknęła i zaczęła się krzątać wokół mnie jak zaaferowana kwoka.

– Wyglądasz strasznie! – ogłosiła. – Zanieście ją do łazienki. Wanna jest gotowa. Musimy ją umyć. – Mag przygryzła z nerwów dolną wargę, a Atlas wniósł mnie do środka i położył na tapicerowanej ławce, w miejscu wskazanym przez Mag. Kobieta natychmiast opadła na kolana i zaczęła ściągać mi buty.

Oparłam się o ścianę i pozwoliłam jej się sobą zająć. Dobrze było mieć kogoś, kto się o mnie troszczył, nawet jeśli jej za to płacili. Gdy ściągnęła buty, sięgnęła sznurówek przy moim kolecie, po czym zerknęła na króla, odchrząkując.

– Wasza Królewska Mość, to niewłaściwe, byś został tutaj, podczas gdy ja będę zajmować się trybutką. – Powiedziała to szczerze, a ja parsknęłam zmęczonym śmiechem. Atlas widział już całkiem sporo mojego ciała, ale wyglądało na to, że musimy udawać, że zachowujemy się przyzwoicie. Atlas skinął głową Mag, a potem mnie.

– Oczywiście. Później wrócę zobaczyć, co z tobą.

Zanim wyszedł, nachylił się i złożył delikatny pocałunek na mojej skroni, po czym wziął głęboki wdech.

– Byłaś dzisiaj niesamowita – powiedział łagodnie, a ja uśmiechnęłam się do niego, czując przepływającą przez moje żebra rzekę ciepła.

– Dziękuję.

Ukłonił się szybko i wyszedł, klepiąc w ramię niezadowolonego Gabriela, który stał w drzwiach.

Mag przywołała go machnięciem.

– Pomóż mi ją z tego wyciągnąć. – Dłonią wskazała moje przesiąknięte krwią spodnie, a raczej to, co z nich zostało po tym, jak medycy rozerwali większość materiału, by dostać się do mojej rany.

– Hej – powiedziałam. – Dlaczego on może tutaj zostać? Nie chcę, by widział mnie nago.

Gabriel uśmiechnął się krzywo i wyciągnął z kieszeni sztylet.

– Nie zobaczę nic, czego wcześniej nie widziałem, trybutko.

– Nie o to mi chodzi – wycedziłam przez zaciśnięte zęby. Czułam, jak ból się zaostrzał, gdy Mag przesunęła mnie, by zdjąć mój kolet i znajdującą się pod nim cienką koszulę. Skrzyżowałam ręce na piersi, patrząc gniewnie na Gabriela, który przyglądał mi się obojętnie.

– Uwierz mi, nie interesują mnie prywatne części ciała pyskatych śmiertelniczek. – Zbliżył do mnie sztylet, a ja krzyknęłam, próbując się odsunąć, co spowodowało ostry ból. Jęknęłam. Tabletki od medyków pomogły, ale nie sprawiły, że ból zniknął.

Gabriel wbił palce w pas moich getrów i przyciągnął do siebie, nie dbając o moje rany.

– Nie ruszaj się – warknął, po czym zręcznymi ruchami zaczął odcinać skórzany materiał.

– Mag – syknęłam – możesz mnie czymś zakryć?

– Ach, oczywiście – odpowiedziała, chwytając ręcznik i zarzucając go na mnie w chwili, gdy Gabriel zdjął ze mnie ostatni kawałek getrów. Zdążył sobie popatrzeć na te części ciała, które, jak twierdził, w ogóle go nie interesują. Zarumieniłam się, a on uśmiechnął się ironicznie, ciesząc się moją udręką.

– Pomóż mi ją zanieść do wanny – zarządziła Mag, wstając, a ja nie mogłam uwierzyć, jak bardzo nie obchodziło jej to, że Gabriel widzi mnie nagą. – Medycy opatrzyli ją wodoodpornymi bandażami, więc może wejść od razu do wody.

– Stój. – Wyciągnęłam dłoń, gdy sięgnął, by mnie podnieść. – Pójdę sama.

Gabriel uniósł ręce, gdy przygotowywałam się do wstania, ale moja noga zesztywniała, i gdy tylko próbowałam wstać, niemal się przewróciłam. Gabriel mnie złapał; jego wielkie ręce znalazły się na mojej nagiej skórze. Jedną objął moje ramiona, drugą włożył pod kolana, przewracając oczami.

– Uważaj, gdzie mnie dotykasz – warknęłam, a on w odpowiedzi parsknął. Mag ciągle wymachiwała rękami, jakby nie było oczywiste, gdzie się znajduje olbrzymia wanna. Gabriel przeszedł trzy kroki i zatrzymał się nad wanną. Uśmiechnął się do mnie dziko i nagle zaczęłam się martwić.

– Miłej kąpieli, trybutko.

Upuścił mnie. Wrzucił prosto do wody. Wylądowałam z krzykiem, uderzając tyłkiem o twardy marmur, a ból rozprzestrzenił się od kości ogonowej w górę kręgosłupa. Wymachiwałam rękami w wodzie, ręcznik zamoczył się i przykleił do moich piersi i brzucha. Odnalazłam brzegi wanny i podniosłam się do siadu. W nodze poczułam przeraźliwy ból.

Gabriel śmiał się tak głośno, że aż odrzucił głowę do tyłu, a ja widziałam wszystkie jego zęby. Jego skrzydła trzepotały, jakby i one się śmiały.

– Ty dupku! – wrzasnęłam. Cofnął się w stronę schodów, nadal zaśmiewając. – Nienawidzę cię! – Odwrócił się, więc krzyczałam do jego pleców, ale zdążył skinąć wyimaginowanym kapeluszem. Zabiję go, pomyślałam.

Gdy wyszedł, Mag zabrała się za szorowanie mojej skóry i oblewanie moich włosów ciepłym, pieniącym się szamponem.

– Mogę poprosić o nowego wartownika? – zapytałam. – Dla każdego jest takim dupkiem?

Mag zacisnęła wargi.

– Faktycznie, bardzo cię nie lubi – zauważyła. – Poprzednio tak nie było. – Gdy to powiedziała, otworzyła szeroko oczy i szybko odwróciła wzrok.

– Poprzednio? – zapytałam. – Co chcesz przez to powiedzieć?

Machnęła ręką.

– Co? Nie, nic nie mówiłam.

– Mówiłaś. – Mag w milczeniu wycierała moje ramiona miękką gąbką. Chwyciłam ją za nadgarstek i przytrzymałam, zmuszając, by na mnie spojrzała. – Co przede mną ukrywasz?

Na jej twarzy malowało się zmartwienie.

– To zakazane – szepnęła, rozglądając się po łazience, jakby ktoś miał nas tu podsłuchiwać.

– Lepiej powiedz mi teraz, bo nie przestanę pytać, dopóki mi tego nie zdradzisz. Albo zapytam Atlasa.

Mag spojrzała na mnie surowo, ale chyba ją zmotywowałam, bo odpowiedziała:

– Ja ci tego nie mówiłam.

– W porządku – zgodziłam się. – Dowiedziałam się od ptaszka.

W jej oczach malował się gniew.

– Zaczynam rozumieć, dlaczego kapitan tak cię nie lubi.

– Mów – domagałam się, ignorując jej komentarz.

Zamoczyła gąbkę w wodzie i przejechała nią po moich plecach, szorując skórę.

– Ostatnie Próby kandydatek na królową Słońca nie odbyły się ponad pół stulecia temu – powiedziała. – Tylko przed dwoma laty.

Poczułam ucisk w piersi.

– Jak to dwa lata temu? Co się stało?

Mag przestała mnie myć i oparła przedramiona o brzeg wanny.

– Naprawdę nie powinnyśmy o tym rozmawiać.

Poczułam, jak w moim gardle rodzi się warknięcie.

– Ale mi powiesz.

Mag spojrzała mi w oczy.

– Wszystkie umarły.

Ucisk w piersi stał się jeszcze silniejszy.

– Co takiego?

Pokręciła głową.

– To stało się podczas jednego z wyzwań. – Upuściła gąbkę do wanny i nalała sobie na dłoń trochę fioletowego szamponu. Stanęła za mną i zaczęła myć mi włosy, jakby nie była w stanie spojrzeć mi w oczy. – Nie wiem, co się stało. Szczegóły owiane są tajemnicą. Wiem tylko, że trybutki udały się na wyzwanie, ale z niego nie wróciły. Z powrotem przybyli tylko król, wartownicy i madame Odell. Próby zostały anulowane i nikt o nich nie mówił, aż kilka tygodni temu król ogłosił, że znów je organizujemy.

Żywiołowo szorowała moją głowę, jej zdenerwowanie odbijało się na moim skalpie. Pozwoliłam jej kontynuować, podobało mi się to uczucie. Obie siedziałyśmy w ciszy, towarzyszył nam jedynie chlupot piany.

Coś w słowach Mag przeszkadzało mi jak swędzący punkt na ciele, którego nie potrafiłam dosięgnąć. Jeśli ostatnie Próby odbyły się dwa lata temu, to znaczy, że została wybrana inna trybutka z Zorzy. Usiłowałam sobie przypomnieć, czy jakaś młoda kobieta opuściła w tym czasie Nostrazę. Nikt nie przyszedł mi do głowy. Większość więźniów to mężczyźni, zauważyłabym więc, gdyby zaginęła dziewczyna w moim wieku. Chyba że król Zorzy wybrał ją z innego miejsca? Nadal nie rozumiem, dlaczego mnie puścił, po wszystkim, co się wydarzyło.

Gdy Mag skończyła myć mi włosy, chwyciła prysznic i opłukała je ciepłą wodą. Odwróciłam się, by na nią spojrzeć.

– I nie masz pojęcia, jak umarły?

– Słyszałam plotki. Służba dużo gada.

– Jakie plotki?

– Na pewno nie są prawdziwe. – Wylała sobie na rękę trochę odżywki, nie patrząc mi w oczy.

– Jakie plotki? – powtórzyłam.

– Że król nie był zadowolony z potencjalnych królowych, więc... przedwcześnie zakończył Próby.

Zerknęłam na nią i zauważyłam, że zbladła.

– Czy to prawda?

Pomyślałam o królu. O jego uprzejmości. O tym, jaki był dla mnie dobry. Nie było mowy, że ten sam fae zrobiłby coś takiego. Prawda?

– Nie – odpowiedziała stanowczo Mag, ale brzmiała, jakby próbowała przekonać samą siebie. – Oczywiście, że nie. Ludzie mówią różne paskudne rzeczy, czyż nie? – Jej głos stawał się coraz wyższy, gdy ględziła o tym, jak ludzie kochają kłamać, a król nigdy by czegoś takiego nie zrobił.

Im bardziej zaprzeczała, tym bardziej sceptycznie byłam nastawiona.

Jeśli to prawda, to czy może się to powtórzyć? Została nas czwórka, przed nami dwa ostatnie wyzwania. Czy któraś z nas dotrze do końca? Z jakiego powodu tamte trybutki nie spełniały jego oczekiwań? Atlas więcej niż raz dawał mi do zrozumienia, że chciałby, żebym wygrała, ale może po prostu mówił mi to, co chciałam usłyszeć?

Mag musiała się mylić. To tylko okrutne plotki rozprzestrzeniane przez znudzonych fae, którzy nie mają nic lepszego do roboty, więc wymyślają kłamstwa raniące jak brzytwa.

Służąca spłukała odżywkę i owinęła włosy ręcznikiem, by wycisnąć nadmiar wody.

– Proszę – powiedziała. – O wiele lepiej. Dasz radę iść sama czy wezwać kapitana, by ci pomógł? – Odwróciła się, by wyjść, a ja uniosłam dłoń do góry.

– Nie. Ani się waż po niego iść. Dam sobie radę.

Tym razem pewnie „przypadkiem" zrzuciłby mnie z balkonu. Mag przytrzymała mnie za ręce, gdy powoli przygotowywałam się do wstania, krzywiąc się z bólu. Usiadłam na tyłku i podciągnęłam się z trudem na brzeg wanny, a Mag owinęła mnie puchatym ręcznikiem.

Wzięłam głęboki oddech i wstałam, obejmując ramiona Mag. Była jakieś pół głowy niższa ode mnie – jej wzrost był idealny, bym mogła użyć jej jako podpory, kuśtykając do łóżka.

– Powinnaś odpocząć – poradziła i pomogła mi ułożyć się pod kołdrą. Nagle moje powieki stały się tak ciężkie, że ledwo udawało mi się je otworzyć. Nie odpowiedziałam jej; zakopałam się pod miękką pościelą i zasnęłam.

Nie jestem pewna, jak długo spałam, ale gdy się obudziłam, niebo było ciemne, a światła w pokoju przygaszone. Przeciągnęłam się, krzywiąc się z powodu tępego bólu w nodze. Ktoś zostawił na mojej szafce nocnej szklankę wody i dwie tabletki przeciwbólowe. Gdy po nie sięgnęłam, usłyszałam wściekłe szepty dochodzące z łazienki.

Drzwi były uchylone, a ja rozpoznałam przyciszone głosy Gabriela i króla.

– Kim ona jest, Atlasie? Co ona tu robi i dlaczego jesteś nią tak zainteresowany? To mi się nie podoba – powiedział zdenerwowany Gabriel.

Atlas odpowiedział, ale nie dosłyszałam. Leżałam bez ruchu, by się nie domyślili, że się obudziłam. Miałam prawo usłyszeć, co Gabriel mówi za moimi plecami.

– Możesz mieć każdą z tych dziewczyn. Każda byłyby dla ciebie o wiele lepszym wyborem – powiedział. – Lepiej pozbądź się jej.

Słysząc to, otworzyłam szeroko oczy. Co? Pozbyć się mnie?

– Przesadzasz – powiedział Atlas, tym razem głośniej. Rozdrażnienie w jego głosie rozluźniło trochę moje napięcie. – Nie masz się o co martwić. Zaufaj mi. Ona jest tą odpowiednią. Jestem tego pewien.

– Atlasie... – odpowiedział Gabriel, a w jego głosie słychać był ostrzeżenie.

– Koniec tematu – uciął Atlas. – Jesteś odpowiedzialny za jej bezpieczeństwo i upewnienie się, że przejdzie przez Próby. Zerra wie, że ja zrobiłem już to, co do mnie należało.

– To właśnie robię – odpowiedział Gabriel, a ja praktycznie słyszałam, jak zaciska zęby.

Zmarszczyłam brwi, gdy kilka wydarzeń złączyło się w mojej głowie w całość. Atlas dający mi w bibliotece książkę. Podpowiedź dotycząca ubioru. Syreni potwór, który mnie gonił i nagle gwałtownie się zatrzymał. Gabriel i niekończące się ćwiczenia na belce. Magiczna dłoń, która zdawała się mnie uratować od upadku z Rózg.

– Jeśli spadnie jej z głowy choćby jeden włos, odpowiesz za to. Rozumiemy się? – kontynuował Atlas.

Zapadła długa cisza, podczas której wyobrażałam sobie, że stoją naprzeciwko siebie, mierząc się wzrokiem. Czy jestem bezpieczna przy Gabrielu? Jeśli Atlas naprawdę się o to martwi, może Gabriel nie powinien być już moim wartownikiem? Dlaczego mi pomagają? Czego chce Atlas?

Wybrał mnie do tego król Zorzy, a nie Atlas, prawda? Nagle to rozróżnienie zaczęło się wydawać bardzo ważne. Pomyślałam o zamieszkach, do których według Gabriela wcale nie doszło w nocy, kiedy zabrał mnie z Nostrazy, i zaczęłam się zastanawiać, czy wszystko, co mi tu powiedziano, jest prawdą.

W końcu rozległa się odpowiedź Gabriela:

– Rozumiemy się, Wasza Królewska Mość. W zupełności.

– Dobrze – wycedził Atlas. – I więcej nie kwestionuj moich wyborów. Jesteśmy przyjaciółmi, ale ja nadal jestem twoim królem, a ty moim poddanym.

Nie byłam pewna, czy Gabriel odpowiedział, czy tylko kiwnął głową, bo chwilę później drzwi się otworzyły, zamknęłam więc oczy, udając, że śpię. Usłyszałam kroki zbliżające się do łóżka, próbowałam więc rozluźnić twarz i wyregulować oddech. Chwilę później poczułam delikatny dotyk na policzku i kciuk sunący po mojej dolnej wardze.

– Później wrócę sprawdzić, jak się masz – powiedział łagodnie Atlas. Potem odwrócił się, by wyjść z pokoju. Słyszałam jego kroki.

– Za mną – warknął, po czym Gabriel ruszył za nim. Czekałam, aż drzwi się zamkną, i otworzyłam oczy, zastanawiając się, co zrobić z tym, co właśnie usłyszałam.

Rozdział dwudziesty szósty

Kolejne kilka dni spędziłam w łóżku, dochodząc do siebie. Dwa razy dziennie odwiedzali mnie medycy ze świeżymi bandażami i z dostawą leków przeciwbólowych. Stwierdzili, że rana nie ma poszarpanych brzegów i ładnie się goi. Powiedziano mi również, że kilka razy przychodziła do mnie Halo, ale ja nie chciałam się z nią spotykać ani słyszeć, co ma mi do powiedzenia. Nadal byłam wściekła, że przez nią prawie odpadłam z zawodów.

Myślałam, że jest moją przyjaciółką. Tego spodziewałabym się po Apricii, ale nie po niej.

Nie mogłam też zapomnieć o rozmowie Atlasa z Gabrielem. Jaki on ma ze mną problem? Z tego, co mu wiadomo, jestem śmiertelniczką, więźniarką z Nostrazy, która nie potrafiłaby skrzywdzić pchły. Musiałam się też zastanowić nad prawdziwymi intencjami Atlasa. Wiedziałam teraz, że dla mnie oszukiwał. Czy dla innych trybutek robił to samo?

Rozmyślałam również o poprzednich Próbach kandydatek na królową Słońca.

Kogo mogłabym o nie zapytać?

Mag kompletnie mnie ignorowała, zmieniając temat, gdy tylko o nich wspomniałam. Jedyną inną osobą, która mnie odwiedzała, był Atlas, ale po tym, jak Mag wyjawiła, że rozmowy o Próbach są zakazane, doszłam do wniosku, że to nie najlepszy ruch. Był też Gabriel, który traktował mnie jak coś, w co najchętniej wbiłby kopię. Jego na pewno nie mogłam o to zapytać.

Dotarło do mnie, że pozostałe trybutki muszą coś wiedzieć. Dwa lata temu wszystkie żyły w Afelionie. Może powinnam znaleźć Halo, tylko po to, by ją zapytać. Tyle była mi winna.

Z tą myślą postanowiłam wybrać się na spacer. Czułam się już silniejsza, a leżenie w łóżku doprowadzało mnie do szału. Wstałam, by znaleźć coś wygodnego do ubrania. Założyłam żółtą tunikę, getry z miękkiego jak masło zamszu i parę miękkich złotych pantofelków. Pociągnęłam za medalion na szyi, myśląc o Willow i Tristanie. Co teraz robili? Zniknęłam wiele tygodni temu. Czy wiedzieli, że żyję? Na pewno nikt im nie powiedział, co się ze mną stało.

Dzięki magii Calliasa moje włosy nadal rosły i sięgały mi już za ramiona. Rozczesałam je palcami i potrząsnęłam głową, ciesząc się tym, jak muskają mnie po karku.

Wyszłam z pokoju, wybierając losowo kierunek, i ruszyłam korytarzem. Jak zwykle w pałacu mnóstwo się działo: trwały przyjęcia, wszędzie pełno było pijących i ucztujących fae oraz śmiertelników. Wszyscy bawili się i hulali, mniej lub bardziej rozebrani. Zastanawiałam się, czy wszystkie dwory są tak liberalne w podejściu do cielesnych uciech, czy to może cecha charakterystyczna Afelionu.

Choć wiedziałam, że fae ogólnie są bardzo chętni, jeśli chodzi o kwestie łóżkowe, jakoś nie potrafiłam sobie wyobrazić, że ktokolwiek w Zorzy tak dobrze się bawi. Było tam zbyt mrocznie i ponuro. Twierdza Zorzy wydawała się bardziej pasować do pogrzebów i wskrzeszania zmarłych.

Z uśmiechem obserwowałam mijanych ludzi; ich radość była zaraźliwa. Jakie to musiało być życie – móc istnieć tylko dla rozkoszy. Czy taka czeka mnie rzeczywistość, jeśli zostałabym królową Afelionu? Czy to mnie zadowoli? Nigdy nie myślałam o tym, że mogłabym być taką władczynią.

Choć przyjęcia wydawały się radosne i ciepłe, nie byłam w nastroju do przebywania w tłumie, szczególnie że zauważyłam Griane i Apricię sączące szampana. Zastanawiam się, dlaczego Apricia nie jest bez przerwy ciągana na lekcje z madame Odell, ale chyba byłam w stanie zgadnąć, jaka jest odpowiedź na to pytanie.

Obie mnie zauważyły. Griane uśmiechnęła się do mnie lekko, wiedząc, że nie jest już moją rywalką. Tak naprawdę jest mi winna podziękowania za to, że pomogłam jej przeżyć Rózgi, ale raczej się na to nie zanosi. Kamienne spojrzenie Apricii nie uległo zmianie. Wzdrygnęłam się na myśl o zostaniu jej służącą i zaczęłam się zastanawiać, czy powrót do Nostrazy nie byłby tak naprawdę przyjemniejszą opcją.

Nie pozwoliłam jej jednak zepsuć sobie nastroju. Poszłam dalej i dotarłam do szerokich szklanych drzwi. Otworzyłam je i wyszłam do spokojnego ogrodu. Rosły tam rzędy krzewów, a na nich całe mnóstwo połyskujących złotych róż. Były wszędzie, a promienie słońca napełniały je życiem. Widok zapierał dech w piersi. Muskałam palcami ich delikatne płatki i leniwym krokiem spacerowałam po ścieżkach.

Róże były tak miękkie, że przypominały poduszki otulone aksamitem. Nachyliłam się, by je powąchać; zapach był intensywny i bogaty. Zabrał mnie do Nostrazy i tego skrawka mydła, który pachniał jak złudny cień tych przepełnionych wonią kwiatów. Do tej niewinnej kostki mydła, przez którą wylądowałam w Nicości i która poprowadziła mnie do tego ogrodu, wrzucając mnie na nieprzewidywalną ścieżkę losu.

Z nadzieją, że nikomu to nie będzie przeszkadzało, urwałam jeden z kwiatów i wzięłam ze sobą, obracając łodygę między palcem wskazującym i kciukiem.

Słysząc w oddali huk oceanu, podeszłam do niskiego kamiennego muru po drugiej stronie ogrodu, z widokiem na wodę.

– Lor – odezwał się czyjś głos, wyrywając mnie z zamyślenia.

To Halo i Marici. Obie przyglądały mi się ostrożnie.

– Cześć – powiedziałam surowo, nadal czując ukłucie zdrady.

– Jak się czujesz? – zapytała Halo, zbliżając się.

Marici szła obok niej.

– Chyba... nieźle.

– Byłam u ciebie. Wielokrotnie.

– Wiem – odpowiedziałam.

– Chciałam wszystko wyjaśnić. – Halo chwyciła w dłonie rąbek spódnicy i rzuciła Marici niepewne spojrzenie. Druga fae zbliżyła się, kładąc bladą dłoń na ramieniu Halo i kiwnęła głową.

– Powiedz jej – szepnęła. – Zasługuje, by wiedzieć.

Zmarszczyłam brwi, zastanawiając się, co się dzieje. Czy w tym miejscu nie ma ucieczki od tajemnic?

– Marici i ja... – powiedziała Halo, po czym zamilkła. Marici znów ścisnęła jej ramię i wymieniły się spojrzeniem tak pełnym czułości i prawdziwego uczucia, że zaparło mi dech w piersi.

– Jesteście w sobie zakochane – powiedziałam, a na ich twarzach odmalowały się zaskoczenie i ulga.

– Tak – odpowiedziała Halo, ale nagle spanikowała, a jej oczy otworzyły się szeroko. – Tylko nie możesz nikomu powiedzieć.

Uniosłam dłonie.

– W porządku. Nikomu nic nie powiem.

Jej spojrzenie spochmurniało.

– Bycie z kimś innym niż król jest traktowane jako zdrada, gdy konkuruje się w Próbach.

Przesunęłam dłonią po twarzy, a kilka faktów właśnie nabrało sensu.

– Dlatego chciałaś się poddać. – Halo kiwnęła głową, zaciskając usta. – Jaki macie plan? Żyć razem jako służące i... – Zamilkłam, pozwalając, by fakty do nas dotarły. Odepchnęłam się od ściany i pokręciłam głową. – To niebezpieczne. Możecie zostać wtrącone do więzienia, powieszone, czy co tam grozi w Afelionie za zdradę.

Halo spuściła wzrok na stopy.

– Możemy – powiedziała cicho, po czym znów spojrzała na mnie. – Ale przyjaźnimy się od bardzo dawna...

– Nasze rodziny nie mają pojęcia – dodała Marici. – Spodziewały się, że jedna z nas złączy się z królem. Nie miałyśmy wyboru, musiałyśmy wziąć udział w Próbach.

– Przepraszam, że przeze mnie prawie zginęłaś na Rózgach. Masz prawo być wściekła – powiedziała Halo.

Prawie zginęłam i byłam wściekła, ale smutek i cień nadziei w ich sylwetkach sprawił, że gniew niemal zniknął.

– Musicie to trzymać w sekrecie – powiedziałam.

– Chyba że król zdecyduje, że nie należymy już do niego w tym sensie – wyjaśniła Halo, a na jej policzkach wykwitł rumieniec. – Trybutki-służące nie mogą mieć partnera, z którym będą złączone, ale niektóre z nich utworzyły inne związki, jeśli król nie był nimi zainteresowany. Z jego błogosławieństwem.

Skrzywiłam się. Afelion naprawdę ma problemy z traktowaniem płci żeńskiej. A to niby ja jestem niecywilizowana.

Marici oparła się o Halo jak delikatny kwiat szukający schronienia pod drzewem.

– Jeśli wygrasz... – powiedziała Halo, nie kończąc myśli.

– Nie wygram – odpowiedziałam. Pomimo tego, że podsłuchałam rozmowę Atlasa z Gabrielem, byłam pewna, że moje szanse na sukces przed Słonecznym Lustrem były nieskończenie małe.

– Ale jeśli wygrasz – powiedziała Marici.

Spojrzałam na nią surowo.

– Nie wygram – powtórzyłam.

Może i Atlas zabronił Gabrielowi mnie zranić, ale to nie znaczyło, że byłam bezpieczna. Podczas wyzwania łatwo upozorować wypadek.

Marici kiwnęła głową, wbijając wzrok w ziemię, a ja poczułam się winna, że tak na nią napadłam, ale nie chciałam robić jej niepotrzebnej nadziei. Ani sobie. Westchnęłam, przesuwając dłonią po twarzy.

– Jeśli wygram, zobaczę, co da się zrobić. Zaufaj mi. Jeśli wygram, nie zdzierżę, jeśli w łóżku mojego partnera pojawi się ktokolwiek inny niż ja.

Dziewczyny rozchmurzyły się, a na ich twarzach pojawiły się uśmiechy, ale w moich słowach była brawura, do której nie miałam prawa. Nawet jeślibym wygrała, to i tak będę druga w szeregu, po fae, który sprawuje faktyczną władzę w tym królestwie. Czy byłabym w stanie go powstrzymać, nawet gdybym chciała? Czy on przed kimkolwiek odpowiada?

– Dziękuję, Lor – powiedziała Halo, biorąc mnie za ręce. – Dziękuję.

– Nie dziękuj – odpowiedziałam. – Niczego jeszcze nie zrobiłam.

– Oczywiście – powiedziała Marici. – Ale i tak dziękujemy.

Znów westchnęłam, czując, jak ciężar całego świata przygniata mi ramiona niczym kamienny sufit.

Tristan. Willow. Halo. Marici.

Lista osób, które liczą na to, że wygram Próby kandydatek na królową Słońca, robiła się coraz dłuższa.

Rozdział dwudziesty siódmy

Apricia, Halo, Tesni i ja stałyśmy w szeregu, zwrócone twarzami w kierunku madame Odell, która przyglądała się nam niczym rzeczoznawca w sklepie z biżuterią. Sposób, w jaki marszczyła nos na mój widok, sugerował, że znalazła kamień z niezliczoną liczbą wyżłobień.

– Gratuluję, zostałyście finałową czwórką – powiedziała. – Choć obecność części z was w ogóle mnie nie dziwi, jestem absolutnie skonsternowana faktem, że jednej z was udało się dotrzeć aż tutaj.

Jeśli stanie się cud i zostanę królową Afelionu, madame Odell trafi na listę osób, które ukarzę natychmiast, tak jak króla Zorzy.

Przewróciłam oczami, powstrzymując się przed wystawieniem języka. To byłoby dziecinne, a ja jestem... cóż, może nie damą, ale mam tego dość. Traktowała mnie jak śmieć, podczas gdy ja pokonałam sześć innych trybutek i dotarłam aż tutaj, choć może nie tylko dzięki własnym zasługom. Spojrzałam na

Apricię, nie wierząc, że Atlas pomaga tylko mnie. Powiedział, że ma ulubienice. W liczbie mnogiej.

Choć nigdy nie zasłużę na jej szacunek – to było jasne – wcale nie była lepsza ode mnie.

Gdy zauważyłam, że Halo otworzyła usta, by mnie bronić, położyłam jej dłoń na ramieniu. To nie było tego warte i niczego nie zmieni. Madame Odell mogła sobie myśleć, co chciała. Halo kiwnęła niepewnie głową. Miałam wrażenie, że czuje, jakby była mi coś winna za to, że utrzymuję ich sekret w tajemnicy, ale tak nie było. Nigdy nie powiedziałabym ani nie zrobiła niczego, co wpędziłoby je w kłopoty.

– Kolejne wyzwanie odbędzie się podczas balu z okazji Prób kandydatek na królową Słońca, za trzy dni – powiedziała madame Odell. – To tradycyjne wydarzenie podczas każdej z Prób i najważniejsze w całym Afelionie. Biorą w nim udział władcy wszystkich dworów, by przyjrzeć się potencjalnym królowym Słońca. – Uśmiechnęła się w stronę Apricii, jakby decyzja już zapadła, a ja wydałam z siebie drwiące parsknięcie, które zignorowała.

Ale jej słowa przyprawiły mnie o zawrót głowy. Wszyscy władcy.

To znaczy, że znów zobaczę króla Zorzy. Po tylu latach. W moim żołądku zawiązał się supeł.

Zastanawiałam się, czy przyjedzie sprawdzić, co u jego zakładnika. Czy on w ogóle wiedział i czy przejmował się tym, czy jeszcze żyję? Jakie były jego intencje, gdy mnie tutaj przysłał? Czy to część jakiegoś większego planu? Minęło tyle lat. Byłam pewna, że o mnie zapomniał, po tym jak zrobił wszystko, by mnie złamać. Minęło tyle czasu, od kiedy ostatnio widziałam królewskiego fae, którego poprzysięgłam zniszczyć.

Nie byłam pewna, czy jestem na to gotowa.

– To będzie bal maskowy – kontynuowała madame Odell. – Do pozostałych gości dołączycie anonimowo, nie jako trybutki, a jako zwyczajne uczestniczki przyjęcia. Waszym zadaniem będzie rozmawiać, czarować i uwodzić. Kilku gości zostanie wybranych do udziału w wyzwaniu, choć nie będą tego świadomi aż do jego końca. Każdy z nich będzie miał na sobie coś, co ma dla nich wielką wartość sentymentalną. Na przykład pierścień lub broszkę. Godzinę po rozpoczęciu balu wasz wartownik zostanie poinformowany o przedmiocie, który macie zdobyć. Odszukajcie go, by się dowiedzieć, kto będzie waszym celem. Macie za zadanie przekonać właściciela przedmiotu, by wam go oddał. Możecie do tego celu wykorzystać dowolne sposoby, z wyjątkiem wyjawienia waszej tożsamości i istoty zadania. Ta, która jako ostatnia zdobędzie błyskotkę, zostanie wyeliminowana. Pozostała trójka przejdzie do czwartego, ostatniego wyzwania.

Madame Odell zatrzymała się i odwróciła, zakładając dłonie na brzuchu.

– Czy moje instrukcje są jasne?

Wszystkie kiwnęłyśmy głowami. Ta Próba wydawała się dość prosta w porównaniu do pozostałych, ale byłam pewna, że jest w tym jakiś haczyk. Przynajmniej tym razem raczej nie groziła nam śmierć, ale to samo myślałam przed pierwszą Próbą.

– Świetnie – zakończyła madame Odell. – Nie mogę się doczekać, by zobaczyć, jak używacie swojego sprytu i wdzięku. – Jak zwykle spojrzała na mnie z miną sugerującą, że obie te cechy ominęły mnie szerokim łukiem. Prawdopodobnie miała rację. Nie mam pojęcia, jak kogoś oczarować. Mam nadzieję, że moim celem będzie ktoś uległy.

– Na dziś jesteście wolne – powiedziała. – Powodzenia, trybutki.

Callias wpadł do mojego pokoju, popychając wózek pełen grzebieni i mikstur, po czym obejrzał mnie od stóp do głów. Piłam szampana, kończąc obiad, który wcześniej przyniosła mi Mag. Nadszedł dzień balu królowej Słońca i najwyraźniej przygotowanie się do niego zajmie kilka godzin.

– O, świetnie! – powiedziała Mag, klaskając w dłonie. – W końcu jesteś.

Callias uniósł brew w ironicznym geście.

– Tak, cóż, miałem scysję ze służącą tej paskudnej Apricii. – Odsłonił wargę. – Niech Zerra dopomoże królowi, jeśli to ona zwycięży. Niech Zerra dopomoże całemu Afelionowi. Wiesz, że wrzeszczała na mnie przez dwadzieścia minut, bo pasemka, o które poprosiła, nie były wystarczająco lśniące? – Żachnął się, rozkładając zawartość wózka na toaletce. – Zupełnie jakbym to ja był odpowiedzialny za brak naturalnego blasku jej włosów. Nie jestem jej codziennym stylistą. Nie wiem, jakiej lury używała do mycia i odżywiania włosów, i przysięgam...

– Calliasie – warknęła Mag. – Skup się, proszę. Nie mamy wiele czasu.

Już chciałam zaprotestować, mówiąc, że mamy całe godziny, ale Mag uciszyła mnie spojrzeniem.

Callias westchnął i położył dłoń na biodrze.

– Dobrze, w porządku. – Przyjrzał mi się, przechylił głowę i uśmiechnął. – Widzę, że moje tabletki działają. – Jego ramiona zatańczyły z zadowoleniem, a po chwili wrócił do rozpakowywania narzędzi.

– To prawda – odpowiedziałam. Włosy sięgały już połowy pleców, a dzięki szamponowi, którego używałam z powodu nalegań Mag, były miękkie i błyszczące jak jedwab. Pewnie nie mają w sobie takiego połysku jak gęste włosy Apricii, ale w porównaniu z postrzępionymi lokami, z którymi się tu pojawiłam, to zadziwiająca poprawa.

Callias podszedł do mnie z grzebieniem w dłoni i okrążył mnie, nadal siedzącą na krześle przy moim niewielkim stole jadalnym.

– Na co się dziś zdecydujemy? – zastanawiał się. Chyba nie mówił do mnie, nalałam sobie więc kolejny kieliszek szampana. Butelka była pusta, uniosłam ją więc, dając Mag sygnał.

– Przyniesiesz mi kolejną?

Kobieta pokiwała głową i poszła spełnić moje życzenie. Tak się denerwowałam dzisiejszym wieczorem, że potrzebowałam odrobiny płynnej odwagi. Myśl o zobaczeniu króla Zorzy wciąż powracała w mojej głowie, choć próbowałam o nim zapomnieć – jak przesiąknięte wodą ciała topielców pojawiające się na powierzchni.

Callias zatrzymał się, po czym zaczął krążyć w przeciwnym kierunku. Wydawał z siebie najróżniejsze odgłosy, mówił „hmm" i „ha", a ja poczułam się jak koń na aukcji.

– Skończyłeś już? – zapytałam. – Jestem tak beznadziejnym przypadkiem, że przez godzinę musisz się zastanawiać, co ze mną zrobić?

Zatrzymał się i mrugnął, zupełnie niewzruszony moim wybuchem. Wyjął mi z dłoni kieliszek, na co zaprotestowałam, ale on zbył mnie machnięciem ręki.

– Chodź. Tutaj też się możesz upić.

Postawił kieliszek na toaletce i kazał mi usiąść.

– W porządku – powiedziałam, zajmując krzesło. Callias przyjrzał mi się z jeszcze kilku kątów, po czym w końcu zabrał się za moje włosy. Gdy je rozczesywał, nasze spojrzenia spotkały się w lustrze.

– Dobrze się bawisz? – zapytał beztrosko, na co parsknęłam.

– Jeśli łapanie kontuzji i stawanie oko w oko ze śmiercią nazywasz dobrą zabawą, to jasne.

Callias uśmiechnął się do siebie, przeczesując moje pukle, po czym podniósł rozgrzany niebieski wałek. Przez chwilę na niego dmuchał, po czym zawinął na nim kosmyk moich włosów, opierając go na mojej głowie.

– Plotka głosi, że król jest tobą oczarowany – powiedział Callias z szelmowską miną. – Powiedziałem, że dzięki tobie będzie ciekawie, czyż nie? Wyobrażasz sobie? Ostateczna trybutka jedną z faworytek? Podobno w Umbrze odchodzą od zmysłów. Stałaś się inspiracją, Lor.

Nie odpowiedziałam. Callias kontynuował prace nad moją fryzurą, zawijając kosmyki na różnych rozmiarów wałki. Umbra. Dziwnie było „pochodzić" z miejsca, którego nie widziałam na oczy. Czy oni zdają sobie sprawę, że tam nikt mnie nie zna? A może Umbra jest tak pogrążona w nędzy, że mieszkańcy nie są w stanie rozpoznać jednego ze swoich? Przypomniałam sobie, że przecież nie jestem jedną z nich. Przybyłam z Nostrazy, i jeśli przegram, to do niej wrócę.

– Jesteś strasznie cicha – powiedział Callias. – Napij się jeszcze. To ci doda wigoru. – Podniósł kieliszek i napełnił go, używając butelki, którą właśnie przyniosła Mag. – Całowałaś go? – zapytał, a ja zauważyłam, jak Mag sztywnieje, wypełniając swoje obowiązki, ścieląc łóżko i sprzątając. – Nikomu nie powiem.

– Tak – przyznałam w końcu. – Całowałam.

Callias wydał z siebie odgłos sugerujący, że się tego spodziewał.

– Należę do tych, którzy byliby zachwyceni, gdyby zwyciężyła ostateczna trybutka. To skandaliczne, że wyciągają z Umbry jakiegoś żałosnego, wychudzonego, zaniedbanego szczura, wkładają go w jedwabną kieckę i oczekują, że będzie się mierzyć z najlepiej wyszkolonymi kobietami z całego Afelionu.

Zmarszczyłam brew, a Callias jakby się opamiętał.

– Ach, nie ty, skarbie. Nie ciebie miałem na myśli. Przecież tobie idzie całkiem nieźle, prawda? Jesteś dowodem na to, że każdy może zmienić swoje życie, dokładnie tak, jak mówią. – Uśmiechnął się szeroko i wrócił do nakładania mi wałków na głowę.

Gdy zakręcił już całe włosy, znów napełnił mój kieliszek, a ja napiłam się z nadzieją, że dzięki temu zmniejszy się napięcie w moim brzuchu. Stawiałam czoła potworom, wysokościom i wymachującym włosom Apricii, ale król Zorzy jest moim osobistym dnem. Nikt tak jak on nie sprawił, że cierpiałam.

Znów chciałam napełnić kieliszek, gdy Callias położył dłoń na moim nadgarstku.

– Może powinnaś odrobinę zwolnić? Nie przetrwasz nocy, jeśli będziesz tak pędzić.

– Nic mi nie jest – odpowiedziałam, strząsając jego dłoń i nalałam sobie szampana. Callias wzruszył ramionami i jeden po drugim zaczął ściągać wałki, odsłaniając wodospad błyszczących spirali.

– Czy plotki mówią coś o tym, że król polubił kogoś jeszcze? – zapytałam, starając się zabrzmieć swobodnie, co mi się nie udało.

Callias uniósł brew i przygryzł wargę.

– Mówi się, że widziano go również w towarzystwie pewnej ciemnowłosej żmii.

– Tej, której złotym pasemkom brakuje połysku? – Upiłam łyk szampana, a bąbelki tańczyły na moim języku.

– Hmm. – Odpowiedź Calliasa była wymijająca.

– W porządku. Nie obchodzi mnie to. Powinien spędzać czas z każdą z nas.

Callias upiął górną połowę moich włosów z tyłu, podczas gdy ja obserwowałam każdy jego ruch. Kiwnął głową.

– Oczywiście, że cię nie obchodzi.

Zmrużyłam oczy, słysząc jego protekcjonalny ton.

– Myślisz, że to taki fae, który po wybraniu królowej będzie wzywał do siebie jej służące?

Callias zaśmiał się drwiąco.

– Wszyscy fae są tacy, skarbie. Niczego nie potrafimy utrzymać w spodniach. Widać, że nie spędziłaś z nami zbyt wiele czasu.

– Wszyscy? – zapytałam, marszcząc brwi.

– Nie – odpowiedział. – Istnieją wierni. Ci, którzy mieli na tyle szczęścia, by znaleźć prawdziwego partnera i tak dalej. – Machnął ręką, jakby chciał pokazać, że w to nie wierzy. – Ale to zdarza się tak rzadko, że praktycznie jest legendą. Fae ogólnie są kapryśnymi istotami.

Nie chciałam się przejmować. Wmówiłam sobie, że czuję jedyne przejściową słabość do króla. Był dla mnie dobry i hojny, jak nikomu wcześniej udało mu się sprawić, że poczułam się ze sobą dobrze. Ale nie mogłam zapominać o mojej misji. O tym, po co tu byłam. O Tristanie i Willow. Ich imiona dudniły mi w głowie. Musiałam wygrać i wydostać ich z Nostrazy. Halo i Marici też na mnie liczyły. Atlas może się pieprzyć, z kim tylko chce. To nie ma dla mnie znaczenia. Nie po to tu przyszłam.

Kolejny kieliszek szampana opróżniłam teatralnym gestem, przechylając brodę i głośno przełykając.

– No pewnie – powiedział łagodnie Callias, klepiąc mnie po ramieniu. – Zapij uczucia. To ci pomoże.

– Zamknij się – odpowiedziałam, na co się zaśmiał. – Zapijam nerwy, nie uczucia.

– W każdym razie... skończyłem.

Callias zmienił mnie w dzieło sztuki, które mogłoby zawisnąć nad dowolnym kominkiem. Moje włosy błyszczały niczym muśnięte słońcem. Część z nich była upięta luźno na czubku głowy, a opadające kosmyki stały się oprawą mojej twarzy. Callias nachylił się, tak by jego policzek znalazł się tuż obok mojego, i położył mi dłonie na ramionach.

– Ośmielę się powiedzieć, że wyglądasz jak królowa.

Uśmiechnęłam się, a z moich ust wydobyło się ciche beknięcie. Natychmiast zasłoniłam usta. Callias z obrzydzeniem uniósł wargę i się wyprostował.

– Dziewczyna może wyjść z Umbry, ale Umbra nie wyjdzie... – mruknął do siebie, pakując się.

Nadal zakrywając usta, zachichotałam, widząc jego minę. Callias uśmiechnął się i pokręcił głową.

– Postaraj się nie dać zabić, dobrze? – Łagodnie stuknął mnie palcem w nos.

Ten gest był dziwnie ojcowski.

– Czas na sukienkę! – ogłosiła Mag, wpychając mnie za parawan.

Zdjęła mi szlafrok i przytrzymała suknię, bym mogła w nią wejść. Kreacja była oczywiście złota, pokryta tysiącami błyszczących kryształów. Dopasowana góra zakrywała jedno ramię – to, na którym nosiłam piętno Nostrazy – a drugie pozostawiała odsłonięte. Dół sukni opadał na podłogę delikatnymi falami, a materiał był tak lekki i zwiewny, że czułam, jakbym miała na sobie chmurkę.

Mag usadowiła mnie przy toaletce i posypała złotem moje powieki i policzki. Wyciągnęła cienki pędzel oraz słoiczek ze złotą farbą i namalowała na odsłoniętym ramieniu długie kwieciste pnącze. Połyskujące linie pięknie wyróżniały się na mojej jasnobrązowej skórze.

Gdy Mag skończyła, spojrzałam w lustro i zaparło mi dech w piersi. Wydawało mi się niemożliwe, że mogę tak wyglądać, skoro ledwie sześć tygodni wcześniej miałam na sobie zużytą szarą tunikę i leżałam na dnie wykopanego w ziemi dołu, tak wykończona, że kości niemal przebijały się przez skórę cienką jak kartka papieru.

Musiałam przyznać, że czułam się jak królowa, choć nadal byłam daleko do otrzymania tego tytułu.

Oczy zapiekły mnie od kłębiących się emocji, którym nie mogłam się przyjrzeć, więc odepchnęłam je od siebie. To nie był czas, by rozmyślać o przyszłości, która mogła należeć do mnie, gdyby sprawy potoczyły się inaczej jeszcze przed moimi narodzinami.

Mag zwieńczyła mój strój delikatną złotą maską pokrytą jedwabiem i okoloną złotymi paciorkami. Do rogu przyczepione było bladożółte pióro. Założyła mi maskę na oczy i zawiązała wstążkę z tyłu głowy.

– Jest gotowa? – zawołał czekający po drugiej stronie parawanu Gabriel. Stłumiłam jęk. Starałam się trzymać od niego z dala od czasu, gdy usłyszałam jego rozmowę z Atlasem, ale nie było to łatwe, bo Gabriel nadal zmuszał mnie do codziennego treningu. Większość czasu po prostu się nie odzywałam, nie mając ochoty na wysłuchiwanie jego obelg podczas ćwiczeń, po których byłam wykończona, a całe moje ciało się trzęsło. Było jasne, że chciał się mnie pozbyć, więc nie rozumiałam, po co w ogóle się starał.

– Owszem – powiedziała śpiewnym tonem Mag, wyciągając mnie zza parawanu.

Przez jedną niezręczną chwilę wpatrywaliśmy się w siebie. Przygotowałam się na nieuchronną obelgę. Przypomnienie o tym, że mogą mnie wsadzić w milion ładnych kiecek, ale to nigdy nie wymaże tego, kim jestem.

Trzeba było przyznać, że Gabriel wyglądał idealnie w dopasowanej złotej marynarce sięgającej za biodra. Krój doskonale podkreślał jego szerokie i muskularne ramiona. Na nogach miał brązowe bryczesy opinające silne uda i wysokie za kolano, wypolerowane na błysk brązowe buty. Włosy w kolorze ciemnego blondu były zaczesane do tyłu, ale rozpuszczone. Kręciły się wokół tatuażu ze słońcem, który miał na szyi. Jego miecz jak zwykle zwisał przy udzie, ale w tej wersji Gabriela było coś swobodnego, a jednocześnie wykwintnego.

Otaksował mnie wzrokiem od stóp do głów. Jego ramiona się napięły, a śnieżnobiałe skrzydła rozłożyły szeroko.

Wydał z siebie jakiś niezrozumiały odgłos, który można by pomylić z aprobatą.

– Chodź. – Odwrócił się na pięcie i ruszył w stronę drzwi. Zatrzymał się przy wyjściu, by na mnie zaczekać, a gdy go mijałam, po raz kolejny omiótł mnie wzrokiem. Ruszyliśmy ramię w ramię przez pałacowe korytarze, które dla odmiany były bardzo ciche. Wyglądało na to, że wszyscy udali się na bal.

– Gdzie twoja maska? – zapytałam, truchtając, by nadążyć za jego długimi krokami. Rzucił mi protekcjonalne spojrzenie. – Czy to nie maskarada? – Mówiłam piskliwym głosem, bo wiedziałam, że to go irytuje.

Westchnienie, połączone z rozszerzonymi nozdrzami i gniewnym spojrzeniem, podpowiedziało mi, że odniosłam sukces. Stłumiłam triumfalny uśmiech.

– Przybyli władcy innych dworów – powiedział cicho.

– Wiem. Madame Odell nam mówiła... ma być też król Zorzy. – Poczułam, jak mój język potykał się o te słowa.

– Nie. Rion przeprasza, ale nie mógł się zjawić. Zamiast niego przyjedzie książę.

Książę. Nie król. Poczułam, jak ucisk w moim żołądku się rozluźnia, choć nadal miałam w sobie mnóstwo sprzecznych myśli.

– Czy książę o mnie wie?

Gabriel posłał mi z ukosa przepełnione jadem spojrzenie.

– Nie. Jesteś mieszkanką Afelionu. I tak ma zostać. Rozumiemy się?

Kiwnęłam głową. Skręciliśmy w korytarz zakończony szerokimi drzwiami, za którymi trwał już bal.

– Jesteś gotowa, ostateczna trybutko?

Przygładziłam przód sukni i wyprostowałam ramiona, przygotowując się na to, by przejść przez kolejne wyzwanie na drodze do mojego przeznaczenia.

– Nie nazywaj mnie tak.

Gabriel przesłał mi jeszcze jedno przenikliwe spojrzenie, po czym zrobił krok w bok, gestem zapraszając mnie do środka.

– Zobaczymy się za jakąś godzinę, Lor. Trzymaj się z dala od kłopotów.

Rozdział dwudziesty ósmy

Nadir

Upijając łyk wina, Nadir oparł się o jedną z marmurowych kolumn i przyjrzał się przyjęciu. Przyleciał z Zorzy bez orszaku i nie miał zamiaru zostawać w Afelionie ani chwili dłużej, niż było to konieczne. Amya nie przybyła z nim, musiał więc ścierpieć ten wieczór samotnie.

Zerknął na główny stół, przy którym pozostali władcy Uranosa prowadzili uprzejmą rozmowę, jakby w rzeczywistości wcale się nie nienawidzili. Gdzie się podziewał Atlas i dlaczego ojciec Nadira nie mógł się tu zjawić? Jakoś pozostałym królom i królowym to się udało. Odpowiedź zapewne była prosta: żadne z nich nie miało dziedzica, któremu mogli rozkazywać.

Żeby się czymś zająć, próbował wypatrzeć wśród gości trybutki. Podobno nie zostaną ujawnione, dopóki „gra" nie dobiegnie końca. Nikt nie powiedział gościom, co się wydarzy, poza tym, że dziewczyny będą ukrywać się wśród tłumu aż do końca balu. Nadir pokręcił głową, upijając kolejny łyk wina, i wypatrzył młodą kobietę o hebanowej skórze i jaskrawych srebrnych włosach przechodzącą samotnie przez hordy gości i załamującą ręce. Wydawała się niespokojna, rzucała dookoła nerwowe spojrzenia.

Nadir parsknął. Tak łatwo było zauważyć te biedne dziewczyny. Kto inny chodziłby tutaj samotnie? Nadir wypatrzył kolejną dziewczynę, z długimi do pasa ciemnymi włosami zarzuconymi za ramię. Rozglądała się wśród tłumu, dopóki nie wypatrzyła jednego z gwardzistów króla Słońca, który kiwnął do niej niemal niezauważalnie. To musiał być jej wartownik, stwierdził Nadir.

Chwilę później jego wzrok uchwycił kolejną kobietę, która wchodziła do pokoju. Jej połyskująca złota suknia dryfowała wokół niej jak wstęgi dymu w kolorze miodu. Stanęła przy poręczy, ściskając ją tak mocno, że aż zbielały jej knykcie.

Choć jej oczy zakrywała złota maska, zauważył ich ciekawski, oceniający błysk, kiedy obserwowała tańczących. Wydawała się jednocześnie przytłoczona otoczeniem, jak i zupełnie na swoim miejscu. Zaciśnięta szczęka sugerowała determinację.

Nadir zmrużył oczy i przechylił kieliszek, który okazał się pusty. Zerknął na resztki napoju, po czym podniósł wzrok z powrotem na kobietę, która teraz rozmawiała z wysokim mężczyzną o falujących brązowych włosach. Nadir przewrócił oczami na widok żałosnych starań Atlasa usiłującego wtopić się w tłum. Naprawdę myślał, że kogokolwiek oszuka? Był tak arogancki, że pewnie cieszyło go, gdy wszyscy udawali, że go nie znają.

Poprowadził dziewczynę po schodach na parkiet, gdzie przyciągnął ją do siebie zaborczo, jakby wierzył, że należy do niego niezależnie od wyniku Prób. Nadir uniósł wargę. To żałosne, zostać sparowanym z kimś, kto przyszedł tu tylko po koronę. Królowa, z którą on sam zostanie złączony, będzie musiała być kimś, kto zdoła rozpalić jego krew.

– Dlaczego kryjesz się w cieniu, Wasza Wysokość? – odezwał się czyjś głos, a Nadir spojrzał na Gabriela, który patrzył prosto przed siebie, z dłońmi złączonymi za plecami.

– Tutaj jest mi najwygodniej – odpowiedział Nadir, a Gabriel uśmiechnął się krzywo.

– Jak zwykle jesteś duszą towarzystwa, Nadirze.

Nadir uśmiechnął się ironicznie, odwracając się z powrotem do tłumu.

– Nikt nie narzeka.

Gabriel się zaśmiał, po czym obaj fae na moment zamilkli.

– Myślisz, że tym razem kogoś wybierze? – zapytał Nadir. – Nie będziesz miał już więcej na rękach krwi niewinnych?

Gabriel zacisnął usta.

– To było... nieprzyjemne.

– Widzę, że nadal jesteś wiernym ogarem Atlasa.

Gabriel obrzucił go surowym spojrzeniem.

– To nie tak.

– Nie moja sprawa. – Nadir oddał kieliszek przechodzącemu służącemu i wziął świeży z tacy, z którą balansował mężczyzna. – Mogę cię o coś zapytać? Tak, by zostało to między nami?

– O co?

– Nie słyszałeś o kimś, kto pojawił się w Afelionie, choć zupełnie tutaj nie pasuje?

Gabriel uniósł brew.

– Nie pasuje? Zgubiłeś kogoś, Nadirze?

– Można tak powiedzieć. Chodzi o dziewczynę z Zorzy.

Patrzył, jak Gabriel nieruchomieje, a jego oczy przeszukują pomieszczenie.

– Nie, nie słyszałem – odpowiedział chwilę później. Nadir zmrużył oczy. Był pewien, że Gabriel kłamie.

– Masz zamiar się ujawnić? – zapytał Gabriel, zmieniając temat i wskazując na Atlasa, który nadal tańczył z trybutką.

Nadir westchnął głośno.

– Chyba będę musiał, inaczej ktoś pomyśli, że Zorza nie traktuje poważnie swoich obowiązków związanych z oszukiwaniem i mordowaniem młodych kobiet fae.

– Lustro... – powiedział Gabriel, ale Nadir mu przerwał.

– Lustro to bzdura.

– Ciszej – upomniał go przez zaciśnięte zęby Gabriel, prostując plecy.

– Nie męczy cię to wszystko? – Nadir wskazał główny stół, przy którym siedzieli pozostali władcy.

– To mój obowiązek – odpowiedział Gabriel tonem kogoś, kto uczył się tych słów na pamięć i powtarzał je, dopóki nie straciły ostatniej odrobiny pasji i determinacji.

– Tak. Obowiązek. – Nadir pokręcił głową.

– Wiesz, że nie mam wyboru – powiedział Gabriel tak cicho, że Nadir mógł udawać, że tego nie słyszał. Odwrócił się w stronę Atlasa. Król uśmiechał się szeroko do trybutki, trzymanej w ramionach. Atlas zerknął na Nadira, a gdy zauważył spojrzenie księcia, jego uśmiech natychmiast zniknął.

Nadir zaśmiał się do siebie. Chyba właśnie się ujawnił.

– Powinienem pójść spełnić swoje dyplomatyczne obowiązki – powiedział Nadir, raz jeszcze patrząc z ukosa na Gabriela. –

Jeśli zobaczysz dziewczynę z Zorzy lub usłyszysz o niej cokolwiek...

Gabriel kiwnął głową.

– Oczywiście.

Nadir klepnął kapitana afeliońskiej Gwardii w ramię, wyprostował swoją ciemną marynarkę i odszedł.

Rozdział dwudziesty dziewiąty

Lor

Nic nie byłoby w stanie przygotować mnie na to, jak okazale będzie się prezentować sala balowa podczas przyjęcia. Była ogromna, z wysokiego sufitu zwisały dziesiątki żyrandoli, które błyszczały od kryształów i złotych pereł. Zakrzywione ściany pokryte złotym, wyszywanym jedwabiem otaczały setki pięknie ubranych fae niczym uścisk bogini.

Myślałam, że moja błyszcząca suknia była szczytem ekstrawagancji, ale okazała się tylko jedną w morzu strojów ociekających złotem, kamieniami szlachetnymi oraz innymi bogactwami. Wszyscy założyli swoje najlepsze kreacje, mieli starannie ułożone włosy, idealny makijaż i błysk w oku. Dopiero teraz zdałam sobie sprawę, że Callias zasłonił mi uszy, żeby nie odkryć mojego niskiego statusu śmiertelniczki.

Rozejrzałam się po sali, zastanawiając się, czy inne trybutki też już tu są. Miałam niewielkie problemy z zachowaniem równowagi, więc ostrożnie stawiałam jedną stopę przed drugą, aż dotarłam do złotej poręczy okrążającej pokój. Może nie powinnam była pić tego ostatniego kieliszka.

Krótkie szerokie schody rozmieszczone w równych odstępach prowadziły na obniżony parkiet. W rogu siedziała niewielka orkiestra, a pary wirowały w takt muzyki niczym jesienne liście na wietrze. Atmosfera była żywiołowa i energetyczna, a goście radośnie uśmiechnięci. Przełknęłam swoją niepewność. Jak się tutaj znalazłam? Jakim cudem to jest moje życie?

– Czy mogę prosić do tańca? – zapytał niski męski głos. Gdy się odwróciłam, moim oczom ukazał się górujący nade mną fae. Miał na sobie dopasowaną złotą marynarkę wyszywaną w kwiecisty wzór. Jego twarz, tak jak moją, zakrywała maska, ale jego nie była w żaden sposób ozdobiona. Jego miedzianobrązowe włosy lśniły takim blaskiem, jakby wpleciono w nie ogniste wstęgi.

– Atlas – powiedziałam, rozglądając się i zastanawiając, czy ktoś robi sobie ze mnie żarty. Król przyłożył palec do ust i powiedział „cii".

– Jestem jedynie anonimowym gościem maskarady, moja pani. – Ukłonił się, a jego usta uniosły się w półuśmiechu. Zaśmiałam się. Nawet gdy miał na sobie maskę, jego tożsamość była oczywista. Nie sposób było nie dostrzec jego magnetyzmu. Goście wpatrywali się w niego, gdziekolwiek się ruszył, jakby rzucił na nas urok.

Wyciągnął dłoń. Uniosłam brew i ukłoniłam się, po czym chwyciłam go za rękę. Przypomniałam sobie, jak bardzo się bałam, robiąc to po raz pierwszy, gdy poznałam Gabriela. Być może wykłady madame Odell na coś się jednak przydały.

– Z przyjemnością. To dla mnie zaszczyt.

Uśmiechnął się szeroko i poprowadził po schodach na parkiet pokryty bladożółtym marmurem ze złotymi żyłkami.

– Nigdy tego nie robiłam poza lekcjami – szepnęłam, wiedząc, że jako fae ma doskonały słuch i na pewno mnie usłyszy.

– Nie martw się, pomogę ci. – Położył dłoń na dolnej części moich pleców i przyciągnął mnie tak blisko, że nasze ciała się dotykały. Nie było między nami cnotliwego dystansu. Swoją ogromną dłonią chwycił mnie za drugą rękę i zaczął prowadzić w tańcu.

– Wyglądasz zjawiskowo – szepnął, nachylając się do mojego ucha. – Może odwiedzisz mnie po balu?

Zacisnęłam usta, patrząc prosto w jego błękitne oczy. Powinnam odmówić, pomyślałam. Przypomniałam sobie to, co Callias powiedział mi o Apricii. Czy Atlas próbuje nastawić nas przeciwko sobie? Czy cokolwiek z tego ma znaczenie, skoro to Słoneczne Lustro ma ostateczne zdanie? Atlas mówił, że Lustro bierze pod uwagę preferencje króla. Przypomniałam sobie, że jestem tu po to, by wygrać te zawody. I wszystko na to postawiłam. Nie będę w stanie uratować Tristana i Willow, jeśli nie wygram, a już z całą pewnością nie zemszczę się na królu Zorzy, nie mając środków, którymi dysponuje królowa. Apricia chciała wygrać, by żyć w pięknym pałacu i wisieć na ramieniu pięknego fae, ale dla mnie to kwestia życia i śmierci, a nawet czegoś więcej. Z całą pewnością to mój cel jest szlachetniejszy.

Przez dwanaście lat używałam swojego ciała jak broni i waluty przeciwko najgorszym typom mężczyzn, jakie poznałam.

Dlaczego miałabym przestać teraz, gdy stawka jest wyższa niż wtedy? Poza tym Atlas sprawił jedynie, że poczułam się piękna i chciana, że poczułam się dobrze. Nie było powodu, by się mu opierać. Nie było też powodu, by się powstrzymywać, szczególnie jeśli miało mi to dać przewagę.

Doszłam już do wniosku, że nie interesuje mnie to, czy Atlas mi pomagał. Nie musiałam tego wygrać „sprawiedliwie". W moim życiu nic takie nie było.

Atlas przyglądał mi się wyczekująco, jakby naprawdę myślał, że mogę mu odmówić. W końcu skinęłam głową.

– Z przyjemnością.

Przesłał mi promienny uśmiech, okręcając mnie po sali balowej. Moja uwaga przeniosła się na podwyższenie na drugim jej końcu, gdzie stał długi stół udekorowany złotym obrusem, a tuż za nim ustawiono dziewięć okazałych krzeseł. Pośrodku stał ogromny tron, który zapewne należał do fae, z którym właśnie tańczyłam.

Po jednej stronie tronu stał drugi, mniejszy i czarny, z oparciem obitym szmaragdowym aksamitem. Obok niego znajdowały się dwa drewniane krzesła pokryte kłębiącymi się pnączami. Siedziała na nich dwójka fae o oliwkowej cerze. Pierwszym był mężczyzna o długich brązowych włosach; miał na sobie elegancką zieloną tunikę. Tuż obok siedziała oszałamiająco piękna kobieta, również o brązowych włosach. Nosiła misterną kreację w kolorze szałwii. Za ich plecami widziałam parę chropawych brązowych skrzydeł.

– To król i królowa Arborii – powiedział Atlas, zauważając, że się na nich gapię. – Cedr i Elswyth. Z Cedrem przyjaźnię się od wieków. To dobry fae, choć tego nie można powiedzieć o reszcie jego rodziny. – Rozmyślałam nad jego gorzkim tonem, obserwując, jak Cedr szepcze coś na ucho swojej partnerce i sprawia, że się uśmiechnęła. Gdy na niego patrzyła, miłość biła z jej oczu jak dwie tęcze w kształcie serc. Poczułam szarpnięcie w piersi.

– Czy ona została wybrana w ten sam sposób? Podczas Prób?

– Mniej więcej – odpowiedział Atlas, okręcając mnie na parkiecie. – Każde królestwo ma swoją własną wersję wywyższenia do pozycji królewskiego fae.

– Opowiesz mi o nich? – zapytałam, zerkając na parę, która wydawała się być w sobie tak zakochana, że cały świat wokół przestał dla niej istnieć.

– Oczywiście. Jeśli zostaniesz władczynią Afelionu, będziesz musiała wiedzieć takie rzeczy. – Podniosłam głowę, a on się uśmiechnął.

– Kim są pozostali?

Obok króla i królowej Arborii stał półprzezroczysty błękitny tron wykonany z czegoś, co wyglądało jak szkło. Rozsiadł się na nim piękny fae, który swobodnie sączył wino i rozglądał się po pokoju. Był tak blady, że jego skóra wydawała się niemal błękitna. Jego urodę podkreślały włosy w kolorze indygo, tak długie, że znikały za stołem. Ostre kości policzkowe, mocna szczęka i głębokie niebieskie oczy tylko dodawały mu uroku.

– Król Alluvionu – powiedział Atlas. – Władca oceanu. Cyjan to arogancki sukinsyn, ale serce ma we właściwym miejscu. Nie odnalazł jeszcze przeznaczonej sobie partnerki, choć od dawna jej szuka.

Po drugiej stronie tronu króla Słońca stały dwa kamienne trony, na których siedziała dwójka fae. To jedne z najpiękniejszych kobiet, jakie w życiu widziałam. Miały oliwkowobrązową cerę i długie srebrne włosy. Widziałam skrzydła, pokryte błyszczącymi szarymi piórami.

– To królowe Toru. Bronte i Yael. Nie są naszymi sojuszniczkami, ale Afelion i Tor miały momenty współpracy.

Kolejny tron zrobiono z jakiegoś srebrzystego materiału, który sprawiał wrażenie niemal płynnego. Siedziała na nim kobieta o skórze bladej jak alabaster i śnieżnobiałych włosach. Czarne oczy przyglądały się tłumowi z przebiegłą ciekawością.

– A to D'Arcy, królowa Celestrii – wyjaśnił Atlas, a jego spojrzenie spochmurniało. – Najzimniejsza wiedźma w całym Uranosie.

Przyglądałam się tym eterycznym istotom, które od czasu do czasu zajmowały się uprzejmą rozmową. Przez większość czasu wyglądały jednak na znudzone, nie licząc władców Arborii, którzy nie potrafili przestać się dotykać.

– Nie powinieneś ich zabawiać? – zapytałam, a Atlas uśmiechnął się szeroko.

– Przez jeden taniec dadzą sobie beze mnie radę.

Zaczął się kolejny utwór, ale Atlas mnie nie puścił i dopiero wtedy nabrałam odwagi, by zapytać:

– Gdzie jest książę Zorzy?

Atlas pokręcił głową.

– Zapewne się spóźni. To dla nich typowe. Zorza nie szanuje nikogo i niczego poza własnym autorytetem. Książę jest bezwzględny i okrutny.

– Zupełnie jak jego ojciec – szepnęłam, nie będąc w stanie się powstrzymać.

Atlas się zgarbił, a w jego oczach odbijało się zmartwienie.

– Tak. Zupełnie jak jego ojciec. – Rozejrzał się po sali balowej. – Może nam się poszczęści i wcale się nie zjawi. Zaprosiłem Zorzę jedynie ze względów dyplomatycznych. Tak naprawdę wolałbym, by trzymali się od mojego dworu tak daleko, jak to możliwe.

Kiwnęłam głową, nie będąc w stanie się odezwać. Szampan sprawił, że zakręciło mi się w głowie. Trzeba było posłuchać Calliasa.

– A kto siedzi na samym końcu? – zapytałam, patrząc na ostatnie miejsce. Był nim mały czarny tron z czerwonym kamieniem osadzonym w wysokim oparciu.

– To honorowe miejsce, które zachowaliśmy dla królowej Serca.

Gwałtownie przeniosłam wzrok na Atlasa.

– Co? Myślałam, że ostatnia królowa Serca zmarła kilkaset lat temu.

– I nie pozostawiła po sobie dziedzica – dodał jakimś dziwnym tonem, jakby nie do końca wierzył w swoje słowa. – Owszem. Ale Serce było niegdyś najpotężniejszym królestwem w Uranosie. Stosowne jest więc zachowanie dla niej miejsca. Kto wie, być może korona Serca zostanie kiedyś odnaleziona i tron obejmie nowa królowa.

Spojrzenie Atlasa przeszyło mnie na wskroś, a jego ramię zacisnęło się mocniej na moim ciele.

Zamknęłam oczy, czując zawroty głowy. Sięgnęłam po medalion zawieszony na szyi i mocno go ścisnęłam.

Przez otwory w masce widziałam, że jego spojrzenie opadło na moje usta. Atlas pochylił się, a jego wargi musnęły moje ucho.

– Pragnę cię, Lor. Nie mogę przestać myśleć o tobie i naszej kolacji na plaży.

Poczułam gęsią skórkę, a żar z mojego brzucha przepłynął między nogi.

– Ja też o tym myślałam – przyznałam. – I to sporo. – W odpowiedzi Atlas zaśmiał się nisko, a ja poczułam to aż w kościach.

– Postaraj się szybko znaleźć swoją błyskotkę – powiedział, muskając mnie palcem pod brodą. – Dla mnie.

Skinęłam głową.

– Oczywiście. – Zgodziłabym się na wszystko, gdy tak na mnie patrzył.

Utwór dobiegł końca i ku mojemu rozczarowaniu Atlas puścił mnie i się ukłonił.

– Chciałbym móc przetańczyć z tobą cały wieczór, ale tak jak mówiłaś, powinienem pójść zabawiać gości. – Pocałował mnie w rękę. – Do zobaczenia.

Odwrócił się na pięcie i odszedł, a ja mogłam rozmyślać nad wszystkim, co mi wyjaśnił. Raz jeszcze spojrzałam na królów i królowe, przyglądając się każdemu z osobna. Wbiłam wzrok w puste miejsce przeznaczone dla księcia Zorzy, żałując, że nie mogę zobaczyć jego twarzy. Skoro nie mogę zemścić się na królu, może mogłabym na księciu.

Zerknęłam na wielki zegar zawieszony na drugim końcu pokoju i zdałam sobie sprawę, że minęła już prawie godzina od rozpoczęcia balu. Musiałam odnaleźć Gabriela. Krążąc pomiędzy gośćmi, zauważyłam Halo, która pomachała do mnie, stojąc pośród tłumu. Widziałam również Apricię wiszącą na szyi jakiegoś fae, jak zwykle rzucającą włosami. Zastanawiałam się, co na to Atlas, jeśli w ogóle to zauważył. Nigdzie nie dostrzegłam Tesni, ale miałam nadzieję, że wszystko u niej w porządku. Choć to wyzwanie wydawało się mniej niebezpieczne od poprzednich, wiedziałam już, że cały czas musiałam mieć się na baczności. Inni wartownicy kręcili się na krawędziach parkietu. Wszyscy ubrani byli na złoto, przez co wyglądali jak batalion anielskich wojowników. Nigdzie jednak nie widziałam Gabriela.

Zaczęłam się irytować i szukając go, zastanawiałam się, czy przypadkiem nie chce się mnie pozbyć raz na zawsze przy pomocy sabotażu. Zniknął wraz z moją podpowiedzią? Pod jedną ze ścian sali balowej znajdowało się kilka wysokich łuków, przeszłam więc pod jednym i znalazłam się na długim korytarzu z mnóstwem wejść do mniejszych komnat.

One również wypełnione były ludźmi. Siedzieli na pluszowych kanapach, pijąc i rozmawiając. Sprawdziłam każdy z pokojów, próbując odnaleźć śnieżnobiałe skrzydła Gabriela i jego włosy w kolorze ciemnego blondu, cały czas zerkając na zegar. Minęła już prawie równa godzina i jeśli nie znajdę go w porę, będę miała mniej czasu, by przekonać swój cel do oddania mi błyskotki przed innymi. Zabiję go.

Po drugiej stronie korytarza był jeszcze jeden pokój. Otworzyłam drzwi i zajrzałam do środka. Światła były zgaszone i jedynie promień księżyca przedostawał się przez okno. Usłyszałam głośny jęk i poczułam, jak czerwienieją mi policzki, gdy zdałam sobie sprawę, że musiałam przeszkodzić w schadzce. Jednak chwilę później moje oczy przyzwyczaiły się do półmroku i zauważyłam skrzydlatego mężczyznę w złotej marynarce klęczącego przed sofą. Jego ciemnozłote włosy zakrywały bok twarzy.

Gabriel. Co za dupek. Miał mi pomagać, a nie robić... to. Zamarłam, gdy się im przyjrzałam. Na sofie siedział mężczyzna, wyciągając długie nogi i odchylając głowę do tyłu. Księżyc oświetlał jedynie poruszający się w górę i w dół tył głowy Gabriela, nie widziałam więc żadnych innych szczegółów. Rozległ się kolejny niski, męski jęk, ale nie byłam w stanie stwierdzić, kto był jego zadowolonym właścicielem.

Zahipnotyzowana tym odgłosem, nie byłam w stanie oderwać od nich wzroku. Powinnam dać im znać, że tu jestem, pomyślałam. Albo odejść. Potrzebowałam jednak wskazówki od Gabriela.

– Czego chcesz, Lor? – zapytał znudzonym tonem Gabriel, zaskakując mnie tak bardzo, że podskoczyłam prawie do sufitu. Przycisnęłam dłoń do piersi, czując, jak wali mi serce.

– Szukałam cię – brakowało mi tchu, a mój głos był dziwacznie wysoki. Nie miałam pojęcia dlaczego, ale czułam się tak, jakbym to ja miała powód do zawstydzenia się.

Gabriel posłał mi zirytowane spojrzenie. Jego ciało i skrzydła blokowały większość widoku na jego towarzysza. Mężczyzna uniósł głowę, ale w ciemności dostrzegłam jedynie błysk jego oczu. Po chwili z powrotem opuścił głowę, jakby miał zamiar cierpliwie czekać, aż Gabriel z nim skończy.

– I mnie znalazłaś. Gratulacje.

Pieprzyć to. On wie, dlaczego go potrzebuję.

– Miałeś mi dać wskazówkę. Już czas.

– Mam jeszcze dwie minuty. Wynoś się. – Uśmiechnął się dziko. – Zaraz tutaj skończę.

Otworzyłam i zamknęłam usta. Nie byłam w stanie w to uwierzyć.

– Wynoś. Się – warknął.

Kompletnie zażenowana nie czekałam, aż znów to powie. Gabriel zupełnie nie przejmował się tym, że właśnie przyłapałam go na ssaniu kutasa w trakcie balu z setkami gości kręcących się w pobliżu.

– W porządku – powiedziałam i wyszłam, zatrzaskując za sobą drzwi. Już miałam stamtąd wmaszerować z powrotem na salę, gdy zdałam sobie sprawę, że nie mogę. Nadal był mi potrzebny.

Wściekła, oparłam się o drzwi z drugiej strony, upewniając się, że zrobię przy tym jak najwięcej hałasu, by wiedział, że tam jestem. Krzyżując ręce na piersi, mruknęłam pod nosem coś o dupkach fae i ich prymitywnych potrzebach.

Rozdział trzydziesty

Minęła pierwsza godzina balu, a Gabriel nadal się nie zjawił. Zobaczyłam Tesni rozmawiającą ze swoim wartownikiem – szeptali z pochylonymi głowami, po czym odsunęli się od siebie i przeszukali salę, by odnaleźć wyznaczony jej cel.

Halo i Apricia również ruszyły w tłum po naradzie ze swoimi wartownikami. Westchnęłam z frustracją. Już miały nade mną przewagę. Gabriel był strasznym dupkiem. Pieprzył się tam z kimś, podczas gdy ja czekam tu jak idiotka. Zacisnęłam zęby, gdy zza drzwi doszedł do mnie niski śmiech.

Po kolejnej minucie zobaczyłam, jak Tesni podchodzi do pięknej kobiety z prostymi czarnymi włosami i ciemnymi migdałowymi oczami. Kobieta miała na sobie dużą srebrną broszkę, którą przypięła do kołnierzyka. W innym miejscu Apricia rozmawiała z wysokim mężczyzną fae o przystrzyżonych kasztanowych włosach. W jednym z uszu połyskiwał mu ostentacyjnie wielki diamentowy kolczyk.

Cholera. Zdobędę błyskotkę jako ostatnia, pomyślałam.

Odwróciłam się i zaczęłam walić w drzwi, nie zważając już na to, w czym przeszkadzam.

– Gabriel! Zabieraj stamtąd swoją brudną dupę! – Uderzałam w drzwi, wołając jego imię, aż w końcu kilka sekund później drzwi się otworzyły, a ja runęłam do przodu na swojego wartownika, który nie zrobił nic, by mnie złapać. Patrzył tylko, jak upadam na ziemię u jego stóp niczym sterta brudnego prania.

– Moją brudną dupę? – Przechylił głowę i uniósł brew. – Sądziłem, że stać cię na coś lepszego, trybutko.

Warknęłam i wstałam, poprawiając dół sukni.

– Zamknij się.

– Jakaż jesteś dziś elokwentna. – Zacisnął dłoń na moim bicepsie i wypchnął mnie z pokoju, zatrzaskując za sobą drzwi.

– Kto tam z tobą był? – zapytałam. – Miałeś mi pomagać, a nie obciągać przypadkowym kolesiom. Za to ci płacą?

Gabriel nie odpowiedział, cały czas odpychając mnie coraz dalej od drzwi, aż w końcu znaleźliśmy się po drugiej stronie sali balowej.

– To boli. – Jego uścisk był tak mocny, że czułam się, jakby miał złamać mi rękę. W końcu zatrzymaliśmy się, Gabriel odwrócił mnie tak, bym stanęła do niego tyłem.

Kręciło mi się w głowie, grała muzyka, a tancerze wirowali jak nasiona dmuchawców na złotej polanie. Dotknęłam czoła, naprawdę żałując tych dwóch wypitych butelek szampana. Gabriel nachylił się i szepnął mi do ucha:

– Oto twój cel.

Podążyłam za jego wzrokiem do stołu, przy którym siedzieli władcy Uranosa. Atlas stał twarzą do mężczyzny o pofalowanych ciemnych włosach sięgających za ramiona. A więc to ten, który jako jedyny w tym gronie nie był królem.

Jego kruczoczarny strój wyglądał jak ciemna smuga na tle pozłacanego pałacowego przepychu. Mężczyzna był o kilka centymetrów wyższy od Atlasa, umięśniony i barczysty, choć jego sylwetka wydawała się smuklejsza niż sylwetka króla Słońca. Z całą pewnością miał ciało wojownika, a ubrany był w elegancki strój mrocznego księcia fae.

– Kto? – zapytałam, pewna, że Gabriel nie może mieć na myśli tego człowieka, o którym myślę.

– Pierścień na palcu. – Spojrzałam na księcia i zauważyłam srebrny pierścień z czarnym kamieniem na jego palcu wskazującym. Nie, nie z czarnym. Wystarczyło, że książę delikatnie poruszył dłonią, a widziałam przepływające przez kamień prążki. Karmazynowe, szmaragdowe, turkusowe i fioletowe. Fale pulsujące na ciemnym, rozgwieżdżonym niebie. Jedyne źródło piękna w moim życiu przez dwanaście długich lat.

– Książę Zorzy – szepnęłam, a powietrze dookoła mnie poruszyło się, jakby chciało zrobić miejsce na wypowiadane przeze mnie sylaby. Może to nie sam król, ale jego syn był na tyle bliski jemu samemu, obiektowi mojej pogardy, że poczułam w brzuchu znajome gwałtowne szarpnięcie. Wszystko, za co odpowiedzialna jest Zorza, zamknęłam w sobie i zmieniłam w gniew, napędzający mnie w każdej chwili udręki, którą wycierpieliśmy ja i moje rodzeństwo.

A teraz stał przede mną książę Zorzy.

– Ma na imię Nadir – powiedział Gabriel, a ja miałam jakieś niewytłumaczalne wrażenie, że w tamtej chwili wszystko zmieniło się na zawsze. Otrząsnęłam się z niego, ale znów zakręciło mi się w głowie. Naprawdę nie powinnam była wypijać tej drugiej butelki.

– Co, jeśli mnie rozpozna? – Podniosłam wzrok na Gabriela, który stał tak blisko mnie, że poczułam, jak muska mnie jego ciało.

– Dlaczego miałby cię rozpoznać? Byłaś jedynie szczurem z więzienia. Nawet jeśli gdzieś cię widział, zupełnie nie przypominasz dziewczyny, którą wyciągnąłem z tamtej dziury.

Wzięłam głęboki oddech, przyznając mu rację.

– Ale dlaczego on? Celami pozostałych trybutek są zwykli goście. – Rozejrzałam się dookoła i zauważyłam Halo siadającą obok starszej fae z połyskującą tiarą w srebrnych włosach.

Śmiech Gabriela był niski i odrobinę przerażający. Można by pomyśleć, że po tym, czego właśnie byłam świadkiem, będzie w lepszym humorze.

– Boisz się małego wyzwania, ostateczna trybutko?

Podniosłam na niego wzrok, a na mojej twarzy pojawił się grymas. Jednak ironiczny uśmieszek Gabriela tylko mnie prowokował, bym nie wycofywała się z Próby. Mój wartownik chciał, bym odpadła, ale ja byłam zdeterminowana, by wygrać i nie dać mu tej satysfakcji. Przełknęłam niepewność i poprawiłam suknię. Dam radę. Ukryłam niechęć wobec króla Zorzy i wszystkiego, co kocha, poprawiłam włosy i zrobiłam niepewny krok do przodu, po czym zerknęłam na Gabriela.

– Jakiś problem? – zapytał, przechylając głowę.

– Zerro, jesteś takim potwornym dupkiem – powiedziałam, bo naprawdę tak było. Najpierw sprawił, że jako ostatnia dostałam informację o celu, a teraz świetnie się bawił. Odwróciłam się i zamrugałam. Książę Zorzy zniknął.

Atlas siedział na tronie pogrążony w rozmowie z królem Arborii. Ich wściekłe spojrzenia powędrowały w bok, gdzie zauważyłam przeciskającego się przez tłum księcia. Wychodził? Cholera.

Niewiele myśląc, chwyciłam rąbek sukni, szybkim krokiem przeszłam na skraj pokoju i wbiegłam na krótkie schody, by go złapać. Minął mnie sługa z tacą pełną szampana, chwyciłam więc jeden kieliszek i popędziłam prosto na księcia.

W momencie, gdy miał minąć grupę gości, odwróciłam głowę, jakbym nie chciała go widzieć, i zrobiłam krok w bok, zagradzając mu drogę. Zderzyliśmy się, a świat zdawał się przechylać. Kieliszek w mojej dłoni poleciał w górę, uwalniając zawartość, a ja potknęłam się i wylądowałam w ramionach księcia.

Rozdział trzydziesty pierwszy

Nadir

Nadir instynktownie złapał dziewczynę. Jedną ręką objął ją w talii, a drugą chwycił za ramię. Był cały mokry od szampana – jego strój pewnie do niczego już się nie nadawał. Wydał z siebie gardłowy pomruk i postawił ją na ziemi, a ich spojrzenia spotkały się przez otwory w jej masce.

Nadir zamrugał, zauważając dziwną mieszankę wściekłości i strachu w jej oczach, która jednak szybko zniknęła.

– Zerro! – krzyknęła dziewczyna. Jej gładkie brązowe policzki pokryły się rumieńcem. – Bardzo przepraszam! – Rozejrzała się i złapała mijającego ich służącego, zdjęła serwetkę z jego tacy i zaczęła wycierać marynarkę księcia. – Oblałam pana szampanem, tak mi przykro. Straszna ze mnie niezdara.

Bez przerwy gadała, a jej trajkotanie wydawało się Nadirowi wymuszone, jakby była kiepską aktorką w jakiejś sztuce.

Zmrużył oczy.

– Nic się nie stało – odpowiedział szorstko, próbując ją zbyć machnięciem dłoni.

– Ależ stało się – powiedziała, podnosząc na niego wzrok. Miała wielkie ciemne oczy. Nadirowi zdawało się, jakby były bez końca. Jak najgłębsze studnie wykopane w ziemi. Jeszcze nigdy nie widział takich oczu. Pokręcił głową, próbując pozbyć się tej zbłąkanej myśli. W końcu rozpoznał w niej trybutkę, która tańczyła wcześniej z Atlasem.

– Proszę, pozwól mi to jakoś wynagrodzić – powiedziała błagalnie, pozbywając się serwetki. – Może zatańczymy?

Nadir się zawahał. Przyjrzał się jej od stóp do głów. Była piękna, miała gładką brązową skórę, której jedynym mankamentem była blizna, biegnąca od połowy policzka i znikająca teraz pod maską. Rzadko można było spotkać kogokolwiek na dworze fae z widoczną blizną. Próżność, plotki i oceniające spojrzenia miały wpływ nawet na najsilniejszych fae. Ale ona zdawała się nosić swoją bliznę z dumą, nawet teraz, gdy sprawiała wrażenie, jakby znalazła się na skraju desperacji.

– Nie, dziękuję – powiedział Nadir, otrząsając się z zamyślenia. – Właśnie wychodziłem.

Wyminął ją, ale dziewczyna chwyciła go za ramię.

– Nie, proszę, nie odchodź. – Nadir zatrzymał się i powoli obrócił, zastanawiając się, dlaczego jej dotyk tak go energetyzował, nawet przez ubranie. – Proszę, Wasza Wysokość. – Dwa ostatnie słowa wyszeptała w taki sposób, jakby właśnie zdała sobie sprawę, że popełniła fatalny błąd, chwytając w ten sposób królewskiego fae. Puściła go i dygnęła, po czym zerknęła na wielki złoty zegar wiszący nad salą balową. – Tylko jeden taniec.

Nadir rozejrzał się po pokoju, rozważając propozycję. Powinien odejść. Jak zwykle pokłócił się z Atlasem i nie był już tu mile widziany. Choć tak naprawdę nigdy nie był.

Dziewczyna się zbliżyła. Nie, nie dziewczyna. Młoda kobieta. I to bardzo piękna. Podeszła bliżej, patrząc na niego tymi ujmującymi oczami, i delikatnie położyła mu dłoń na piersi. To był dziwnie śmiały sposób, by nawiązać kontakt, ale jego serce zabiło szybciej. Zmarszczył brwi, wpatrzony w jej dłoń, po czym przeniósł spojrzenie na nią, nie rozumiejąc własnej reakcji.

– Proszę – powiedziała raz jeszcze i tym razem Nadir zdał sobie sprawę, że przytaknął, zupełnie jakby jego ciało działało, nie zważając na sygnały wysyłane przez mózg. Jej uśmiech wydawał się wymuszony, choć wyraźna ulga sprawiła, że jej ramiona nieco opadły. Nadir nic z tego nie rozumiał.

Gdy dotarło do niego, że nieznajoma czeka, by poprowadził ją na parkiet, zganił się w myślach. Ogarnij się, Nadirze. Wyciągnął do niej dłoń, a ona ją przyjęła. Jej palce były niewielkie, ale silne. Gdy ich dłonie się dotknęły, przeszył go wstrząs, a dziewczyna zatrzymała się, wpatrując się w niego z zaciekawieniem. Czy też to poczuła?

Przez chwilę żadne z nich się nie poruszyło.

– Idziemy? – Przechyliła głowę w stronę parkietu, a Nadir przytaknął.

Zeszli po schodach i zajęli miejsce w samym środku tłumu. Nadir delikatnie położył dłoń na jej plecach, a towarzyszyło mu to samo dezorientujące uczucie, które groziło pociągnięciem na dno. Dziewczyna oparła dłoń na jego ramieniu i rozpoczęli powolny taniec, bez trudu odnajdując wspólny rytm.

Nadir nie potrafił oderwać wzroku od jej oczu, a cała sala balowa zmieniła się w smugę hałasu i świateł, które stanowiły jedynie jej tło. Lor spojrzała na ich zaciśnięte dłonie i zmarszczyła brwi.

– Piękny pierścień – powiedziała, raz jeszcze zerkając na ogromny zegar.

– Jesteś gdzieś spóźniona? – zapytał, a ona się zarumieniła.

– Nie. – Zaśmiała się nerwowo. – Nie jestem spóźniona.

Poruszali się w rytm muzyki. Ocierały się o nich inne pary, ale Nadir ich nie widział, ciągle w nią wpatrzony.

– To rodzinna pamiątka? – zapytała, znów wskazując głową pierścień.

Nadir zmarszczył brwi, zdumiony jej zainteresowaniem.

– Kupiłem go w Zorzy, w Dystrykcie Fioletu.

Jej śliczne rysy wykrzywiły się w konsternacji.

– Nie jest dla ciebie niczym ważnym? Żadną cenną pamiątką?

Nadir pokręcił głową.

– Nie. Dlaczego tak o niego wypytujesz?

Dziewczyna zatrzymała się, puściła go i cofnęła, jakby nagle zaczął czymś zarażać. Zerwała maskę i wbiła w niego wzrok, a spojrzenie jej ciemnych oczu było tak intensywne, że Nadira nagle naszło okropne wrażenie, jakby spadał do bezdennej przepaści. Trzęsła się. I to ze złości – Nadir zauważył, że jej dłonie zacisnęły się w pięści, a linia żuchwy się napięła.

– Zrobiłem coś nie tak? – zapytał, zbliżając się o krok, chcąc naprawić, cokolwiek popsuł, i postanowił się nie zastanawiać, dlaczego w ogóle czuje coś takiego.

– Lor! – ktoś zawołał, a dziewczyna odwróciła wzrok. Atlas pędził w ich kierunku jak burza, a na jego twarzy malowała się furia. Przez tłum nagle przedarł się również Gabriel, który nadszedł z przeciwnej strony. Rzucił się na dziewczynę, ale jej udało się wydostać z jego uchwytu.

– Oszukałeś mnie! Nie on jest moim celem! – syknęła na Gabriela, który zrobił dwa długie kroki i chwycił Lor za ramiona. – Puszczaj mnie, dupku! – Próbowała wyrwać się z jego chwytu, ale był królewskim wartownikiem, nie miała szans z jego siłą. Gabriel odwrócił ją tyłem do siebie, jedną rękę owinął wokół jej talii, a drugą nadal zaciskał na jej ramieniu, podczas gdy ona próbowała się uwolnić.

Wszystko trwało moment.

Gdy Nadir chciał interweniować, materiał sukni ześlizgnął się z jej ramienia, odsłaniając skórę.

To trwało tylko sekundę, zanim suknia wróciła na swoje miejsce, ale Nadir zdążył zobaczyć.

Czarny tatuaż z trzema pofalowanymi liniami na tle koła.

Piętno, które odciskano na każdym więźniu wtrącanym do Nostrazy.

Rozdział trzydziesty drugi

Lor

Próbowałam wyśliznąć się z uścisku Gabriela.

– Co ty, kurwa, wyprawiasz? – wrzasnęłam. – Dlaczego mnie okłamałeś?

Nagle jednocześnie wydarzyło się kilka rzeczy. Atlas przedostał się przez tłum, a w jego oczach płonęła wściekłość. Chwycił mnie za rękę i przyciągnął do siebie.

– Zabierzcie go stąd – powiedział Atlas, wskazując księcia Zorzy, i nagle jakby znikąd pojawiło się wokół niego kilku strażników. – W tej chwili.

– Dlaczego? – dopytywał książę.

– Nie jesteś mile widziany w Afelionie, Nadirze – powiedział zimnym głosem król. – Jeśli jeszcze raz zobaczę cię w swoim królestwie, natychmiast zostaniesz postrzelony w serce żelazną strzałą. Rozumiemy się?

– Nie możesz tego zrobić, nadęty dupku.

– Jesteś na mojej ziemi. Oczywiście, że mogę.

Dwaj fae stali twarzą w twarz, promieniowała z nich wrogość. Nie wiem, kto wygrałby tę walkę, ale w tamtej chwili byłam między nimi uwięziona, miałam więc nadzieję, że do niej nie dojdzie. Książę zerknął na mnie z miną, której nie byłam w stanie odczytać, po czym cofnął się i swobodnym gestem poprawił rękawy marynarki, jakby chciał zasugerować, że walka z Atlasem nie jest warta jego czasu.

Nadir warknął na otaczających go strażników.

– Odwołaj psy, Atlasie. Sam wyjdę – powiedział i popatrzył na mnie w sposób, który sugerował, że ze mną nie skończył, po czym odwrócił się na pięcie i odszedł. Moje serce biło tak szybko, jakby miało zaraz wybuchnąć.

Gdy tylko wyszedł, Atlas puścił mnie i odwrócił przodem do siebie.

– Co ty robiłaś? Dlaczego z nim tańczyłaś? – Trząsł się z gniewu, jego oczy płonęły. Ściskał moje ramiona tak mocno, że zaczęła mnie szczypać skóra.

– Atlasie, to boli.

– Dlaczego z nim tańczyłaś? – wrzasnął, sprawiając, że się wzdrygnęłam.

– Gabriel powiedział, że jest moim celem – powiedziałam roztrzęsionym głosem. W całej sali zapadła cisza, wszyscy patrzyli na nas. – Powiedział, że muszę zdobyć jego pierścień.

Atlas spochmurniał, po czym w końcu mnie puścił i odwrócił się do Gabriela.

– Coś ty narobił?

Mój wartownik wyprostował się, sięgając dłonią miecza.

– Próbowałem cię chronić, spełniałem swój obowiązek.

– Nie miałeś prawa! – Król ryknął tak głośno, że cała sala aż się zatrzęsła i rozległ się w niej chór okrzyków niedowierzania. Atlas oddychał tak ciężko, że jego pierś falowała. Jego dzikie spojrzenie mnie odnalazło. Cofnęłam się i wyczułam, że wszyscy zgromadzeni za mną robią to samo.

– Koniec wyzwania – ogłosił. – Cała czwórka weźmie udział w rundzie finałowej. – Przez tłum tym razem przeszła fala konsternacji, a ja rozejrzałam się po sali, zastanawiając się, jak skończyły Tesni, Halo i Apricia. Udało im się zdobyć błyskotkę? Tylko że teraz to nie miało już znaczenia.

Atlas przemówił do strażników:

– Upewnijcie się, że Nadir zniknął, i postawcie dodatkową straż, by nikt z Zorzy nie dostał się do Afelionu. Do końca Prób wszyscy strażnicy postawieni będą w stan służby. Zrozumiano?

Gabriel zrobił krok do przodu, przygotowując się do spełnienia rozkazu Atlasa.

– Nie ty – powiedział król, po czym wskazał wartownika, który został przydzielony Solanie, zanim zginęła podczas pierwszej Próby. – Rhyle, awansowałeś na kapitana Gwardii. Upewnij się, że ten zdrajca zostanie wtrącony do lochów. A potem się z nim rozprawię.

Atlas wskazał palcem Gabriela. Pozostali wartownicy wymienili niepewne spojrzenia, nie chcieli go dotknąć.

– Natychmiast! – ryknął Atlas, a Rhyle w końcu zaczął działać. Wezwał do siebie innego wartownika. Gabriel nie opierał się, gdy wzięli go za ramiona i odeskortowali do schodów. Zanim na nie weszli, Gabriel odwrócił się i powiedział Atlasowi:

– Robiłem to dla ciebie. Popełniasz błąd.

– Wynoś się – warknął Atlas. Rhyle i drugi wartownik wyprowadzili Gabriela z sali. – Koniec przyjęcia! – krzyknął król do zszokowanego tłumu. Potem jego spojrzenie znów mnie odnalazło, widziałam w nim furię zmieszaną z czymś desperackim i wygłodzonym.

Pomimo wszystkiego, co się stało, to spojrzenie rozpaliło mnie pod skórą aż po same palce u stóp.

Wziął mnie za rękę.

– Lor. Ty idziesz ze mną.

Rozdział trzydziesty trzeci

Atlas pociągnął mnie za sobą przez szeroki krąg gości, którzy uskakiwali nam z drogi. Nie zwolnił, gdy dotarliśmy do drzwi, przyciągnął mnie do siebie i objął w talii.

Nie odezwałam się, gdy szliśmy przez niekończące się korytarze. Próbowałam nadążyć za jego długimi, przepełnionymi wściekłością krokami. Powtarzałam w głowie wydarzenia tego wieczoru. Książę nie był moim celem, a jednak Gabriel mnie do niego wysłał. Dlaczego? Powiedział, że książę nie wie, kim jestem, i tak miało pozostać, ale czy szukał jakiegoś sposobu, by to ujawnić? Tylko po co? Może w taki sposób Gabriel chciał się mnie pozbyć. W takim razie dlaczego nie pozwolił mi zdradzać tego, skąd pochodzę?

Moje myśli zapętlały się, a nasze kroki odbijały w cichych korytarzach. W końcu dotarliśmy do ogromnych drzwi przyozdobionych insygniami króla Słońca. Pilnowało ich dwóch strażników, którzy stali na baczność, patrząc przed siebie. Atlas otworzył drzwi i wprowadził mnie do środka. Nie krzywdził mnie, ale nie był też delikatny.

– Atlasie, przepraszam – powiedziałam, niepewna, na kogo był zły. Wydawał się wściekły, że tańczyłam z księciem Zorzy, ale to przecież nie moja wina, że Gabriel skłamał. – Nie wiedziałam.

W końcu mnie puścił i zaczął krążyć po pokoju, wbijając wzrok w ziemię i masując szczękę dłonią. Po chwili przejechał nią po włosach.

– O czym rozmawialiście? – zapytał w końcu, odwracając się do mnie. – Co mu powiedziałaś?

Otworzyłam usta i pokręciłam głową.

– Nic. Pytałam o jego pierścień.

– Pierścień?

– Myślałam, że moim zadaniem jest przekonanie go, by oddał mi swój pierścień, ale on powiedział, że to tylko ozdoba, którą sobie kupił i która nic dla niego nie znaczy... – Zamilkłam. Atlas wpatrywał się we mnie, a w jego oczach płonęły błękitne płomienie.

– To wszystko?

Kiwnęłam głową.

– On prawie się nie odzywał. To ja próbowałam namówić go do tańca, bym mogła zapytać go o pierścień. Przysięgam. – Nie wiedziałam, na co przysięgam ani dlaczego tak boi się tego, co mógłby ode mnie usłyszeć. – Nie powiedziałam mu, że jestem z Nostrazy. Gabriel kazał mi nadal udawać, że jestem z Afelionu.

Pomiędzy brwiami Atlasa pojawiła się zmarszczka.

– Tak?

– Tak – szepnęłam łagodnie. W końcu gniew w jego spojrzeniu zaczął zanikać, a ramiona się rozluźniły.

– Mówisz prawdę? Nie powiedziałaś mu, skąd przyszłaś?

– Nie... ale o co tutaj chodzi?

Nagle zachowanie Atlasa zmieniło się, a w miejsce gniewu pojawił się niepokój. Ta transformacja nastąpiła tak gwałtownie, że aż się cofnęłam. Atlas podszedł do mnie, położył wielkie dłonie na ramionach i spojrzał mi w oczy.

– Gdy zobaczyłem, jak z nim tańczysz... przepraszam, straciłem nad sobą panowanie.

Przyciągnął mnie do siebie, przytulił do piersi i objął ramionami, przykładając wargi do czubka mojej głowy.

– Jesteś moja – zamruczał. – Będziesz moja, a razem będziemy nie do powstrzymania. – Jego głos brzmiał nieobecnie, jakby wielokrotnie to recytował sam do siebie.

Odsunęłam się, by móc na niego spojrzeć.

– Tak? Dlaczego jesteś tego taki pewien?

Skinął głową z powagą i sięgnął dłonią do mojego podbródka, wodząc kciukiem po bliźnie na moim policzku.

– Bo to czuję, Lor. Ty też na pewno czujesz to przyciąganie, gdy jesteśmy razem?

Powoli przytaknęłam, bo naprawdę coś czułam. Gdy tylko ten fae był ze mną w jednym pokoju, coś mnie do niego ciągnęło. On był kwiatem, a ja pszczołą szukającą nektaru. Już wcześniej zastanawiałam się, czy chodziło konkretnie o niego, czy o to, że był to królewski fae.

Przypomniałam sobie taniec z księciem. Gdy nasze spojrzenia się spotkały, poczułam inny rodzaj przyciągania. To nie było to, co czuję przy Atlasie, ale coś szerszego, głębszego. To tak, jakby porównać wejście do oka cyklonu i walkę z pojedynczą falą. Ale to przecież niedorzeczne. Tańczyliśmy niecałe dwie minuty, a przez większość tego czasu on się po prostu na mnie gapił. Ledwie się odezwał. Nie był jeszcze królewskim fae, ale może człowiek po prostu tak się czuje przy fae. Z drugiej strony, ostatnie kilka tygodni spędziłam w obecności dziesiątków fae i nigdy nie poczułam czegoś podobnego, jak w tym tańcu.

– Czuję to – odpowiedziałam, bo nie było to kłamstwo, ale jednocześnie nie byłam pewna, co oznaczają moje uczucia. Atlas uśmiechnął się i powróciło ciepło, do którego tak się zdążyłam przyzwyczaić. Westchnął z ulgą.

– Przepraszam, jeśli cię przeraziłem. Po prostu... nie mogę cię stracić.

Jego głos brzmiał żarliwie. Przykryłam jego dłonie swoimi i kiwnęłam głową.

– Jeszcze dwa tygodnie do ostatniej rundy, wtedy Lustro zdecyduje – powiedziałam, pewniejsza niż kiedykolwiek, że muszę wygrać.

– Tak. – Zmarszczył brew. – Dwa tygodnie. – Odwrócił wzrok. Wydawał się zamykać w sobie.

– Atlasie?

– To nic. Tak. Już wkrótce nic nie będzie stało między nami, Lor. Nic – powtórzył, jakby chciał przekonać samego siebie, po czym przyciągnął mnie do siebie, a jego usta musnęły moje wargi. Natychmiast poczułam, jak żar jego dotyku topi moją skórę. Tęskniłam za jego objęciami, za tym, jak jego obecność sprawia, jakbym dryfowała nad ziemią. Jakbym była w innym życiu, w innym świecie, gdzie bajki są prawdziwe.

Objął dłonią tył mojej głowy i przechylił ją, z jękiem pogłębiając pocałunek. Gdy jego język wśliznął się do moich ust, całe moje ciało pokryło się gęsią skórką.

– Potrzebuję cię – powiedział. – Muszę cię posmakować, dotknąć. – Znów mnie pocałował, tym razem tak głęboko i gorączkowo, że brakło mi tchu. Chwycił mnie za tyłek i przycisnął swoje biodra do moich. – Chcę cię pieprzyć, aż nie będziesz w stanie chodzić – warknął w krzywiznę mojej szyi, po czym delikatnie przygryzł mi skórę. Odpowiedziałam jedynie westchnieniem, gdy przycisnął twardego penisa do mojego brzucha.

Nie byłam pewna, czy to dobry pomysł, ale jakoś trudno było mi się tym przejmować, gdy wziął mnie w ramiona niczym rycerz ratujący księżniczkę ze szponów złej wiedźmy. Nie przeczytałam w życiu zbyt wielu książek, ale moimi ulubionymi zawsze były romanse ze szczęśliwym zakończeniem i przystojnymi bohaterami. Trudno mi było uwierzyć, że teraz to moja rzeczywistość. Atlas oparł swoje czoło na moim i wyszeptał moje imię.

Przeniósł mnie przez swój wspaniały apartament i ruszył szerokim korytarzem zakończonym drzwiami. Otworzył je ramieniem i znaleźliśmy się w królewskiej sypialni. Była ogromna, przynajmniej dwa razy większa od kantyny w Nostrazie. Na jednej ze ścian znajdowały się szerokie okna z widokiem na oświetlony blaskiem księżyca ocean. Największe łóżko, jakie widziałam w życiu, stało przy innej ścianie. Całe pokryte było złotą pościelą i poduszkami, osłonięte baldachimem ze złotego i żółtego jedwabiu. Po drugiej stronie stał ogromny kominek, w którym płonął ogień.

Tyle zdążyłam zauważyć, nim Atlas zatrzasnął drzwi, postawił mnie na podłodze, okręcił i przysunął do ściany. Jego usta i język już mnie smakowały. Było oczywiste, że tym razem nie powstrzyma mnie przed dotykiem, wykorzystałam więc szansę, by się tym nacieszyć, i zaczęłam rozpinać guziki jego złotej marynarki, pragnąc dotykać tego falującego złotego ciała.

Z głębokim pomrukiem pomógł mi ją zdjąć, po czym przeciągnął sobie koszulę przez głowę. Wzięłam głęboki wdech, widząc go bez niej. Wspaniale było patrzeć na linie, spadki i krzywizny jego cudownego ciała. Powiodłam dłońmi po jego szerokich ramionach, klatce piersiowej i brzuchu, przyprawiając go o jęk.

Atlas chwycił moje nadgarstki i zamknął usta kolejnym pocałunkiem, przyciskając mnie do ściany, wbijając we mnie swoje biodra. Przesunął dłońmi w górę moich pleców, gdzie złapał za wiązanie sukni. Jednym zwinnym ruchem pociągnął je i szarpnął suknią w dół, by opadła na moje biodra. Zawahałam się na moment, zastanawiając, czy nie powinnam przestać. Wydawało mi się, że go pragnę, ale pomimo zapewnień Atlasa, że chce ze mną być, część mnie nadal zastanawiała się, czy po prostu nie mówił mi tego, co chciałam usłyszeć. Dokładnie tak samo mógł zachowywać się wobec innych trybutek. Być może chciał mnie wykorzystać. A może to wszystko nie miało znaczenia. W końcu ja wykorzystywałam jego, bo musiałam stanąć przed Słonecznym Lustrem.

Jego słowa wydawały się prawdziwe, tak jak jego pocałunki. Nigdy nie byłam zakochana, więc nie wiedziałam, jakie to uczucie. To chyba nie miłość, ale zauroczenie, pożądanie, namiętność. Może w tej chwili tego właśnie potrzebuję, pomyślałam.

– Lor – powiedział zachrypniętym głosem. – Nie przestawaj. Proszę. Potrzebuję cię. – Zdjął moją suknię, zostałam w samej bieliźnie. Przyjrzał mi się od stóp do głów, jak drapieżnik, a ja poczułam, jak gotuje się we mnie krew, a między udami sączy się ciepło.

Jego spojrzenie stawało się coraz dziksze, a oddechy coraz cięższe. Nachylił się, by znów mnie pocałować, a jego wielkie dłonie prześlizgnęły się po moich nogach. Następnie Atlas podniósł mnie i założył je sobie wokół pasa. Jęcząc, przycisnął do mnie swojego grubego, twardego członka.

– Atlasie – powiedziałam, choć ledwie byłam w stanie. – Może powinniśmy przestać. Powiedziałeś, że powinniśmy poczekać do końca Prób. – Jego usta przesuwały się po mojej skórze, od szyi w stronę obojczyka, a jakaś część mnie zastanawiała się, dlaczego próbuję go powstrzymać.

Atlas wydał z siebie pełen frustracji oddech i oparł głowę o moją szyję.

– Masz rację – powiedział, chwytając moją twarz w dłonie. – Przepraszam. Poniosło mnie.

– Jesteś pewien? – zapytałam z wahaniem, bardzo dobrze rozumiejąc konsekwencje odmówienia mężczyźnie, który nie wie, jak radzić sobie z odrzuceniem.

– Oczywiście, że tak. – Jego spojrzenie złagodniało. – Przepraszam za moje dzisiejsze zachowanie. Normalnie taki nie jestem. Po prostu jesteśmy już tak blisko końca, a ja chcę, byś była już moja. Nie chcę, by ktokolwiek lub cokolwiek nam w tym przeszkodziło.

Wypuściłam wstrzymywany nerwowo oddech, objęłam go i spojrzałam mu w oczy.

– Dziękuję. Będę twoja... jeśli wybierze mnie Słoneczne Lustro.

– Wybierze – powiedział, obejmując mnie mocniej, jakbym miała rozpaść się w stertę prochu. – Wybierze.

Nasze spojrzenia się spotkały, w jego oczach płonął błękitny ogień. Jego twarz się rumieniła, a włosy były zmierzwione – jeszcze nigdy nie wyglądał piękniej. Jeśli Lustro mnie wybierze, zostanę chyba największą szczęściarą w całym Uranosie, pomyślałam.

– Może zostaniesz na noc? Będziemy tylko spali obok siebie.

Kiwnęłam ochoczo głową.

– Z przyjemnością.

Wziął mnie za rękę i poprowadził do łóżka, po czym odsłonił dla mnie pościel. Pozbył się reszty ubrania, zostając jedynie w bieliźnie, po czym położył się obok mnie, otaczając mnie swoim ciepłym ciałem.

Jego dłonie prześlizgnęły się po moim biodrze i plecach, przyprawiając mnie o rozkoszny dreszcz.

– Lor – powiedział łagodnie. – Jesteś niesamowita. – Przyłożył usta do krzywizny mojego gardła i zaczął ssać skórę, po czym wrócił do moich ust i głęboko mnie pocałował. Nasze czoła zetknęły się, gdy powiedział:

– Gdy jestem przy tobie, czuję tak wiele.

– Atlasie... – odpowiedziałam, czując się onieśmielona i niepewna siebie. Jeszcze nikt nigdy tak do mnie nie mówił. To wszystko było oszałamiające i przytłaczające, i chciałam, by było moje na zawsze. Tak bardzo, że byłam w stanie poczuć smak tego pragnienia.

Tamtej nocy dzięki Atlasowi uwierzyłam, że mogę wygrać Próby. Pomyślałam, że być może jestem warta miłości. Że mogę zostać królową Słońca, wyciągnąć Tristana i Willow z Nostrazy i znaleźć jakąś wersję szczęśliwego zakończenia, które nigdy nie było przeznaczone naszej trójce.

Pragnęłam tego wszystkiego.

Pragnęłam miłości i pożądania.

Pragnęłam zemsty.

Pragnęłam magii i władzy, której mi odmówiono.

Ciągle nie wiedziałam, co zrobi Słoneczne Lustro, ale musiałam wygrać, bym mogła się o tym przekonać.

Atlas nadal mnie całował, składał przypadkowe pocałunki na moim ramieniu, policzku i obojczyku, jego dłonie prześlizgiwały się po moich bokach i biodrach.

– Jesteś taka piękna – powtarzał, aż oboje zasnęliśmy w plątaninie zmęczonych kończyn.

Rozdział trzydziesty czwarty

Nadir

Stopy Nadira uderzyły o balkon przy jego gabinecie, a świecące skrzydła skryły się w jego ciele, gdy tylko wylądował. Otworzył z hukiem drzwi i wparował do środka, kierując się prosto w stronę wózka barowego po drugiej stronie pokoju.

Odkręcił karafkę i nalał sobie do szklaneczki potrójną porcję, po czym na raz wypił jej zawartość. Gdy opróżnił szklaneczkę, uderzył nią tak mocno o blat, że się roztrzaskała, a ostre jak brzytwa odłamki pofrunęły na wszystkie strony.

– Kurwa – warknął.

Ledwie zerknął na bałagan, a już sięgnął po kolejną szklaneczkę i nalał do niej jeszcze więcej niż wcześniej.

Jego lodowe ogary podniosły się z legowiska, machając białymi ogonami na widok swojego pana.

Podeszły do niego i usiadły z wywieszonymi językami.

– Rozumiem, że świetnie ci poszło – odezwał się Mael, który siedział na sofie ze stopą opartą o nogę. Obok niego, z nogami podwiniętymi pod siebie, siedziała Amya.

– Nie macie przypadkiem swoich pokoi? – zapytał Nadir, schylając się, by poświęcić chwilę uwagi Moranie i Khione. – Dlaczego bez przerwy tu przesiadujecie?

Mael przechylił głowę, a na jego twarzy pojawiła się udawana uraza.

– Ranisz mnie, mój książę. Co ty byś bez nas począł?

– Ona tam jest. – Nadir wstał i odwrócił się gwałtownie. Mael i Amya wyprostowali się, a ich oczy szeroko się otworzyły.

– Tak? Widziałeś ją? – Zapytała Amya, wyjmując spod siebie nogi i nachylając się do przodu. Nadir wziął kolejny duży łyk. Jego nozdrza rozszerzyły się, a usta napięły.

– Widziałem ją. I piętno z Nostrazy. Atlas wziął ją do tych swoich pieprzonych Prób.

Amya zamrugała.

– Co? Dlaczego więźniarka z Nostrazy miałaby brać udział w Próbach?

Nadir przeszedł na środek pokoju, a jego magia rozbłyskiwała, wzburzona, nie godząc się na zamknięcie w jego ciele. Uwidoczniła się jako otaczająca go opalizująca aura. Nadir kroczył po ciemnym dywanie, a jego myśli wirowały.

Opowiedział Amyi i Maelowi o swoim spotkaniu z dziewczyną. O tym, jak poprosiła go do tańca. Nie, błagała go, by z nią zatańczył, aż w końcu jej uległ. Zachował jednak dla siebie informację o tym, że poczuł się przy niej wytrącony z równowagi, nie był bowiem pewien, co to mogło oznaczać.

– Ciągle wypytywała o mój pierścień – powiedział.

– Pierścień? Dlaczego?

– Nie wiem. – Upił kolejny łyk alkoholu i w końcu poczuł jego efekty. Jego krew się ogrzała, a umysł rozjaśnił.

– A potem Atlas oszalał, gdy nas razem zobaczył. Wyrwał mi ją z rąk i kazał się wynosić z Afelionu. Zakazał powrotu i mnie, i jakiemukolwiek innemu mieszkańcowi Zorzy.

Mael zaśmiał się drwiąco.

– Chciałbym być przy tym, jak mówisz Rionowi, że przez ciebie nie może pojawiać się na dworze króla Słońca. Pewnie Cyjan i Cedr zrobią to samo.

Nadir przyszpilił przyjaciela lodowatym spojrzeniem.

– Dzięki za pomoc, Mael.

Mael wzruszył ramionami i założył dłonie za głowę.

– To nie ja poszedłem na ledwie jedno pieprzone przyjęcie i od razu spowodowałem dyplomatyczny problem.

Nadir znów zaczął krążyć po gabinecie.

– Tylko z nią tańczyłem. Nic więcej.

– To dlaczego tak się wściekł? – zapytała Amya.

– Nie mam pojęcia, ale z całą pewnością nie porwał jej dla zabawy. Musi istnieć powód, dla którego chce, by stała się królewską fae i została z nim złączona.

Nadir wrócił pamięcią do swojej wizyty w Nicości kilka tygodni temu, kiedy zjawił się tam w ramach swojego śledztwa i nagle zdał sobie sprawę, że zapach, który tam czuł, przynajmniej po części należał do Gabriela. Dlaczego od razu do tego nie doszedł? Minęły lata, od kiedy widział go po raz ostatni – najpewniej więc pamięć o nim została zakopana zbyt głęboko.

Ale Nadir był pewien, że Gabriel celowo chwycił ją w taki sposób, by materiał jej sukni osunął się i odsłonił piętno. To było chwilę po tym, gdy powiedział mu, że nie słyszał o żadnej dziewczynie z Nostrazy, która miałaby znaleźć się w Afelionie. A to mogło oznaczać tylko jedno: Atlas zakazał Gabrielowi wspominać komukolwiek o jej pochodzeniu. Więzy, którymi był splątany, sprawiały, że Gabriel nie był w stanie zlekceważyć bezpośredniego rozkazu króla, ale istniały sposoby, w jakie można było je obejść.

– Nadirze – powiedział Mael i wstał, nie spuszczając wzroku z kręcącego się w kółko przyjaciela. – Twój ojciec nie wydaje się aż tak bardzo przejęty jej zniknięciem. Dlaczego robisz z tego taką wielką sprawę?

Nadir się nachmurzył.

– Jestem pewien, że nie chciał, bym w ogóle się o niej dowiedział, i specjalnie zachowuje się w ten sposób, by uśpić moją czujność. A może jest na tyle arogancki, że naprawdę wierzy, że ona nie jest żadnym zagrożeniem. Może faktycznie nim nie jest, a Atlas wierzy w coś, co nie jest prawdą. – Spojrzenie Nadira powędrowało w kierunku czerwonej róży, która leżała na gzymsie kominka. Upływ czasu sprawił, że kwiat wysechł.

– Nadirze – powiedziała Amya z ostrzeżeniem w głosie. Tym tonem zwykle przypominała bratu, że wpadał w obsesję i się zatracał.

– Nie. – Nadir się odwrócił. – Nie są mi potrzebne twoje wykłady. Było coś... – Zamilkł, spojrzał na nich oboje i znów zaczął krążyć po gabinecie. Chciał upić łyk ze szklanki, ale ta okazała się pusta. Warknął, a Mael przechwycił ją, zanim Nadir zdołał rzucić nią w ścianę.

– Naleję ci – powiedział ostrożnie Mael.

Nadir wziął głęboki wdech i zignorował przyjaciela. Podszedł do kominka i oparł dłonie na gzymsie, znów rozmyślając o róży.

Poczuł za sobą zbliżającą się Amyę, która delikatnie położyła dłoń na jego ramieniu. Nie strząsnął jej.

– Powiedziałeś „było coś". Co takiego, Nadirze? Co się stało?

Odwrócił głowę, a w jego ciemnych oczach błyszczał fiolet i szkarłat.

– Nie wiem. Po prostu... coś poczułem.

Zmartwiona Amya zmarszczyła brew i niepewnym ruchem odgarnęła kosmyk włosów, który opadł mu na twarz.

– Jesteś pewien, że po prostu nie próbujesz... czegoś... znaleźć?

Nadir odburknął.

– Wiem, co czułem.

– Co czułeś?

Nie chciał o tym rozmawiać. Pragnął jedynie rozwiązać tę sprawę. Chciał wiedzieć, co ukrywali Atlas i jego ojciec.

– Nic. – Nadir wyprostował się i odwrócił, biorąc szklaneczkę, którą podał mu Mael.

– Więc co chcesz zrobić? – zapytał Mael, być może wyczuwając, że Nadira nie uda się namówić do zmiany zdania.

– Wyciągniemy ją stamtąd. – Upił łyk, zauważając, że Amya i Mael wymieniają zaniepokojone spojrzenia.

– A co potem? – zapytał Mael.

– Przyprowadzimy ją tutaj i dowiemy się, co ukrywa – podpowiedział Nadir.

– A co, jeśli nie ukrywa niczego? – zapytał Amya, stając obok Maela.

– To nic. Pozbędziemy się jej i będziemy żyć dalej.

– I odpuścisz sprawę? – dopytywała.

Nadir spojrzał na siostrę.

– Odpuszczę.

Amya zaczekała chwilę, ale coś w jego wyrazie twarzy sprawiło, że w końcu przytaknęła i odpowiedziała:

– Dobrze. W takim razie ci pomożemy.

Podniosła wzrok na Maela, który patrzył na nią sceptycznie, więc uderzyła go łokciem w żebra.

– Prawda?

Mael uniósł brwi, patrząc to na jedno, to na drugie.

– Jasne. W porządku.

– Nie możemy pozwolić, by się z nią związał – powiedział Nadir. – Mamy dwa tygodnie przed ostatnią rundą, by ją stamtąd wyciągnąć.

– Dlaczego nie możemy na to pozwolić? – zapytał Mael.

– Bo cokolwiek planuje, z całą pewnością zależy to od jej zwycięstwa w Próbach. Inaczej dlaczego w ogóle by ją porywał i kazał brać w nich udział?

Zamyślona Amya zacisnęła wargi.

– Co ma w sobie śmiertelna więźniarka z Nostrazy, czego nie ma fae?

Nadir spojrzał na siostrę, analizując nieprawdopodobne myśli, które chodziły mu po głowie.

– Masz przeczucie – szepnęła, jakby z pokoju wypłynęło całe powietrze.

– Być może. – Nadir spojrzał na ogień w kominku i nalał sobie kolejnego drinka. – A jeśli się sprawdzi, to wszystko może się zmienić.

Rozdział trzydziesty piąty

Lor

Było mi potwornie zimno. Miałam zamknięte oczy i zadrżałam, gdy powiew wiatru przedarł się przez moje ubrania. Z jękiem zwinęłam się w kłębek, otulając się ramionami. Ziemia była twarda i coś ostrego wbijało mi się w biodro, rękę i ramię, przez co czułam się, jakby uderzały we mnie kulki gradu. Wiatr zawył, a ja znów zadrżałam, czując jego lodowaty podmuch.

Ostatnią rzeczą, którą pamiętałam, było zaśnięcie w łóżku Atlasa. Spałam otulona jego ciepłym ciałem. To, co działo się teraz, musiało być jakimś strasznym snem. Wydawał się jednak okrutnie realistyczny. Kolejny atak arktycznego wiatru sprawił, że zaczęłam zgrzytać zębami, poruszyłam się więc, a szorstki żwir przebijał się przez cienką tunikę i getry. Coś z całą pewnością było nie tak. Powoli otworzyłam oczy, choć miałam wrażenie, że do moich powiek przyczepione są kotwice.

Zobaczyłam przed sobą czarne płótno, poplamione jedynie odcieniami bieli i szarości. Moje policzki były obolałe, zimny wiatr szczypał jak pokrzywa, gdy próbowałam się poruszyć. Przeturlałam się i zamachnęłam nogą, by móc się odepchnąć. Spodziewałam się twardej ziemi, ale moja stopa napotkała jedynie powietrze. Wrzasnęłam, chwytając się skały, na której leżałam. Stało się jasne, że zaraz sturlam się z krawędzi klifu. Krzyknęłam ponownie i zaczęłam pełznąć po skale, gdy napotkałam coś twardego i ciepłego. Ciało.

Wspięłam się nad nim i wrzasnęłam raz jeszcze, czując, jak przerażenie ściska moje serce, gdy pochylona powierzchnia ciągnęła mnie z powrotem w stronę przepaści. Cofając się, widziałam przed sobą jedynie białą mgłę, aż w końcu uderzyłam plecami o zimną ścianę.

Halo, Tesni i Apricia budziły się ze snu, a każda z nich widziała przed sobą ten sam przerażający obraz. Znalazłyśmy się w niewielkiej jaskini, wyciosanej w czymś, co najprawdopodobniej było zboczem góry. Miała kilka metrów głębokości i otwierała się na niekończącą się przepaść. Przed nami majaczyły kolejne szczyty, masywne i niemożliwie wysokie, pokryte śniegiem i lodem.

Halo wydała z siebie zduszony okrzyk i również zaczęła pełznąć po zimnym kamieniu do tyłu, by usiąść tam, gdzie się kuliłam, z dłońmi wepchniętymi pod pachy, by je trochę ogrzać. Było potwornie zimno, a my wszystkie miałyśmy na sobie jedynie cienkie brązowe tuniki i getry oraz miękkie brązowe buty, które były wygodne, ale nie dawały żadnej ochrony przed kąsającym mrozem.

– Gdzie my jesteśmy? – zapytała Halo, szczękając zębami.

Pokręciłam głową. Było mi tak zimno, że nie byłam się w stanie odezwać. Tesni przeczołgała się po ziemi i usiadła przy moim drugim boku, również drżąc od stóp do głów.

– Czy to kolejna Próba? – zapytała, dmuchając sobie na dłonie i pocierając je o siebie.

Halo pokręciła głową, a jej ciemne loki podskakiwały na wietrze.

– Miała się zacząć dopiero za dwa tygodnie. Wczoraj był bal... prawda?

Wymieniłyśmy zaniepokojone spojrzenia.

– Gdy się wczoraj kładłyście, miałyście na sobie to ubranie? – zapytała Tesni, a ja poczułam, jak moje policzki się rozgrzewają na myśl o tym, gdzie i w jaki sposób zasnęłam. Dotknęłam ust. Moje wargi nadal były opuchnięte od gorączkowych pocałunków Atlasa, co potwierdzało, że to, co się stało, nie było snem. I z całą pewnością nie wydarzyło się dwa tygodnie wcześniej. Sięgnęłam dłonią do szyi i odszukałam na niej lodowaty medalion, który teraz chwyciłam, jakby był liną ratunkową.

– Nie – odpowiedziała Halo. – Miałam na sobie koszulę nocną.

Apricia obserwowała całą naszą trójkę z typową dla siebie pogardą, przytulona do ściany jaskini.

– Podejdź do nas – powiedziałam. – Spróbujemy się ogrzać. – Żachnęła się i zarzuciła swoje durne włosy za swoje durne ramię, po czym wyjrzała na biało-szarą okolicę, która była naszym jedynym widokiem. – Jak chcesz – odpowiedziałam, przewracając oczami.

– Wczorajszego wieczora król zakończył trzecią Próbę – powiedziała Halo, jakby usiłowała sobie przypomnieć. Zerknęła na mnie. – Co się stało? Dlaczego tak się zdenerwował tym, że tańczyłaś z księciem Zorzy?

Zawahałam się, niepewna, co jej odpowiedzieć.

– Nie wiem. – I żeby nie udało im się zapytać, dokąd mnie zabrał po tym, kiedy już wyszliśmy z sali balowej, mówiłam dalej: – Wszystkie zasnęłyśmy i obudziłyśmy się tutaj? W innych ubraniach?

– To musi być czwarte wyzwanie – powiedziała Tesni, powoli podnosząc się na czworaki. Podeszła na skraj naszej maleńkiej jaskini i położyła się płasko na brzuchu, by wyjrzeć w przepaść. Sama również chciałam to zobaczyć, więc podążyłam za nią, upewniając się, że moje ruchy są ostrożne. Zimne powietrze stworzyło na krawędzi lodowatą skorupę, przez co była jeszcze bardziej zdradziecka.

Ślizgając się na brzuchu, zbliżyłam się do krawędzi, a pochylona ziemia przyciągała mnie do przodu niczym demon zasysający powietrze. Nie dałoby się tutaj wstać. Gdy dołączyłam do Tesni, dziewczyna nadal patrzyła w dół. Nie było tam widać niczego poza kamieniem, śniegiem i bezdenną przepaścią. Miałyśmy przejebane.

Zerknęłam na Tesni; w jej ciemnych oczach malowało się zmartwienie.

– Co mamy robić? – zapytała, a ja pokręciłam głową. W tym miejscu było jeszcze zimniej niż na tyłach jaskini, więc odsunęłam się i wróciłam na swoje miejsce obok Halo. Chwyciłyśmy się pod ramię i przycisnęłyśmy do siebie, próbując wytworzyć chociaż odrobinę ciepła.

– Nie lubię wysokości – powiedziała sztywno, a jej brązowa skóra przybrała ziemisty odcień.

– Trzymaj się z dala od krawędzi. – To niepotrzebne ostrzeżenie, ale i tak wypowiedziałam je na głos, musiałam coś powiedzieć. Tesni wśliznęła się z powrotem na miejsce obok mnie i również chwyciła mnie pod ramię.

– Nie mamy jedzenia ani wody – skomentowała w końcu Apricia. – Pewnie chcą, byśmy jak najszybciej się stąd wydostały. – Powiedziała to z taką pewnością, że prawie jej uwierzyłam.

– Dlaczego tak myślisz? Bo niby wcześniej też się troszczyli o nasze bezpieczeństwo? – warknęłam. Tylko cudem udało jej się przejść każde z wyzwań bez szwanku. Zastanawiałam się, czy Atlas miał w tym swój udział.

Apricia uniosła ciemną brew, jakby już została pieprzoną królową, a ja jeszcze nigdy w życiu nie miałam takiej ochoty kogoś spoliczkować. Robiąc co w mojej mocy, by ją ignorować, przyjrzałam się ścianom jaskini w poszukiwaniu jakiegoś szczegółu, który podpowiedziałby nam, dlaczego się tutaj znalazłyśmy.

– Może powinnyśmy zwrócić uwagę na ściany? Kto wie, czy nie ukryto w nich jakiejś zasuwy albo czegoś w tym rodzaju.

Tesni i Halo podążyły za mną wzrokiem, choć na ich twarzach malowała się niepewność.

– Pewnie – odpowiedziała Tesni, puszczając moje ramię, po czym kucnęła i przyłożyła dłonie do ściany za nami. Powoli przesuwała dłonie coraz dalej, wyciągając ramiona najwyżej, jak potrafiła, ale bez wstawania nie sięgnęła zbyt wysoko. Zawahała się, a ja w pełni ją rozumiałam.

– Zaczekaj – powiedziałam, przysuwając się, by usiąść za jej nogami i pomóc w balansowaniu na nierównej ziemi. Kiwnęła głową, wyprostowała się i sięgnęła ponad głowę. Jaskinia była niska, a Tesni kilkanaście centymetrów wyższa ode mnie, była więc w stanie dotknąć sklepienia.

Jej szczupłe brązowe dłonie powoli przeszukiwały każdy kawałek kamiennego sufitu. Tesni chodziła po jaskini, a ja i Halo stałyśmy się jej barierami, których zadaniem było chronić ją przed upadkiem.

– Mogłabyś nam pomóc – powiedziałam Apricii, która opierała się o przeciwną ścianę, obserwując nas, jakbyśmy przyszły tu zapewnić jej rozrywkę. Gdy Tesni i Halo posłały jej rozgniewane spojrzenia, wzruszyła tylko ramionami. Westchnęłam z rozdrażnieniem, po czym wróciłyśmy do poszukiwań. Podczas gdy Tesni sprawdzała ściany, ja to samo robiłam z podłogą, z nadzieją, że coś przed nami odkryje. Może schody? Albo zapadnię? Drżąc z zimna, opukiwałam kamień.

Nie jestem pewna, ile czasu zajęło nam sprawdzenie jaskini, ale gdy skończyłyśmy, było już ciemno. Wyglądało na to, że spędzimy tu noc.

– Powinnyśmy się przytulić, by było nam cieplej – powiedziałam. – Będziemy się zmieniać, żeby każda z nas przez jakiś czas spała w środku.

Przesłałam Apricii gniewne spojrzenie, gdy otworzyła usta, by zaprotestować.

– Nie bądź głupia – powiedziałam. – Jeśli się nie zgodzisz, zamarzniesz na śmierć. Nie obawiaj się. Ani na moment nikt nie zapomni o tym, jak bardzo jesteś od nas lepsza.

Apricia zmrużyła oczy i niechętnie przyczołgała się do nas, jakimś cudem nadal trzymając swój szpiczasty nos wysoko w górze. Skórę miała bladą, a dłonie czerwone i spierzchnięte. Wślizgnęła się pomiędzy mnie i Tesni i położyła na boku, po czym ścisnęłyśmy się najbardziej, jak tylko mogłyśmy. Ziemia była twarda, szorstka i tak zimna, że czułam przez ubranie każdy wbijający się w ciało podmuch wiatru. To był koszmar.

Noc mijała powoli, a ja zasypiałam na krótkie, przerywane chwile. W końcu musiało mi się jednak udać zdrzemnąć na nieco dłużej, bo po przebudzeniu zauważyłam, że niebo zaczęło się rozjaśniać, rozpoczynając kolejny dzień. Przełknęłam ślinę, zwilżając zaschnięte gardło, i poczułam ból w burczącym brzuchu. Głód był dla mnie czymś tak znajomym jak oddychanie, ale te kilka tygodni, podczas których spożywałam bogate, wykwintne dania, załagodziło ostre krawędzie tych wspomnień. Teraz wróciły z krzykiem, ostre jak brzytwa, i przypomniały raz jeszcze o wszystkim, co mogę stracić.

– Umieram z głodu – narzekała Apricia. – Nie mogli nam czegoś zostawić?

Zamrugałam i usiadłam, wyglądając przez wejście do jaskini. Powietrze zdawało się nieco cieplejsze, co uznałam za błogosławieństwo. Zauważyłam też, że kropi deszcz. Czołgając się na czworakach, przysunęłam się bliżej i wyciągnęłam dłoń, pozwalając, by woda wypełniła maleńką studnię w jej zagłębieniu. Następnie przyciągnęłam dłoń do siebie i zlizałam wodę, delektując się jej słodkim, świeżym smakiem. Tak jak wtedy, gdy spędzałam noce w Nicości, deszcz po raz kolejny został moim wątpliwym zbawcą. Nie byłam pewna, które z miejsc było gorsze.

Pozostałe trzy fae naśladowały moje ruchy, pijąc tyle, ile tylko mogły.

Wyjrzałam na to opustoszałe miejsce, zastanawiając się, co teraz zrobimy. Byłam pewna, że brakowało nam jakiejś podpowiedzi, kluczowej, byśmy mogły się stąd wydostać.

Nagle coś przykuło moją uwagę – migoczące światło, tak niewielkie, że łatwo byłoby je przegapić, ale im dłużej mu się przyglądałam, tym bardziej widoczne stawało się na tle śniegu i skał. Jaśniało i ciemniało, jakby gwiazda machała flagą sygnałową.

– Widzicie to? – zapytałam, wskazując w dal.

– Co? – zapytała Tesni, mrużąc oczy.

Znów spojrzałam w kierunku, z którego dochodziło światło, ale zdążyło zniknąć. Po kilku sekundach czekania pokręciłam głową.

– Nieważne. Wydawało mi się, że coś widziałam.

Wróciłyśmy do picia kropel deszczu, dopóki nie przestał padać. Znów zaczęło wiać, a my z powrotem przytuliłyśmy się do siebie na tyłach płytkiej jaskini. Nawet Apricia do nas dołączyła, a końcówki jej włosów zbielały od szronu.

– Co robimy? – zapytała Halo. Miała zamknięte oczy, a policzki były mokre, oddech tworzył chmurę przy ustach. – Czego oni od nas chcą?

Musiał być tu ukryty jakiś trik, jakaś zagadka, której nie widzimy. Nie mogli nas przecież zostawić na śmierć... jednak po chwili serce podeszło mi do gardła z takim hukiem, że aż poczułam wibracje w zamarzniętych opuszkach palców. Przypomniało mi się to, co przypadkiem wyjawiła mi Mag – że poprzednie Próby kandydatek na królową Słońca zostały zakończone przed czasem. Nigdy nie otrzymałam odpowiedzi, co się wtedy stało. Postanowiłam, że nie czas o tym wspominać.

Czy Atlas mógł drugi raz zrobić to samo? Zostawił nas tutaj na śmierć? Ale wydawał się taki pewien tego, że wygram i zostanę jego królową. Nadal nie byłam jednak pewna, czy mogłam ufać jego słowom.

Przez cały dzień i noc, drżąc z zimna, bez końca przeszukiwałyśmy jaskinię, z nadzieją, że znajdziemy w niej coś użytecznego. Nie znalazłyśmy jednak niczego poza nieprzeniknionym kamieniem, który zagorzale bronił swoich sekretów.

Rozpoczął się kolejny dzień, a w powietrzu unosiła się szara mgła, tak gęsta, że niemal byłam w stanie ją chwycić. Przypominała bawełnianą watę. Wpatrywałam się przed siebie, pragnąc, by sceneria się zmieniła. Już nigdy w życiu nie chcę patrzeć na biel i szarość, pomyślałam.

Byłam kłębkiem nerwów, miałam wrażenie, że zaraz wybuchnę od napięcia i robiłam wszystko, by się nie rozpłakać. Wiedziałam, że jak zacznę, to nie przestanę. Byłam tak blisko wygranej. Tak blisko, by w końcu otrzymać to, czego zawsze pragnęłam. A teraz czułam się tak, jakbym traciła równowagę, idąc po zamarzniętym jeziorze.

Halo zwinęła się w kłębek na ziemi i była zupełnie nieruchoma, nie licząc ust, które odmawiały niemą modlitwę. Przesunęłam dłonią po jej plecach w pocieszającym geście, ale nie zwróciła na to uwagi. Tesni i Apricia nie czuły się o wiele lepiej. Obie się nie odzywały i ledwie były w stanie otworzyć oczy.

Po raz pierwszy, od kiedy przybyłam do Afelionu, było mi ich żal. Te biedne fae nigdy nie doświadczyły takiego cierpienia.

Nie zostały stworzone do tego, by przeżyć w takich warunkach. Może powinnam być wdzięczna, że dzięki Nostrazie jestem twarda i nie do zdarcia, ale w tamtej chwili to oznaczało jedynie, że przeżyję najdłużej i będę cierpieć w samotności.

Nagle coś zwróciło moją uwagę. Ten sam błysk światła, który widziałam wczoraj. Tym razem rozbłysnęło jeszcze jaśniej, wyraźniej.

Wtedy przypomniałam sobie moją pierwszą kolację z Atlasem, podczas której pokazał mi swoją magię. Iluzja oceanu, którą stworzył, była usiana podobnymi błyszczącymi punktami. Zamrugałam i wszystko stało się jasne.

– To iluzja – powiedziałam, a Apricia i Tesni uniosły swoje zmęczone głowy i spojrzały na mnie zdezorientowane. – To wszystko nie jest prawdziwe. Tak działa magia Atlasa.

Odepchnęłam się, by wstać i ostrożnie podeszłam do krawędzi. Wiatr uderzał we mnie, grożąc, że pozbawi mnie równowagi. Spojrzałam w dół i szybko się wycofałam, czując, jak kręci mi się w głowie od wysokości i stromizny.

Byłam pewna, że mam racje, ale to wszystko wydawało się bardzo rzeczywiste.

– Iluzja? – Apricia się żachnęła. Potrzeba zakwestionowania moich słów przywróciła jej trochę werwy. – To nie ma sensu.

– Widzisz to? – Wskazałam miejsce, w którym pojawiły się kolejne migoczące punkciki. Były jaśniejsze niż poprzedniego dnia, dzięki kreacji Atlasa. Może zrobił je celowo, bo same na to nie wpadłyśmy. – Tam. Spójrz. To nie jest prawdziwe.

– Skąd możesz to wiedzieć? – zapytała Apricia, krzyżując ręce na piersi. Opisałam to, co pokazał mi Atlas. Na początku widziałam, że mi nie wierzą; nie umknęło mi również to, że

Apricia nie powiedziała nic o tym, że Atlas urządził dla niej podobny pokaz. Choć byłam coraz bardziej zdesperowana, uczestniczyłyśmy w zawodach i właśnie rzucono nam linę ratunkową.

– To co robimy? – zapytała Tesni, przytulając kolana do piersi. Spojrzałam ponad nią i zacisnęłam usta, wiedząc, że żadna z nich nie będzie zadowolona z mojej odpowiedzi.

– Skaczemy.

– Co? – wykrzyknęła Apricia, która zdecydowanie wracała do siebie. – Nie bądź śmieszna. Umrzemy.

– Nie umrzemy. Na tym polega test. To właśnie musimy zrobić. – Włożyłam w swój ton pewność siebie, której sama nie do końca czułam.

– A co, jeśli nie masz racji?

Wzruszyłam ramionami i odpowiedziałam:

– To umrzemy. Tak czy siak nie przetrwamy tutaj o wiele dłużej.

Wiatr, zupełnie jakby się ze mną zgadzał, zawiał tak potężnie, że odepchnął mnie do tyłu, jak gdyby ktoś uderzył mnie w mostek. Halo wyprostowała się na ziemi i czujnie mi się przyglądała.

– Chodź ze mną.

– Lor – szepnęła. – Sama nie wiem.

– Zaufaj mi.

Nasze spojrzenia się spotkały. Halo wcale nie chciała się tu znaleźć. Pragnęła zrezygnować z Prób, a ja powstrzymałam ją, nie rozumiejąc, dlaczego chciała to zrobić. Gdybym pozwoliła jej wtedy spaść, byłaby teraz bezpieczna przy Marici, tam, gdzie chciała być.

Nie, przypomniałam sobie. Nie przeskoczyłaby dołu. Gdybym pozwoliła jej skoczyć, stałaby się karmą dla potwora. Teraz utknęła tutaj i choć nie chce wygrać, ja potrzebuję jej żywej.

– Co mamy do stracenia? – zapytałam, błagając je wszystkie.

Wiatr znów zawył, wyśpiewując swoją prześmiewczą melodię, rzucając nam wyzwanie, byśmy tu zostały. Ona nadal się wahała.

– Chodź – powiedziałam, chwytając ją za rękę i podciągając, by wstała. – Nie możemy tu dłużej zostać, bo wtedy na pewno umrzemy. – Przyjrzałam się zdenerwowanym twarzom dziewczyn.

– Idziesz? – zapytałam Apricię.

Zarzuciła włosami, a ja oparłam się pokusie, by do niej podejść i ją na nich powiesić.

– Chyba sobie żartujesz. Nie zeskoczę z tego klifu. – Niepewne spojrzenie Tesni przeskakiwało między mną a Apricią. Nie była pewna, z którą z nas się zgadza.

– Dobrze. Ja pójdę pierwsza.

Halo wyrwała swoją dłoń z mojej ręki i przycisnęła ją do piersi. W jej spojrzeniu szalał strach.

– Nie chcę tego robić.

– Dobrze. Ja skoczę. Zobaczysz. Przedostanę się przez iluzję. Gdy zobaczysz, że to bezpieczne, skoczysz za mną.

Kiwnęła głową, chociaż widziałam, że nadal mi nie wierzy.

Kurwa, mam nadzieję, że się nie mylę, pomyślałam.

Ale nic wpadłyśmy na nic innego, to była nasza jedyna opcja. Jeśli zostawili nas tutaj na śmierć, to przynajmniej będę ją już miała za sobą. Przynajmniej będzie mniej bolało.

Tę ostatnią myśl zachowałam dla siebie.

Muszę mieć rację, a jeśli nie... cóż, miejmy nadzieję, że ją mam, pomyślałam.

Wzięłam głęboki, uspokajający oddech, który w niczym mi jednak nie pomógł, i stanęłam w głębi jaskini, przyciskając plecy do ściany. Ścisnęłam medalion, zebrałam w sobie odwagę i odmówiłam szybką modlitwę do Zerry, z nadzieją, że ten jeden raz w moim życiu mnie słucha.

Może zawsze byłam zbyt nierozważna. Może powinnam była to przemyśleć. To mógł być mój gwóźdź do trumny, udowadniający, że powinnam najpierw myśleć, potem działać. Ale nie miałyśmy w tamtej chwili żadnego innego wyboru.

– No to lecimy – powiedziałam, a trzy pary oczu wpatrywały się we mnie z mieszanką nadziei i strachu.

Nie pozwoliłam sobie na luksus przemyślenia tego ani chwili dłużej, pobiegłam w stronę krawędzi i skoczyłam w nicość.

Rozdział trzydziesty szósty

Spadałam. Żołądek podszedł mi do gardła, a ja spadałam tak szybko, że widziałam jedynie mijające mnie smugi kamienia i śniegu, biel i szarość. Włosy wpadły mi do oczu, ust i uszu, a ja ciągle spadałam.

Myliłam się.

Powinnam była przelecieć przez iluzję, ale ten spadek był bardzo, bardzo rzeczywisty. Właśnie skazałam się na śmierć, pomyślałam. Z mojego gardła wydarł się krzyk, a ja nabierałam prędkości, podczas gdy wiatr szarpał moje ubrania. Do oczu napłynęły łzy, które zaczęły toczyć się po policzkach. Byłam kamieniem spadającym na dno jeziora. Ptakiem, któremu podcięto skrzydła. Zbuntowanym aniołem wygnanym z nieba.

Nagle jednak powietrze się poruszyło, a z dołu zaczęło unosić się ciepło, które mnie otuliło, zanim zderzyłam się z twardą, ale sprężystą powierzchnią, po czym przeturlałam się, aż w końcu udało mi się zatrzymać.

Leżąc na plecach, zamrugałam na widok bezchmurnego błękitnego nieba i czekałam, aż świat przestanie wirować. Klatka piersiowa wciąż falowała od płytkich oddechów, a przerażenie nadal pompowało mi w żyły adrenalinę.

Leżąc w bezruchu, dopuściłam do siebie nowe dźwięki i wrażenia, których dostarczało otoczenie, w jakim się znalazłam. Było ciepło i wilgotno. Ptaki ćwierkały, a delikatny wietrzyk szeleścił liśćmi. Wyciągnęłam ramiona na boki i poczułam, jak łaskoczą mnie delikatne źdźbła trawy. Słońce, wspaniałe słońce oświetlało mnie serdecznymi promieniami, które były jak płynna przyjemność. Piekły mnie rozmrażające się palce u rąk i stop, a mrowienie przynosiło mi zarówno ból, jak i rozkosz. Po raz pierwszy od kilku dni udało mi się poruszyć stawami bez ograniczeń powodowanych przenikliwym zimnem.

Już nigdy w życiu się stąd nie ruszę, pomyślałam. Czyżbym w końcu umarła? Czułam się prawie tak, jak wtedy, gdy obudziłam się w pałacu Słońca, po tym, jak Gabriel zabrał mnie z Nicości.

Mój brzuch zaburczał i poczułam bolesny skurcz, który zasugerował, że nadal muszę być żywa, a to kolejna część wyzwania.

Niechętnie zmusiłam się, by wstać i się rozejrzeć. Znajdowałam się na porośniętej trawą polanie ograniczonej wysokimi, przystrzyżonymi żywopłotami. Każdy z nich był bujny, porośnięty szmaragdowymi liśćmi i niewielkimi żółtymi kwiatami. Gdzieniegdzie rosły ogromne jabłonie eksplodujące kwiatami. Miały szerokie pnie, a konary stare i grube. Nadal mrugając przez ten nagły atak słońca, zaczęłam szukać znaków, sugerujących, że to kolejna fałszywa rzeczywistość wykreowana przez Atlasa.

Jednak nagle moją uwagę zwróciła woń wiciokrzewu przyniesiona przez wiatr. Była słodka, apetyczna i wydobywała z czeluści mojej podświadomości wspomnienie ciepłej, przytulnej kuchni w niewielkim domku w lesie, gdzie stałam na stołku, pomagając w wyrabianiu ciasta na słodkie bułeczki, które wkładaliśmy później do pieca.

Odwróciłam się i próbowałam zrozumieć to, co zobaczyłam. Stał tam długi, ogromny stół pełen jedzenia, z trzech stron otoczony wysokim żywopłotem. Na stole leżały całe sterty deserów, smakołyków kolorowych i jaskrawych jak klejnoty. Wazy z kurczakiem w kremowych sosach. Jaskraworóżowy sok w kryształowych dzbanach i grube kawałki wilgotnych owoców ułożone na złotych talerzach.

Natychmiast rzuciłam się na tę ucztę, a mój żołądek boleśnie zaprotestował po dniach, gdy w ustach miałam jedynie kradzione krople deszczu.

Zatrzymałam się z poślizgiem przed stołem, niepewna, od czego zacząć. Wszystko wyglądało idealnie. Wiedziałam, że nie powinnam temu ufać. Byliśmy w trakcie Próby, a to musiał być test. Byłam jednak przeraźliwie głodna, a oni przecież by nas nie otruli, prawda?

Żachnęłam się na własną naiwność. Oczywiście, że byliby do tego zdolni.

Chwilę później usłyszałam krzyk, a gdy się odwróciłam, zobaczyłam Apricię pędzącą w stronę stołu, jakby paliły się jej spodnie. Tesni i Halo biegły tuż za nią, a ich oczy były szeroko otwarte z niedowierzania. Apricia minęła mnie i zabrała się za ogromne indycze udko ociekające tłuszczem i sokami. Gdy uniosła je do góry i obnażyła zęby, krzyknęłam:

– Zaczekaj! Nie wiesz, czy to bezpieczne.

Nie byłam zdziwiona, gdy mnie zignorowała i odgryzała już następny kęs, drugą rękę wkładając w sam środek wysokiego czekoladowego ciasta. Zgarnęła kawałek i wsadziła go sobie do ust.

Przyglądałam się jej, jakbym patrzyła przez lupę na jakiś rzadki okaz, szukając znaków sugerujących, że coś jest nie tak. Może jej usta natychmiast zaczną się pienić? A może spotka ją powolna śmierć, przypominająca dyndanie na stryczku?

Tesni też była już przy stole, pożerając kawałki białego sera i ociekający masłem ogon homara. Wymieniłyśmy z Halo spojrzenia, po czym doszłyśmy do wniosku, że wszystko wydaje się w porządku. Podeszłyśmy do suto zastawionych stołów.

Zapominając o niebezpieczeństwie, wgryzłam się w puchaty kawałek chleba. Następnie wypiłam ogromną szklankę lemoniady wypełnioną dzwoniącymi kawałkami lodu. W moim zaschniętym gardle praktycznie zatrzeszczało z ulgi. Natychmiast sięgnęłam po dolewkę. Wcisnęłam sobie do ust kawałek pieczonej wołowiny, żując w zamyśleniu i nasłuchując. Może to po prostu nagroda za rozwiązanie zagadki? Ale to i tak wydawało się zbyt proste.

Zjadłam kilka kolejnych kęsów. Sięgnęłam po ciasteczko z masłem orzechowym. Kawałek waniliowego ciasta. Kawałek gotowanego kurczaka. I wodę. Tyle, ile tylko zdołałam wypić. Była tak smaczna, że jęknęłam z rozkoszy. Tak bardzo skupiłam się na jedzeniu, że nie miałam czasu w pełni docenić, jak było mi ciepło. Powietrze było tak gęste, że moja tunika przylgnęła do ciała, a włosy przykleiły się do czoła.

Włożyłam do ust chrupiące ciastko, a malinowe nadzienie eksplodowało na moim języku w tej samej chwili, gdy ziemia zatrzęsła się, jakbyśmy siedziały na grzbiecie głodnego wieloryba. Oczywiście, że to było zbyt piękne, by mogło być prawdziwe. Zauważyłam szpary w żywopłocie, w których zaczynały się tunele. Przerwałam jedzenie, próbując zrozumieć, co powoduje trzęsienie i z jakiego dochodzi kierunku.

Pozostałe trybutki również to zauważyły, a ich wzrok przesuwał się z jednego krańca polany na drugi, nic się jednak nie działo.

– Co jest? – zapytała Halo roztrzęsionym głosem. Nadchodziło po nas coś potwornego. Czułam to w kościach.

Moją uwagę zwrócił jakiś ruch, który zauważyłam kątem oka. Odwróciłam się gwałtownie i dostrzegłam postać biegnącą między żywopłotami. Chcąc to zbadać, ruszyłam w stronę wejścia do labiryntu i zatrzymałam się, by zajrzeć do zaciemnionego korytarza z liści. Postać nie była już widoczna, a przede mną rozpościerała się pustka. Gdy obejrzałam się na pozostałe trybutki, wszystkie przyglądały mi się uważnie.

– Nie wchodź tam – powiedziała łagodnie Halo.

Pokręciłam głową, rozumiejąc, że nie ma innego wyjścia.

– Musimy to zrobić. Na tym polega wyzwanie. – Zrobiłam kolejny krok i opadły na mnie cienie wysokich żywopłotów, a dookoła zrobiło się chłodniej. Moją uwagę zwrócił kolejny ruch. Ktoś stał po drugiej stronie tunelu, ale na tyle daleko, że nie byłam w stanie dostrzec kto. Weszłam głębiej, słysząc za sobą krzyki spanikowanej Halo błagającej mnie, żebym wróciła.

Ale nie mogłam.

To było finałowe wyzwanie i byłam tak blisko otrzymania wszystkiego, czego pragnęłam. Po tylu latach znalazłam się tak blisko koronacji, tak blisko magii. O krok od odzyskania Tristana i Willow. O krok od zemsty na królu Zorzy.

Przyspieszyłam do truchtu, czując, że na czoło występował mi pot. Zamiast suchego zimnego wiatru pojawił się tak ogromny upał, że czułam, jak klei się do mojego podniebienia. Oddychając, miałam wrażenie, że mój nos jest przytknięty do ceglanej ściany. Szłam jednak dalej, wiedząc, że na tej zawieszonej nad przepaścią linie, będącej moją drogą do przyszłości, nie mogę pójść w innym kierunku.

Porośnięty liśćmi korytarz zdawał się wydłużać, w miarę jak nim biegłam, ale widziałam, że zbliżam się do czekającej na końcu postaci. Z tamtej odległości wydawało się, że to mężczyzna. Wysoki i szczupły, z burzą ciemnych włosów. Miał na sobie tunikę w jakimś niezidentyfikowanym kolorze. Może szarą albo brązową. Zmrużyłam oczy, zastanawiając się, czy mam przywidzenia. To musiała być jakaś sztuczka mojego umysłu.

Postać zakręciła i zniknęła za liśćmi. Nie chcąc jej stracić z oczu, przyspieszyłam i podbiegłam do miejsca, w którym moim zdaniem zniknęła. Gdy znów mignęły mi przed oczami jej plecy, puściłam się pędem.

Goniliśmy się, zakręcając tyle razy, że w końcu zupełnie straciłam orientację w terenie. Widziałam jedynie ciągnące się na wszystkie strony zielone ściany i pasek niebieskiego nieba nad sobą. Zatrzymałam się na moment, by złapać oddech, i nasłuchiwałam, zastanawiając się, dokąd poszły pozostałe trybutki. Nie odnalazłabym ich teraz, nawet gdybym chciała.

Szelest liści sprawił, że ponownie ruszyłam przed siebie i zakręciłam. Trafiłam na niewielki dziedziniec, pośrodku którego stała kamienna fontanna. Po jej drugiej stronie stał mężczyzna, którego goniłam.

Moje serce się zatrzymało, a oddech uwiązł w gardle. Poczułam, jak uginają się pode mną kolana.

Tristan.

– Tris? – szepnęłam, a mój głos przepełniała nadzieja. Nasze spojrzenia się spotkały, a świat zawirował. Co on tutaj robi? W moich oczach pojawiły się łzy. Ale dlaczego tylko stoi i się na mnie patrzy? Coś było nie tak. Jego oczy nie wyglądały normalnie. Były odległe, sprawiały wrażenie, jakby w ogóle mnie nie widział.

– Tristan? – Zrobiłam krok do przodu, wyciągając do niego dłoń. – Wszystko w porządku?

Nie odpowiedział, za to odwrócił się na pięcie i wybiegł, raz jeszcze znikając w mroku labiryntu.

– Tristan! – Ruszyłam w stronę miejsca, z którego zniknął, ale nie pozostał po nim żaden ślad. – Wracaj, Tristan! – krzyknęłam tak głośno, że załamał mi się głos z desperacji. – Błagam! Wracaj!

Pobiegłam. Nie wiedziałam, w którą poszedł stronę, ale biegłam. Bez przerwy krzyczałam jego imię, zaglądając w każdy otwór i każdą ścieżkę, z nadzicją, że znajdę jakiś ślad. Z pleców i skroni spływał mi pot, wilgoć zamknęła mnie w lepkiej bańce. Wycieranie czoła rękawem nic nie dawało i nie chłodziło gotującej się we mnie krwi. Nadal polując na brata, szukałam na ślepo, gorączkowo pragnąc raz jeszcze na niego spojrzeć.

Chwilę później potknęłam się i wylądowałam na miękkiej trawie, a kolana i dłonie poślizgnęły się na szorstkim żwirze. Zbyt zdyszana, by się poruszyć, wzięłam kilka głębokich oddechów, zanim przewróciłam się z jękiem na plecy i usiadłam. Kolana i ręce miałam poplamione na zielono. Wtedy dopiero zauważyłam, o co się potknęłam.

Miecz.

Na ścieżce leżał błyszczący srebrny miecz. Prosty, lecz elegancki, ze złotą rękojeścią i z przezroczystym klejnotem na jej końcu. Spojrzałam wokół, zastanawiając się, kto go tam zostawił, ale wszystko wskazywało na to, że byłam sama. Jedynym dźwiękiem był łagodny szelest liści poruszanych wiatrem. Podniosłam miecz, sprawdzając jego wagę w dłoniach. Część mnie cieszyła się, że znalazłam coś, czym mogłam się bronić, ale zastanawiałam się też, dlaczego labirynt mi to podarował. To mogło znaczyć tylko tyle, że będę go potrzebować.

Usłyszałam krzyk i znów puściłam się biegiem, próbując odnaleźć jego źródło. Głos jednak raczej nie należał do Tristana. Był wyższy, a moje serce podskoczyło, pełne nadziei. Może to Willow. Ale słyszałam jej krzyk, więc może powinnam uważać, czego pragnę. Przesunęłam dłonią po spoconej twarzy, zdezorientowana sprzecznymi myślami, które groziły, że roztrzaskają moją głowę na pół.

– Willow? – wrzasnęłam. – To ty? – Krzyki zmieniły się w zbolałe skomlenie, które zdawało się dochodzić zza najbliższego żywopłotu.

– Willow – powtarzałam w kółko, chcąc siłą woli sprawić, żeby się przede mną zmaterializowała.

Po drugiej stronie nie było jednak Willow. To była Halo. Klęczała na ziemi, tuląc twarz do czyjegoś ciała. Jej pełen udręki szloch wypełniał powietrze, a ja zdałam sobie sprawę, że ciało, które do siebie tuli, należy do Marici. Jej bladożółta suknia splamiona była krwią, a skóra upiornie blada.

Upuściłam miecz, opadłam na kolana i przytuliłam Halo.

– Nie żyje – jęknęła Halo. Jej głos był słaby i płaczliwy, a rękami obejmowała brzuch. – Co oni jej zrobili? – Spojrzała na mnie, jakbym znała odpowiedź, ale ja pokręciłam tylko głową.

– Nie wiem. Halo, tak mi przykro. – Martwe błękitne oczy Marici patrzyły w niebo, a ja dotknęłam ich i je zamknęłam. Jej skóra była lepka w dotyku.

– Nie chcę już tego robić – powiedziała Halo. – Nigdy tego nie chciałam. Chcę zrezygnować.

Uniosła głowę i wrzasnęła:

– Słyszycie? Nie chcę być królową! Nigdy tego nie chciałam! Te zawody to barbarzyństwo! Wszyscy jesteście zwierzętami! – Wstała, zaciskając dłonie w pięści. Na tunice i policzku miała smugi krwi. Z brodą pochyloną w górę krzyknęła: – Zabierzcie mnie stąd!

– Halo! – Podskoczyłam na nogi, by ją objąć. – Uspokój się.

Próbowała wydostać się z mojego uścisku, a po policzkach płynęły jej łzy. Uderzała mnie pięściami w klatkę piersiową.

– Nie! Chcę, by to się skończyło! Zabijcie mnie! Zamknijcie! Nie będę służyła królowi Słońca ani chwili dłużej! To potwór!

Wrzeszczała, splatając dłonie na czubku głowy, po czym nagle zamilkła. Jej pierś falowała od urywanych oddechów. Raz jeszcze ją przytuliłam, chcąc dać jej coś, do czego będzie mogła przylgnąć. Wtuliła twarz w moją szyję, a jej ciepłe łzy mieszały się z kroplami potu płynącymi po moim gardle.

– Dlaczego nie pozwolą mi odejść? – Chwyciła się mojej tuniki, jakby tonęła, i chyba tak właśnie musiała się czuć.

– Nie wiem – szepnęłam, gładząc jej włosy. – Nie wiem.

Przyprowadzono mnie tutaj, bym ubiegała się o wielki zaszczyt w pięknym miejscu pełnym blasku i złotego światła.

Miejscu, które wydawało się tak różne od Nostrazy. Ale gdy Halo kurczowo się mnie trzymała, a u moich stóp leżało okaleczone ciało Marici, zdałam sobie sprawę, że to również była iluzja. Udawali, że pochodzę ze slumsów Afelionu. Obnosili się ze mną jako przykładem tego, co można osiągnąć, jeśli tylko się w to wierzyło. Jeśli pracowało się wystarczająco ciężko. Ale dlaczego Umbra w ogóle musiała istnieć, skoro jeszcze kilka dni temu spałam w złotym łożu? Afelion niczym się nie różnił od Nostrazy. Może i był udekorowany morzem złota, ale był też więzieniem, tak jak Nostraza.

Ale ja nie mogłam się poddać. Nie miałam takiego luksusu. Nadal musiałam wygrać. Moja szansa na odzyskanie wolności była tak blisko, że czułam jej smak.

Jeśli zostanę królową, wszystko się zmieni.

Halo szlochała cicho, nadal przytulona do mnie, kiedy usłyszałam szelest liści. Zastanawiałam się, czy to Tristan; czułam, jak moja krew marznie i zwalnia tempo. A co, jeśli zrobią mu to, co zrobili Marici? Czy oni próbują nas zupełnie zniszczyć?

Muszę go odnaleźć. Dlaczego ode mnie uciekł? Zawahałam się. Nie mogłam przecież zostawić Halo samej.

Liście po drugiej stronie polany znów zaszeleściły i wyłoniła się z nich postać.

Mój wzrok zapłonął, a klatka piersiowa wypełniła się kamieniami.

Willow.

Rozdział trzydziesty siódmy

Brązowe oczy Willow były szeroko otwarte i niepewne, w ich głębi czaił się strach. Znałam to spojrzenie jak własne bicie serca. Widziałam tę śliczną twarz podczas każdej niespokojnej nocy spędzonej w Afelionie. Nie byłam w stanie się ruszyć, tak bardzo się bałam, że i ona wtedy ucieknie.

– Willow – szepnęłam, a jej imię zawisło w powietrzu jak biała flaga. Halo uniosła głowę i spojrzała mi w oczy. W końcu obie zrozumiałyśmy. Zebrano tu najważniejsze osoby w naszym życiu i każdą z nich postawiono przed jakimś niebezpieczeństwem. Marici już poległa, a ja zastanawiałam się, co w labiryncie spotkało Tesni i Apricię.

Willow patrzyła przeze mnie na wylot, jakbym wcale przed nią nie stała. W oczach Tristana widziałam to samo puste spojrzenie. Może to też są iluzje? Czy zjawa byłaby w stanie uchwycić całą istotę Willow? Na wypadek, gdyby Atlas naprawdę chciał ich skrzywdzić, musiałam założyć, że są prawdziwi.

– Willow – powiedziałam głośniej, ale ona nie zareagowała. Rozglądała się, coraz szerzej otwierając oczy. Nagle puściła się pędem przez polanę i zniknęła w żywopłocie.

– Willow!

Musiałam za nią pobiec. Musiałam ją chronić. To zawsze było moje zadanie. Spojrzałam na miecz, który upuściłam na ziemię.

– Idź – powiedziała Halo. – Idź za nią.

– Nie mogę cię tu zostawić.

Halo upadła na kolana i zakryła sobą ciało Marici.

– Ja już skończyłam. Nie ruszę się stąd, dopóki po mnie nie przyjdą. – Spojrzała na mnie. – Uratuj tych, których kochasz, i wygraj, by Apricia nie została królową Afelionu. Musisz to zrobić, Lor. Wiem, że jesteś ostateczną trybutką, ale dotarłaś aż tutaj. Czas, byś zmieniła historię i całe to królestwo.

– Jesteś pewna? – Przeszukałam wzrokiem miejsce, w którym zniknęła Willow, wiedząc, że coraz bardziej się ode mnie oddala. Halo nachyliła się nad Marici, chwyciła miecz za rękojeść i podała mi go.

– Leć. I to już. Proszę. Nie pozwól, by zginęła na marne.

Kiwnęłam stanowczo głową i odbiegłam, ruszając śladem Willow. Oczywiście zdążyłam ją zgubić, biegłam więc, ignorując roztrzęsione kończyny i odpychając na bok falę nudności. Od kilku dni prawie nic nie jadłam, miałam też wrażenie, że od krótkiej uczty przy wejściu do labiryntu minęły całe godziny. Byłam pewna, że jedynym powodem, dla którego w ogóle utrzymywałam się jeszcze na nogach, były treningi, do których przez ostatnie tygodnie zmuszał mnie Gabriel. Choć nadal nie byłam pewna, po co w ogóle zawracał sobie tym głowę.

– Tristan! – krzyknęłam, z nadzieją, że dzięki temu pojawi się przede mną. – Willow! – Nie działało, a jednak próbowałam dalej, tracąc poczucie czasu, gdy każdy szelest i odbijające się odgłosy kroków prowadziły mnie coraz głębiej w labirynt. Jednocześnie starałam się zrozumieć zasady tego wyzwania. Ocalić tych, których kochamy? Dlaczego tym razem nie powiedziano nam, co mamy robić? I dlaczego przyspieszyli początek Próby?

Zwolniłam, słysząc charakterystyczne skomlenie, po którym nastąpiło warknięcie. Wiedząc, że przede mną kolejny test, zmieniłam trasę, by pójść w stronę odgłosów. Znalazłam się u wejścia czegoś, co wyglądało na ślepą uliczkę – z każdej strony otaczała mnie zieleń tak przerośnięta, że utworzyła nade mną koronę pnączy i liści.

Tesni osłaniała ciało dziewczynki o ciemnej skórze i srebrnych włosach zaplecionych w warkocze. Dziewczynka histerycznie płakała, a z jej okrągłych policzków spływały ogromne łzy. To musiała być młodsza siostra Tesni albo inna osoba, którą kochała.

Mierzyły się z pokrytym ciemnym futrem stworzeniem, które musiało być co najmniej dwa razy wyższe od nich. Przypominało skrzyżowanie wilka z niedźwiedziem – miało zgarbiony grzbiet i pysk pełen ostrych jak brzytwa kłów. Potwór stał na tylnych łapach, a przednie były grube jak pnie drzewa. Warknięcie, które z siebie wydał, było tak niskie, że poczułam, jak ziemia zadrżała pod moimi stopami.

– Odejdź od nich! – wrzasnęłam, unosząc miecz w roztrzęsionej ręce. Rękojeść ślizgała się w mojej spoconej dłoni. Ubrania kleiły mi się do ciała, przez co trudno było mi się poruszać, każdy krok był ociężały, jakby ktoś oblał mnie cementem.

– Lor, nie! – powiedziała Tesni, nie spuszczając wzroku z bestii, która odwróciła ogromną głowę w moją stronę.

Jej oczy, ciemne jak studnie bez dna, skupiły się na mnie z pewnym siebie błyskiem drapieżnika, który dobrze wie, że jego zwierzyna nie stanowi żadnego zagrożenia. To nie była żadna dzika bestia. W wyrazie pyska widać było inteligencję i spryt. Gdy podeszłam bliżej, potwór ucieszył się, jakbym była sosem, którym zaraz poleje sobie gruby kawał pieczonej wołowiny.

– Uciekajcie! – krzyknęłam do Tesni i jej siostry. – Wynoście się stąd.

Mój rozkaz nie miał jednak sensu, bo znalazły się w ślepej uliczce, nie miały więc jak uciec. Ich jedyną nadzieją było to, że odciągnę od nich potwora.

– Chodź do mnie! – krzyknęłam, tańcząc na piętach. – Wielki, wstrętny potworze. Jesteś tylko kupą sierści i mięśni, prawda? Kto cię wypuścił z klatki? Nie powinieneś być na czworakach jak piesek? W końcu nim jesteś, prawda?

Bestia zmrużyła oczy, jakby próbowała zdecydować, czy właśnie została obrażona.

– No chodź – warknęłam, po czym odwróciłam się i odbiegłam w przeciwnym kierunku. Pędząc, ile sił w nogach, przebijałam się przez żywopłoty, oglądając się przez ramię. Bestia połknęła przynętę i ruszyła wąskim tunelem, szybciej niż cokolwiek tak ogromnego miało prawo się poruszać. Strach sprawił, że moje kroki stały się nieskoordynowane, a kostki i kolana zesztywniały. Miałam nadzieję, że uda mi się wytrzymać na tyle długo, by ją zmęczyć. Modliłam się, by Tesni i jej siostra wykorzystały tę szansę i uciekły jak najdalej stąd.

Wymachując rękami i nogami, zerknęłam za siebie, by się upewnić, że stwór nadal za mną biegnie, jednak on się oddalił, wybierając inną ścieżkę. Cholera. Zatrzymałam się z poślizgiem, zastanawiając się, co przykuło jego uwagę. Czy to Willow albo Tristan? Ta myśl mnie ożywiła i napełniła przerażeniem.

Ruszyłam za potworem. Był jednak ode mnie szybszy, oddalał się, w miarę jak mnie coraz trudniej było złapać oddech, a nogi stawały się coraz cięższe, jakbym do kostek miała przywiązane kowadła. W końcu zupełnie straciłam go z oczu, ale przez to, że jego ogromne ciało nie mieściło się w tunelu, mogłam podążać za szelestem liści, próbując go odnaleźć.

Nagle usłyszałam kolejne krzyki.

Oczy piekły mnie od niewylanych łez, czułam rosnące w głowie napięcie. To było najgorsze z wyzwań. Czego oni od nas chcieli?

Znów zakręciłam, a potem raz jeszcze, po czym wpadłam na kolejny dziedziniec wypełniony niskimi kwietnikami, z których wyrastały różnokolorowe kwiaty. Dziedziniec był otoczony niskim kamiennym murem. Znów była tam Tesni i jej siostra. Moja frustracja zmieniła się teraz w twardy kamień w moim żołądku. Z mojego gardła wydobył się szloch na widok bestii, która oblizywała sobie pysk, przypierając do muru dwie drżące, przytulone do siebie fae.

– Zostaw je! – Próbowałam raz jeszcze. – No już, ty przerośnięty kundlu. Chodź tu i weź sobie kostkę. – Stwór obejrzał się przez masywne ramię i tym razem byłabym w stanie przysiąc, że uśmiechnął się krzywo, jakby chciał mi powiedzieć, że drugi raz się na to nie nabierze. Zostanie tutaj, gdzie zwierzynę łatwiej schwytać.

Zanim zdołałam zareagować, bestia zamachnęła się ogromną łapą i chwyciła siostrę Tesni w talii, więżąc ją w uścisku.

– Kyri! – krzyknęła Tesni, chwytając dziewczynkę ze rękę, by próbować ją odciągnąć. Jednak bestia była jakieś sto razy silniejsza i wyszarpnęła Kyri z uchwytu Tesni z taką łatwością, jakby wyrywała płatki róży. Kyri wrzeszczała tak głośno, że zaczęło mi pulsować w uszach. Jej krótkie nóżki kopały i wymachiwały, a potwór cofnął się, przekładając ją sobie przez ramię.

– Nie! – krzyknęłam i wymachując mieczem, rzuciłam się na potwora, robiąc głęboką ranę na jego nodze. Jasnoczerwona krew poplamiła futro bestii, która zaryczała, odwracając się do mnie. Z jej kłów kapała ślina. Zamachnęła się drugą łapą i uderzyła mnie w brzuch, posyłając na drugą stronę polany.

Poczułam ból biegnący wzdłuż ramienia i głowy, gdy uderzyłam w jeden z kamiennych murów, po czym opadłam na ziemię. Jęknęłam i przeturlałam się; przed oczami widziałam krew. Patrząc przez tę szkarłatną kurtynę, widziałam, że Tesni nadal próbowała dosięgnąć siostry, a bestia bawiła się z nią, zbliżając się i cofając, a z jej pyska dobiegał dudniący śmiech.

Powoli odepchnęłam się, by wstać, a moje zwichnięte ramię piekielnie bolało. Gdy klęknęłam na czworakach, poczułam, jak przez środek ciała przebiega kłujący ból. Zrobiło mi się niedobrze, żółć podeszła mi do gardła. Spojrzałam w dół i zauważyłam, że moja tunika jest lepka od krwi, a na materiale i skórze ciągną się cztery długie przecięcia. Krew wylewała się ze mnie szkarłatną rzeką, a ja zachwiałam się, robiąc wszystko, by nie zemdleć.

Bestia zaryczała, sprawiając, że znów spojrzałam na Tesni, która nadal próbowała uwolnić siostrę.

– Odłóż ją – krzyknęłam słabo, ale to nic nie dało. Bestia przechyliła głowę, posyłając mi ostatnie przenikliwe spojrzenie. Następnie odwróciła się i odbiegła, znikając w żywopłocie do akompaniamentu wrzasków Tesni. Dziewczyna pobiegła za bestią, zostawiając mnie na ziemi, walczącą o oddech i starającą się znaleźć w sobie siłę. Jeszcze nie skończyłam, pomyślałam. Muszę odnaleźć Willow i Tristana, jeśli jeszcze żyją.

Czas mijał, a ja mrugając, próbowałam zmusić się do odzyskania jasności umysłu. Nagle poczułam dotyk łagodnych dłoni i usłyszałam rozdzierany materiał. Tesni owijała mój brzuch kawałkiem swojej tuniki, a z jej twarzy kapały łzy i smarki.

– Twoja siostra – szepnęłam.

– Już jej nie ma – odpowiedziała Tesni, a jej głos brzmiał mechanicznie. Wytarła nos rękawem, którego nie zerwała. – Bestia była zbyt szybka. Straciłam ją. Straciłam siostrę. – Jej głos załamał się na ostatnich dwóch słowach, a ja praktycznie słyszałam, jak jej serce łamie się w piersi. Rozdarła jeden z moich rękawów i kontynuowała opatrywanie mnie tymi prowizorycznymi bandażami.

– Cięcia nie wydają się głębokie – powiedziała. – Ale chyba uderzyłaś się w głowę. – Ostrożnie dotknęła mojej skroni, na co się skrzywiłam. Czy to dlatego nie jestem w stanie sformułować sensownej myśli?

– Lor! – ktoś krzyknął w oddali, i tego właśnie potrzebowałam, by powrócić znad krawędzi. – Lor!

– Willow? – Usiadłam powoli; miałam wrażenie, że świat przechylił się na bok, a w piersi łoskotał ból.

– Lor! – krzyknął znowu głos i tym razem nie miałam już żadnych wątpliwości.

Chwyciłam ramię Tesni.

– Muszę ją odnaleźć.

Tesni kiwnęła głową i pomogła mi wstać.

– Może dla ciebie nie jest za późno.

Podała mi miecz, który odleciał na bok, gdy zostałam wyrzucona w powietrze przez bestię, i ścisnęła moją dłoń.

– Znajdź ich, Lor. Znajdź i ochroń. Chyba na tym polega ta gra.

– Lor!

Potrząsnęłam głową, a w mojej krwi popłynęła ponura determinacja. Tylko to się liczyło. Czas zapomnieć o zawodach. O zemście. Jedyne, co kiedykolwiek było dla mnie ważne, to Tristan i Willow. Jeśli cokolwiek im się stanie, to wszystko nie będzie miało sensu, pomyślałam.

Zrobiłam krok, czując, jak ból przeszywa mi brzuch, ale wytrzymałam, przytrzymując się wytrwałości, która płynęła w moich żyłach. Potrafiłam go zignorować. Pół życia spędziłam na skraju agonii. Zanurzona po kości w udręce, która niemal mnie zmiażdżyła. Cierpienie od tylu lat definiowało postrzępione końce mojego istnienia. Tego rodzaju wspomnienia nigdy nie blakną, niezależnie od tego, ile razy próbowałabym je wywabić.

Ból to znany mi język. To scenariusz, który pisałam już tysiące razy.

Skupiając się jedynie na potrzebie odnalezienia Tristana i Willow, szłam przed siebie, przyspieszając, gdy usłyszałam, że Willow znów mnie wzywa.

– Nadchodzę! – krzyknęłam. – Nadchodzę! – Nie mogłam pozwolić, by cokolwiek jej się stało. Szłam, sadząc susy, na ile umożliwiały moje rany; zbliżałam się do jej głosu, przedzierając się przez zieleń.

Otoczona bujnymi tunelami brałam kolejne zakręty, próbując nadążyć za siostrą i modląc się do Zerry, bym jej nie straciła. Gdy skręciłam w kolejny długi korytarz, którego koniec rozciągał się w ciemność, zauważyłam poruszającą się w oddali postać.

Ciemne włosy, drobna sylwetka, szara tunika tak znoszona, że jej kolor był jedynie wspomnieniem tego, czym była kiedyś. Przyspieszyłam, rozcięcia na moim boku zaczęły pulsować, a bandaże przesiąkły czerwienią. Jednocześnie starałam się nie spuszczać wzroku z otoczenia, w każdej chwili spodziewając się ataku. Niczemu już nie ufałam.

– Willow! – wrzasnęłam, wiedząc, że nie posłucha.

Ale ona nagle zwolniła i obejrzała się przez ramię, jakby szukała dźwięku mojego głosu.

– Willow! – rzuciłam jej imieniem w przestrzeń między nami jak granatem, z nadzieją, że uda mi się zniszczyć tę dziwną barierę, która nas dzieli.

Jednak ona się nie zatrzymała. Obróciła się z powrotem i przyspieszyła.

– Willow. – Wtedy w końcu się złamałam, moja dusza otworzyła się i rozłupała na pół. Policzki zamokły mi teraz od łez, skrywanych, kiedy gorączkowo za nią goniłam. Jeśli umrze, nic nie będzie miało znaczenia. Nic nie będzie się już liczyć, jeśli nie uda mi się jej ocalić. Obie biegłyśmy, a odległość między nami się nie zmieniała. Dlaczego się nie zatrzymywała? – Willow! Proszę, zatrzymaj się. – Słabłam coraz bardziej, z bandaży ciekła krew, skronie pulsowały, zaschło mi w gardle, a w żołądku czułam skurcze. – Willow. Wróć do mnie.

W końcu powoli zaczęłam ją doganiać. Wykrzykiwałam jej imię, ale ona nadal się nie odwracała. Zbliżała się do łukowatych drewnianych drzwi stojących pośrodku niczego. Nie było tam żadnych ścian, żadnego budynku, jedynie kolejne żywopłoty wychodzące na wszystkie strony.

Willow biegła, jakby gonił ją sam Pan Podziemia. Próbowałam nadążyć, potykałam się. W końcu sięgnęła do tajemniczych drzwi, otworzyła je i zniknęła. Drzwi się zamknęły.

– Willow! – Straciłam ją. Pęd posłał mnie na drzwi; wpadłam na nie, zanim zdołałam przekręcić gałkę. Zamknięte. Zaczęłam w nie walić, wrzeszcząc, by się otworzyły. Zaczęłam rąbać je mieczem, próbując się przedostać. – Wpuść mnie, Willow! Wpuść mnie!

Okrążyłam je, smakując słoną rzekę łez. Z obu stron wyglądały tak samo – drzwi donikąd.

Uderzałam w nie całym ciałem, dławiąc się z bólu, który rozprzestrzeniał się po brzuchu i ramieniu. Bez końca waliłam w drzwi, z trudem zachowując resztki świadomości.

Nagle poddały się ciężarowi mojego ciała i otwarły na całą szerokość. Przeleciałam na drugą stronę, potknęłam się i wylądowałam na twarzy, ślizgając się na gładkiej powierzchni, podczas gdy ból rozrywał mnie na kawałki.

Dysząc, z zamkniętymi oczami czekałam, aż ból zmaleje. Starałam się nie zemdleć. Nagle dookoła rozległy się gromkie brawa, zsynchronizowane z głosami setek wiwatujących głosów i okrzyków, które uderzały we mnie jak grad.

Absolutna dezorientacja zmusiła mnie, bym otworzyła oczy. Moje powieki skleiły się od krwi, potu i łez. Jak przez mgłę zobaczyłam złoty marmur i wysoki szklany sufit, przez który widziałam błękitne niebo. Uniosłam głowę. Leżałam w sali tronowej, a nade mną stał Atlas z szerokim uśmiechem na pięknej twarzy.

Rozdział trzydziesty ósmy

Kucnął przy mnie i delikatnie przyłożył mi dłoń do głowy, odsuwając z twarzy kosmyk moich paskudnych włosów.

– Udało ci się – powiedział uśmiechnięty. – Jestem z ciebie taki dumny.

– Gdzie jest Willow? – zapytałam i poczułam, jak bardzo zaschło mi w obolałym gardle. – I Tristan? Wszystko z nimi w porządku?

Twarz Atlasa przybrała strapiony wyraz, a czyjeś ręce pomogły ostrożnie ułożyć mnie na plecach. Stłoczyli się nade mną medycy, ich dotyk koił moją głowę i brzuch. Przed moimi oczami wybuchło jasne światło i zaparło mi dech w piersi, gdy rany zaczęły się zasklepiać.

– Dlaczego oni mnie leczą?

Oklaski ucichły, a tłum zaczął się w nas wpatrywać, szepcząc do siebie cicho.

– Atlasie? Co się dzieje? – Obdarzył mnie życzliwym uśmiechem, ale krawędzie jego postaci były rozmazane, jakby był mokrym obrazem, po którym ktoś przejechał dłonią.

– Zaliczyłaś ostatnie wyzwanie – powiedział, łagodnie dotykając mojego policzka i pomagając mi usiąść. Zatrzymał palce pod brodą i przechylił do siebie moją twarz. – Staniesz przed Słonecznym Lustrem.

– Co? – Byłam tak zdezorientowana, że nic nie miało sensu. – Gdzie są Tristan i Willow?

Atlas zacisnął usta.

– Przykro mi Lor, nie ma ich tutaj.

– Co? Nie! Widziałam ich! Gdzie oni są? Jeśli ich skrzywdziłeś...

Atlas położył mi na ramieniu ciężką rękę.

– Byli iluzją. Tak naprawdę ich tutaj nie było. – W moim brzuchu zaczęło wirować coś zepsutego i zgniłego, gdy dotarło do mnie, co powiedział. – Waszym zadaniem było ochronić tych, których kochacie, tak długo, by mogli przejść przez drzwi. To udało się tylko jeszcze jednej trybutce. – Wskazał dłonią drugą stronę pokoju, gdzie siedziała Apricia. Była tak zakrwawiona i zmęczona jak ja. Siedziała na stopniach podestu z głową w dłoniach. Zniknął zadowolony z siebie uśmiech, do którego tak się przyzwyczaiłam.

– A więc Marici i siostra Tesni...? – zapytałam.

– Są całe i zdrowe – odpowiedział uprzejmym głosem Atlas, jakby to miało sprawić, że wszystko było w porządku.

– Ale Halo i Tesni... one były przerażone. – Wściekłość bulgotała w mojej piersi jak w kotle złej czarownicy. – Byłam przerażona, że Tristan i Willow zginą!

– Przykro mi, Lor. Ale tak wyglądało ostatnie wyzwanie.

Strząsnęłam z siebie jego dłoń i odsunęłam się. Medycy skończyli zajmować się moimi ranami, został po nich jedynie tępy ból.

– One myślały, że Marici i Kyri nie żyją! – powiedziałam, a mój głos stawał się coraz głośniejszy. – Co jest z tobą nie tak? Byłam pewna, że Willow jest w niebezpieczeństwie!

– Lor – powiedział Atlas wstając i zbliżył się do mnie z wyciągniętą dłonią. – Uspokój się.

– Nie uspokoję się! Jesteś potworem! Gdzie są Tesni i Halo? Gdzie one są?!

Atlas uniósł dłoń w uspokajającym geście.

– Nic im nie jest, Lor. Są z innymi trybutkami, które odpadły.

– Z tymi, których nie zabiłeś!

Rozluźnił się łańcuch mojej kontroli nad sobą. Trzęsłam się. Byłam tak wściekła, że mój gniew się rozwarstwił, grożąc, że zupełnie mnie rozklei.

W końcu stanęłam na roztrzęsionych nogach i spojrzałam na wszystkich zgromadzonych w sali tronowej. Pomieszczenie było wypełnione dobrze ubranymi fae, patrzącymi na mnie z otwartymi ustami.

– Wy wszyscy też jesteście potworami! – wrzasnęłam, a tłum się wzdrygnął, jakbym właśnie ich spoliczkowała. Chciałabym to zrobić. Moja pierś falowała, starając się nabrać tyle powietrza, by nadążyć za moim narastającym gniewem. Nawet po tym, jak zostałam wyleczona, wysiłek kilku dni na tamtym klifie i godziny biegania w labiryncie sprawiły, że zgięłam się wpół, chwyciłam się za serce, kaszląc tak mocno, że poczułam, jak szarpie mnie w dopiero co zasklepionych ranach.

– Lor – powiedział łagodnie Atlas, kładąc mi dłoń na plecach, po czym zaczął przesuwać nią po moim kręgosłupie. – Rozumiem, że to było nieprzyjemne, ale takie są zasady Prób.

Nadal zgięta wpół patrzyłam, jak na moim bucie ląduje łza, która spływa na wysokości palca i zostawia za sobą ścieżkę wyżłobioną w kurzu. Nadal płakałam i nie podobało mi się, że tylu ludzi patrzy na mnie, kiedy w końcu wszystko we mnie pęka na pół.

– Myślałam, że są tu Tristan i Willow – szlochałam. – Bałam się, że coś im grozi.

Atlas zbliżył się i przyłożył usta do mojego ucha.

– Nadal są w Nostrazie – szepnął tak cicho, bym tylko ja usłyszała. – Wkrótce będziesz mogła ich wydostać. Słoneczne Lustro już na ciebie czeka.

Zamknęłam oczy i wzięłam głęboki oddech przez zaciśnięte zęby.

– Jeśli myślisz, że po tym wszystkim nadal chcę zostać z tobą złączona, to masz urojenia.

– Lor – odpowiedział, a wokół jego oczu zaczęły tworzyć się zmarszczki.

– Złącz się z Apricią. To ma o wiele więcej sensu. Odeślij mnie do domu, Atlasie. Nie chcę być częścią tego dworu. Chcę wracać.

– Co ty mówisz? Wolisz wrócić do tej dziury niż zostać ze mną złączona?

Stanęłam prosto, by wszyscy mnie usłyszeli, przesłałam mu najbardziej wrogie spojrzenie, na jakie było mnie stać w moim stanie.

– Tak.

Wyraz jego twarzy zmienił się, maska pękła, odsłaniając znajdujące się pod światłem fragmenty mroku. Łagodna cierpliwość w jego spojrzeniu została zmieniona przez zimny błękitny płomień. Ach, więc to tak, pomyślałam. Zawsze czułam, że w jego słowach i czułości coś było nie tak. Ale nigdy nie odkryłam co. Byłam olśniona jego pięknem. Oczarowana tym wszystkim, co tutaj spotkałam, życiem tak odmiennym od tego, które wiodłam w Nostrazie.

Byłam ślepa.

Chciałam wierzyć, że pragnął mnie dla tego, jaka jestem, a nie dla tego, co mogłabym dla niego zrobić. Ale od samego początku powinnam była wiedzieć lepiej. Byłam głupia, że tego nie widziałam.

– No to kurewsko szkoda, Lor – szepnął, a w jego głosie kryła się śmiercionośna groźba. – Wykradłem cię królowi Zorzy i jesteś moja.

Zanim zdążyłam przetworzyć jego słowa, Atlas wyprostował ramiona i pociągnął za rąbek swojej złotej marynarki.

– Czas, by Lustro dokonało wyboru – ogłosił zgromadzonym w sali.

– Nie zrobię tego – powiedziałam, podnosząc się. Miałam ochotę upaść wyczerpana na ziemię, ale stałam twardo, patrząc na Atlasa, górującego nade mną jak złota gwiazda, która zaraz wybuchnie oślepiającym blaskiem.

– Nie masz wyboru.

W odpowiedzi splunęłam na niego. Zamrugał, gdy moja ślina uderzyła go w jedną z idealnie wysokich kości policzkowych, przez co cała sala westchnęła z przerażeniem.

– Nie zrobię tego – syknęłam.

– Wasza Królewska Mość – powiedział strażnik, patrząc na mnie spode łba. – Zaprowadzę ją do lochów. – Nagle pojawiło się przy mnie dwóch strażników.

– Nie – odpowiedział Atlas, unosząc dłoń. Nie spuszczał ze mnie wzroku. – Stanie przed Lustrem. Gabrielu, zaprowadź ją.

Warknęłam, gdy Gabriel wyrósł przede mną, obdarzając mnie swoim zwykłym pełnym dezaprobaty spojrzeniem. Najwyraźniej Atlas wypuścił go z lochów.

– Nie utrudniaj sprawy, Lor.

– A co ci zależy? – krzyknęłam. – Chciałeś, żebym umarła!

Zamrugał. To był jedyny znak, że go zaskoczyłam.

– Gabrielu! – powiedział Atlas. – Natychmiast ją zaprowadź.

Gabriel chwycił mnie, a ja zaczęłam wrzeszczeć i kopać.

– Nie! Zostaw mnie w spokoju! Chcę wracać do domu!

Zostałam otoczona przez mojego wartownika i kilku innych strażników. Gabriel stanął za mną, z siłą imadła przytrzymując moje ręce za plecami. Szarpnęłam dłońmi, by się uwolnić, a on tak mocno pociągnął mnie za ręce, że moje ramiona przeszył nagły ból.

– Nie ruszaj się – powiedział, kipiąc gniewem.

– Nie! – krzyknęłam.

– Jesteś pewien, Wasza Królewska Mość? – zapytał napiętym tonem Atlasa. – Mogę zrobić to, o co prosi.

– Absolutnie nie – odpowiedział Atlas. – Stanie przed Lustrem.

– Ale dlaczego? Co ona może ci zaoferować, Atlasie? – Głos Gabriela brzmiał niemal desperacko, znikał gdzieś typowy dla niego chłód.

Atlas stanął przed nami i spojrzał Gabrielowi w oczy. Wyciągnęłam nogę, by kopnąć Atlasa, ale Gabriel odciągnął mnie, warcząc.

– Jestem twoim królem i rozkazuję ci zaprowadzić ją przed Lustro. Nie każ mi żałować, że wyciągnąłem cię z lochu, Gabrielu. Nadal jesteś na cenzurowanym.

Zapadła absolutna cisza, nie odezwał się nikt z tłumu. Gabriel kiwnął głową.

– Tak jest, Wasza Królewska Mość – powiedział beznamiętnym tonem i popchnął mnie, cały czas trzymając za nadgarstki. Otaczali nas strażnicy, a ja walczyłam i kopałam resztką sił i determinacji. Gdy zaciągnęli mnie przed Lustro, byłam zmuszona stanąć obok Apricii, która spojrzała na mnie nieufnie. Na czole miała smugę krwi, a jej zwykle idealnie ułożone włosy wyglądały strasznie.

Nasze spojrzenia się spotkały i stało się jasne, że żadna z nas dzisiaj nie wygra. Atlas jasno się wyraził, że chce, bym to ja tu została, pomimo że to Apricia pragnęła się z nim złączyć. Ale on jej nie chce, a ja byłam jedyną osobą w tym pokoju, która zna prawdziwy powód, dlaczego tak jest.

Nie rozumiałam jednak, w jaki sposób Atlas zdołał odkryć ten sekret.

Nadal przytrzymując mnie za nadgarstki, Gabriel popchnął mnie do przodu, chrząkając.

Lustro było olbrzymie, trzy razy wyższe ode mnie. Grubą owalną ramę zrobiono ze złota, odlano w niej spirale i kwiaty. Stało oparte o ścianę pokrytą złotym jedwabiem, a jego powierzchnia była tak błyszcząca i gładka, że przypominała taflę jeziora.

Spojrzałam w swoje odbicie. Zobaczyłam zakrwawioną twarz i zdziczały wzrok.

– Puszczę cię – szepnął mi do ucha Gabriel – a ty będziesz tu stała i robiła to, co ci każą. Jeśli chociaż jeden palec u stopy postawisz w niewłaściwym miejscu, natychmiast cię zabiję, nieważne, co powie Atlas ani co się ze mną stanie. Rozumiesz? – Powoli odwróciłam się do niego przez ramię. Jego spojrzenie podpowiedziało mi, że z całą pewnością mówił prawdę. Kiwnęłam głową.

– Dziękuję – powiedziałam.

Gabriel zmarszczył brwi.

– Właśnie zagroziłem, że cię zabiję, Lor. Dziwne z ciebie stworzenie.

– Wiem, że mnie tutaj nie chciałeś, ale i tak mi pomogłeś. Dzięki tobie stałam się silniejsza. Nie wiem, czy zaszłabym tak daleko bez twojej pomocy. Z całą pewnością umarłabym gdzieś po drodze.

– Robiłem tylko to, co do mnie należało – odpowiedział zimnym tonem.

– Ale robiłeś to dobrze.

– Mówiłem ci, jeśli ty dobrze wypadniesz, ja również. – Nie byłam pewna, czy mi się przywidziało, ale miałam wrażenie, że zobaczyłam w jego oczach przebłysk łagodności. – Poza tym, beze mnie też by ci się udało, Lor.

Zmarszczyłam brwi, zaskoczona jego słowami, a w moich oczach znów pojawiły mi się łzy. Teraz, gdy w końcu je z siebie uwolniłam, nie mogłam przestać płakać.

– Już czas – przerwał Atlas. Z rękami założonymi na piersi wyglądał tak pięknie jak zwykle, ale jego blask zbladł i zmatowiał.

Gabriel w końcu uwolnił moje nadgarstki, a ja opuściłam ręce, wpatrzona w Atlasa. Powoli przeniosłam wzrok na stopy, przygotowując się na kolejny krok w podróży, na którą nie wybierałam się nawet w snach. Przez wiele tygodni zastanawiałam się, co się wydarzy, gdy tutaj stanę. Co zobaczy Lustro.

Biorąc najgłębszy oddech w całym swoim życiu, zrobiłam krok do przodu, a potem następny. Odgłos moich cichych kroków odbijał się echem w sali tronowej, aż w końcu stanęłam przed Lustrem i utkwiłam w nim spojrzenie.

Rozdział trzydziesty dziewiąty

Gładka połyskująca powierzchnia zafalowała jak staw, do którego ktoś wrzucił kamień, po czym zanikła, odkrywając inne miejsce i inny czas.

Głęboko ukryte wspomnienie, którego nigdy nie zapomniałam.

Chatka w lesie i grzmiący w oddali tętent kopyt. Moja matka ze smugą mąki na twarzy stoi przy blacie i wyrabia ciasto na chleb.

Do pokoju wchodzi ojciec z mieczem w dłoni. Rodzice wymieniają spojrzenia naznaczone strachem, po czym ojciec w pośpiechu wyprowadza mnie i moją siostrę z domu tylnym wyjściem.

Wejście do podziemnej kryjówki i naszyjnik z czerwonym kamieniem. Łzy matki i ponura rezygnacja ojca. W ciemności przytulam się do Willow, słysząc gorączkowe krzyki naszych rodziców, którzy umierają, by nas chronić. Ale to nie wystarczyło. Błysk światła, chytra twarz mężczyzny, moje krzyki.

Dni, tygodnie podróżowania z bratem i siostrą na tyłach wozu, związani jak świnie. Tristana znajdują ukrytego w lesie, gdzie zabił trzech wojowników króla Zorzy, zanim udało im się go obezwładnić. Przytulamy się do siebie, opłakując śmierć matki i ojca. Opłakując stratę wszystkiego, co znaliśmy. Dziedzictwa, które odeszło na zawsze.

Stoimy na dziedzińcu, majaczą nad nami ciemne mury Nostrazy, dookoła spadają delikatne płatki śniegu.

Stoi przede mną król Zorzy, przygląda się nam, z dłońmi założonymi za plecy. Jest prawie dwa razy wyższy ode mnie. Mój ojciec nie był niski, ale ten królewski fae jest najwyższą istotą, jaką kiedykolwiek widziałam. Ostro wyciosane rysy stanowią granice idealnej twarzy stworzonej do okrucieństwa i złych zamiarów. W jego nieskończonych czarnych oczach wirują wstęgi koloru.

W moich uszach odbijają się jego słowa. Słowa, które zapamiętam do końca swoich dni.

Zostanę wsadzona za te mury i zapomnę, kim jestem. Zapomnę, kim mogłam się stać. Nie będę mogła powierzyć swojego sekretu żadnej żywej duszy. Muszę zrozumieć, że postanowił pozwolić nam żyć – mnie, mojemu bratu i mojej siostrze, jedynym osobom, które zostały mi na tym świecie – bo jesteśmy dziećmi i uważa, że nie stanowimy zagrożenia. No i jest jakaś szansa, że kiedyś mogę okazać się przydatna. Ale gdybym poddała się surowym realiom Nostrazy, nie przejmie się ani trochę.

Choć byliśmy dziećmi, tamtego dnia na zawsze odebrano nam niewinność.

Minęło dwanaście długich lat.

Zabrakło mi tchu na widok przebłysków tych wydarzeń. Tyle razy wracałam do nich myślami, że miałam je wypisane pod skórą krwią i popiołem. Były częścią mnie w takim samym stopniu jak dusza, która ledwie trzyma się ciała.

Nagle przez moją głowę przepłynął głos przypominający śpiewnego walca, kręcącego się w harmonijnych nutach. To Lustro do mnie przemawiało:

Ach, co my tu mamy?
Więc plotki okazały się prawdą.
Czekaliśmy bardzo, bardzo długo, Wasza Królewska Mość.
Co robisz przed moim obliczem?
Dlaczego znalazłaś się tak daleko od domu?
Być może sama nie wiesz.
Czym jesteś? Kim jesteś?
Minęło tyle czasu, że może ta wiedza zginęła
w czeluściach pamięci.
Ale istnieją ci, którzy pamiętają.
Pewnie pragnął cię dla twej potęgi?
Ci fae to głupcy.
Nigdy nie uczą się na błędach.
Przepraszam, Wasza Królewska Mość, ale to nie twoje miejsce.
To niedozwolone.
To już nigdy nie może się powtórzyć.
Uranos by tego nie przetrwało, ty również nie.
Nie wiem, gdzie podziała się Korona po tym,
jak ona próbowała złamać świat.
Może ją również pokonał czas.
Kto wie, może uległa zniszczeniu.
Nie jestem pewne, czy nadal istnieje.
To wiedza wykraczająca poza moją moc,
wiem jednak, że to dla ciebie jedyna droga.
Jeśli ją znajdziesz, wróć, proszę, i ponownie się przede mną ukłoń.

Gdy nadejdzie ten dzień, będę miało dla ciebie podarunek,
Wasza Królewska Mość.
Odnajdź Koronę i powróć przed moje oblicze.

Powierzchnia Lustra stała się czarna, po czym rozbłysła białym światłem, a ja cofnęłam się, bez tchu, jakbym dopiero co wyłoniła się spod wody. W sali tronowej zapadła zupełna cisza, aż w końcu usłyszałam kroki.

Podszedł do mnie Atlas, przyglądając mi się od stóp do głów.

– Co się stało?

Pokręciłam głową, starając się sprawić, by mój głos brzmiał na łamiący się i słaby.

– Odrzuciło mnie.

– Co? – powiedział Atlas, zbliżając się. Chwycił przód mojej tuniki i przyciągnął do siebie. – Co ci powiedziało?

– Nic poza tym, że nie jestem prawdziwą królową Afelionu. Że jest nią ona. – Roztrzęsionym palcem wskazałam Apricię, a kłamstwo opuściło moje usta i wylądowało z hukiem między nami. Atlas warknął, mocniej ściskając tunikę.

– To niemożliwe – powiedział, zbliżając swoją twarz do mojej. – Mówisz prawdę?

– O-oczywiście – wydukałam.

Przesłał mi gniewne spojrzenie i odepchnął, puszczając moją tunikę.

– Jestem gotowa stanąć przed Lustrem, Wasza Królewska Mość – powiedziała Apricia, zarzucając potargane włosy za ramię. Nie miało to takiego efektu jak zwykle, ale tak czy siak podziwiałam jej ducha po tym wszystkim, co się wydarzyło.

– Nie – warknął Atlas. – Zawody dobiegły końca.

Odwrócił się i spiorunował wszystkich spojrzeniem. Był zgarbiony, a opuszczone przy bokach dłonie zacisnął w pięści.

Fae w długiej szacie wyszedł naprzód.

– Wasza Królewska Mość, musisz dokończyć Próby. Tym razem czwarte wyzwanie zostało ukończone i każda z trybutek musi stanąć przed Lustrem. Jeśli nie, czekają nas straszliwe konsekwencje.

Atlas zacisnął zęby, a do przodu wyszedł kolejny fae.

– On ma rację, Wasza Królewska Mość. Musisz dokończyć Próby, inaczej ryzykujesz utratę korony i całej magii. Znasz zasady.

Mięsień zaciśniętej żuchwy Atlasa drgnął, jego oczy płonęły. Wyglądał, jakby chciał zniszczyć każdego, kto znajdował się w sali.

– W porządku – warknął do Apricii. – Zrób to.

Podskoczyła, by spełnić jego życzenie, i ruszyła w stronę Lustra, podczas gdy Atlas przyglądał się temu z absolutną furią w oczach. U mojego boku znów pojawił się Gabriel, ale tym razem mnie nie przytrzymywał.

Apricia wyprostowała ramiona i stanęła przed Lustrem. Sala tronowa pogrążyła się w absolutnej ciszy. Zastanawiałam się, czy i do niej Lustro przemówiło, czy zmusiło ją do ponownego przeżycia najboleśniejszych wspomnień.

Miałam wrażenie, że cisza rozciągała się na całe godziny, a w powietrzu czuło się takie napięcie, że można było je pociąć i rozwiesić na oknach. Atlas krążył za Apricią, trzymając się za brodę, co chwilę na nią spoglądając i zerkając na mnie w sposób, który sprawiał, że ze strachu miękły mi nogi. Co zamierzał ze mną zrobić? Jaki miał teraz plan?

Nagle Lustro wybuchło złotym światłem, które wypełniło pokój blaskiem. Apricia uśmiechnęła się, a jej skóra błyszczała, jakby słońce ukryło się w jej piersi. Ciemne włosy uniosły się, tworząc wstęgi hebanu, przez co wyglądała jak podwodna nimfa.

Błyszczała coraz jaśniej, aż w końcu wszyscy byliśmy zmuszeni osłonić oczy. Zasłanialiśmy twarze dłońmi i ramionami. Coś zaczęło wibrować niskim pomrukiem, który rozlegał się w całej sali tronowej. Czułam, jak od tej wibracji dzwonią mi zęby.

Kilka sekund później światło przygasło, pozostawiając jedynie migoczący złoty obrys na jej skórze. Apricia powoli odwróciła się, by na nas spojrzeć, i wtedy stało się jasne, że nie była już tą samą osobą. Nadal była piękna, ale teraz posiadała tę samą nieziemskość, która cechowała Atlasa. Było w niej coś, co musiało pochodzić z innego świata. Jej uśmiech był tak szeroki, że mogłaby jednym oddechem zapalić tysiąc świec.

Wtedy wszyscy zgromadzeni w sali tronowej padli na kolana i pochylili głowy.

– Królowa Słońca. – Przez tłum przeszedł szept.

Gabriel, Atlas i ja nadal staliśmy, przyglądając się pokojowi wypełnionym klęczącymi ciałami, składającymi hołd królowej. Apricia uśmiechnęła się, łącząc dłonie, i spojrzała na króla z takim uwielbieniem, że niemal było mi jej żal. Atlas z kolei sprawiał wrażenie tak wściekłego, że mógłby zedrzeć niebo z góry, zmiąć w kulkę i wykopać w powietrze.

Nie mogąc się powstrzymać, wypaliłam:

– Mogę już wracać do domu? – Chciałam znaleźć się jak najdalej stąd. Spojrzałam na Gabriela. – Powiedziałeś, że jak przegram, to mnie odeślesz. Chcę wrócić do domu.

– Nie – ryknął Atlas, sprawiając, że wszyscy w sali aż się wzdrygnęli. – To nie koniec. Nigdzie się stąd nie ruszysz.

Odwrócił się do Gabriela.

– Zamknij ją.

– Co?! Nie możesz tego zrobić! Nie zrobiłam nic złego.

Podszedł do mnie rozwścieczony i obniżył głos do śmiercionośnego szeptu.

– Nigdzie się nie wybierasz, Lor. Powiedziałem ci, że jesteś moja, i mówiłem prawdę.

– Dlaczego? Czego ode mnie chcesz?

Zmrużył oczy i zmierzył mnie wzrokiem, być może w końcu widząc mnie naprawdę.

– Wiesz, Lor. Udawałaś niewinną kłamczuszkę o sarnich oczach?

– Nie mam pojęcia, o czym mówisz – powiedziałam. Widziałam, jak gniew falował w Atlasie, grożąc, że obedrze mnie ze skóry.

– Zabierz ją – syknął. – Upewnij się, że jest porządnie zamknięta i postaw przy niej całodobową straż.

Po tych słowach zostałam zaciągnięta przez pałac aż do jego podziemi, gdzie nie było już złotych murów i błyszczących podłóg, a zamiast nich pojawił się przygnębiający kamień i samotne dudniące echo.

Po tym, jak wepchnięto mnie do celi, drzwi zamknęły się z dźwięcznym brzękiem, który brzmiał zarówno obco, jak i znajomo. Odwróciłam się i chwyciłam kraty; potrząsnęłam nimi. Po drugiej stronie stał Gabriel i przechylając głowę, przyglądał mi się z zaciekawieniem.

– Co Atlas przed nami ukrywa? O co mu chodziło? Kim jesteś, Lor? – O to samo zapytał kilka tygodni temu. Wtedy go okłamałam i zamierzałam nadal to robić.

– Jestem nikim! Więźniarką z Nostrazy! Zwykłą ubogą śmiertelniczką! Chcę wrócić do domu!

Gabriel pokręcił głową, a odległość między nami wypełniał żal.

– Nie mogę tego zrobić, Lor.

– Kim ty jesteś, Gabrielu? – krzyknęłam. – Raz próbujesz mnie zabić, a po chwili zachowujesz się, jakby jednak mogło ci zależeć na kimś innym niż tylko na sobie samym.

Zbliżył się do mojej celi, a jego twarz była tak blisko mojej, że czułam na sobie jego oddech.

– Jestem lojalnym sługą swojego króla, Lor. Martwiłem się, że chce zrobić coś bezmyślnego. Że stanowisz dla niego zagrożenie. – Zamilkł, a jego nozdrza się rozszerzyły. – Jednak być może jakaś mała, maleńka część mnie trochę cię polubiła i podziwiała twojego ducha. Ale to nie ma znaczenia. Teraz i na zawsze jestem sługą Atlasa. A ty jesteś niezałatwioną sprawą.

– Atlas jest śmieciem – warknęłam, a spojrzenie Gabriela spochmurniało. – Nie zasługuje na ciebie.

Gabriel się zgarbił, a ja zaczęłam żałować tego, jaki wydźwięk miały moje słowa. Zabrzmiały mocniej, niż powinny.

– Może i nie, ale nie mam wyboru, Lor. Z tym życiem zostałem związany.

Odwrócił się, by odejść, ale ja go zawołałam:

– Zaczekaj! – Zatrzymał się i obejrzał przez ramię. – Tej nocy, której zabrałeś mnie z Nostrazy, słyszałam zamieszki. Czy okłamałeś mnie, mówiąc, że mi się wydawało?

Pokręcił głową.

– Musiałem odwrócić uwagę straży, bym mógł cię stamtąd wydostać. Od miesięcy miałem tam swoich ludzi.

– Widziałeś, czy ktoś zginął?

Jego twarz przybrała łagodniejszy wyraz.

– Nie wiem, co się stało z twoimi bliskimi. Przykro mi.

– W porządku – odpowiedziałam szeptem. Wiedziałam, że nie było zbyt wielkiej szansy, że coś wie, jednak miałam nadzieję. Oni muszą być żywi, pomyślałam. Byłam pewna, że jeśli coś by się im stało, poczułabym to.

Z ociąganiem odwrócił się, pozostawiając między nami te złowróżbne słowa i nakazał dwóm strażnikom mnie obserwować. Następnie odszedł, a ja nasłuchiwałam jego cichnących kroków.

Spojrzałam na dwóch strażników. Patrzyli prosto przed siebie, jakby mnie nie zauważali. Weszłam głębiej do mojej pogrążonej w mroku celi, chroniąc się w jej cieniu. Ześlizgnęłam się po ścianie i opadłam na ziemię, po czym wyciągnęłam wisiorek, który nosiłam wokół szyi i otworzyłam medalion.

Wyjęłam kamień i zacisnęłam na nim dłoń, czując pulsujące w nim życie, jakby był kroplą krwi. W dzień, gdy po moją rodzinę przyszła armia króla Zorzy, moja matka włożyła mi go w dłoń, mówiąc, że muszę go chronić. I choć w pełni nie rozumiałam konsekwencji, robiłam to każdego dnia, od kiedy król Zorzy zabrał mi matkę.

Jedna strona była równa, jakby została przecięta ostrzem albo zbłąkanym magicznym uderzeniem. Druga miała wiele ścianek, które łapały nikłe światło, połyskując i niosąc w sobie historię i przeznaczenie zamknięte w maleńkim kawałku kamienia.

W głowie bez przerwy słyszałam słowa Lustra.

Wasza Królewska Mość... to nie twoje miejsce.

Korona... pokonał ją czas... to dla ciebie jedyna droga... będę miał dla ciebie podarunek... Wasza Królewska Mość... Wasza Królewska Mość... Wasza Królewska Mość...

Atlas źle sobie to wykalkulował.

Myślał, że Lustro mnie z nim zwiąże, ale wiedziałam już, że moja ścieżka prowadzi w innym kierunku. I on nie powinien nią za mną podążać.

A jeśli Lustro podjęłoby inną decyzję? Co miały znaczyć jego słowa: „to niedozwolone"? Co było niedozwolone? Czego Uranos by nie przetrwało?

Jedno było pewne – Lustro na jakiś czas uratowało mnie przed planami króla Słońca, jakiekolwiek by one były.

A ja będę utrzymywać swój sekret, tak jak obiecałam to Tristanowi i Willow; tak, jak robiłam to przez dwanaście ostatnich lat. Oni starali się, jak mogli, by podtrzymać moje wspomnienia, dzielili się historiami, których rodzice nie mieli mi szansy opowiedzieć.

Tristan miał siedemnaście lat, gdy odnalazł nas król Zorzy, był prawie dorosłym mężczyzną. To on od zawsze był strażnikiem naszej przeszłości. Czekał, aż dorosnę, by to zrozumieć.

Niezależnie od tego, czym zagrozi mi Atlas, nigdy nie wyciągnie ze mnie tych sekretów. Zostaną ze mną aż do mojego ostatniego tchnienia, dopóki nie uhonoruję dziedzictwa, za które oddali życie moi rodzice, pomyślałam.

Dopóki nie będę gotowa. Dopóki nie zrozumiem, co muszę zrobić.

Nadal ściskając w dłoni karmazynowy kamień, podniosłam wzrok i zobaczyłam ścieżkę wiodącą ku przyszłości, która kiedyś była mroczna i mętna, ale właśnie została oczyszczona.

Raz jeszcze zostałam więźniarką, ale nie byłam już zamknięta w klatce.

Wpatrując się w ponurą celę, uniosłam kącik ust w uśmiechu.

Epilog

Ze snu wybudziło mnie stłumione dudnienie i stęknięcia. Spadające ciało. Ktoś uderzający o kraty mojej celi i opadający na ziemię. Usiadłam, próbując zobaczyć, co się dzieje, przez przysłaniającą mi wzrok powłokę ciemności. Minęło kilka dni, od kiedy Atlas mnie tutaj wtrącił, a ja nie widziałam od tego czasu ani jego, ani Gabriela.

Ale teraz widziałam za kratami mojej celi górującą postać, a instynkt podpowiadał mi, że raczej nikt jej tutaj specjalnie nie zapraszał.

Mężczyzna fae, wysoki i barczysty, stał przede mną, trzymając dłonie na biodrach. Chyba miał na sobie zbroję, chociaż nie mogłam być tego pewna. Gdy wszedł w światło, którego jedynym źródłem była pochodnia wisząca przed celą, uśmiechnął się, a w jego oku pojawił się szelmowski błysk.

– Jesteś ostatnio sporym wrzodem na mojej dupie, wiesz?

Zamrugałam.

– Ja?

Gestem przywołał kogoś, kto również wszedł w plamę światła. Osoba ta złapała za kraty mojej celi. Kolejna fae. Szczupła i filigranowa, miała na sobie obszerną czarną spódnicę do kolan i czarny skórzany gorset, a na dłoniach rękawiczki bez palców. Otaczała ją błyszcząca, kolorowa aura. Dziewczyna potrząsnęła ręką, a ja usłyszałam otwierający się zamek.

– Idziesz z nami, skarbie – powiedział mężczyzna, zupełnie rozluźniony, choć stawało się jasne, że przybył porwać mnie z pałacu Słońca.

– Kim jesteście? – zapytałam, wstając i przyciskając się do ściany.

– Powiedzmy, że zainteresowanymi świadkami.

Kobieta przewróciła oczami i uderzyła go wierzchem dłoni w szeroki biceps.

– Nie strasz jej – powiedziała, po czym życzliwie się do mnie uśmiechnęła. – Nie chcemy cię skrzywdzić. Przybyliśmy zabrać cię z Afelionu.

Zmarszczyłam brwi.

– Dlaczego miałabym w to uwierzyć? To chyba jasne, że powiecie, że nie chcecie mnie skrzywdzić.

Kobieta westchnęła i położyła dłonie na biodrach, naśladując postawę mężczyzny.

– Cóż, taka jest prawda.

– Możesz pójść z nami z własnej woli albo cię zmusimy – powiedział mężczyzna, nadal się uśmiechając, i skrzyżował ręce na szerokim torsie. W jego słowach nie czaiła się groźba, ale zrozumiałam, że naprawdę nią były. Kobieta znów westchnęła i obrzuciła go surowym spojrzeniem.

– Posłuchaj, średnio ci tutaj idzie. Słyszałam, że Atlas... nie jest zadowolony. – Machnęła dłonią na ściany celi. – Co masz więc do stracenia?

Trudno było się z nią nie zgodzić. Kobieta poruszyła się, a ja zauważyłam błysk w jej czarnych oczach. Wstęgi koloru. Szmaragdowe, szkarłatne i purpurowe. Nagle zdjęło mnie głębokie do szpiku kości poczucie nostalgii za miejscem, którego tak długo nienawidziłam, ale które jednocześnie było jedynym domem, jaki pamiętałam. Tak bardzo tęskniłam za Tristanem i Willow.

Choć w naszym życiu nie było niczego do pozazdroszczenia, przynajmniej mieliśmy siebie nawzajem. Nawet jeśli byli tylko iluzją, gdy zobaczyłam ich w labiryncie, poczułam ukłucie głęboko w tej części serca, która była zarezerwowana tylko i wyłącznie dla nich.

Zrobiłam niepewny krok do przodu, rozumiejąc, że tak naprawdę nie mam wyboru. Wiedziałam już, że Atlas mnie stąd nie wypuści. Prawdopodobnie próbował właśnie uknuć sposób, by cofnąć roszczenie Apricii do korony królowej Słońca. Tak czy inaczej Atlas dostałby to, czego pragnie. Sposób, w jaki groził mi w sali tronowej, powiedział mi, że już nigdy nie będę tutaj bezpieczna.

– W porządku – powiedziałam, wychodząc do światła.

Kobieta pochyliła głowę.

– Świetny wybór.

Zanim zdążyłam zaprotestować, mężczyzna chwycił mnie w ramiona i przerzucił sobie przez ramię. Nie zawracałam sobie głowy protestami czy walką. Przystałam na to, a mój wybór w tej chwili był raczej ograniczony.

Czułam rytm jego kroków, gdy przemykaliśmy przez kilka ciemnych korytarzy, aż w końcu wyszliśmy na zewnątrz, gdzie słyszałam dobiegający z oddali szum oceanu. Zostałam posadzona z tyłu powozu z miękkimi aksamitnymi siedzeniami. Mężczyzna chwycił mnie za nadgarstki i związał grubym skórzanym sznurem.

– Ej! – jęknęłam, ale on mnie zignorował, działając szybkimi, zwinnymi ruchami.

Na głowę założył mi worek, a moje stłumione protesty również nic nie dały. Następnie związał moje kostki, a ja zaczęłam się zastanawiać, czy nie powinnam jednak była zostać przy Atlasie.

Poczułam, jak powóz obniżył się, gdy wszedł do niego ktoś jeszcze.

– Czy to konieczne? – zapytała kobieta fae.

– Tak – odpowiedział mężczyzna. – Przepraszam, skarbie.

Poczułam ostry ból głowy, a potem widziałam już tylko ciemność.

Gdy odzyskałam przytomność, znów byłam przez kogoś niesiona. Świat był ciemny i cichy. Zostałam postawiona na ziemi, a serce waliło mi w piersi. Popełniłam straszny błąd.

W końcu ktoś zdjął worek z mojej głowy, potrząsnęłam włosami. Moje oczy powoli przyzwyczaiły się do mroku. Znajdowaliśmy się w kamiennym pomieszczeniu z niewielkim oknem, przez które wpadało jedyne źródło światła – blask księżyca.

Ktoś stał obok mnie, swobodnie, z rękami wciśniętymi w kieszenie. Do światła wkroczył fae z długimi czarnymi włosami i ciemnymi oczami, a całe powietrze zostało wyssane z moich płuc.

Książę Zorzy przechylił głowę, w kunsztownych rysach jego twarzy wyryta była przebiegłość. Powiódł po mnie wzrokiem od stóp do głów. W jego czarnych oczach połyskiwały kolory klejnotów, przypominając mi o tym wszystkim, co straciłam.

Ale w tamtej chwili do pokoju wemknęła się nić przeznaczenia, nić fortuny, nić szansy. Tkała nową historię w rozpadających się resztkach dziedzictwa, które zostało zniszczone, ale nie zapomniane.

Jestem więźniarką, ale nie jestem już uwięziona w klatce.

– Witaj, więźniarko trzy tysiące czterysta pięćdziesiąt dwa – powiedział książę, a kącik jego ust uniósł się w szelmowskim uśmiechu. – Witaj z powrotem w Zorzy.

PODZIĘKOWANIA

Całe to pisanie okazało się tak wspaniałą przygodą, że nie jestem w stanie wyrazić, jakie mam szczęście, że ją przeżywam.

Melisso, moja pisarska małżonko, nie wiem, co zrobiłabym bez twojego entuzjazmu, poczucia humoru i twojego dzikiego, cudownego ducha.

Brio, stałaś się jedną z pierwszych osób, do których zwracam się, gdy skończę pisanie kolejnej książki.

Shaylin, mam wrażenie, że znalazłam w tobie pisarską bratnią duszę. Jesteś tak utalentowana i błyskotliwa. Nie wiesz nawet, jak jestem ci wdzięczna, że zostawiłaś swój ślad na tym rękopisie oraz na wszystkich pozostałych.

Ashyle, dziękuję za twoją wnikliwość i mądrość – masz naprawdę wprawne oko.

Priscillo i Elayno – dziękuję za to, że jako ostatnie rzuciłyście okiem na tę powieść, i za to, że dołączyłyście do mnie w tej podróży. Nie mogę się doczekać publikowania książek ramię razem z wami przez wiele najbliższych lat.

Dziękuję wszystkim *beta readerom*, którzy pomogli sprawić, by ta książka była najlepsza, jak tylko to możliwe: Raidah, Elyssie, Nefer, Suzy, Ashley, Alexis, Catinie, Emmie, Rachel, Chelsea, Stacy, Holly, Elaine, Rebecce i Kelsie.

Społeczności czytelników BookToka i Bookstagrama dziękuję za entuzjazm i wsparcie dla nowej autorki, która musiała się wykazać. Właśnie dzięki wam to wszystko było możliwe.

Mojej mamie, która czytając książki, zawsze patrzyła na mnie i pytała: „Nie mogłabyś tego napisać?". No cóż, wygląda na to, że w końcu to zrobiłam.

Moim dzieciom, Alice i Nicky'emu – jesteście niewyczerpanym źródłem radości w moim życiu, nawet kiedy doprowadzacie mnie do szału. Całe szczęście jesteście uroczy. Dziękuję, że jesteście cierpliwi, gdy ponosi mnie wyobraźnia i zaczynam pisać historie w głowie, kiedy coś do mnie mówicie.

I oczywiście mojemu mężowi, Matthew, którego wsparcie i wiara we mnie pozostały niezachwiane, od kiedy się poznaliśmy wiele lat temu. Dziękuję za to, że dałeś mi przestrzeń i wolność, bym mogła się zająć pisaniem, i za to, że pozwoliłeś mi być tak pełną dramatyzmu. Nie przesadzam, mówiąc, że nie byłabym w stanie tego zrobić, gdybym nie miała partnera, który mnie rozumie.

Redaktorka inicjująca: Ewa Orzeszek-Szmytko
Redaktorka prowadząca: Anna Richter
Redakcja: Kamil Kowalski
Korekta: Aleksandra Marczuk-Radoszek, Małgorzata Starosta

Projekt okładki: Miblart.com

Adaptacja okładki i mapy do polskiego wydania: Paulina Piorun

Skład i łamanie: TYPO Marek Ugorowski

Wydrukowano w Polsce na papierze Creamy dostarczonym przez ZiNG

Grupa Wydawnicza Foksal Sp. z o.o.
02-672 Warszawa, ul. Domaniewska 48
tel. 22 828 98 08
biuro@gwfoksal.pl
www.gwfoksal.pl

ISBN: 978-83-8319-645-9
M2172